KB013149

新選明文東洋古典大系

中國古典漢詩人選 5

改訂增補版

新 譯

屈 原

張基槿 · 河正玉 譯著

明文堂

◀**굴원**(屈原)
기원전 343~기원전 277. 전국시대 초(楚)나라의 정치가·문인(文人). 초왕의 친척으로 회왕(懷王) 을 섬기며 삼려대부(三閭大夫)가 되었다. 결벽한 성격으로 쇠해져가는 국정을 회복시키려고 노력하다가 반대파의 참언을 받고 추방되었다. 실의에 빠져 방황하다가 멱라(汨羅)에 투신 자살한다.

▼**초왕동극**(楚王銅戟) 1978년 호남성(湖南省) 익양현(益陽縣)의 초나라 유적에서 출토한 초왕 동극(銅戟:戟은 武器의 일종). 탈작초왕극(敓作楚王戟)이란 다섯 글자가 조서체(鳥書體)로 새겨져 있다. 조서체는 새머리를 글자 곳곳에 곁들인 서체이고 탈작(敓作)은 탈씨 성을 가진 자가 만들었다는 것이며 시대는 굴원이 살던 시대와 비슷할 것으로 추정된다.

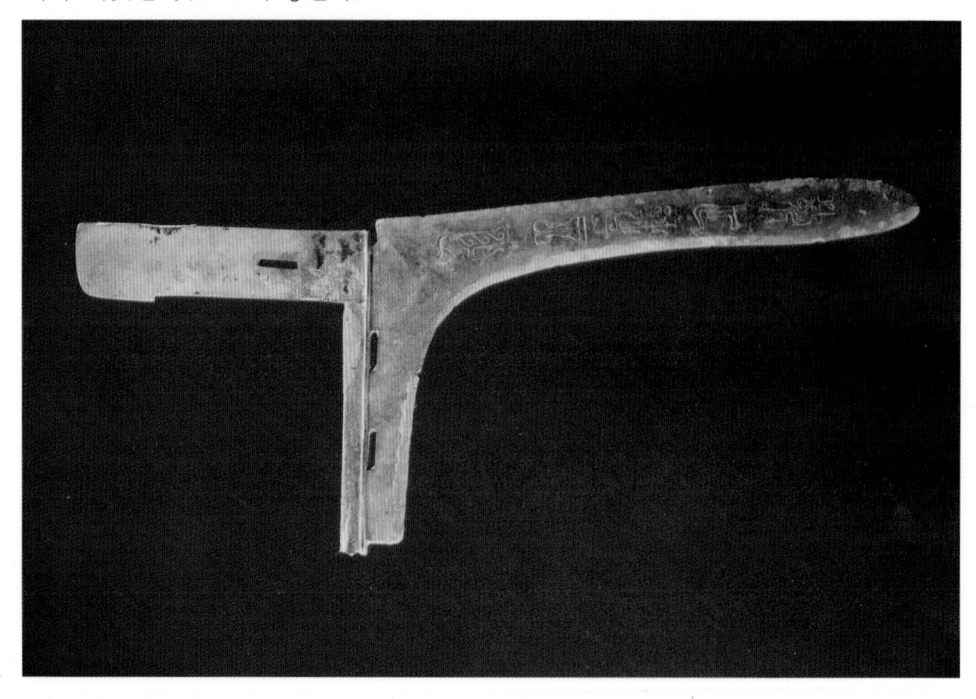

▶《초사(楚辭)》 삽화
주로 굴원의 작품을 모아서 수록한 《초사》 삽화 중 하나이다.

▼**악군계절**(鄂君啓節) 1957년 안휘성(安徽省) 수현(壽縣)에서 발견된 악군계절. 관소(關所) 통행증이었던 이 절(節)은 대나무로 만든 것이 많은데 이것은 대나무 모양의 청동(靑銅)으로 만들었다. 초나라 회왕(懷王) 6년(기원전 323년)에 만들어진 것으로 굴원이 살아가던 시대이다.

▲**〈천문(天問)〉의 삽화** 올빼미가 입에 흙을 물고 거북이 흙에 꼬리를 끌면서 인도했거늘 곤(鯀)은 왜 그들의 말을 듣고 따랐는가? (제2단).

구판(舊版) 서언(序言)

우리에게 있어서 굴원(屈原)은 여느 시인(詩人)이 아니다. 우리 고전문학의 어느 일면이나 중국문학의 영향을 배제하고 생각한다는 것이 거의 불가능한 일이기는 하지만, 그중에서도 굴원의 영향은 《시경(詩經)》과 이백(李白)·두보(杜甫)에 버금갈만큼 큰 것이었고, 특히 우국시인(憂國詩人)이었던 굴원의 뼈아픈 생애와 시혼(詩魂)은 우리 선인들의 구미에 맞아 비단 문학창작에만이 아니라 생활 속속들이 깃들어 왔던 것이다.

삼국시대에 이미 우리나라에 유입되어 문인·학자들 사이에 널리 읽혔던 굴원의 작품은, 나라가 기울어져 가던 고려말에 와서 더욱 성행하여 이를 모방하는 문인들이 많이 나왔다. 삼은(三隱)을 비롯하여 당시 절개를 숭상하던 수다한 지식인들이 굴원의 작품을 노상 입에 올리고 그 시혼(詩魂)을 높이 샀음을 알 수 있다. 이러한 굴원 작품의 성행은 조선조에 와서도 여전하여 선조(宣祖) 때를 전후해서 그 열은 더욱 고조되었다. 특히 정송강(鄭松江)의 전후 〈사미인곡(思美人曲)〉은 여러 면에서 굴원의 〈사미인(思美人)〉 및 〈이소(離騷)〉와 유사점을 지니고 있어, 김만중(金萬重)은 송강(松江)의 〈사미인곡〉을 〈언소(諺騷)〉 곧 '조선의 한글 〈이소〉'라고까지 칭했을 정도이다.

그러나 우리에게 있어서 굴원 문학의 중요성이 고전문학에만 그칠 수는 없다. 개화(開化) 이후 우리 문학이 서양문학의 모방에만 급급해 온 나머지, 그래서 거기서 얻은 성과라 해도 그것은 기껏해야 화

병에 꽂힌 한낱 뿌리 없는 꽃에 지나지 않았다. 오늘날 모든 면에서 뿌리로서의 우리 것에 대한 관심이 높아가는 이 바람직한 상황에서, 이미 우리 고전문학의 자양(滋養)이 되었고 또 우리 생활 속에 용해되어 피와 살이 되어 버린 굴원 문학의 정신은 마땅히 큰 의미를 부여받아야만 할 것이다. 이를 오늘의 문학 속에 되살려 이어나가야 할 값진 유산임을 인식하지 않으면 아니될 것이다.

중국문학사에서 굴원 문학의 형식이나 사상이 후세의 모든 장르에 영향을 미쳤던 것은 말할 것도 없다. 그리고 그의 작품에 나타난 사상은 유가(儒家)나 도가(道家)를 초월해서 펼쳐졌으며, 또한 그 모든 사람에게 숭앙받는 바 되었다. 도가의 발상지인 남방지방에서 태어난 그에게 도가적 사상 경향은 특히 굴원과 같은 환상의 사람에게는 어쩌면 천부(天賦)의 것일지도 모를 텐데, 오히려 역대의 유가들은 굴원의 작품을 그들의 경전 못지 않게 여기고 충신의 교과서로까지 삼았던 것도 다 그 때문일 것이다. 뿐만 아니라 굴원의 죽음을 애도하여 단오절 풍습이 유래된 것만을 보아도 이를 충분히 증명해 주고도 남는다. 그리고 그에 대한 이러한 숭앙과 단오절의 풍습은 우리나라에까지도 전하여 오늘에 이르는 것이다.

그런만큼 현재 대만의 문인들은 굴원의 사상과 작품을 그들 문학의 지표로 삼고 있다. 그들은 굴원이 울분을 안은 채 멱라수(汨羅水)에 몸을 던져 죽었다고 전해지는 단오절을 시인절(詩人節)로 정하여 문단의 갖가지 행사가 이날 이루어지곤 한다. 이는 중국의 문인들이 굴원의 시정신을 어느 정도로 높이고 있나를 단적으로 보여주는 한 두드러진 예가 될 것이고, 이것은 우리에게도 시사해 주는 바가 크다 할 것이다.

그런데 오늘날까지 남아 있는 굴원의 생애에 관한 사료(史料)가 별로 많지 않고 그나마 너무 간략하여, 굴원 연구가들 사이에는 아직도 굴원의 행적에 대한 이설(異說)이 분분하며 심지어 굴원의 실재 여부마저 부정 또는 의심하는 학자도 없지 않다. 이처럼 시인 자체에 대한 연구 결과가 여러 가지로 이야기되고 있어, 학자에 따라 각 작품의 제작 시기나 장소 또는 배경 설정이 각기 다르게 주장되고 있다. 때문에 작품의 제작 배경에 따라 해석 방법이 달라지고, 굴원 문학은 역대 많은 학자들의 연구 대상이 되어 왔으나 아직껏 제설이 집약되지 못한 실정이다. 아마도 독자들은 각국에서 나온 많은 수의 번역본 또는 주석본을 대할 수 있으리라 여겨지는데, 그 많은 책들의 해석이나 주장에 상당한 거리가 있음을 쉽사리 발견하게 될 것이다.

물론 문학의 학문적 연구에 있어 정확한 비평이나 감상은 시인에게 향할 것이 아니라 작품에 향해져야 할 것이라고 말할 분도 있으리라 생각된다. 그러나 굴원의 작품은, 그것이 창작된 것부터가 끝없는 상상력의 소산이었듯이 이를 읽기 위해서도 보통 이상의 상상력이 동원되지 않고서는 단 한 줄도 도저히 읽어 내려갈 수가 없다. 그런만큼 굴원 작품에 대한 다양한 해석은 오히려 당연한 결과이며, 그런 의미에서 특히 시인 독자들에게는 더없는 친근감을 느끼게 해줄지도 모르겠다.

연구 결과 〈원유(遠遊)〉, 〈복거(卜居)〉, 〈어부(漁父)〉는 굴원의 작품이 아닌 후인의 의작(擬作)임이 밝혀져 이 책에서는 우선 제외하기로 했다. 그리고 〈구가(九歌)〉는 《초사(楚辭)》의 초기 작품으로 당시 민간의 연가(戀歌) 내지는 종교무가(宗教舞歌)였던 것인데, 이를 굴원이 개작한 것이라는 학설이 유력시되고 또 이 작품이야말로 굴원 문학의 개화(開花)를 가져온 길잡이였다고 볼 수 있기 때문에 오히려 이 작품은 여기서 다루기로 하였다.

다만 한 가지 굴원의 작품임에도 불구하고 여기서 제외된 〈천문(天問)〉은, 굴원이 방축된 후 울분이 쌓여 방황하다가 정신상에 격

렬한 동요를 일으켜 천지개벽(天地開闢)을 비롯한 음양회명(陰陽晦明)·사시구분(四時區分)·선악보응(善惡報應)·화복강림(禍福降臨) 등 제반에 걸친 전통적인 신앙에 대해 철저한 회의를 품고 질문을 발한 것으로, 제목의 뜻은 '문천(問天)' 곧 '하늘에 묻는다'는 말이다. 굴원의 다른 작품과는 그 내용이나 형식·정조(情調)가 전혀 딴판인 괴이한 작품으로, 문학적인 가치는 대단치 않으나 중국의 고대신화나 전설을 연구하는 데에 있어 귀중한 문헌이 되고 있다.

이 책에서 〈천문〉을 다루지 않은 이유는 문학적 가치가 다른 작품에 비해 덜하다는 것 이외에, 사실은 지면의 제한 때문이었음을 밝혀둔다. 이후 송옥(宋玉)·경차(景差) 등 다른 시인의《초사(楚辭)》작품과 함께 〈천문(天問)〉, 〈원유(遠遊)〉, 〈복거(卜居)〉, 〈어부(漁父)〉도 함께 다룰 수 있는 기회가 꼭 오기를 바라고 싶다.

끝으로 아직 연구가 일천하고 여러모로 모자란 점이 많은 필자에게 이 일을 맡겨 자료를 제공해 주시고 또 격려해 주신 장기근(張基槿) 스승님, 그리고 출판을 맡아주신 명문당(明文堂) 김동구(金東求) 사장님께 깊은 감사를 드린다.

1978년 5월

河 正 玉 識

개정증보판(改正增補版) 서언(序言)

《중국고전 한시인선 5. 굴원(屈原)》의 초판은 1980년에 태종(太宗)출판사에서 간행했다. 당시 숙명여대 중국문학과의 교수였던 하정옥(河正玉) 교수가 초사(楚辭) 중에서 〈이소(離騷)〉, 〈구가(九歌)〉, 〈구장(九章)〉을 추려 유창한 한글로 번역하고 어구설명을 자세히 달고 또 간명하게 해설한 양서(良書) 중의 양서였다.

그런데 애석하게도 역자 하정옥 교수나 출판사의 왕한조(王漢祚) 사장이 다 고인이 되었다.

이 두 분은 나와는 각별히 친분이 두터운 사이였으므로 23년이 지난 오늘 《증보판 굴원》을 간행함에 있어 감회가 남다르게 깊다. 이에 몇 마디 글을 적어 우선 고인들의 명복을 빌고 아울러 증보판을 내게 된 경위를 말하고자 한다.

하정옥 교수는 1938년생이며, 약 50년 전에 서울대학교에 입학하여 중국문학을 전공한 엘리트였다. 당시 나는 40대의 교수로 미숙한 학문으로 어렵사리 강단에서 강의를 했었다. 당시 나는 현대문학에서는 노신(魯迅), 고대 문학으로는 두보(杜甫)와 굴원(屈原)의 작품을, 고대사상으로는 《노자(老子)》와 《장자(莊子)》를 즐겨 읽고 강의를 했다.

그때의 학생이었던 하정옥군은 나와는 그 성품이나 기질이 잘 맞았으며, 학문에 대한 취향이나 연구 분야도 흡사했으므로 우리 두 사람은 특히 의기가 투합되었고, 항상 같이 있는 시간이 많았다. 그래서 하정옥군은 나의 개인 조교처럼 연구실 한 구석에서 책을 읽거나, 카드 정리 같은 잔심부름을 마다 않고 잘 해주었다. 특히 아침 일찍 학교에 와서 내 연구실 청소를 해주었으니 지금 생각하면 참으로 송구하기 짝이 없다. 지금 다시 영적(靈的)으로 그에게 감사하며 아울러 용서를 빈다.

그후 하교수는 서울대학교 대학원에서 수학했고 또 대만 정치대학(政治大學)에서 수학했다. 당시 나는 또 대만 정치대학의 초빙교수로 가서 중국학생에게 한국어를 강의했으므로 우리는 대만에서도 왕래와 친교가 밀접했다.

귀국 후에도 우리 두 사람은 자주 만났으며 특히 일요일에는 다른 여러 교수들과 함께 북한산 · 도봉산 일대로 등산을 했다. 당시 등산에 는 많은 교수들이 참가했다. 지금도 그들 수십 명의 교수 얼굴이 선명하게 떠오른다. 그런데 대부분의 교수들은 작고했다. 그 중의 한 사람이 하정옥 교수이다.

약 10여 년 전의 일이다. 내가 역곡의 성심여자 대학에 봉직하고 있을 때, 전화로 하교수가 갑자기 쓰러져 병원에 입원했다고 전해 왔다. 나는 즉시 달려갔다. 그러나 이미 하교수는 유명을 달리하고 있었다. 그 순간 나는 너무나 원통하고 야속한 마음으로 왈칵 그의 찬 손을 잡고 한마디 했다.

"이 사람아, 이런 법이 있는가? 선배를 두고 후배가 먼저 가다니."

명은 하늘이 준다고 하지만 하교수의 경우는 너무나 하늘이 무심하고 야박하게 느껴졌다. 그렇게 착하고 어질고 슬기로운 그를 왜 일찍 불러갔을까? 지금은 하정옥 교수의 유서가 된 《초판 굴원》의 서문에서 하교수는 말했다.

'이후 송옥(宋玉), 경차(景差) 등 다른 시인의 초사(楚辭) 작품과 함께 천문(天問) · 원유(遠遊) · 복거(卜居) · 어부(漁父)도 함께 다룰 수 있는 기회가 꼭 오기를 바라고 싶다.'

그러나 유명을 달리한 그가 언제 다시 나타나 일을 할 수 있을까? 육신은 죽어 스러져도 영혼(靈魂)은 영생한다. 하늘나라 영계(靈界)에서 그의 영혼이 이승을 내려다보고 어떠한 생각을 하고 있을까?

마침 작고한 태종출판사의 왕한조 사장과 친분이 두텁고 또 하교수의 계씨(季氏)와 잘 아는 명문당(明文堂) 김동구(金東求) 사장이 '굴원의 증보판'을 강하게 주장함으로써 고인의 소망을 선배인 내가 대신하여 집필하기에 이른 것이다. 즉 증보판에는 〈어부(漁父)·복거(卜居)·원유(遠遊)·천문(天問)〉를 추리고 해석하고 어구 설명을 붙였다.

2003년 4월 12일

玄玉蓮齋 張 基 槿 씀

차 례

서장(序章) 울분鬱憤의 시인 굴원屈原

제 1 장 우수憂愁의 시 — 이소離騷

제 2 장 민간의 종교무가宗敎舞歌 — 구가九歌

제 3 장 방황과 고뇌의 시 — 구장九章

제 4 장 증보편增補篇

서장(序章)

울분鬱憤의 시인 굴원屈原

모든 것 다 끝났어라, 나라에 사람 없어 날 알아주는 이 없는데

어이 고향을 그리워하랴

함께 좋은 정치 할 만한 이 없는 바엔, 나는 팽함 계신 곳 찾아가리

已矣哉 國無人莫我知兮

又何懷乎故鄕

旣莫足與爲美政兮 吾將從彭咸之所居

사(邪)와 악(惡)이 득세하고 표면을 장식하며, 거기에 몰려 정(正)과 선(善)이 구렁텅이에 빠지는 예는 어제도 오늘도 우리의 주변에서 너무 흔히 보아왔다. 그러기에 역대의 의인(義人)들은 예외자였으며 고독하였다. 가슴에 가득한 애국애족에의 마음을 펴지 못한 채 터지려는 울분을 그대로 안고 산하를 방황하다가 쓸쓸히 시들어 버린 사람들이 그 얼마나 많았던가? 여기에 우리는 또 하나의 위대한 예외자, 비분의 고독아 굴원(屈原)이 있었음을 기억한다.

1. 《초사(楚辭)》와 굴원

(1) 초사 명칭과 그 내용

《초사》란 초(楚)나라의 문학을 지칭하는 말로, 북방문학을 대표하는 《시경(詩經)》과 비교해서 주대(周代)의 남방문학을 대표한다고 할 수 있다. 즉 《시경》이 황하(黃河) 유역을 중심으로 한 여러 나라의 작품인 데 반하여 《초사》는 양자강(揚子江) 유역을 근거지로 한 초나라 작품으로, 그 작품에 나타난 언어와 사물이 다 지역적으로 초나라에 국한되어 있기 때문에 붙여진 것이라고 한다.

《사기(史記)》〈굴원열전(屈原列傳)〉에 '굴원이 이미 죽고 나서 초나라에는 송옥·당륵·경차 같은 이들이 모두 사(辭)를 좋아했고, 부(賦)로 이름이 났다(屈原旣死之後, 楚有宋玉·唐勒·景差之徒者, 皆好辭, 而以賦見稱)'라 하고, 《한서(漢書)》에 '매신이 《초사》에 뛰어났다(買臣善楚辭)' 그리고 '선제 때 구강 피공이란 사람이 《초사》에 뛰어났다(宣帝時, 有九江被公善楚辭)'라 한 여러 옛 기록이 보이고, 이에 따라 송(宋)나라 때 황백사(黃伯思)가 그의 《익소서(翼騷序)》에서 '굴원과 송옥의 여러 소는 모두 초나라 말을 썼고 초나라 곡조를 내었으며 초나라 땅을 기록했고 초나라 물건 이름을 붙였으므로 이를 《초사》라고 했다(屈宋諸騷, 皆書楚語, 作楚聲, 紀楚地, 名楚物, 故可謂之楚辭)'라 하여 《초사》 명칭에 대한 해석을 내렸는데 타당한 말이라 하겠다.

결국 이 명칭은 한(漢)나라 초에 처음 나타났으며 당시의 《초사》에는 전국시대(戰國時代)의 굴원과 송옥·경차 등 초인(楚人) 작품만을 포함시켰다.

그러나 전한(前漢)의 유향(劉向)이 그 범위를 확대시켜 가의(賈誼)·회남소산(淮南小山)·동방삭(東方朔)·장기(莊忌)·왕포(王褒)와 자기 작품을 추가하여 《초사》라고 했는데 현재 유향의 책은 실전(失傳)되고, 그후에 《초사》 연구의 가장 오랜 텍스트라 할 후한(後漢)의 왕일(王逸)이 편찬한 《초사장구(楚辭章句)》가 나와 현존한다. 여기에는 굴원의 작품으로 알려져 있는 〈이소(離騷)〉〈구가(九歌)〉(11편) 〈천문(天問)〉〈구장(九章)〉(9편) 〈원유(遠遊)〉〈복거(卜居)〉〈어부(漁父)〉의 25편 외에 송옥의 〈구변(九辯)〉〈초혼(招魂)〉, 굴원 또는 경차의 〈대초(大招)〉, 가의의 〈석서(惜誓)〉, 회남소산의 〈초은사(招隱士)〉, 동방삭의 〈칠간(七諫)〉, 장기의 〈애시명(哀時名)〉, 왕포의 〈구회(九懷)〉, 유향의 〈구탄(九歎)〉, 그리고 왕일 자신의 〈구사(九思)〉가 더 첨가되어 있다.

그리고 송대(宋代) 주희(朱熹)의 《초사집주(楚辭集註)》에 이르러서는 당송인(唐宋人)의 모방 작품까지 첨가해서 본래의 참모습과 정신을 잃고 말았다. 그러나 여기서도 굴원의 작품 목록은 왕일의 그것과 마찬가지로 25편 그대로이며, 이는 일찍이 반고(班固)의 《한서》 예문지(藝文志)에서도 굴원의 부(賦)는 25편이라고 기록한 바 있다.

(2) 《초사》 문학의 기원

완전한 초사 작품의 효시(嚆矢)라 할 수 있는 것은 〈구가(九歌)〉이다. 〈구가〉의 원형은 대략 기원전 5세기 혹은 그 이후에 이르러 이루어지기 시작하여, 굴원이 활약했던 시기인 기원전 3·4세기에 와서 정착된 초나라의 종교무가(宗教舞歌)이다. 그러면 〈구가〉 이전, 곧 《초사》 이전의 작품으로 《초사》의 선성(先聲)이 되는 것은 어떠한 것이었을까? 그것은 일찍부터 전해오던 남방의 가요와, 《시경》 중 비교적 남방에 접근한 지대에서 나온 후기 작품이었을 것이다.

《여씨춘추(呂氏春秋)》〈음초편(音初篇)〉에 '우가 치수하러 다니다가 도산의 딸을 만났다. 그러나 우는 그녀를 아직 맞아들이지 않고 남쪽 땅을 살피러 순행하러 나갔다. 도산씨의 딸은 자기 시녀에게 명하여 도산 남쪽에서 우를 기다리게 하고, 그녀는 노래를 지어 "사람 기다리기 지루하여라."하고 읊었다. 이것이 실로 남방가요의 시초였고, 주공과 소공이 그 기운을 취한 민속가요가 〈주남〉과 〈소남〉이라 여겨진다(禹行水, 見塗山之女, 禹未之遇, 而巡省南土, 塗山氏之女, 乃命其妾候禹於塗山之陽, 女乃作歌曰 : '候人兮猗', 實始作爲南音, 周公及召公取風焉以爲周南召南)'라고 했다. 물론 이는 후인이 위조한 전설이기는 하지만, 이로써 남방의 가음(歌音)이 퍽 일찍부터 발생했다는 것과 남방과 북방의 정미(情味)가 달랐음을 짐작할 수는 있다.

다음 《시경》의 〈주남〉·〈소남〉 등 2남은 이를 직접 초풍(楚風)이라고까지는 할 수 없으나, 그 작품의 생산지역이 강한(江漢) 일대의 남방지방 시집이므로 《초사》의 선성이라고 볼 수는 있다.

《시경》의 제작 연대는 기원전 11세기 초에서 6세기 초에 이르는데 《초사》의 출현은 기원전 3·4세기경이며, 2남은 주나라의 평왕(平王)이 동천(東遷)한 이후에 이루어진 시이니 이 2남에서 〈구가〉에 이르기까지는 상당히 긴 시기가 공백으로 남게 되는데, 그렇게 오랫동안 잠잠하던 초나라에서 갑자기 〈구가〉나 그밖의 《초사》 작품처럼 수미(秀美)한 작품이 나왔다고는 할 수 없고, 그 동안 적지 않은 시가가 있었을 것이지만 그것이 없어지고 오늘날 전해오지 않았을 따름인 것이다.

현존하는 여러 고적(古籍) 중에 남방가요로 〈손숙오가(孫叔敖歌)〉 〈우맹가(優孟歌)〉 〈자문가(子文歌)〉 〈초인가(楚人歌)〉 〈월인가(越人歌)〉〈월가요(越歌謠)〉〈서인가(徐人歌)〉〈어부가(漁夫歌)〉〈접여가(接輿歌)〉〈창랑가(滄浪歌)〉〈오왕부차시동요(吳王夫差時童謠)〉 등의 작품들이 전하고 있다. 그러나 이들 작품들은 대부분 후인의 위찬(僞撰)일 가능성이 짙고, 그중 비교적 믿을 만한 것으로는《설원(說苑)》〈지공편(至公篇)〉의〈자문가〉, 동〈정간편(正諫篇)〉의〈초인가〉, 동〈선설편(善說篇)〉의〈월인가〉,《신서(新序)》〈절사편(節士篇)〉의〈서인가〉,《논어(論語)》〈미자편(微子篇)〉의〈접여가〉,《맹자(孟子)》이루장구(離婁章句)의〈유자가(孺子歌=滄浪歌)〉 등 몇편의 짧은 민가에 지나지 않는다 하겠다. 이 작품들은 체재상으로 《초사》와 비슷하고 고대에 널리 일러오던 것으로, 이러한 시가에서 남방의 시가가 점점《시경》의 형식과는 달리 풍격(風格)·사상 등에 걸쳐 다 남방 특유의 정조(情調)를 갖게 되었음을 알 수 있다.《초사》는 이러한 단계를 거쳐〈구가〉로써 완전한 성립을 보게 되었다. 이러한 의미에서〈구가〉의 의의는 더욱 크다 하겠다. 끝으로 유천은(游天恩)의《초사개론(楚辭槪論)》에서《초사》 세계표(世系表)를 소개한다.

《시경(詩經)》(기원전 600 이전) —〈자문가(子文歌)〉(기원전 650) —〈초인가(楚人歌)〉(기원전 610) —〈월인가(越人歌)〉(기원전 550) —〈서인가(徐人歌)〉(기원전 540) —〈접여가(接輿歌)〉·〈유자가(孺子歌)〉(기원전 490) —〈경계가(庚癸歌)〉(기원전 482) —…… —《초사(楚辭)》(九歌)

(3)《시경》과의 비교

《시경》의 사언형(四言形)과 비교해서《초사》는 실로 자유롭고 거칠 것 없이 흘러나가는 시체(詩體)이다. 대개 육언일구(六言一句)가 많고 두 구가 한 연(聯)을 이루며 구미(句尾) 또는 구간(句間)에 혜(兮)라는 특유한 어조사를 사용하였다. 이밖에 조사로 사(些)·야(也)·지(只) 등도 많이 썼다.

인간의 공통된 생활감정이나 사회의 각종 양상을 다룬, 현실의 주변에서 멀리 벗어나지 못한《시경》의 사실적인 문학에 비해,《초사》는 상징적인 수법과 개성의 발로가 강렬한 낭만적인 문학이다.《시경》의 세계를 우리가 늘 접촉하는 현실사회라고 한다면《초사》의 세계는 환상에 가득찬 신비의 삼림이라고 할 수 있다.《초사》에 이러한 특이성을 조성하게 된 것은 굴원·송옥과 같은 시인의 천재성 내지는 개성에 힘입은 바도 크지만 초나라라는 지역의 자연환경과 종교·음악 등의 영향도 역시 홀시할 수는 없다.

북방 사람들은 비교적 질박(質樸)하고 실제적인 면을 중요시한 데 반해 남방 사람들은 비교적 활발하고 환상적인 기질이 많아 호기심과 상상력에서 나온 전설과 신화가 적지 않았으며, 풍속에 있어서도 무풍(巫風)이 성하여 축도(祝禱)·가무(歌舞)가 상당히 발달하고 이것이 문학과 음악에 끼친 영향은 무척 컸다. 물론 시간적으로《시경》보다《초사》가 뒤에 나왔으니《시경》의 영향을 전혀 받지 않았다고는 할 수 없으나《초사》는《초사》대로의 독특한 문체와 성격을 지니게 된 것이다. 그러면《시경》과《초사》의 차이점을 그림표에 간단히 표시하여 비교해 보자.

	《시　　경》	《초　　사》
환경	황하 유역을 중심으로 한 북방지역에서 춘추(春秋), 즉 정벌시대(약정부)의 산물로 주로 한족(漢族) 평민의 작자명이 밝혀지지 않은 작품이 많다.	양자강 중부를 중심으로 한 남방지역에서 전국(戰國), 즉 혼전시대(무정부)의 산물로 한족이 아닌 형만(荊蠻) 귀족시인의 작자명이 밝혀진 작품이 많다.

	《시 경》	《초 사》
형식	4언 위주의 단시(短詩)에 단구첩자(短句疊字)·음조중첩(音調重疊)·반복영탄(反復詠嘆)이 많다.	6언 위주의 장시(長詩)에 장구변어(長句騈語)가 많고 음조중첩이 거의 없으며 직접적인 진술이 많다.
작품	성정(性情)을 구속하고 근신하며 질박(質樸)하게 표현된 사실적(寫實的)인 문학이다.	구속 없이 방종스럽게 기렴(綺艶)하게 표현된 낭만적(浪漫的)인 문학이다.
내용	실재생활을 중심한 인사(人事)에 관해 평민적이고 온유돈후(溫柔敦厚)한 내용이 많다.	신화·전설을 중심한 현허(玄虛)한 일에 관해 귀족적이고 적극열렬한 내용이 많다.

(4) 굴원의 작품

《초사》 하면 곧 굴원을 생각하게 되고 굴원 하면 곧 《초사》를 생각하게 된다. 중국문학사상 최초의 대시인 굴원을 중심으로 하여 《초사》라는 특수한 시형의 발생을 보았고, 대표작인 〈이소〉를 비롯하여 그의 작품은 대부분이 왕의 부름을 고대하던 당시의 비애와 우수를 호소한 글들이었다. 그리고 그의 사후 초나라에 여러 시인들이 나왔으나 그중 송옥만이 굴원과 병칭되고, 당륵과 경차의 이름이 비교적 널리 알려진 편이다.

《초사》 중 굴원의 작품으로 《사기》에서는 〈이소〉 〈천문〉 〈초혼(招魂)〉 〈애영(哀郢)〉 〈회사(懷沙)〉의 다섯 편이 있다 했고, 전술한 바와 같이 《한서》 〈예문지〉에서는 굴원부 25편이 있다 했으며, 이후 왕일의 《초사장구》와 주희의 《초사집주》에서도 역시 〈이소〉 〈구가〉(11편) 〈천문〉 〈구장〉(9편) 〈원유〉 〈복거〉 〈어부〉의 25편이 굴원의 작품이라 하여 《한서》 〈예문지〉와 편수가 일치된다. 그러나 이 모두

가 다 굴원의 작이라고 믿기는 어렵다. 역대 학자들이 엄밀히 고증한 바에 의하면 굴원이 직접 쓴 것이라고 믿을 수 있는 작품은 오로지 〈이소〉 〈천문〉 〈구장〉의 11편이라고 한다.

우선 〈구가〉는 《초사》의 초기 작품으로 당시 민간의 연가(戀歌) 내지는 제신가(祭神歌)로서, 주희도 명백하게 〈구가〉는 초나라 사람들이 귀신을 모시던 무가(舞歌)라고 지적했다. 다음 〈원유〉는 유선사상(遊仙思想)이 농후한 작품으로서 호적(胡適)·육간여(陸侃如) 등의 세밀한 연구 결과 〈이소〉를 모방한 한인(漢人)의 의작(擬作)임이 증명되었다. 끝으로 〈복거〉와 〈어부〉 두 편은 첫머리에 '屈原旣放(굴원이 이미 추방되어)'이란 구절이 나오고 문체가 한대의 산문부(散文賦)인 점에서 제3자가 쓴 것 같고, 왕일도 이 두 편은 초나라 사람들이 굴원을 생각해서 지은 것인지도 모르겠다고 하였다.

결국 굴원의 작품으로는 〈이소〉 〈천문〉과 〈구장〉의 〈석송(惜誦)〉 〈섭강(涉江)〉 〈추사(抽思)〉 〈귤송(橘頌)〉 〈비회풍(悲回風)〉 〈애영(哀郢)〉 〈회사(懷沙)〉 〈사미인(思美人)〉 〈석왕일(惜往日)〉, 이렇게 모두 11편이 남는다. 그러나 여기서는 〈구가〉도 소개했는데, 이 〈구가〉는 오늘날까지도 이 작품의 굴원작 여부에 대해 여전히 이설(異說)이 나오고 있고 굴원의 개작설(改作說)이 매우 유력시되고 있으며, 무엇보다도 이 작품이야말로 《초사》의 선구일 것이며 이것이 있음으로 해서 굴원 문학의 개화를 가져올 수 있었을 것이었기 때문이다.

2. 굴원의 생애와 사상

(1) 생애의 전설성

오늘날까지 남아 있는 굴원에 관한 사료(史料)는 사마천(司馬

遷)의 《사기(史記)》 〈굴원가생열전(屈原賈生列傳)〉과 〈초세가(楚世家)〉, 그리고 유향(劉向)의 《신서(新序)》 〈절사편(節士篇)〉 정도밖에 없는데다, 그나마도 〈절사편〉은 《사기》 및 다른 자료를 참고하여 만든 것으로 생각되며 《사기》의 기록과 해석을 달리하는 어구도 있긴 하나 《사기》에 비해 훨씬 간략해서 별로 큰 도움이 되지 않는다. 이런 사정으로 해서 오늘날 굴원의 사적(事蹟)을 자세히 연구하기가 여간 어려운 형편이 아니다. 그래서 굴원 연구가들 간에는 아직도 굴원의 행적에 대한 이설(異說)이 분분하며 의심을 풀지 못하여 심한 사람은 그의 실재 여부에까지도 부정 혹은 회의(懷疑)를 품고 있다. 요계평(廖季平)과 호적(胡適)이 그 대표적인 예라고 할 수 있다.

요계평은 굴원이 실존인물이 아니라고 철저히 부정하는데, 그 이유로 첫째 《사기》 〈굴원가생열전〉의 문맥이 맞지 않는다는 점과 둘째 경학적(經學的)인 견지에서 볼 때 《초사》가 《시경》의 방지(旁支)에 지나지 않는다는 것과, 셋째 굴원의 자서전적인 대표작 〈이소〉의 첫머리에 나오는 '제고양지묘예(帝高陽之苗裔)'가 진시황(秦始皇)의 자서(自序)이고 기타 굴원의 문장은 거의가 진(秦)나라 박사(博士)의 소작이라는 것으로 굴원부정설을 내세웠다. 여기서 첫째의 이유는 어느 정도 수긍이 가는 말이기는 하지만 그렇다고 해서 굴원의 실재를 전적으로 부정해 버릴 만한 증거는 되지 않는다고 여겨지며, 둘째·셋째의 이유는 억설이라 아니할 수 없다.

다음 호적은 그의 〈독초사(讀楚辭)〉에서 요계평과 비슷한 설로 《사기》의 문맥불통을 들어 굴원의 존재를 의심하고, 또 전설상의 굴원이 정말 실존해 있었다 하더라도 결코 진한(秦漢) 이전의 사람은 아니라고 주장하였다. 이어서 그는 굴원을 유가(儒家)들이 만들어놓은 이상적인 충신이라고 단정짓고, 거기에 덧붙여 굴원이 초회왕(楚懷王)의 고사(故事)나 신화 중의 한 인물이었을 것이라고 다음과 같이 이야기했다.

'당시 틀림없이 초회왕의 고사나 신화가 민간에 돌아다녔을 텐데, 굴원은 아마도 이러한 고사 중에 나오는 인물이었을 것이다. 거기서 초회왕은 주인공이고 굴원은 조역이었을 것이나 진나라가 망한 후에는 초회왕에 관한 이야기가 차차 없어지면서 원래 조역이었던 굴원이 주인공으로 바뀐 것이다. 이것이 오래되자 후에는 정말 그런 일이 있었던 것처럼 되어, 유향(劉向)의 《설원(說苑)》에도 이것이 실렸고, 《사기》를 보충한 사람도 이야기를 《사기》 속에 맞춰 넣었던 것이다.'

이상 두 사람의 논점을 살펴볼 때 물론 일리가 없는 것은 아니다. 사실 《사기》뿐만 아니라 서양의 《성경》이나 동양의 여러 경서(經書) 및 문학작품 등 어느 고서를 보든지 당시는 모두가 일일이 초록(鈔錄)을 통해 전본(傳本)되어 왔기 때문에 오랜 세월에 여러 사람의 손을 거쳐오면서 증보산제(增補刪除)가 전혀 없었다고는 속단키 어려울 것이다. 그렇지만 경서도 아닌 사서(史書) 《사기》에 보이는 서술상의 몇몇 불명과 모순된 점을 이유로 들어 굴원의 존재까지 부정 혹은 의심할 수는 없다고 본다.

굴원의 시대에서 《사기》의 찬자(撰者) 사마천의 시대까지는 2백년도 채 못되며, 만약 이것이 위작(僞作)이라면 또한 그토록 모순된 저서가 되지 않았을는지도 모른다. 《사기》의 모순은 오히려 굴원의 실재를 증명해 준다고도 볼 수 있다. 이러한 정사(正史) 열전 중의 기록뿐만 아니라, 굴원의 사후 백년을 불과하여 가의(賈誼)의 〈조굴원부(弔屈原賦)〉나 장기(莊忌)의 〈애시명(哀時命)〉 같은 추도문이 나오고 오늘날까지 현존한 것으로 보아 굴원의 실재에 대한 의심은 너무 지나친 생각이 아닌가 한다.

(2) 생애의 실제

굴원은 이름이 평(平), 자가 원(原)으로, 초나라 왕족이었다. 〈이소〉에 '내 이름은 정칙이라 하고, 내 자는 영균이라 하였다(名余曰正則兮, 字余曰靈均)'라 하여 자신의 이름과 자를 정칙(正則)과 영균(靈均)이라고 했는데, 이는 그 이름을 그대로 쓴 것이 아니라 그 뜻을 취해 쓴 것(王夫之 : 〈隱其名而取其義〉)이라 여겨진다.

그의 가계(家系)에 관해서는 〈이소〉의 '고양 임금의 후예로, 내 아버님은 백용이라 부르셨다(帝高陽之苗裔兮, 朕皇考曰伯庸)'란 자술(自述)로 보아, 멀리 전욱(顓頊) 고양씨(高陽氏)를 선조로 하고 아버지는 백용(伯庸)이라 불려졌음을 알 수 있다. 〈이소〉에 의하면 아버지는 아들 굴원을 무척 아껴주었으며, 이밖에 누님이 있었는데 너무 강직하여 외토리가 된 동생 굴원을 안타까워했다고 했는데, 더 자세한 것은 알 수 없다.

다음 굴원의 고향은 그가 초나라 왕족이었으므로 당시의 초나라 서울이었던 영(郢)에서 태어났으리라는 짐작이 간다. 물론 이에 대해서 이설(異說)이 많으나, 굴원이 말년의 고된 유랑 끝에 쓴 작품 〈애영(哀郢)〉의 첫머리를 읽어보면, 영은 바로 초나라 수도였고 이곳이 굴원의 고향임을 확인할 수 있다. 이 영은 오늘의 호북성(湖北省) 강릉현(江陵縣) 북방 50리쯤에 위치한 곳이다. 이처럼 굴원은 낭만이 깃든 남국의 아름다운 풍토에서 나고 자란 것이다.

그의 생년월일에 관해서는 〈이소〉에 '호랑이해 바로 정월달, 경인날 나는 태어났다(攝提貞于孟陬兮, 惟庚寅吾以降)'란 단서가 하나 보일 뿐 《사기》 〈굴원열전〉이나 《신서》 〈절사편〉에도 아무런 기록이 없어 역시 여러 학설이 분분하다. 왕일의 《초사장구》에서는 섭제(攝提)를 인년(寅年), 추(陬)를 정월로서 곧 인월(寅月), 그리고 경인

(庚寅)은 날짜로 보아, 인년 인월 인일에 굴원이 태어났다고 했다. 이후 주희의 《초사변증(楚辭辯證)》에서는 월일은 인월 인일이지만 해는 인년이 아니라고 했으나 확실한 생년월일을 제시하지는 못했다. 그밖에 진창(陳瑒)의 〈굴자생졸년월고(屈子生卒年月攷)〉, 유사배(劉師培)의 〈고력관규(古曆管窺)〉, 장유양(張惟驤)의 〈의년록휘편제사주(疑年錄彙編題詞註)〉 등 여러 설이 나와 조금씩 차이는 있으나, 이들의 추정을 종합해보면 대략 초선왕(楚宣王) 27년(기원전 343) 정월 21일이란 날짜가 나오는데, 《사기》에 기록된 굴원의 사적(事蹟) 연대와 비교해 대략 들어맞는다.

그럼 《사기》의 기록을 근간으로 하여 굴원의 생애를 대략 살펴보기로 하자.

산수가 수려하고 경치가 아름다운 남국의 자연환경 속에 왕족과 동성(同姓)인 귀족의 아들로 태어나, 풍부한 교양과 학문 그리고 넘치는 상상력과 웅혼(雄渾)한 문장력을 지닌 천재로서, 또 불의에 굽히지 않고 우국충정(憂國忠貞)에 불타는 애국지사로서 그는 자랐다.

나이 스물여섯 무렵에 그는 이미 회왕(懷王)의 좌도(左徒)가 되어, 왕의 신임을 한몸에 받았다. 좌도라면 영윤(令尹), 곧 승상 다음가는 높은 지위로, 그는 견문이 넓고 치란(治亂)에 밝아 풍부한 지식을 널리 정치상에 활용하여 안으로는 왕과 더불어 국사를 의논하고 호령하였으며 밖으로는 빈객을 접대하고 제후들과 응대하였다. 이렇듯 젊은 나이에도 지위가 높고 회왕의 두터운 신임을 받아 득지(得志)했던 까닭에 자연 그는 주위 사람들의 투기와 모함을 피할 수 없게 되었다.

한번은 회왕이 그에게 헌령(憲令)을 작성토록 했다. 이 초고(草藁)가 미처 다 되기도 전에 상관대부(上官大夫)가 이를 보고 빼앗으려 하자 굴원은 거절하고 주지 않았다. 이 때문에 그는 참소(讒訴)를 입고 끝내는 회왕의 노여움을 샀으며 드디어 거직(去職)되고 이후 왕은 점점 그를 소원히 했던 것이다.

이 무렵 진(秦)나라에서는 제(齊)나라를 칠 생각을 하고 있었다. 당시의 정치상황을 보면 초나라는 진나라·제나라와 더불어 삼각관계로 팽팽히 맞서, 제나라와 합치면 진나라를 멸할 수 있고 진나라와 합치면 제나라를 이길 수 있는 힘의 균형을 이루고 있었다. 이에 본래부터 진나라의 흉계를 알고 있었던 굴원은 친제공진(親齊攻秦) 정책을 폈고 또 그것이 유리하게 진행되었다. 때문에 진나라는 제나라를 치고자 하면서도 제나라와 초나라 양국이 친한 것을 두려워하여 움직이지 못했다. 그러나 굴원이 쫓겨난 후 진나라는 유명한 외교관 장의(張儀)를 초나라에 보내어 뇌물과 감언이설(甘言利說)로 어리석은 회왕을 꾀어 제나라와의 국교를 끊도록 만들었다.

이때 굴원은 쫓겨나 힘없는 몸이라 진간(進諫)할 길이 없었고, 회왕은 그만 장의의 속임수에 넘어가고 말았다. 나중에야 속은 사실을 안 회왕은 대노하여 진나라를 치게 하였으나, 도리어 대패하여 8만의 군사가 죽고 장군 굴개(屈匄)가 잡혀갔으며 한중지(漢中地) 땅을 빼앗겼다. 이 틈에 위(魏)나라가 또 초나라의 등(鄧)까지 습격해오고, 제나라는 배신한 초나라를 전혀 도와주지 않아 초나라는 큰 곤경에 봉착되었다. 그제서야 회왕은 지난 일을 후회하고 철저한 친제파(親齊派)였던 굴원을 다시 불러들여 제나라에 사신으로 보냈다.

이상 장의가 초나라에 오고 초나라가 진나라에게 대패를 당한 사실은 초회왕 16년(기원전 313)과 17년(기원전 312)에 각각 있었던 일이므로, 굴원이 회왕 11년(기원전 318)에 좌도가 된 이후 헌령을 초안하는 일로 해서 거직되었던 때는 회왕 13년에서 15년 사이(기원전 316~314)의 일이었을 것이고 다시 복용(復用)된 것은 회왕 17년의 일이었을 것이다.

이듬해 진나라에서는 한중지를 돌려주겠다는 약속으로 강화를 청해

왔다. 그러나 초회왕은 땅보다 장의를 내놓으라고 했고, 장의는 또 자기 한 몸이 한중지를 대신할 수 있다면 자기가 가겠노라고 자청했다. 초나라에 온 장의는 회왕의 총희(寵姬)인 정수(鄭袖)를 꾀어 자신을 다시 놓아보내게 했다. 이때 굴원이 제나라에서 돌아와 왜 장의를 죽이지 않았느냐고 간했으나 장의는 이미 멀리 떠나버린 뒤였다.

그런데 이 무렵의 사적을 적은 《사기》의 기록 중에 '다시 복직되지 않고 제나라에 사신으로 갔다(不復在位, 使於齊)'라 한 것을 가지고 굴원의 실재(實在)를 의심하는 사람들은 모순된 이야기라고 지적하고 있다. 이미 거직되어 다시는 재위(在位)하지 못했다면서 제나라에는 어떻게 사신으로 갔으며 더군다나 간언까지 했다는 것은 말이 안된다는 것이다. 그러나 이 말은 굴원이 이전의 직위였던 좌도에 복직되지 않고 곧장 제나라로 사신이 되어 갔다는 뜻이다. 그러기에 장의가 초나라를 떠난 뒤에야 제나라에서 부랴부랴 돌아와 간하게 되었던 것이다. 이러한 일들로 해서 회왕은 다시 굴원을 깊이 신임케 되었고, 삼려대부(三閭大夫)가 된 것도 대략 이 무렵이 아닌가 싶다. 삼려대부란 벼슬은 소(昭) · 굴(屈) · 경(景)의 왕족 3성을 통할하는 직책이었다 한다.

이후 초나라는 제후들의 공격을 받아 장군 당매(唐眛)가 죽는 등, 국력이 날로 쇠약해지기만 했다. 그 사이 초나라와 진나라 또 초나라와 제나라는 교(交) · 절(絶)을 거듭하며, 이러한 정치적 파동에 따라 굴원의 운명은 늘 흔들리곤 했다. 회왕 24년(기원전 305)에만 해도 종래 진나라를 제외한 당시의 6국이 연합했던 약속을 어기고, 진나라의 부인을 맞아오는 등의 짓을 해서 진나라와 어울리게 되자 초나라에서는 친진파(親秦派)들이 득세하게 되었다. 그리고 회왕 30년(기원전 299)에는 진소왕(秦昭王)이 초나라 왕족의 딸과 혼약을 맺고자 회왕을 만나자고 했다. 이때 회왕이 진나라에 가려고 하자 굴원이 못가게 간하다가 정수(鄭袖)·자란(子蘭)·근상(靳尙) 등 친진파들의 참언(讒言)으로 굴원은 한북(漢北)에 방축(放逐)되는 몸이 되었다.

결국 회왕은 어리석은 아들 자란의 말을 듣고 진나라에 갔다가 영영 돌아오지 못하고 말았다. 왕위는 회왕의 장자 경양왕(頃襄王)이 잇고 그 아우 자란을 영윤으로 삼았다. 이 무렵의 《사기》 기록을 조금 인용하면 '초나라 백성들은 자란이 회왕을 진나라에 가라고 권하여 돌아오지 못하게 한 것을 탓했다. 굴원은 자란을 미워하고 비록 방축되었지만 초나라를 걱정하고 회왕을 그리워하며 다시 조정에 돌아가고 싶은 마음을 하루도 가져보지 않은 날이 없었다(楚人旣咎子蘭以勸懷王入秦而不返也;屈平旣嫉之, 雖放流, 睠顧楚國, 繫心懷王, 不忘欲反)'라고 했는데, 여기에 '비록 방축되었지만(雖放流)'이란 말이 보인 것으로 보아 굴원이 방축되었던 것은 틀림없는 사실인 것 같다. 이것이 굴원이 방축된 것으로는 맨 첫번의 일이었다.

경양왕 3년(기원전 296) 결국 회왕이 진나라 땅에서 객사하자 친진파들은 전국민의 비난을 막을 수 없게 되었고 진나라와의 국교도 끊기게 되자 굴원은 한북에서 소환되었다. 그러나 영윤 자란은 원래부터 굴원의 직언(直言)을 꺼리어 그를 소원히 했으며, 경양왕 7년(기원전 292)에 진나라와 국교가 재개되자 굴원은 더욱 세력을 잃고 끝내는 강남(江南)으로 두 번째 방축되었던 것이다.

이로부터 수년간 울분과 비통 속에 불행은 계속되었다. 그러나 그의 마음은 하루도 국가를 생각하지 않은 날이 없었다. 모든 고통과 비분을 참으며 임금이 다시 불러주기를 몽매에 그렸다. 하지만 아무리 기다려도 불러주지 않았다. 이에 경양왕 14년(기원전 285) 굴원은 59세를 일기로 멱라수(汨羅水)에 스스로 몸을 던짐으로써 고독한 일생을 끝맺었다.

이렇게 해서 굴원이 죽은 날이 오늘날 음력 5월 5일로 알려져 있다. 이에 대한 확실한 증거를 얻어볼 길은 없지만, 어쨌든 중국의 단오절(端午節) 유래는 굴원의 죽음과 관련돼 있으며 그 풍속도 모두 굴원을 그리는 데서 나왔다고 할 수 있다.

중국인들은 단오날이면 쭝즈(粽子)라는 떡을 만들어 먹고 뱃놀이를 하는 풍습이 있다. 쭝즈라는 떡은 찹쌀 안에 대추 등을 넣고 대잎이나 갈대잎으로 싸서 찐 것인데, 원래는 너무도 억울하고 비통했던 굴원의 죽음에 그를 애도하는 초나라 사람들이 죽통(竹筒)에 쌀을 담아 강물에 던져서 교룡(蛟龍)에게 그걸 먹고 굴원의 시체를 다치지 말아 달라고 한 것이었다고 한다. 그 죽통의 쌀이 점차 바뀌어 오늘날의 대잎에 싸서 찐 단오떡이 된 것이다.

그리고 뱃놀이하는 풍습도, 원래는 굴원이 강에 빠져 죽었기 때문에 초나라 사람들이 배를 타고 다니며 그를 구하려고 했던 것이었다 하는데, 오랜 세월이 흐르는 사이에 지금의 용선(龍船) 시합으로 변모한 것이다. 이러한 풍속은 이제 초나라 지역의 사람들만에 그치지 않고 중국인 전부에게 번져 굴원의 위대함을 엿보게 한다.

뿐만 아니라 현재 대만에서는 단오날을 시인절(詩人節)로 정하여 문단의 갖가지 행사가 이날 이루어지곤 하는데, 이점 역시 중국의 문인들이 굴원의 시정신(詩精神)을 얼마나 높이 평가하고 있으며 그의 사상과 작품을 문학의 지표로 삼고 있음을 짐작케 해준다.

(3) 성격과 사상

어느 시인 어느 작품이나 그것이 지닌 성격이나 사조(思潮)를 살펴보면 주지적(主知的)인 면과 주정적(主情的)인 면으로 크게 구분지을 수 있을 것이다. 굴원과 그의 작품은 후자의 것에 속한다 하겠다. 굴원의 작품에는 그의 강렬한 개성과 인격의 표현이 두드러져 보인다.

굴원이 살다 간 시대는 전국(戰國) 말기로 진(秦)나라가 6국을 탐

멸(呑滅) 통일하기 약 반세기 전, 학술사상이 크게 진작되고 열국간에 군사·정치상의 투쟁과 알력이 극심하며, 특히 굴원의 생애와 떼지 못할 관계를 맺었던 종횡(縱橫)의 유풍(流風)이 한창 유행하던 때였다. 이러한 시대적인 특징과 그 조류에도 불구하고 그는 사상가가 되지 않고 정계에서 실각된 후 모든 정신을 온통 문학에만 쏟았던 것도 그러한 그의 성격 때문이었을 것이다.

너무도 다정다감한 순정적(殉情的)인 성격의 소유자였기에 유묵(儒墨)의 실천역행(實踐力行)하는 기력이나 도가(道家)에 있어서의 광달(曠達)한 흉회(胸懷)는 결여되어 있었다. 그러나 우리는 그의 작품들에서 동정해 주고 싶을 만큼 애절한 애국우민(愛國憂民)의 사상과 도가적인 성격, 그리고 인도(人道)를 향한 굳은 의지가 뒤얽혀서 혼연일체가 된 그의 면모를 엿볼 수 있다.

개성이 강한 사람일수록 모든 일에 극단적이고 타협과 양보가 없다. 때문에 그는 고독한 것이다. 굴원이 그러했다. 참된 인도에로 향한 자신의 성향(性向)을 벗어나서는 죽음도 가리지 않았다. 〈이소〉에서 그는,

내 쫓겨남은 혜초 띠 때문
게다가 백지(白芷)를 가지고 있어서여라
하지만 내 마음의 착함은
아홉번 죽어도 변함없으리
旣替余以蕙纕兮 又申之以擥茝
亦余心之所善兮 雖九死其猶未悔

우수에 싸여 나는 실의 속에
나 홀로 이 세상 괴로워,

차라리 훌쩍 죽어 사라질지언정
나는 차마 이런 짓 할 수 없어라
忳鬱邑余侘傺兮 吾獨窮困乎此時也
寧溘死以流亡兮 余不忍爲此態也

라고 하여 청(淸)과 탁(濁)을 함께 포용할 수 있는 사람이 아니었다. 그런 점에서 그를 정치인이라 한다면 역설일까? 사실 그는 정치의 낙제생으로서 거직(去職)과 방축(放逐)을 거듭 당하여 비통과 고독을 짓씹으며 살았다. 그러한 그의 성격과 인간이 〈어부사(漁父辭)〉에 잘 나타나 있다. 물론 이 작품은 앞에 밝힌 바와 같이 한인(漢人)의 의작(擬作)임이 확실하지만 그 작자가 굴원을 본 그 관점이 중요하다. 즉 고독을 운명처럼 되새기며 삶이 아무리 곤고(困苦)로워도 자아(自我)를 잃지 않았던 그였기에 후인들은 그를 못잊어했던 것이다.

고독에는 언제나 괴로운 번민이 따르게 마련이다. 고독이 생활이 돼버린 사람에게는 번민이란 이미 어쩔 수 없는 성격이 되고 마는 것이다. 흐르는 세월에 애태우며 자기수양과 임금의 선정(善政)을 위해 의지로써 노력했던 굴원은, 그의 속마음을 알아주는 이 없어 터질 듯이 답답한 가슴을 안고 번민한다. 영분(靈氛)과 무함(巫咸)의 길점(吉占)은 택해도 좋을 또 하나의 길을 말하는 굴원의 생각이기도 했다. 그러나 그는 끝내 동성지군(同姓之君)을 버리지 못하는 의리인(義理人)이기도 했다. 차라리 죽음을 택하는 과격한 성격의 소유자였다.

나라가 기우는 참통(慘痛)과 실의(失意) 속에 방관만 하고 있을 수 없었던 굴원은, 고대국가의 치란흥망(治亂興亡)으로부터 그 필연적인 인소(因素)를 체득하여 치세(治世)의 본을 삼아야 한다고 보았다. 요(堯)·순(舜)과 같은 고현성왕(古賢聖王)에게서 치세의 정도

(正道)를 찾고, 걸(桀)·주(紂)처럼 음포(淫暴)한 군왕을 경계하는 것으로 치국의 귀감(龜鑑)을 삼자는 것이 그의 정치관이다. 이에 따라 그의 충신지도, 즉 애국사상은 발로될 수 있었다.

이와 같은 그의 애국사상·정치관을 들어 굴원에게는 유가적인 기질이 농후하다고 보는 사람이 많다. 유가의 사상은 당시 난세(亂世)의 원인을 주례(周禮)의 폐퇴(廢頹)와 요순지도(堯舜之道)의 상실에서 온 것으로 보아 현실에 입각한 인의(仁義)와 예법(禮法)으로써 당우(唐虞)·3대(三代)와 같은 이상의 천하를 만들고자 했다. 끝내 신시군이충(臣事君以忠)의 마음으로 일관했던 굴원의 사상에 유가적인 성격이 전혀 없는 것은 아니다. 그러기에 역대의 유가들은 특히 〈이소〉를 그들의 경전처럼 여겼으며 충신 교과서로까지 삼았던 것이다.

그러나 현실에 실망하고 염세(厭世)에 빠진 나머지 굴원의 작품 곳곳에 도가적(道家的) 감정 경향이 나타나고 있다. 도가의 조종(祖宗)인 노자(老子)와 장자(莊子)가 다 남방인이었고 북방의 유가사상에 대해 도가사상은 남방의 사상이었으며, 굴원과 같은 남방인에게 이것은 어차피 천부의 성격이었다. 이처럼 굴원은 모순의 인간이기도 했다. 그러면서도 그는 자신이 설정해 놓은 길에 언제까지고 충실했다. 그가 지향한 길은 성왕(聖王)·현군(賢君)·충신의 발자취를 최선의 표준으로 삼고 따르는 것이었다.

결국 굴원은 도가의 발원지인 남방의 아름다운 풍토 속에 자라나 강직한 성격 때문에 속인들에게 용납되지 못하고, 곤고 속에 현실을 극도로 염오한 끝에 현실을 벗어나고 싶어하면서도 차마 버리지 못하는 인정과 뿌리 깊이 박힌 애국심, 이러한 것들로 그의 성격과 사상은 형성된 것이다. 그래서 굴원의 사상에는 일정한 한계선을 그을 수도 없고 통일성도 없는 것이다. 즉 그는 선천적으로 한 사람의 문인은 될 수 있었어도 철학자는 될 수 없었던 것이다. 더욱이 젊은 시절에 영달했다가 하루아침에 눈서리를 맞아 정계에서 매장되자 그 속에서 헤어나지 못하고 흉중에 울적한 불만을 시가(詩歌)로 발설하여 천고에 위대한 시인이 된 것이다.

사실 문학이란 사상의 용기(容器)는 아니다. 사상이 없는 작품은 문학으로서의 가치가 미약해질 수밖에 없는 것이겠으나, 사상의 선전을 위하고 사상의 확장 보급을 도모하려 한다면 그 또한 이미 문학이라 할 수 없을 것이다. 사상은 어디까지나 시인의 정신과 성격에 스며들어 생리화되어서 은연중에 그것이 작품으로 나타나야 할 것이다. 이러한 의미에서 우리는 굴원 작품의 순문학으로서의 가치를 더욱 높힐 수 있는 것이다.

3. 문학사상(文學史上)의 위치

(1) 문학사적 가치

최초의 중국문학 발상지는 황하 유역이었고 문학 발생의 순서로 보아 맨 먼저 나타난 것은 운문이라 하겠는데, 고대중국의 북방문학을 대표하는 《시경》이 바로 그 집대성(集大成)이다. 《시경》의 시는 대부분 4언을 주로 하는 시가로 문학사상 5, 6백년 동안 성행하였다.

기원전 4백년 무렵에 이르러 중국문학에는 큰 변화가 일어나기 시작하였는데, 그것은 《초사》, 즉 남방문학의 발흥이었다. 《초사》는 초나라에서 일어나 북방문학과 대치, 이후 백년도 못가 북방문학의 세력은 점차 쇠락하고 《초사》가 그 자리를 대신하게 되었다. 그러나 《초사》의 가치는 《시경》의 자리를 이었다는 점에 있는 것이 아니라, 《시경》의 오랜 시체(詩體)에서 벗어나는 혁신을 이룩하고 이후의 문학에 큰 영향을 끼칠 문학사상의 신기원(新紀元)을 열었다는 점에 있다. 그리고 그 대표적인 인물이 굴원이었다.

4언시는 언정(言情)·서사(叙事)를 막론하고 자유로운 표현에 속박이 많아 전국시대에 이르러선 거의 이용되지 않았다. 초사의 작자는 결국 종전의 형식을 완전히 파괴하고 일종의 신문체를 건립, 나타내려고 하는 사상(事象)을 자유로이 표현할 수 있게 하였다. 가령 《시경》의 왕풍(王風) 〈대거(大車)〉에 보면,

큰 수레 덜커덕덜커덕
붉은 털옷 입은 대부 순찰한다
어이 그대 생각 않으랴만
대부가 두려워 감히 못간다
大車檻檻 毳衣如菼
豈不爾思 畏子不敢

라고 했는데, 이는 남녀가 그리운 사람을 만나고파 하면서도 뒷일을 염려하고 꺼림을 그린 시이다. 이와 같은 묘사를 초사의 〈구가(九歌)〉 상부인(湘夫人)에서도 찾아볼 수 있다.

새는 어이 마름풀 속에 모이고
그물은 어이 나무 위에 치는가?
원수에 백지, 예수에 난초
임이 그리워도 말을 못한다.
鳥何萃兮蘋中 罾何爲兮木上
沅有茝兮醴有蘭 思公子兮未敢言

이 두 작품을 비교해 볼 때 번역시에서는 나타나지 않을지 모르겠

으나, 전자에 비해 후자의 음조(音調)가 훨씬 순탄 원활하면서도 그 정서(情緖)가 얽히어 감겨 있음을 느낄 수 있을 것이다. 이는 자구(字句)의 장단, 그리고 형식의 속박과 자유의 관계에서 온 현상이다.

(2) 후세 문학에 미친 영향

《초사》는 부(賦)·변려문(騈儷文)·칠언시(七言詩) 및 심지어는 소설·희곡에 이르기까지 후세 중국문학의 모든 장르에 그 영향을 미치지 않은 것이 없다.

부는 원래 《시경》 시 분류법인 육의(六義)의 하나로 사물을 직서(直叙)하는 표현방법이다. 그러나 한부(漢賦)의 체재는 《시경》보다 초사에 가깝다. 즉 그 뜻은 《시경》에서 따고 체재는 《초사》에서 본뜬 것이다. 다만 《초사》 작품과 다른 점이 있다면 《초사》는 서정(叙情)을 주로 하여 낭만적인 성분이 많은 데에 비해 부는 서사(叙事)를 주로 한 사실적인 면으로 발전한 것이다. 그래서 이것을 간혹 사(辭)·부(賦)의 둘로 구분짓기도 한다. 명(明) 서사증(徐師曾)의 〈문체명변(文體明辨)〉에 의하면, 《초사》는 《시경》 시의 한 변체(變體)로서 대략 6의를 겸비하고 있으나 부체(賦體)가 가장 많아 이후 사부가(辭賦家)들은 모두 이를 비조(鼻祖)로 삼았다고 했다. 그리고 사부를 고부(古賦, 즉 騷體賦)·배부(俳賦, 즉 일종의 騈體賦)·문부(文賦, 즉 散體賦)·율부(律賦)의 네 가지로 나누어, 고부는 〈이소〉에서 〈구변(九辯)〉에 이르는 《초사》 작품에 그 기원을 두고 문부는 〈복거(卜居)〉와 〈어부(漁父)〉에 그 기원을 두었으며 배부는 고부에서, 또 율부는 배부에서 나와 그 연원을 모두 《초사》에 두고 있다고 했다.

4·6언의 대구를 많이 써서 읽는 이에게 미감(美感)을 주는 변려문에도 《초사》의 영향은 크다. 선진(先秦) 고적(古籍) 중에도 배우(排偶)가 간혹 엿보이기는 하나 대개는 질박(質樸)한 문장이었고, 변

체(駢體)로서 완전히 정제(整齊)된 작품은 〈이소〉를 비롯한 《초사》에서부터 시작된 것이 아닌가 한다. 《초사》 작품은 원래가 미문(美文)이기도 하지만, 특히 〈이소〉를 보면 구와 구 또는 한 구에서도 중간에 조사 혜(兮)를 넣어 대구 형식을 쓰고 있다.

초기의 7언시는 한고조(漢高祖)의 〈대풍가(大風歌)〉, 무제(武帝)의 〈추풍사(秋風辭)〉, 소제(昭帝)의 〈황곡가(黃鵠歌)〉, 이릉(李陵)의 〈별가(別歌)〉 등과 같은 초성(楚聲)의 한인(漢人) 작품들이다. 이 작품들은 구중에 혜(兮)자를 사용하고 있는데, 이를 빼거나 다른 글자로 바꾸면 곧 7언의 시체가 된다. 물론 《시경》의 시에도 7언구가 전혀 없는 것은 아니다. 그러나 《시경》에는 7언구가 극히 드물고, 《초사》는 대부분 3언을 기저로 하여 중간 또는 끝에다 조사를 이용해서 7언 1구를 만들고 있다. 뿐만 아니라 초기의 7언시가 한결같이 초성을 띤 것으로 보아서도 이는 《초사》의 영향이라고 단정할 수 있다. 《초사》 가운데 초기작인 구가(九歌)의 〈산귀(山鬼)〉 〈국상(國殤)〉 등만 보아도 7언의 고풍이 두드러져 보인다.

그리고 5언시체도 학자에 따라서는 초사의 영향이라고 주장하고 있다. 시가 발생의 상례로 볼 때 4언에서 5언으로 발전하고 또 5언에서 7언으로 발전하는 것이 추세이겠는데, 유천은(游天恩)의 《초사개론(楚辭概論)》에 의하면 7언시의 발생이 5언시보다 먼저라고 했다. 전술한 바와 같이 초사가 《시경》의 4언체에 대한 일종의 문체해방이었고, 또 《초사》에는 4언은 물론 5·6·7·8언 등이 구애없이 사용된 사실을 보면, 5언시와 7언시의 발생 시기에 상관없이 초사의 영향을 배제시킬 수는 없었을 것 같다.

이밖에 진빈화(陳彬龢)의 《중국문학론략(中國文學論略)》 소설편에 의하면 소설의 기원으로서 《산해경(山海經)》 《장자(莊子)》 《열자(列子)》 《죽서기년(竹書紀年)》과 함께 《초사》도 포함시키고 있다. 〈이

소〉〈천문(天問)〉 등에 나오는 고대 신화·전설 및 가공적인 서술방식이 후세의 소설문학에 많은 자료와 기교를 제공해 주었으리란 것은 어렵지 않게 생각할 수 있다.

또 사무량(謝无量)의 《초사신론(楚辭新論)》에 의하면, 〈이소〉의 자술체(自述體)와 〈복거〉〈어부〉의 대화체, 그리고 〈초혼(招魂)〉〈대초(大招)〉 등의 《초사》 작품이 남방 희곡의 남상(濫觴)이라고 했다. 우령(優伶)이 맨 먼저 나와 자기 소개를 함으로써 희곡이 시작되는 것과 〈이소〉의 서두에 자기 소개를 먼저 붙이는 것으로부터 작품이 시작되는 것이 무척 비슷하기는 하다. 이렇게 보면 《초사》의 대화체 형식은 희곡에뿐만 아니라 후세의 문답시(問答詩)에도 영향이 없지 않았을 것이다.

물론 소설이나 희곡의 기원을 《초사》에 두는 것은 좀 무리일지도 모르겠으나, 운문·산문을 막론하고 《초사》가 중국의 후세문학에 끼친 영향은 무척 넓은 분야에 걸치고 있음에는 틀림이 없다.

4. 여 론(餘論)

굴원의 작품이 중국 후세문학에 끼친 영향에 대해서는 이미 살펴본 바와 같다. 한편 그것이 우리나라의 고전문학에도 필연적으로 지대한 영향을 미쳤으리란 것은 의심할 여지가 없다. 그 작품이 언제 우리나라에 전래되었는지는 자세한 기록이 없어 알 수 없으나, 굴원과 송옥의 작품 대부분이 수록되어 있는 소명(昭明)의 《문선(文選)》이 삼국시대에 벌써 수입되어, 신라에서는 교재(敎材)로서 청소년들은 물론 문인·학자들 간에 널리 읽혔다는 기록이 《삼국사기(三國史記)》〈열전(列傳)〉 강수(强首) 조에 보이고, 고구려에서도 이 책이 애중히 여겨졌다는 기록이 《구당서(舊唐書)》 열전 〈동이전(東夷傳)〉의 고구려전에 보인다. 이후 통일신라에 와서 《문선》은 고시과목(考試科目)의 하나가 되었고, 그 명맥은 후대에도 계속 유지되어 많은 영향을 주었던 것이다.

그러다 보니 자연 거기 실린 《초사》 작품도 반드시 읽어야 할 한 항목이 되었고, 특히 우국시인(憂國詩人)이었던 굴원의 작품은 우리 선인들의 구미에 맞아, 이를 공부하고 모방한 문인들이 많았다. 고려 말 삼은(三隱)의 하나였던 포은(圃隱) 같은 이는 〈사미인사(思美人辭)〉라는 초사체의 작품을 남겼고, 목은(牧隱)도 〈유수사(流水辭)〉 〈산수사(山水辭)〉 〈영개사(永慨辭)〉 등의 초사체 작품 이외에 〈독소자영(讀騷自詠)〉 2수와 〈사변(辭辨)〉 등을 남겼다. 이밖에도 특히 기울어져 가는 나라를 걱정하며 절개를 숭상하던 여말(麗末)의 많은 지식인들이 굴원의 작품을 노상 입에 올리고 그 시혼(時魂)을 높이 샀음을 알 수 있다.

이러한 《초사》 작품의 성행은 조선조에 와서도 여전하여, 정송강(鄭松江)의 출현을 전후해서 그 열은 더욱 고조되었다. 선조(宣祖) 때의 장계곡(張谿谷)·이지봉(李芝峰)과 숙종(肅宗) 때의 신청천(申靑泉)·이성호(李星湖) 등 많은 문인·학자들의 글 가운데 《초사》에 관한 언급이 수없이 엿보인다. 그리고 정송강은 그가 《초사》를 공부했다는 기록은 보이지 않으나, 《초사》를 애송했던 것으로 여겨지는 김인후(金麟厚)에게 수학(受學)했던 터였으므로 그 스승을 통해 《초사》를 공부하고 또 영향을 받았을 것으로 쉽게 짐작된다.

그래선지 송강의 전후 〈사미인곡(思美人曲)〉은 굴원의 〈사미인〉 및 〈이소〉와 여러 면에서 유사점을 지니고 있다. 그 점에서 김만중(金萬重)이 송강의 〈사미인곡〉을 '언소(諺騷)', 곧 '조선의 한글 이소'라 한 것은 매우 적절한 비유라 하겠다. 또 숙종 때 시인 김상숙(金

相肅)은 〈이소〉의 문체를 빌어 〈사미인곡〉을 한역(漢譯)해 오늘에 전하고 있다. 이만큼 우리 고전문학에 끼친 영향은 지대했다.

또한 중국 학자들 중에는 굴원 또는 그의 작품을 서양의 그것과 비교하기도 했다. 두 문학 사이의 영향관계 연구와는 거리가 먼 단순한 비교에 지나지 않으나, 참고삼아 몇 가지만을 소개한다. 앞에 나온 호적의 〈독초사〉에서는 전설상의 상통점을 들어 그리스의 호메로스(Homeros)와 비교해 보았고, 조경심(趙景深)은 그의 《중국문학사신편》에서 이탈리아의 단테(Dante Alighieri)와 비교했다. 두 사람이 다 위대한 시인이며 귀족으로 정치적인 처지가 같았고, 지역적인 면까지도 두 시인이 다 꽃과 사랑의 남국에서 자랐다는 것이다. 또 〈신곡(神曲 : Divina Comedia)〉도 〈이소〉도 다 주인공이 하늘과 지옥 어느 곳이나 갈 수 있게 된 점이 유사하다고 했다.

그리고 유대걸(劉大杰)의 《중국문학발전사》에서는 〈이소〉와 독일 괴테(Wolfgang von Goethe)의 《파우스트(Faust)》를 비교했는데, 마지막이 전자는 환멸로 끝나고 후자는 광명으로 끝나는 점만 다르고 나머지는 다 비슷하다고 하였다. 이밖에 현주(玄珠)의 《중국신화연구실ABC열표(列表)》에서는 〈구가〉에 나오는 신들을 고대 그리스와 북구(北歐)의 신화와 비교하여 상통점을 제시했는데, 동서양의 문학 근원에 유사점이 많다는 점에서 흥미를 끈다.

제 1 장

우수憂愁의 시 - 이소離騷

우수에 싸여 나는 실의 속에 나 홀로 이 세상 괴로워
차라리 훌쩍 죽어 사라질지언정 나는 차마 이런 짓 할 수 없어라
忳鬱邑余侘傺兮 吾獨窮困乎此時也
寧溘死以流亡兮 余不忍爲此態也

나이 아직 늦기 전에 계절이 아직 다 가기 전에
소쩍새 먼저 울까 두려워라 저 온갖 풀향기 잃을까봐
及年歲之未晏兮 時亦猶其未央
恐鵜鴂之先鳴兮 使夫百草爲之不芳

아니꼽고 더러운 세태(世態)와 가증스런 현실 속에 굴원은 때로는 인생을 부정하면서도 때로는 이 현실과 타협해보려 하지 않으면 안 될 자기분열 속에서 번민했다. 너무도 강직(剛直)한 개성 때문에 속인(俗人)들에게 용납되지 않아 모함(謀陷)과 곤고(困苦) 속에서 현실을 극도로 염오한 나머지 현실을 벗어나고 싶어하면서도, 죽는 날까지 차마 현실을 버리지 못하는 인정(人情), 그리고 뿌리깊이 박힌 애국심은 그를 더욱 견딜 수 없는 우수(憂愁) 속으로 몰아갔다.

1. 離騷(이소) 우수(憂愁)

1. 帝高陽之苗裔兮 朕皇考曰伯庸
(제고양지묘예혜 짐황고왈백용)
2. 攝提貞于孟陬兮 惟庚寅吾以降
(섭제정우맹추혜 유경인오이강)
3. 皇覽揆余初度兮 肇錫余以嘉名
(황람규여초도혜 조석여이가명)
4. 名余曰正則兮 字余曰靈均
(명여왈정칙혜 자여왈영균)
5. 紛吾旣有此内美兮 又重之以脩能
(분오기유차내미혜 우중지이수능)
6. 扈江離與辟芷兮 紉秋蘭以爲佩
(호강리여벽지혜 인추란이위패)
7. 汩余若將不及兮 恐年歲之不吾與
(골여약장불급혜 공연세지불오여)
8. 朝搴阰之木蘭兮 夕攬洲之宿莽
(조건피지목란혜 석남주지숙모)
9. 日月忽其不淹兮 春與秋其代序
(일월홀기불엄혜 춘여추기대서)
10. 惟草木之零落兮 恐美人之遲暮
(유초목지영락혜 공미인지지모)
11. 不撫壯而棄穢兮 何不改此度
(불무장이기예혜 하불개차도)

승 기 기 이 치 빙 혜 내 오 도 부 선 로

12. 乘騏驥以馳騁兮 來吾道夫先路

석 삼 후 지 순 수 혜 고 중 방 지 소 재

13. 昔三后之純粹兮 固衆芳之所在

잡 신 초 여 균 계 혜 기 유 인 부 혜 채

14. 雜申椒與菌桂兮 豈維紉夫蕙茝

피 요 순 지 경 개 혜 기 준 도 이 득 로

15. 彼堯舜之耿介兮 旣遵道而得路

하 걸 주 지 창 피 혜 부 유 첩 경 이 군 보

16. 何桀紂之猖披兮 夫唯捷徑以窘步

유 부 당 인 지 투 락 혜 노 유 매 이 험 애

17. 惟夫黨人之偸樂兮 路幽昧以險隘

기 여 신 지 탄 앙 혜 공 황 여 지 패 적

18. 豈余身之憚殃兮 恐皇輿之敗績

고양 임금의 후예, 내 아버님은 백용이라 하시고
인년(寅年)의 바로 정월달, 경인날 나 태어났어라
아버님 내 낳은 때 헤아려, 나에게 고운 이름 주시어
이름은 정칙이라 하시고, 자는 영균이라 하셨어라
듬뿍 나는 이 고운 성품 지녔고, 그 위에 훌륭한 재능 더해
강리와 벽지 몸에 걸치고, 추란 꿰어서 노리개 만드노라
바쁘게 나는 쫓기는 양, 세월이 나를 기다리지 않을까 싶어
아침엔 산언덕의 목란 캐고, 저녁엔 물섬의 숙모 캐노라
일월은 쉴새없이 흘러, 봄 가을이 바뀌고
초목 시들어 날려, 임의 늙으심 안타까워라
젊을 때 악을 버리지 않고, 어이하여 이 아니 고치실까

준마 타고 달리시면, 자 나는 그 앞길 인도하리
옛 삼후의 순미(純美)한 덕행, 진정 많은 꽃 거기 있어
신초와 균계도 섞여 있고, 어찌 혜초(蕙草)와 백지(白芷)만 꿰었으랴
저 요순의 빛나는 덕행, 애초에 도리대로 제길 찾았고
어쩌면 걸주의 창피스런 행적, 지름길로만 허둥댔는가
즐거움 탐하는 무리들, 길 어둡고 험난해도
어이 내 일신의 재앙 꺼리랴, 임금님 수레 엎어질까 두려워라

(語釋) ㅇ離騷(이소)－우수(憂愁). 〈이소〉 제명(題名)에 대해서 고대로 여러 가지 설이 있는데 좀 오랜 풀이로 사마천(司馬遷)의 《사기(史記)》〈굴원열전(屈原列傳)〉과 왕일(王逸)의 《초사장구(楚辭章句)》에서는 '이별의 우수(離憂 · 別愁)'라 했고, 반고(班固)의 〈이소찬서(離騷贊序)〉와 안사고(顔師古)의 〈한서가의전주(漢書賈誼傳注)〉에서는 '우수를 만나다(遭憂)'라 했으며, 근래에 와서 유국은(游國恩)의 《초사개론(楚辭槪論)》에서는 《한서(漢書)》 양웅전(揚雄傳)의 기록을 인용하여 '이소'는 '뇌소(牢騷)' '뇌수(牢愁)'와 동의어(同意語)로 '불평'의 의미를 가지고 있다 하여, 이상의 3가지로 대략 집약된다. 참고로 〈이소〉의 구어역명(歐語譯名)을 소개하면 다음과 같다. "The Sadness of Separation"(E.H. Parker), "Fallen into Sorrow"(James Legge), "An Elegy on Encountering Sorrow"(Lim Boon Keng ; 林文庚 "Dem Ungemach Verfallen"(Wilh. Grube), "Tristess de La Separation"(Georges Margoulies).
ㅇ高陽(고양)－중국 전설에 나오는 고대의 제왕 오제(五帝)의 하나인 전욱(顓頊)의 별호. 전욱의 후손인 웅역(熊繹)이 주(周)나라 성왕(成王) 때 초국(楚國)에 봉해지고, 춘추시대(春秋時代)에 그 후손인 초무왕(楚武王) 웅통(熊通)의 아들 하(瑕)가 굴읍(屈邑)에 봉해져 그 자손이 굴(屈)을 성씨로 삼았다. 굴원은 바로 이 굴하의 후

손으로 역시 왕족이다. ㅇ苗裔(묘예)−먼 후손. 후예. ㅇ兮(혜)−어조사. 의미 없이 다만 절조(節調)를 맞추기 위해 쓰이는 조자(助字)로서, 《초사》 작품에서 주로 무운구(無韻句)에 사용되며, 때로는 〈귤송(橘頌)〉과 같은 작품처럼 운각(韻脚)에도 간혹 쓰였다. ㅇ朕(짐)−나. 고대에는 귀천에 상관없이 자칭(自稱)하는 말로 쓰이다가, 진(秦) 이후부터 전제제왕(專制帝王)을 자칭하는 대명사로 변했다. ㅇ皇考(황고)−아버님. 황(皇)은 광명·고대(高大)함을 나타내는 탄미사(歎美辭)이고 고(考)는 죽은 아버지를 뜻하며, 황고(皇考)는 곧 망부(亡父)의 존칭이다. ㅇ伯庸(백용)−굴원 아버지의 자(字). ㅇ攝提(섭제)−호랑이 해[寅年], 즉 태세(太歲)의 지지(地支)가 인(寅)해. 고대에는 십이지(十二支 : 子·丑·寅·卯·辰·巳·午·未·申·酉·戌·亥)로 기년(記年)했는데, 각각 그 별명이 있었고 그중 인년(寅年)의 별명이 섭제격(攝提格)이고 섭제는 그 약칭이다. ㅇ貞(정)−바로. 정(正)과 같은 뜻이다. ㅇ孟陬(맹추)−정월. 고대에는 열두 달에도 각기 별명이 있어 추(陬)가 정월의 별명이었다. 맹(孟)은 시작을 뜻하는 말로 1년의 시작은 정월이므로 맹추(孟陬)라 한 것이다. 그리고 하력(夏曆)에 의하면 정월은 인월(寅月)이었다. ㅇ庚寅(경인)−경인일(庚寅日). 고대에는 간지(干支)를 기일(記日)하는 데만 사용하다가 한대(漢代) 이후에 와서 비로소 연월(年月)을 표시하는 데에도 사용하였다. ㅇ降(강)−태어나다. 즉 강탄(降誕)의 뜻이다. ㅇ皇(황)−아버님. 황고(皇考)의 약칭. ㅇ覽揆(남규)−헤아려보다. 남(覽)은 관찰, 규(揆)는 재어 보다[衡量]의 뜻. 생일을 비유하는 말로 쓰인다. ㅇ初度(초도)−첫 번. 태어난 때. ㅇ肇(조)−처음. 비로소. ㅇ錫(석)−주다. 사(賜)와 같은 뜻으로 쓰였다. ㅇ嘉名(가명)−아름다운 이름. ㅇ正則(정칙)−공정한 법칙. 굴원의 이름은 평(平), 원(原)은 그의 자인데, 정칙(正則)은 곧 이름인 평(平)자의 함의(含義)를 지니고 있다. ㅇ靈均(영균)−영(靈)은 신(神) 또는 선(善)의 뜻이고 균(均)은 평지, 그래서 영균(靈均)은 매우 좋은 평지란 뜻으로 굴원의 자인 원(原)자의 함의를 지니고 있다. 즉 높고 평평한 곳을 원(原)이라 하기 때문이다. 일설에는 정칙(正則)과 영균(靈均)을 굴원의 소명(小名)과 소자(小字)라고도 했다. ㅇ紛(분)-많은 모양. ㅇ內美(내미)-내재(內在)한 좋은 성품. ㅇ脩能(수능)-훌륭한 재능. 수(脩)는 수(修)와 통한다. 능(能)을 태(態)라 발음하여 모습의 뜻으로 보고, 수태(修態)는 다음 구절에 나오는 향초(香草)로 꾸민 자신의 용모를 일컫는다는 설도 있다. ㅇ扈(호)-몸에 걸치다. 옷을 입다. ㅇ江離(강리)-난해(暖海)의 얕은 곳 맑은 물에서 나는 향초의 이름. 《문선(文選)》에는 강리(江蘺)로 되어 있다. ㅇ辟芷(벽지)-벽지의 숲속에서 나는 백지(白芷)라는 향초. 벽(辟)은 벽(僻)으로 보아 숲속 깊숙이서 난다는 뜻이다. ㅇ紉(인)-실로 꿰다. ㅇ秋蘭(추란)-가을에 연보라색 꽃이 피는 향초의 이름. ㅇ佩(패)-허리 장식. ㅇ汨(골)-콸콸. 물이 빠르게 흐르는 모양. 여기서는 세월이 빨리 지나감을 형용하는 말이다. ㅇ不吾與(불오여)-나를 기다리지 않는다. 즉 '불여아상대(不與我相待)'의 뜻으로, 《논어(論語)》의 '일월서의(日月逝矣), 세불아여(歲不我與 : 해와 달이 가고 세월은 나를 기다려 주지 않는다)'와 같은 예이다. ㅇ搴(건)-뽑다. ㅇ阰(피)-꼭대기가 편편한 작은 산언덕. ㅇ木蘭(목란)-목련(木蓮)꽃. 고자(古字)에서는 란(蘭)과 련(蓮)을 통용해 썼다. 목련은 그 껍질을 벗겨 향료로 쓰는 향목(香木)인데, 껍질을 벗겨도 나무는 죽지 않는다. ㅇ攬(남)-캐다. ㅇ宿莽(숙모)-숙근초(宿根草). 겨울에도 죽지 않는다는 향초이다. 목란(木蘭)이나 숙모(宿莽)는 그 강인한 특성을 빌어 작자의 절개를 나타낸 것이다. ㅇ淹(엄)-오래 머무르다. ㅇ零落(영락)-잎이 말라 떨어지다. 풀에는 영(零), 나무에는 락(落)을 써 모두 떨어진다는 의미로 사용된다. ㅇ美人(미인)-왕일(王逸)의 주(註)에 따르면 초회왕(楚懷王)을 가리킨다고 보았다. ㅇ遲暮(지모)-만모(晩暮)와 같은 말로 늙어짐을 뜻한다. ㅇ撫壯(무장)-젊고 건장한 동안에. 무(撫)는 (……의 기회를) 틈타서. ……하는 동안에. ㅇ棄穢(기예)-악(惡)을 버리다. 《문선(文選)》에는 이 구절의 첫 글자인 불(不)이 빠져있다. ㅇ此度(차도)-이 태도. 즉 불무장이기예(不撫壯而棄穢)하는 태도. ㅇ騏驥(기기)－천리마. 준마. 현인(賢人)을 비유하여 일컫는 말이다. ㅇ馳騁(치빙)－말을 타고 달려가다. ㅇ來(내)－자 ……해보자. ㅇ道(도)－인도(引導)하다. 즉 도(導). ㅇ三后(삼후)－삼왕(三王). 즉 하(夏)나라 우왕(禹王)과 은(殷)나라 탕왕(湯王)과 주(周)나라 문왕(文王)을 말한다. ㅇ純粹(순수)－순미(純美)한 덕행. ㅇ衆芳(중방)－많은 향기로운 꽃. 현신(賢臣)들이 많음을 비유한 것이다. ㅇ申椒(신초)－산초(山椒)의 일종으로 향목. ㅇ菌桂(균계)－계수나무의 일종으로 꽃이 희고 꽃술이 노란 향목. ㅇ蕙茝(혜채)－혜초(蕙草)와 백지(白芷)로, 둘 다 향초이다. ㅇ堯舜(요순)－고대의 전설적인 성천자(聖天子) 요임금과 순임금. ㅇ耿介(경개)－빛나고 위대한 덕행. 경(耿)은 광명을, 개(介)는 위대함을 뜻한다. ㅇ桀紂(걸주)－하나라 걸왕과 은나라 주왕. 둘 다 망국(亡國)의 군주로, 천하 고금에 포악한 임금의 대표자이다. ㅇ猖披(창피)－ 창피스런 행적. 옷을 입고 띠를 두르지 않은 모양의 뜻으로, 사납거나 아니꼬움에 대한 부끄러움을 말한다. ㅇ捷徑(첩경)－지름길. ㅇ窘步(군보)－허둥대는 걸음걸이. ㅇ黨人(당인)－한 무리의 사람. ㅇ偸樂(투락)－즐거움을 탐내다. ㅇ幽昧(유매)－어둡다. ㅇ險隘(험애)－험하고 좁다. ㅇ憚殃(탄앙)－재앙을 꺼리다. ㅇ皇輿(황여)－황제의 수레. 나라에 대한 비유이다. ㅇ敗績(패적)－옛 성어(成語)로 엎어진다는 뜻. 여기서는 수레가 엎어지는 것을 말한다.

(大意) 나는 본시 옛날 오제(五帝)의 한 사람인 전욱(顓頊)의 후예로서, 내 돌아가신 아버님의 자(字)는 백용(伯庸)이라 부르셨다. 인(寅)의 해 바로 인의 달인 정월, 그달 경인(庚寅)날 나는 태어났다.(1~2)

돌아가신 아버님은 이와 같은 내 생일을 살펴보시고, 비로소 나에게 거기 어울리는 고운 이름을 지어주셨다. 내 이름은 공정한 법칙, 곧 평(平)의 뜻인 정칙(正則)이라 하시고, 내 자는 높고 평평한 땅, 곧 원(原)의 뜻인 영균(靈均)이라 하셨다.(3~4)

나는 이 이름에 상응하는 고운 성품을 듬뿍 지닌 위에, 또 훌륭한 재능까지 겸하고 있다. 맑은 물에서 나는 강리(江離)와 숲속 깊숙이서 나는 백지(白芷) 같은 향초를 몸에 걸치고, 향그런 추란(秋蘭) 꽃 실로 꿰어서 노리개를 만들어 찬 듯 나의 행위는 청렴결백하다.(5~6)

쏜살같이 흐르는 세월을 나는 쫓아가지 못할까봐 서두르고, 세월이 나를 기다려주지 않을까 싶어 두려워한다. 봄에는 산 언덕에 올라 목련꽃 따고, 겨울에는 강가의 섬에서 숙근초(宿根草) 캐며 절개를 지킨다.(7~8)

해와 달은 어느덧 쉴새없이 흘러, 봄과 가을이 자꾸만 바뀌어 온다. 풀잎과 나뭇잎이 시들어 바람에 날려 떨어질 적마다, 회왕(懷王)께서 쉬이 늙어지실까 안타깝기만 하다.(9~10)

회왕께선 젊고 건강하실 동안에 잘못된 행위 버리지 않으시고, 어이하여 이 태도 고치지 아니하실까? 현신(賢臣)을 임용하여 치적(治績)을 쌓으려 하신다면, 자 나는 그 앞에서 성왕(聖王)의 길로 인도해 보리라.(11~12)

하(夏)나라 우왕(禹王)과 은(殷)나라 탕왕(湯王)과 주(周)나라 문왕(文王), 이들 옛 삼왕(三王)의 그 아름다운 덕행은, 진정 그 아래 몰려든 수많은 현신들 때문이었다. 산초(山椒)와 계수나무 향목(香木) 같은 뛰어난 인재들도 갖추고, 혜초(蕙草)와 백지 같은 선량한 인물들만 거느린 것이 아니었다.(13~14)

저들 성군 요(堯)임금과 순(舜)임금의 빛나고 위대한 덕행은, 애초부터 바른 도리에 따라 행해 정치의 길이 바로잡혔다. 하나라 걸왕(桀王)과 은나라 주왕(紂王)의 포악하고 창피스런 행적은, 어쩌면 그렇게도 지름길만을 따라서 허둥거렸는가?(15~16)

구차스레 눈앞의 즐거움만을 탐하는 소인배들 때문에, 길은 어둡고 험난해지기만 한다. 하지만 내 어이 이 한 몸의 재앙만을 꺼리랴? 험한 길에 임금님의 수레 엎어지듯 이 나라 망할까 그것이 두렵다.(17~18)

홀 분 주 이 선 후 혜 　 급 전 왕 지 종 무
19. 忽奔走以先後兮　及前王之踵武

전 불 찰 여 지 중 정 혜 　 반 신 참 이 제 노
20. 荃不察余之中情兮　反信讒而齌怒

여 고 지 건 건 지 위 환 혜 　 인 이 불 능 사 야
21. 余固知謇謇之爲患兮　忍而不能舍也

지 구 천 이 위 정 혜 　 부 유 영 수 지 고 야
22. 指九天以爲正兮　夫唯靈修之故也

초 기 여 여 성 언 혜 　 후 회 둔 이 유 타
23. 初旣與余成言兮　後悔遁而有他

여 기 불 난 부 이 별 혜 　 상 영 수 지 삭 화
24. 余旣不難夫離別兮　傷靈修之數化

앞뒤로 분주히 다녀, 선왕(先王)의 발자취 따르렸더니
임은 내 마음 아니 살피시고, 도리어 모함만 믿고 진노하시누나
나는 직언(直言)이 해로울 줄 알면서도, 차마 버려둘 수가 없고
맹세코 하늘은 알리라, 오직 임 때문임을
당초에 내게 약속하더니, 나중에 돌아서서 딴 마음 가지실 줄 이야
나야 그 이별 어렵지 않지만, 임의 잦은 변덕 가슴아파라

(語釋) ㅇ前王(전왕)－전대의 성왕(聖王). 곧 삼후(三后)와 요순(堯舜)을 가리킨다. ㅇ踵武(종무)－발자취. ㅇ荃(전)－전풀. 석창포(石菖蒲)의 일종으로 향초. 전(荃)자는《초사(楚辭)》에서 손(蓀 : 창포)자와 더불어 좋아하는 사람이나 군왕을 나타내는 말로 자주 쓰이는데, 여기서는 회왕을 가리킨 것이다. ㅇ齌怒(제노)－불같이 성내다. 진노하다. ㅇ謇謇(건건)－곧은말. 충언직간(忠言直諫). 건(謇)을 건(蹇)으

로도 쓴다. ㅇ九天(구천)－하늘. 하늘에는 팔방(八方)과 중앙의 구천이 있어, 구천(九天)은 하늘을 총칭하는 말로 쓴다. ㅇ正(정)－증명하다. 정(証)과 같다. '지천이위정(指天以爲正)'은 서사적(誓辭的) 표현이다. ㅇ靈修(영수)－뛰어나게 덕이 높은 것. 영(靈)은 신(神), 수(修)는 현(賢)의 뜻으로, 영수(靈修)는 뒤에 나올 신성(神聖)과 같이 쓰이는 말이다. 초인(楚人)은 신이나 임금을 영수(靈修)라 칭했는데, 여기서는 회왕을 가리키는 말로 쓰였다. ㅇ대부분의 판본(版本)에는 이 자리에 '왈황혼이위기혜(曰黃昏以爲期兮), 강중도이개로(羌中道而改路)(저녁에 만나자고 기약하더니, 아아 도중에 길을 바꾸시다니)'란 두 구절이 들어 있다. 그러나 왕일(王逸)의 《초사장구(楚辭章句)》 홍 흥조(洪興祖) '보주(補注)'에 보면, '어떤 판본에는 이 두 구절이 있으나, 왕일본에는 주(注)가 없고 뒤에 나오는 강내서기이량인(羌內恕己以量人)(〈離騷 59〉)에 이르러 비로소 강(羌)의 뜻을 풀이했다. 이 두 구절을 후인이 삽입한 것이리라 의심된다. 구장(九章)에 석군여아성언혜(昔君與我誠言兮), 왈황혼이위기(曰黃昏以爲期). 강중도이회반혜(羌中道而回畔兮), 반기유차타지!(反旣有此他志) : 옛날 임께서 약속하길, 저녁에 만나자고 기약하더니. 아아 도중에 돌아서서, 도리어 딴 마음 가지실 줄이야!(〈抽思 7~8〉)라 했는데 이 말과 같다'고 했다. 이로써 이 두 구절은 원문에 없던 것을 후인이 삽입했음이 분명하다. 뿐만 아니라 다음에 이어지는 내용과 중복되어 이것이 연문(衍文)임을 의심할 여지가 없다. ㅇ成言(성언)－약속하다. 〈추사(抽思)〉편에는 앞에 예시한 바와 같이 성언(誠言)이라 되어 있다. ㅇ遁(둔)－도망쳐 숨다. 피하여 물러나고 앞으로 나아가려 하지 않는다. ㅇ他(타)－딴 마음. ㅇ數化(삭화)－여러 차례의 변화.

(大意) 앞뒤로 부산하게 뛰어다니며 길 인도하듯 임금을 분주히 도와, 삼왕과 요·순 같은 전대 성왕의 사업을 계승코자 했다. 그러나 회왕은 이러한 나의 충정(衷情)을 살피지 아니하시고, 도리어 모함꾼

의 말만 믿으시고 진노하신다.(19~20)

나는 번연히 충언직간(忠言直諫)이 나에게 해가 될 줄 알면서, 차마 그대로 버려둘 수가 없어 말씀드렸다. 맹세코 하늘이 증거되어 내 뜻 아시리라, 오로지 회왕만을 위한 때문에 한 일임을. (21~22)

처음에 이미 나하고 언약하고서, 나중에는 생각 바꾸어 피하며 딴 마음 가지실 줄이야! 나야 버리시는 그 이별 견디기 어렵지 않다지만, 자주 변하는 회왕의 주견 없음이 안타까워 마음아프다. (23~24)

여 기 자 란 지 구 원 혜　　우 수 혜 지 백 무
25. 余旣滋蘭之九畹兮　又樹蕙之百畝

휴 유 이 여 게 차 혜　　잡 두 형 여 방 지
26. 畦留夷與揭車兮　雜杜衡與芳芷

기 지 엽 지 준 무 혜　　원 사 시 호 오 장 예
27. 冀枝葉之峻茂兮　願竢時乎吾將刈

수 위 절 기 역 하 상 혜　　애 중 방 지 무 예
28. 雖萎絶其亦何傷兮　哀衆芳之蕪穢

나는 이미 구원의 난초 기르고, 백무의 혜초도 심었노라
유이와 게차 밭두둑으로 나누고, 두형과 방지도 섞어 심었노라
가지와 잎 무성하기를 바라, 때 기다려 나는 베려 했더니
시든들 그 무엇이 슬프랴만, 많은 꽃향기 잡초에 더럽혀져 서러워라

(語釋) ㅇ滋(자)-재배하다. ㅇ畹(원)-논밭 30무(畝)에 대한 단위. 일설

에는 20무 또는 12무가 1원이라고도 한다. ○樹(수)－심다. ○畝(무)－논밭 240보(步)에 대한 단위. 일설에는 1백보 또는 30보가 1무라고도 한다. 1보는 두루 여섯 자, 곧 평(坪)과 같다. ○畦(휴)－밭두둑을 짓다. 50무의 논밭 넓이에 대한 단위로도 쓰이나, 여기서는 동사로 쓰인 것이다. ○留夷(유이)·揭車(게차)－모두 향초 또는 약초의 이름. ○杜衡(두형)－향초의 이름. 여기 나오는 난(蘭)·혜(蕙)·유이·게차·두형·지(芷)의 향초는 고대 군국정치의 신도(臣道)로서 인(仁)·의(義)·충(忠)·효(孝) 등의 덕목에 비유한 것이라는 해설도 있어, 결국 작자가 자신의 현재(賢才)를 배양하고 있음을 뜻한 것이다. ○峻茂(준무)－무성하게 우거지다. ○竢(사)－기다리다. 사(俟)와 같다. ○刈(예)－베다. ○萎絶(위절)－서리에 시들어 죽다. 위(萎)는 풀이 시들어 마르다. 절(絶)은 죽어 떨어지다. ○蕪穢(무예)－잡초가 우거져 더럽혀지다.

(大意) 나는 이미 9원(畹) 곧 270무(畝)에 달하는 많은 난초를 재배하고, 또 1백 무에 달하는 넓은 밭에 혜초도 심었다. 유이(留夷)와 게차(揭車)를 두둑으로 나누어 한 밭 심고, 두형(杜衡)과 향기로운 백지도 섞어 심어 나는 자신의 현재(賢才)를 기르고 있다.(25~26)

그 향초의 가지와 잎사귀 무성하게 우거지기를 빌어, 때가 되면 그것을 베듯 나는 내 현재를 배양하여 국정(國政)을 다스리는 데 쓰고자 했다. 초목이 서리 맞아 시들어 떨어지듯 이 몸 등용되지 않아 쓸쓸히 죽어간들 무엇이 슬프랴만, 서러운 건 저 많은 방초(芳草) 잡초에 더럽혀지듯 현인들이 자꾸만 악에 물드는 것이다.(27~28)

중개경진이탐람혜 빙불염호구색

29. 衆皆競進以貪婪兮 憑不猒乎求索

강내서기이양인혜 각흥심지질투

30. 羌內恕己以量人兮 各興心而嫉妒

홀 치 무 이 추 축 혜 비 여 심 지 소 급
31. 忽馳騖以追逐兮 非余心之所急

노 염 염 기 장 지 혜 공 수 명 지 불 립
32. 老冉冉其將至兮 恐修名之不立

조 음 목 란 지 추 로 혜 석 찬 추 국 지 낙 영
33. 朝飮木蘭之墜露兮 夕餐秋菊之落英

구 여 정 기 신 과 이 연 요 혜 장 함 함 역 하 상
34. 苟余情其信姱以練要兮 長顑頷亦何傷

남 목 근 이 결 채 혜 관 벽 려 지 낙 예
35. 擥木根以結茝兮 貫薜荔之落蕊

교 균 계 이 인 혜 혜 삭 호 승 지 사 사
36. 矯菌桂以紉蕙兮 索胡繩之纚纚

건 오 법 부 전 수 혜 비 세 속 지 소 복
37. 謇吾法夫前修兮 非世俗之所服

수 부 주 어 금 지 인 혜 원 의 팽 함 지 유 칙
38. 雖不周於今之人兮 願依彭咸之遺則

모두들 다투어 탐욕부려, 가득해도 배고파 구하고
아아 제 마음 헤아리듯 남 헤아리고, 제각기 이는 마음은 시새움이어라
바쁘게 달려서 좇아가지만, 내 마음의 절실한 것 아니고
늙음이 한발 한발 다가와, 훌륭한 이름 남기지 못할까 두려워라
아침엔 목란에 구르는 이슬 마시고, 저녁엔 추국의 떨어지는 꽃잎 먹으며
내 마음 진정 곱고 뛰어나기만 하면, 오래도록 모습 초췌한들 무엇이 서러우랴

나무 뿌리 캐어 백지(白芷)를 맺어서, 벽려의 떨어진 꽃을 꿰고
균계를 들어 혜초 엮노라, 호승으로 꼰 어여쁜 꽃끈
아아 나는 그 옛 현인을 본받아, 복식도 세속의 옷 아니고
요즘 사람에겐 맞지 않는다 해도, 팽함이 남긴 본보기 따르리

(語釋) ㅇ貪婪(탐람)－욕심을 부리다. 재산 욕심을 탐(貪), 음식 욕심을 람(婪)이라 한다. ㅇ憑(빙)－ 가득하다. ㅇ猒(염)－배부르다. 즉 염(厭). ㅇ求索(구색)－영리를 찾다. 색(索)도 구(求)와 같은 뜻이다. ㅇ羌(강)－아아. ㅇ內恕己(내서기)－속으로 자신을 헤아리다. ㅇ以量人(이량인)－제멋대로 남을 미루어 생각하다. 서기양인(恕己量人)은 곧 남도 자기와 같을 것이라고 여기는 것이다. ㅇ興心(흥심)－마음이 일다. 흥(興)은 기(起)와 같다. ㅇ嫉妒(질투)－시새워하다. 우월한 사람을 시기하고 증오하는 감정을 갖다. 질(嫉)은 덕있는 사람에 대한 시새움, 투(妒)는 아름다운 사람에 대한 시새움을 뜻한다. ㅇ馳騖(치무)－달리다. 치빙(馳騁)과 같은 뜻이다. ㅇ冉冉(염염)－점점 앞으로 나아가는 모양. ㅇ修名(수명)－훌륭한 이름. 홍흥조(洪興祖)는 '훌륭하고 깨끗한 이름(修潔之名也)'이라고 했다. ㅇ落英(낙영)－떨어지는 꽃. 국화꽃은 봄꽃처럼 저절로 떨어지는 것이 아니므로 《이아(爾雅)》에서 낙(落)자를 시(始)의 뜻으로 풀이한 데 따라 낙영(落英)은 갓 핀 꽃이라고 한 설도 있으나, 이 낙(落)은 앞 구절의 추(墜)에 대가 되는 말이므로 떨어진다는 뜻으로 봄이 옳겠고, 또한 들국화와 같이 꽃잎이 떨어지는 꽃도 있고 황국(黃菊) 중에도 떨어지는 것이 있다. ㅇ苟(구)－만약. ㅇ信姱(신과)－진실로 예쁘다. ㅇ練要(연요)－고르고 고른 중요한 것, 즉 정수(精粹). 연(練)은 간(簡)·택(擇) 즉 선택의 뜻이고, 요(要)는 중요함의 뜻이다. ㅇ顑頷(함함)－굶어서 면모가 초췌하고 파리해진 모양. ㅇ擥木根(남목근)－나무 뿌리를 캐다. 남(擥)은 남(攬)과 같고, 목근(木根)을 장기(蔣驥)는 목란의 뿌리라고 했다. ㅇ薜荔(벽려)－줄사철나무로 향목.

ㅇ落蕊(낙예)—떨어진 꽃. 예(蕊)는 꽃술, 여기서는 꽃이다. ㅇ矯(교)—들다. ㅇ索(삭)—새끼. 여기서는 동사로 쓰여 새끼를 꼬다. ㅇ胡繩(호승)—향초 이름으로, 새끼를 만들 수 있는 풀이다. ㅇ纚纚(사사)—새끼가 아름답게 꼬여 있는 모양. ㅇ謇(건)—아아. 발어사(發語詞)이다. ㅇ前修(전수)—전대(前代)의 현인, 즉 전현(前賢)과 같은 말이다. ㅇ周(주)—맞다. 합(合)과 같은 뜻이다. ㅇ彭咸(팽함)—은나라 현신. 왕일의 주에 '팽함은 은나라 현대부로서 임금을 간했으나 듣지 않자 스스로 물에 뛰어들어 죽었다(彭咸殷賢大夫, 諫其君不聽, 自投水而死)'라고 했다. 굴원은 평생 그를 숭배했으며 그의 운명을 따라 최후를 마쳤다. ㅇ遺則(유칙)—남긴 법칙, 즉 본보기.

(大意) 초(楚)나라 귀족 관료들은 모두 다 다투어 벼슬길에 나가 자기 이익에만 빠져, 탐욕스런 마음은 언제까지고 만족할 줄 모르고 이익만 찾아 허덕인다. 아아 남도 자기 마음처럼 탐욕만 부리리라 제멋대로 여겨, 그들과 다른 나를 보고 하나같이 시샘하는 마음 일으킨다.(29~30)

사람들은 벼슬과 재물만을 좇아 서둘러 달리며 아귀다툼하지만, 그것은 내 심중에 절실하게 바라는 인의(仁義)가 아니다. 늙음이 한 발짝 한 발짝 자꾸만 다가오는데, 늙기 전에 훌륭하고 깨끗한 이름 남기지 못할까 두려워할 뿐이다.(31~32)

봄에는 목련꽃에 굴러 흐르는 맑은 이슬 마시고, 가을에는 국화꽃에서 떨어지는 꽃잎 먹으며 청결하게 산다. 만약 내 마음이 진정으로 곱고 뛰어나 사리(事理)의 요체(要諦)가 된다면, 오래도록 굶고 주려 얼굴이 파리해진 듯 관직에 나가지 못한다고 해서 무엇이 안타까우랴.(33~34)

가느다란 나무 뿌리 캐다가 백지를 맺어, 거기다 줄사철나무의 떨어진 꽃을 꿰어 걸친다. 계수나무 가지 들어다 혜초를 엮고, 호승(胡繩) 향초로 어여쁘게 꽃끈을 꼬아 둘러 내 모습 고결하다.(35~36)

아아, 나는 그 옛 어진 분을 본받아, 항목과 향초로 만든 옷과 장식도 세속 사람들이 즐겨 쓰는 것과는 다르다. 요즘 사람들에게는 맞지 않는다 하지만, 나는 옛날 은나라 현인 팽함(彭咸)이 남기고 간 도리에 따라 살리라.(37~38)

장 태 식 이 엄 체 혜　　애 민 생 지 다 간
39. 長太息以掩涕兮　哀民生之多艱

여 수 호 수 과 이 기 기 혜　　건 조 수 이 석 체
40. 余雖好修姱以鞿羈兮　謇朝誶而夕替

기 체 여 이 혜 양 혜　　우 신 지 이 남 채
41. 旣替余以蕙纕兮　又申之以攬茝

역 여 심 지 소 선 혜　　수 구 사 기 유 미 회
42. 亦余心之所善兮　雖九死其猶未悔

원 영 수 지 호 탕 혜　　종 불 찰 부 민 심
43. 怨靈修之浩蕩兮　終不察夫民心

중 녀 질 여 지 아 미 혜　　요 착 위 여 이 선 음
44. 衆女嫉余之蛾眉兮　謠諑謂余以善淫

고 시 속 지 공 교 혜　　면 규 구 이 개 조
45. 固時俗之工巧兮　偭規矩而改錯

배 승 묵 이 추 곡 혜　　경 주 용 이 위 도
46. 背繩墨以追曲兮　競周容以爲度

긴 한숨에 눈물 닦으며, 사람의 삶 다난함이 슬퍼라

나는 고운 것 좋아했기에 속박 받아, 아아 아침에 간(諫)하고 저녁에 쫓겨났어라

내 쫓겨남은 혜초 띠 때문, 게다가 백지를 가지고 있어서여라

하지만 내 마음의 착함은, 아홉 번 죽어도 변함없으리

원망스러워라 임의 분별없으심, 끝내 사람 마음 살피지 않고
뭇 계집들 내 고운 눈썹 시새워, 날더러 음란타고 헐뜯어대
누나
진정 요즈막 세속의 재주는, 그림쇠 버리고 마음대로 고치며
먹줄 두고 굽은 길 따라, 다투어 비위 맞추기 일쑤여라

(語釋) ㅇ長太息(장태식)－길게 탄식하다. ㅇ掩涕(엄체)－눈물을 닦다. ㅇ民生之多艱(민생지다간)－인생의 다난함. ㅇ鞿羈(기기)－말재갈과 고삐. 굴원은 스스로를 말에 비유하여 자유가 속박되고 뜻이 관철되지 못했음을 이렇게 표현했다. ㅇ誶(수)－나아가 간언(諫言)하다. ㅇ替(체)－폐기하다. ㅇ蕙纕(혜양)－혜초로 만든 띠. ㅇ申(신)－더하다. 겹치다. 즉 게다가. ㅇ九死(구사)－아홉번 죽다. 구(九)는 수의 극(極)이므로, 아무리 여러 차례 죽어도의 뜻이 된다. ㅇ浩蕩(호탕)－사려분별(思慮分別)이 없는 모양. 원래의 뜻은 아주 넓어서 끝이 없음이나 큰 물이 횡류(橫流)하는 상태로, 여기서는 회왕의 무분별함을 말한다. ㅇ民心(민심)－인심(人心). 사람들의 마음. ㅇ衆女(중녀)－많은 여자. 여기서는 회왕 좌우의 귀족관료들. ㅇ蛾眉(아미)－누에나방의 촉각처럼 길고 아름다운 눈썹, 곧 미인의 눈썹. 여기서는 고운 품성을 가리킨다. ㅇ謠諑(요착)－헐뜯는 말을 퍼뜨리다. ㅇ工巧(공교)－교묘한 재주. ㅇ偭(면)－어기다. 등지다. ㅇ規矩(규구)－그림쇠. 사물의 법칙. ㅇ改錯(개조)－물건의 자리를 바꾸어 놓다. 조(錯)는 조(措)자와 통하는 글자로, 개조(改措)는 규칙에 따르지 않고 바꾸어 시행한다는 말이다. ㅇ繩墨(승묵)－먹줄. 역시 법도(法度)를 비유한 말이다. ㅇ周容(주용)－남의 비위에 맞추다. 주(周)는 합(合)과 같은 뜻이다. ㅇ爲度(위도)－법도를 삼다. ……하기 일쑤다.

(大意) 길게 한숨 쉬고 눈물 닦으며, 사람의 삶이 이토록 어려움 많은 걸 슬퍼한다. 나는 훌륭하고 고운 것 좋아했지만 그 때문에 도리어

속박받는 몸, 아아, 바른 말씀 간(諫)했다가 이내 쫓겨났다.(39~40)

내가 쫓겨난 것은 혜초로 만든 띠 두르고, 그 위에 백지를 캐어 가지고 있어 나만이 미덕(美德)을 지닌 때문이었다. 그러나 내 마음속의 착한 생각은, 아무리 여러 차례 죽어도 끝내 변함없이 굳건하리라.(41~42)

훌륭하셔야 할 회왕께서 사려분별(思慮分別) 없으심이 원망스러워라, 끝끝내 사람의 마음을 살피시지 않는다. 회왕 측근의 귀족 관료들은 내 고운 품성을 시샘하여, 터무니없이 날더러 음란하기만 하다고 헐뜯는 말을 퍼뜨린다.(43~44)

진실로 요즈막 세속 사람들의 교묘한 솜씨는, 동그라미와 네모 그림쇠 따로 있어도 마음대로 바꿔 쓰듯, 법도 있어도 따르지 않고 제멋대로 행한다. 먹줄의 직선을 버려두고 재목의 굽은 결을 따라 잘라내듯, 다투어 비위 맞춰 행하는 것이 법도인 양 남의 뜻에 영합하기 일쑤다.(45~46)

돈 울 읍 여 차 체 혜　　오 독 궁 곤 호 차 시 야
47. 忳鬱邑余侘傺兮　吾獨窮困乎此時也

영 합 사 이 유 망 혜　　여 불 인 위 차 태 야
48. 寧溘死以流亡兮　余不忍爲此態也

지 조 지 불 군 혜　　자 전 세 이 고 연
49. 鷙鳥之不羣兮　自前世而固然

하 방 환 지 능 주 혜　　부 숙 이 도 이 상 안
50. 何方圜之能周兮　夫孰異道而相安

굴 심 이 억 지 혜　　인 우 이 양 구
51. 屈心而抑志兮　忍尤而攘詬

복 청 백 이 사 직 혜　　고 전 성 지 소 후
52. 伏淸白以死直兮　固前聖之所厚

우수에 싸여 나는 실의 속에, 나 홀로 이 세상 괴로워

차라리 홀쩍 죽어 사라질지언정, 나는 차마 이런 짓 할 수 없어라

새매가 무리짓지 않음은, 예로부터 그러했던 것

어찌 네모와 동그라미가 맞으며, 그 누가 길 다른데 상존(相存)할 수 있으랴

마음 굽히고 뜻 억눌러, 허물을 참고 치욕을 물리쳐

청백함 안고 정의 위해 죽음은, 옛 성인이 중히 여기던 것이어라

(語釋) ㅇ忳(돈)－번민하다. 근심이 쌓이다. ㅇ鬱邑(울읍)－우수(憂愁). ㅇ侘傺(차체)－실의(失意)한 모양. ㅇ寧(영)－차라리. ㅇ溘死(합사)－갑작스레 죽다. ㅇ流亡(유망)－집을 나와 방랑하다. ㅇ鷙鳥(지조)－새매. 사나운 새[猛禽]. ㅇ方圜(방환)－네모난 것과 둥근 것. 환(圜)은 곧 원(圓)이다. ㅇ相安(상안)－상존(相存) 즉, 함께 존재하다. ㅇ尤(우)－잘못. 허물. ㅇ攘詬(양구)－치욕을 제거하다. ㅇ伏淸白(복청백)－깨끗한 뜻을 지니다. 복(伏)은 복(服) 또는 포(抱)와 같은 뜻이다. ㅇ死直(사직)－정의를 위해 죽다. ㅇ厚(후)－중시(重視)하다.

(大意) 우울한 마음 쌓이고 나는 실의에 빠져서, 이 시세 풍습에 맞지 않아 나 홀로 외로이 곤궁 속에 지낸다. 차라리 훌쩍 죽어 버려 혼백이 헤어져서 방황할지라도, 나는 차마 이런 속인의 태도를 견디고 따를 수가 없다.(47~48)

사나운 새매가 여느 새들과 어울리지 않음은, 원래부터 자고이래로 그러했던 때문이다. 어찌 네모와 동그라미 그림쇠를 뒤섞어 써서 맞겠으며, 그 누가 곡선과 직선의 길이 다른데 함께 지낼 수가 있겠는가?(49~50)

마음을 굽히고 의기(意氣)를 억눌러, 남이 허물해도 참고 욕을 해도 견디며 물리친다. 깨끗한 뜻 지니고 바른 삶을 위해 죽음은,

본시 옛 성인들이 높이 여기시던 것이었다.(51~52)

회 상 도 지 불 찰 혜　　연 저 호 오 장 반
53. 悔相道之不察兮　延佇乎吾將反

회 짐 거 이 복 로 혜　　급 행 미 지 미 원
54. 回朕車以復路兮　及行迷之未遠

보 여 마 어 난 고 혜　　치 초 구 차 언 지 식
55. 步余馬於蘭皐兮　馳椒丘且焉止息

진 불 입 이 이 우 혜　　퇴 장 복 수 오 초 복
56. 進不入以離尤兮　退將復修吾初服

제 기 하 이 위 의 혜　　집 부 용 이 위 상
57. 製芰荷以爲衣兮　集芙蓉以爲裳

불 오 지 기 역 이 혜　　구 여 정 기 신 방
58. 不吾知其亦已兮　苟余情其信芳

고 여 관 지 급 급 혜　　장 여 패 지 육 리
59. 高余冠之岌岌兮　長余佩之陸離

방 여 택 기 잡 유 혜　　유 소 질 기 유 미 휴
60. 芳與澤其雜糅兮　唯昭質其猶未虧

홀 반 고 이 유 목 혜　　장 왕 관 호 사 황
61. 忽反顧以遊目兮　將往觀乎四荒

패 빈 분 기 번 식 혜　　방 비 비 기 미 장
62. 佩繽紛其繁飾兮　芳菲菲其彌章

민 생 각 유 소 요 혜　　여 독 호 수 이 위 상
63. 民生各有所樂兮　余獨好修以爲常

수 체 해 오 유 미 변 혜　　기 여 심 지 가 징
64. 雖體解吾猶未變兮　豈余心之可懲

길 잘 살피지 못함을 후회하여, 머뭇거리며 나는 돌아가려 하고
내 수레 돌려 되돌아가리, 잘못 든 길 더 멀어지기 전에
내 말을 난초 못가에 거닐게 하고, 산초 언덕 달려 여기 잠깐 쉬게 하리
나아가 들여지지 못하고 허물만 당해, 물러나 내 애초의 옷 가다듬으리
마름과 연잎 말아 저고리 짓고, 부용 모아 치마 만들어
날 알아주지 않아도 그만이어라, 내 마음 진정 향기롭기만 하면
내 갓을 우뚝하게 높이고, 내 노리개 눈부시게 늘여
향기와 악취 섞여 얽혀도, 오직 밝은 성품 아니 이지러지리
문득 고개 돌려 둘러보며, 사방 끝으로 찾아가 보리
노리개 갖가지로 곱게 꾸미고, 향기 물씬 가득히 풍기어라
사람의 삶 저마다 좋아하는 것 있는데, 나 홀로 착함이 좋아 법도 삼고
몸이 찢겨도 나는 변함없으리, 어찌 내 마음 두려움이 있으랴

語釋 ㅇ相(상)－보다. ㅇ延佇(연저)－오래 머물다. 오래 서 있다. ㅇ反(반)－돌아가다. 즉 반(返). ㅇ蘭皐(난고)－난초 핀 못가. ㅇ且焉(차언)－잠깐 여기에. ㅇ離尤(이우)－허물을 당하다. 득죄하다. 이(離)는 나(罹), 즉 조우(遭遇)의 뜻이고 우(尤)는 허물·죄, 이우(離尤)는 곧 제목인 이소(離騷)의 뜻과 비슷하다. ㅇ芰荷(기하)－새발마름과 연잎. ㅇ衣(의)－웃옷. 저고리. 상(裳)은 치마이다. ㅇ芙蓉(부용)－연꽃의 별명, 또는 나무연꽃. ㅇ岌岌(급급)－높이 솟은 모양. ㅇ陸離(육리)－아름답게 빛나는 모양. ㅇ芳與澤(방여택)－향기와 악취. 구주(舊註)에서는 '향기와 윤택'으로 풀이, 방(芳)은 향초·향목으로 만든 의상의 향기로움을 말하고 택(澤)은 몸에 지닌 옥패(玉

佩)의 윤택함을 뜻한다 했으나, 여기서는 강양부(姜亮夫)의 《굴원부주(屈原賦註)》에 따라 택(澤)의 고자(古字) 취(臭)와 원래 써야 할 취(臭)를 왕일(王逸)이 금문(今文)으로 옮기면서 잘못 택(澤)으로 쓴 것이라 보아, 향기와 악취 즉 굴원과 간사한 소인배들이 한데 어울려 있다는 비유로 보았다. ㅇ雜糅(잡유)－섞여 얽히다. ㅇ昭質(소질)－밝고 깨끗한 성품. ㅇ遊目(유목)－좌우를 둘러보다. ㅇ四荒(사황)－사방의 끝. 황(荒)은 멀다[遠]의 뜻이다. ㅇ繽紛(빈분)－많은 모양. ㅇ繁飾(번식)－많이 꾸미다. ㅇ菲菲(비비)－향기가 물씬 풍기는 모양. ㅇ章(장)－환하게 드러나다. ㅇ樂(요)－좋아하다. 홍흥조(洪興祖) '보주(補注)'에 의거해 풀이했다. ㅇ體解(체해)－사지(四肢)를 찢는 극형으로, 옛날 위정자들이 만들어놓은 잔혹한 형벌이다. 지해(支解)라고도 한다.

(大意) 임금에의 충성이 참소(讒訴)로 쫓겨나리란 것을 처음부터 잘 살피지 못하고 길 잘못든 불찰을 뉘우치며, 한동안 우두커니 서서 나는 여기서 그냥 돌아가 유유자적하려고 한다. 내 수레를 돌려서 오던 길로 되돌아, 잘못 든 길 더 멀리까지 헤매기 전인 지금 그만 돌아가리라.(53~54)

내 말을 난초 핀 못가에 가 거닐게 하고, 산초나무 무성한 언덕으로 달려가 여기 잠깐 쉬게 하여 내 몸 깨끗이 지내리라. 출사(出仕)하여 도우려 하나 임금께 받아들여지지 않고 도리어 허물만 당하여, 물러나와 내 애초의 옷 곱게 가다듬어 원래부터 마음먹은 절조지키리라.(55~56)

마름풀과 연잎을 말아 저고리를 만들고, 연꽃을 모아 치마 만들어 입어 고운 마음 감싼다. 나를 알아주는 이 없어도 역시 그만이다. 내 마음 진실로 향기로워 임금 향한 충정(忠貞)이 바르기만 하다면.(57~58)

내 갓을 산처럼 우뚝 솟게 더욱 높여 쓰고, 내 몸에 찬 노리개 눈부시고 아름답게 더욱 늘어뜨린다. 향기와 악취 뒤섞여 있는 것처

렴 나 저들 간사한 무리들과 한 조정에 뒤얽혀 있어도, 바탕이 밝고 깨끗하기만 한 내 맑은 성품은 조금인들 손상되지 않으리라. (59~60)

아무래도 이 세상 버릴 수 없기에 문득 고개 돌려 이곳 저곳 둘러보며, 멀리 사방 끝까지 가 현군을 찾아보리라. 노리개 여기저기에 예쁘게 꾸미고, 향기는 물씬물씬 가득히 풍긴다.(61~62)

인간에게는 다 자기가 좋아하는 것이 따로 있게 마련인데, 나는 혼자서 선(善)을 좋아하기만을 법도인 양 여긴다. 사지가 갈기갈기 찢겨지는 잔혹한 형벌을 받더라도 나는 변치 않으리라, 어찌 내 굳은 마음 그러한 위협이 두려워 좌절됨이 있으랴.(63~64)

여수지선원혜 신신기리여
65. 女嬃之嬋媛兮 申申其詈余

왈곤행직이망신혜 종연요호우지야
66. 曰鮌婞直以亡身兮 終然殀乎羽之野

여하박건이호수혜 분독유차과절
67. 汝何博謇而好修兮 紛獨有此姱節

자록시이영실혜 판독리이불복
68. 資菉葹以盈室兮 判獨離而不服

중불가호세혜 숙운찰여지중정
69. 衆不可戶說兮 孰云察余之中情

세병거이호붕혜 부하경독이불여청
70. 世並擧而好朋兮 夫何煢獨而不余聽

누님은 마음에 걸려, 거듭거듭 나를 꾸짖어 이르기를

곤(鮌)은 강직해서 자신을 망치고, 끝내 우산(羽山) 벌판에서 요절하더라

너는 어이 충간(忠諫)하고 착함 좋아하여, 듬뿍 혼자만 이 고운 절개 지녔나

납가새 · 조개풀 · 도꼬마리 방에 가득한데, 유독 혼자만 동떨어져 이 아니 걸치나

많은 사람 일일이 설복할 수 없어, 누가 우리 마음 살펴준다더냐

세상은 다 패거리 만들기 좋아하는데, 그 어찌 혼자 외로이 내 말 아니 듣나

(語釋) ㅇ女嬃(여수)－굴원의 누님. 이는 왕일의 주에 따른 것이고, 다른 설에는 여자 이름이라 하기도 하고 첩을 가리킨다고도 했으며 여자 배우자를 이르는 말이라고도 했다. 그러나 여수(女嬃)가 주인공 영균(靈均)을 '너[汝]'라고 부른 것으로 보아 근친의 여자임에 틀림없어 여기서도 굴원의 누님으로 보았다. ㅇ嬋媛(선원)－마음에 걸리고 걱정되다. 일설에는 선연(嬋娟), 즉 곱고 아름다운 모양으로 보았으나 잘못인 듯하다. ㅇ申申(신신)－부탁 같은 것을 거듭거듭 하는 모양. ㅇ詈(리)－꾸짖다. ㅇ鯀(곤)－하나라 우왕의 아버지. 순임금 때 그는 9년 동안 치수(治水)에 힘을 기울였으나 강직한 성격 때문에 실패하여 우산(羽山)에서 참살되었다고 전한다. ㅇ婞直(행직)－강직하다. ㅇ亡身(망신)－자신을 망치다. ㅇ殀(요)－요절(夭折)하다. ㅇ羽之野(우지야)－우산(羽山)의 벌판. 우산은 산동성(山東省) 봉래현(蓬萊縣) 동남에 위치해 있다. 일설에는 강소성(江蘇省) 동해현(東海縣) 서북에 있다고도 한다. ㅇ博謇(박건)－박식하게 곧은말을 하는 모양. 충간(忠諫)하는 것을 말한다. ㅇ姱節(과절)－아름다운 절조(節操). ㅇ薋菉葹(자록시)－납가새 · 조개풀 · 도꼬마리. 모두 악초(惡草)로, 조정에 가득한 간산배들을 비유한 말이다. ㅇ判(판)－아주. 완연히 판명된 모양. ㅇ不服(불복)－몸에 차지 않다. 복(服)은 패(佩)와 같은 뜻이다. ㅇ戶說(호세)－집집마다 다니면서 달래다. 세

(說)는 설복하다. ㅇ云(운)－뜻없이 쓰인 어조사이다. ㅇ煢獨(경독)－혼자 외로이.

(大意) 누님은 마음에 걸리고 걱정되어 애틋한 생각에, 거듭거듭 내 굳은 마음을 꾸짖어 말했다. "우왕의 아버지 곤(鯀)은 강직함 때문에 자신을 망치고, 끝내 저 멀리 우산(羽山)의 벌판에서 순임금에게 참살되었다.(65~66)

너는 어찌하여 박식하게 직언(直言)을 올려 선을 좋아하고, 혼자만 이 아름다운 절조를 한사코 지키느냐? 납가새·조개풀·도꼬마리 악초들 같은 추악한 간신배들 조정에 가득히 들끓는데, 악초 싫어 몸에 안붙이듯 혼자만 동떨어져 저들과 어울리지 않느냐?(67~68)

그 많은 사람을 일일이 집집마다 찾아가 설복할 수도 없는 일, 뉘라서 우리 두 사람 마음을 이해해 준다더냐? 세상 사람들은 다들 끼리끼리 패거리 만들기에 급급한데, 어이하여 혼자만 외톨박이 되어 내 말을 듣지 않느냐?"(69~70)

의 전 성 이 절 중 혜 　 위 빙 심 이 력 자
71. 依前聖以節中兮　喟憑心而歷茲

제 원 상 이 남 정 혜 　 취 중 화 이 진 사
72. 濟沅湘以南征兮　就重華而陳詞

계 구 변 여 구 가 혜 　 하 강 오 이 자 종
73. 啓九辯與九歌兮　夏康娛以自縱

불 고 난 이 도 후 혜 　 오 자 용 실 호 가 항
74. 不顧難以圖後兮　五子用失乎家巷

예 음 유 이 일 전 혜 　 우 호 사 부 봉 호
75. 羿淫遊以佚畋兮　又好射夫封狐

고 난 류 기 선 종 혜　　착 우 탐 부 궐 가
76. 固亂流其鮮終兮　浞又貪夫厥家

요 신 피 복 강 어 혜　　종 욕 이 불 인
77. 澆身被服强圉兮　縱欲而不忍

일 강 오 이 자 망 혜　　궐 수 용 부 전 운
78. 日康娛而自忘兮　厥首用夫顚隕

하 걸 지 상 위 혜　　내 수 언 이 봉 앙
79. 夏桀之常違兮　乃遂焉而逢殃

후 신 지 저 해 혜　　은 종 용 이 부 장
80. 后辛之菹醢兮　殷宗用而不長

탕 우 엄 이 지 경 혜　　주 논 도 이 막 차
81. 湯禹儼而祗敬兮　周論道而莫差

거 현 이 수 능 혜　　순 승 묵 이 불 파
82. 擧賢而授能兮　循繩墨而不頗

황 천 무 사 아 혜　　남 민 덕 언 조 보
83. 皇天無私阿兮　覽民德焉錯輔

부 유 성 철 지 무 행 혜　　구 득 용 차 하 토
84. 夫維聖哲之茂行兮　苟得用此下土

옛 성인따라 중정(中正) 행하여, 아아 뜻대로 이 세상 다니고
원수(沅水)와 상수(湘水) 건너 남으로 가, 중화님께 나아가 말씀드리노라
계는 구변과 구가 얻었지만, 하나라 왕들 즐겨 방탕하고
환난도 앞날도 돌보지 않기에, 다섯 아들 집 잃고 헤매었어라
후예(后羿)는 방탕하게 사냥에 빠져, 또한 큰 여우 쏘기만 좋

아하고

본시 음란한 풍기 좋은 끝 드물어, 한착(寒浞)이 또 그 아내 탐하였어라

요는 몸 굳세고 힘세어, 탐욕 부리며 참지 못하고

날마다 즐겨 자신마저 잊었기에, 그 목 잘려 떨어졌어라

하나라 걸왕은 언제나 도리에 어긋나, 드디어 재앙을 만났고

신임금은 인육(人肉)을 소금에 절였기에, 은 왕조 오래 가지 못했어라

탕왕과 우왕 존엄하고 공경스러우며, 주나라는 도리 헤아려 잘못없고

현인 천거하고 유능한 사람 자리 주어, 법도따라 치우침이 없었어라

하늘은 공평무사하여, 사람 덕 보시고 도울 사람 내리시고

성철의 거룩한 행실만이, 진정 이 세상 땅 차지할 수 있었어라

(語釋) ㅇ依前聖以節中(의전성이절중)－옛 성인의 법도에 따라 성정(性情)을 절제하다. 이(以)자가 《문선》에는 지(之)자로 되어 있어 '옛 성인의 절중(節中)에 따라'로 풀이했는데 역시 통한다. 절중(節中)은 과불급(過不及)이 없고 치우침이 없이 곧고 올바르게, 즉 중정(中正)을 행한다는 말이다. ㅇ喟(위)－탄식하는 소리. ㅇ憑心(빙심)－뜻에 따라 행하다. 즉 임의(任意). ㅇ歷玆(역자)－이 세상을 돌아다니다. ㅇ沅湘(원상)－원수(沅水)와 상수(湘水). 동정호(洞庭湖)의 남쪽으로 흘러 들어오는 두 강. 원수는 서남쪽으로, 상수는 호남성(湖南省) 구의산(九疑山)에서 발원하여 동남쪽으로 강물이 호수에 들어간다. ㅇ重華(중화)－순임금의 별호. 구의산에 순임금의 무덤이 있다. ㅇ啓(계)－하나라 우왕(禹王)의 아들로, 고대신화에 그는 하늘에 올라가 '구변(九辯)'과 '구가(九歌)' 두 악곡을 얻어왔다고 전한다. ㅇ夏康娛以自

縱(하강오이자종)－하나라 왕들은 편안히 즐기고 멋대로 놀아나다. 일반적으로 하강(夏康)을 계왕(啓王)의 아들 태강(太康)으로 보아 이를 하태강(夏太康)의 의미로 풀이하는데, 뒤에 나오는 '일강오이자망혜(日康娛而自忘兮)'(78) 및 '일강오이음유(日康娛以淫遊)'(115)와 같은 용례로 본다면 강오(康娛)를 붙여서 읽고 하(夏)는 계왕과 그의 아들 태강 등 하나라 왕들을 가리킨다고 보아야 할 것이다. 이는 '주론도이막차(周論道而莫差)'(81)에서 주(周)가 주나라 문왕(文王)·무왕(武王)·주공(周公) 등을 가리키는 것과 같은 예이다. ㅇ五子用失乎家巷(오자용실호가항)－다섯 아들이 그 때문에 집을 잃다. 태강이 놀이를 좋아하여 사냥갔다가 오래도록 돌아오지 않으므로 한 부족(部族)인 유궁씨(有窮氏)의 임금 후예(后羿)가 그 귀로를 막아 돌아가지 못하게 하고 왕위를 빼앗았다. 이 때문에 계왕의 다섯 아들, 곧 태강의 다섯 아우도 집을 잃고 헤매게 되었다. 반고(班固)의 〈이소서(離騷序)〉에 '오자이실가항(五子以失家巷)'이란 말이 보인 것으로 보아 용(用)은 이(以)와 같이 쓰였음을 알 수 있다. ㅇ淫遊(음유)－절제없이 돌아다니다. ㅇ佚畋(일전)－사냥에 빠지다. 예는 원래 활의 명수였다. ㅇ封狐(봉호)－큰 여우. ㅇ亂流(난류)－음란한 풍기. ㅇ浞(착)－후예의 재상 한착(寒浞). 후예를 죽이고 그 아내를 강점하여 요(澆)를 낳았다. ㅇ厥家(궐가)－그 집사람, 즉 후예의 아내. ㅇ被服(피복)－몸에 갖추다. ㅇ强圉(강어)－굳세고 힘셈. ㅇ顚隕(전운)－떨어지다. 한착의 아들 요가 태강의 조카인 하후(夏后) 상(相)을 죽이고 일락을 일삼다가 상의 아들 소강(少康)에게 주륙당하여, 그 머리가 잘려 땅에 떨어짐을 말한다. ㅇ夏桀(하걸)－하나라 망국의 군주 걸왕. ㅇ常違(상위)－항시 도리에 어긋난 행동을 하다. ㅇ遂焉(수언)－드디어. 언(焉)은 부사에 붙는 조사로, 종언(終焉)의 경우와 같이 쓰였다. ㅇ后辛(후신)－은나라 주왕(紂王). 후(后)는 임금, 신(辛)은 주왕의 이름이다. ㅇ菹醢(저해)－소금에 절이다. 저(菹)는 채소를 절여 김치를 만드는 것이고 해(醢)는 고기를 절여 젓을 담그는 것으로, 저해(菹醢)는 사람을 죽여 그 살을 소금에 절였던 고대의 가혹스런 형벌의 하나이다. 주왕은 충간(忠諫)한 비간(比干)·매백(梅伯) 등을 죽여 인육(人肉)의 젓을 담갔다. ㅇ湯禹(탕우)－은나라 탕왕과 하나라 우왕. 은나라가 하나라보다 먼저 나온 것은 납득할 수 없는 일이어서 강양부(姜亮夫)는 탕(湯)을 대(大)로 보아 대우(大禹)의 뜻으로 보았고, 문일다(聞一多)는 탕무(湯武)의 잘못이라고 보았다. 바로 앞에 걸·주를 말했으므로 이들을 멸망시킨 탕·무로 이어지는 것이 당연하다 하겠으나, 그렇게 보면 무왕이 또한 다음 줄의 주(周)와 중복된다. ㅇ儼(엄)－존엄하다. ㅇ祇敬(지경)－행동을 공경히 하고 삼가다. ㅇ論道(논도)－도리를 헤아려 행하다. ㅇ莫差(막차)－잘못이 없다. ㅇ擧賢(거현)－현인을 천거해 쓰다. ㅇ授能(수능)－유능한 사람에게 자리를 주어 등용하다. ㅇ頗(파)－치우치다. ㅇ皇天(황천)－하늘. 황(皇)은 미칭(美稱). ㅇ私阿(사아)－편들고 아부하다. 사(私)는 공평치 않고 사사로움을, 아(阿)는 친근·비호(庇護)를 뜻한다. ㅇ民德(민덕)－그 임금의 인격. ㅇ錯輔(조보)－보좌할 사람을 두다. ㅇ茂行(무행)－아름다운 행위.

(大意) 옛날 성인의 법도에 따라 과불급(過不及) 없고 치우침없이 중정(中正)을 행하여, 아아, 탄식하며 나는 상상의 날개를 펴, 내 가고 싶은 대로 이 세상 돌아다닌다. 원수(沅水)와 상수(湘水) 두 강을 건너서 남쪽으로 순임금 묻힌 구의산(九疑山) 찾아가, 순임금 앞에 나아가 나의 애끊는 마음 호소한다.(71~72)

"우왕의 아들 계왕(啓王)은 하늘에 올라가 '구변(九辯)'과 '구가(九歌)' 두 악곡을 얻어 왔지만, 계(啓)나 태강(太康)이나 하나라 왕들은 편안히 즐기며 멋대로 놀아나기만 했습니다. 환난을 미리미리 돌보아 훗날을 도모하지 않고, 태강이 사냥간 사이 유궁씨(有窮氏) 후예(后羿)에게 왕위를 빼앗긴 때문에 계의 다섯 아들, 곧 태강의 다섯 아우도 집을 잃고 헤매게 되었습니다.(73~74)

후예는 절제없이 쏘다니며 사냥에 빠져서, 또한 큰 여우 쏘아 잡는 것에만 넋을 잃었습니다. 본래 도리에 반하여 질서를 어지럽히는, 음란한 풍기는 좋은 결과 보기가 드물어, 후예의 재상 한착(寒浞)이 또 상전을 죽이고 그 아내를 빼앗았습니다.(75~76)

한착과 빼앗은 후예의 아내 사이에 태어난 요(澆)는 몸에 굳센 힘 지녀, 탐욕에 끌려서 절제할 줄을 몰랐습니다. 날마다 일락을 일삼고 즐겨서 제 몸마저 잊더니, 그 때문에 자신이 소강(少康)에게 주륙(誅戮)당하여 그 머리 잘려 땅에 떨어졌습니다.(77~78)

하나라 마지막 임금 걸왕은 언제나 도리에 어긋나는 행동을 하여, 그래서 드디어 재앙을 만나 은나라 탕왕에게 망했습니다. 주왕(紂王)은 충신 비간(比干)·매백(梅伯) 등을 죽여 그 살을 소금에 절여, 은왕조의 그 난폭함 때문에 오래 가지 못하고 주나라 무왕(武王)에게 망했습니다.(79~80)

은나라 탕왕과 하나라 우왕은 존엄스럽고 행동을 공경히 하고 삼갔으며, 주나라 문왕·무왕 등은 도리를 헤아리며 행해 잘못함이 없었습니다. 현인을 천거하고 유능한 사람에게 자리 주어 현능(賢能)한 선비들을 등용하고, 법도에 따라 치우침이 없이 정치를 했습니다.(81~82)

일체를 주재하시는 하늘은 공평무사하시어, 그 임금된 사람의 인격을 보시고 보좌할 현인을 내려주십니다. 거룩하고 명민한 사람의 훌륭한 행실만이, 진정 이 천하의 국토를 차지하는 임금이 될 수 있었습니다.(83~84)

첨 전 이 고 후 혜　　상 관 민 지 계 극
85. 瞻前而顧後兮　相觀民之計極

부 숙 비 의 이 가 용 혜　　숙 빈 선 이 가 복
86. 夫孰非義而可用兮　孰非善而可服

점 여 신 이 위 사 혜　　남 여 초 기 유 미 회
87. 阽余身而危死兮　覽余初其猶未悔

불 량 조 이 정 예 혜　　고 전 수 이 저 해
88. 不量鑿而正枘兮　固前修以菹醢
증 허 희 여 울 읍 혜　　애 짐 시 지 부 당
89. 曾歔欷余鬱邑兮　哀朕時之不當
남 여 혜 이 엄 체 혜　　점 여 금 지 낭 랑
90. 攬茹蕙以掩涕兮　霑余襟之浪浪

앞 살피고 뒤 돌이켜 봐, 인간의 갈 길 알고
그 누가 의(義) 아니고서 쓰여지며, 누가 선(善) 아니고서 따르게 하랴
내 몸 위태로워 죽더라도, 나의 처음 뜻 보곤 후회 없고
구멍 재지 않고 자루 맞춰서, 진정 옛 현인 소금에 절여졌어라
거듭 흐느껴 내 가슴 메어져, 나의 때 맞지 않음을 슬퍼하고
두약(杜若)과 혜초 캐어 눈물 씻어도, 내 옷깃 적시며 눈물은 주르르

(語釋) ㅇ相觀(상관)－보다. 두 글자가 다 같은 뜻이다. ㅇ計極(계극)－삶을 도모하는 데 취해야 할 표준. 계(計)는 도모함, 극(極)은 지극·표준·법칙의 뜻이다. ㅇ服(복)－설득해 따르게 하다. ㅇ阽(점)－위험에 접하다. ㅇ危死(위사)－죽음이 닥치다. ㅇ不量鑿(불량조)－구멍을 재보지 않다. 조(鑿)를 '착'이라 읽으면 뚫는다는 뜻의 동사가 되고, 여기서처럼 '조'라 읽으면 구멍이라는 명사가 된다. ㅇ正枘(정예)－자루를 맞추다. ㅇ曾(증)－거듭하다. 한번에 그치지 않고 여러 차례. ㅇ歔欷(허희)－흐느껴 우는 소리. ㅇ茹蕙(여혜)－두약(杜若)과 혜초. 왕일은 여(茹)를 부드럽다는 뜻으로 주석했으나, 문일다는 혜초에는 유강(柔剛)이 없음을 들어 약(若)의 잘못이라고 했다. 약(若), 즉 두약과 혜초를 함께 말한 옛 전적(典籍)의 많은 점으로 보

아 옳은 판단이라 여겨진다. ㅇ霑(점)－눈물에 젖다. ㅇ浪浪(낭랑)－흘러내리는 모양.

(大意) 앞으로는 우왕·탕왕과 뒤로는 걸왕·주왕의 고금성쇠를 돌이켜 보아, 인간이 사는 데 취할 표준이 무언지 알았습니다. 그 누가 의롭지 않고서 등용될 수 있겠으며, 누가 착하지 않고서 사람을 설득하여 따르게 할 수 있겠습니까?(85~86)

내 몸에 위험이 닥쳐 죽게 될지라도, 나의 처음 먹은 마음 생각하면 조금도 후회가 없습니다. 구멍의 치수 재 보지도 않고 자루를 깎아 맞추듯, 옛 현인들도 그 임금의 우매함을 헤아려보지 않고 충간하다가 소금에 절여지는 형벌을 받았습니다."(87~88)

이렇게 말씀드리며 거듭거듭 흑흑 느껴 울어 내 가슴 메어지고, 내가 사는 이 때가 맞지 않음을 슬퍼한다. 두약(杜若)과 혜초를 들어 눈물을 닦아도, 흐르는 눈물 내 옷깃을 적시며 주르르 흘러내린다.(89~90)

궤 부 임 이 진 사 혜　경 오 기 득 차 중 정
91. 跪敷衽以陳辭兮　耿吾旣得此中正

사 옥 규 이 승 예 혜　합 애 풍 여 상 정
92. 駟玉虬以乘鷖兮　溘埃風余上征

조 발 인 어 창 오 혜　석 여 지 호 현 포
93. 朝發軔於蒼梧兮　夕余至乎縣圃

욕 소 류 차 영 쇄 혜　일 홀 홀 기 장 모
94. 欲少留此靈瑣兮　日忽忽其將暮

오 령 희 화 미 절 혜　망 엄 자 이 물 박
95. 吾令羲和弭節兮　望崦嵫而勿迫

노 만 만 기 수 원 혜　오 장 상 하 이 구 색
96. 路曼曼其修遠兮　吾將上下而求索

음 여 마 어 함 지 혜　　총 여 비 호 부 상
97. 飮余馬於咸池兮　總余轡乎扶桑

절 약 목 이 불 일 혜　　요 소 요 이 상 양
98. 折若木以拂日兮　聊逍遙以相羊

전 망 서 사 선 구 혜　　후 비 렴 시 분 주
99. 前望舒使先驅兮　後飛廉使奔屬

난 황 위 여 선 계 혜　　뇌 사 고 여 이 미 구
100. 鸞皇爲余先戒兮　雷師告余以未具

무릎 꿇어 옷섶 펼치고 말씀드려, 환히 나는 이미 이 중정을 얻고

네 마리 흰 규룡(虯龍)에 봉황수레 타고서, 문득 바람에 티끌 날리며 나는 올라가노라

아침에 창오를 떠나, 저녁에 나는 현포에 이르러

잠시 이곳 천문(天門)에 머물려 하나, 날이 어느덧 저물려 하누나

나는 희화더러 속력 늦추게 하여, 엄자산 쪽 가까이 가지 말라 하고

길은 까마득히 아득하고 멀어, 나는 오르내리며 찾아다니노라

내 말을 함지에서 물 먹이고, 내 고삐를 부상에 매어

약목 꺾어 해를 털고, 잠시 거닐며 배회하노라

앞에는 망서를 길잡이 시키고, 뒤에는 비렴을 좇아오게 하여

난새와 봉황 나를 위해 앞길 지키는데, 천둥의 신 내게 차비 덜 됐다 하누나

(語釋) ㅇ敷衽(부임)－옷섶을 땅에 펼치다. 임(衽)은 옷의 앞자락. ㅇ耿(경)－

빛나다. ㅇ駟玉虬(사옥규)－네 마리의 뿔없는 백룡(白龍)이 수레를 끌다. 사(駟)는 네 마리 말을 붙여 끌게 한다는 동사, 옥(玉)은 흰색의 미칭(美稱), 규(虬)는 뿔없는 용이다. ㅇ鷖(예)－봉황의 일종. 《산해경(山海經)》에 사산(蛇山)에 오색찬란한 새가 있어 날면 해를 가리는데 이를 예조(鷖鳥)라 한다고 했다. 또 어떤 판본에는 예(翳)로 되어 있는데, 역시 《산해경》에 보면 순임금 묘가 있는 구의산(九疑山)에 오색찬란한 새가 있어 날면 한 고을을 뒤덮어 버린다고 했다. 하여튼 찬연한 빛깔의 무척 큰 봉황새의 일종이다. ㅇ溘(합)－문득. ㅇ發軔(발인)－수레를 출발시키다. 인(軔)은 수레가 저절로 구르는 것을 막기 위해 수레바퀴 앞에 괴는 횡목(橫木), 이 횡목을 들어내어 수레가 굴러가게 하는 것이 발인(發軔)이다. ㅇ蒼梧(창오)－지명. 순임금을 장사지냈다는 구의산은 이곳의 남쪽에 있다. ㅇ縣圃(현포)－신화에 나오는 지명. 중국 서쪽 곤륜산(崑崙山)에 있는 신의 채마밭이라고 하는데, 현포(懸圃) 또는 현포(玄圃)라고도 쓴다. ㅇ靈瑣(영쇄)－신령한 나라에 들어가는 문. 쇄(瑣)는 대궐 문에 꽃무늬를 아로새긴 것을 일컫는 말이다. ㅇ羲和(희화)－해를 싣고 하늘을 달리는 수레를 모는 신. 일설에는 해의 어머니라고도 한다. ㅇ弭節(미절)－속력을 늦추다. 미(弭)는 쉬다·멎다, 절(節)은 걸음걸이로 여기서는 수레의 속도를 뜻한다. ㅇ崦嵫(엄자)－해가 지는 곳의 산 이름. ㅇ曼曼(만만)－길이 먼 모양. ㅇ修遠(수원)－길고 멀다. ㅇ咸池(함지)－해가 나와서 목욕한다는 못 이름. ㅇ總(총)－매다. 묶다. ㅇ轡(비)－고삐. ㅇ扶桑(부상)－해가 뜨는 곳에 있다는 뽕나무 모양의 큰 상상의 나무. ㅇ若木(약목)－해가 지는 곳에 있다는 청엽홍화(青葉紅花)의 나무. ㅇ拂日(불일)－해를 털다. 약목 가지로 해를 털어, 지는 것을 막다. ㅇ聊(요)－잠시. ㅇ逍遙(소요)－목적없이 거닐다. ㅇ相羊(상양)－배회하다. 즉 상양(徜徉). ㅇ望舒(망서)－달의 수레를 모는 신. ㅇ飛廉(비렴)－바람의 신, 곧 풍사(風師). ㅇ奔屬(분주)－뒤에서 좇아오며 달리다. '보주(補注)'에 주(屬)는 음이 주(注)이고 연(連)의 뜻이라 했다. ㅇ鸞皇(난황)－난새〔鸞鳥〕와 봉황. 난새도 봉황과 비슷한 상상의 새이다. ㅇ先戒(선계)－앞길을 경계 호위하다. ㅇ雷師(뇌사)－천둥의 신, 곧 뇌신(雷神).

(大意) 옷섶을 땅에 펼쳐 무릎꿇고 앉아 말씀드리고, 환히 트인 듯 나는 이미 과불급 없고 치우침 없는 이 성인의 도리를 갖추었다. 네 마리 뿔없는 백룡(白龍)을 말삼고 해를 가리며 하늘을 나는 봉황을 수레삼아 타고, 문득 바람에 티끌을 날리며 나는 하늘로 올라간다.(91~92)

아침에 순임금께 하직하고 그분 계신 창오(蒼梧)의 구의산을 출발하여, 저녁에 나는 신들이 계시는 곤륜산(崑崙山)의 현포(縣圃)에 이르렀다. 잠시동안 이 하늘나라에 들어가는 천문(天門)에 머물려 하였으나, 날이 어느덧 저물려고 한다.(93~94)

나는 해의 수레 모는 희화(羲和)에게 명해 속력을 늦추게 하여, 해가 지는 엄자산(崦嵫山) 쪽으로 가까이 다가가지 못하게 했다. 길은 까마득히 아득하고 멀어, 나는 하늘과 땅을 오르내리며 그리운 이 구하러 찾아다니려 한다.(95~96)

내 수레의 규룡을 해가 목욕하는 함지(咸池) 못에서 물 먹이고, 그 고삐를 해뜨는 곳 부상(扶桑) 나무에 매어 쉬게 했다. 해지는 곳의 약목(若木) 가지를 꺾어 해를 털어 지지 못하게 막고, 한동안 거닐며 이리저리 배회한다.(97~98)

앞에는 달의 수레 모는 망서(望舒)에게 앞장서 길잡이되게 하고, 뒤에는 바람의 신 비렴(飛廉)더러 뒤좇아오게 했다. 하늘의 새 난새와 봉황은 나를 위해 앞길을 지켜주는데, 천둥의 신은 좇아오며 나에게 준비가 덜 갖춰졌다고 한다.(99~100)

오 령 봉 조 비 등 혜　　계 지 이 일 야
101. 吾令鳳鳥飛騰兮　繼之以日夜

표 풍 둔 기 상 리 혜　　수 운 예 이 래 아
102. 飄風屯其相離兮　帥雲霓而來御

분 총 총 기 이 합 혜　　반 육 리 기 상 하
103. 紛總總其離合兮　班陸離其上下

오 령 제 혼 개 관 혜　　의 창 합 이 망 여
104. 吾令帝閽開關兮　倚閶闔而望余

시 애 애 기 장 파 혜　　결 유 란 이 연 저
105. 時曖曖其將罷兮　結幽蘭而延佇

세 혼 탁 이 불 분 혜　　호 폐 미 이 질 투
106. 世溷濁而不分兮　好蔽美而嫉妒

나는 봉황새 높이 날려서, 밤낮으로 가고
회오리바람 모였다 흩어졌다 하며, 구름과 무지개 이끌고 맞이해 오누나
자욱히 몰려 떨어졌다 만났다, 어지러이 흩어지며 오르락내리락
나 하늘 문지기더러 문 열어 달라 해도, 천문에 기대어 나를 바라만 보누나
때는 어둑어둑 해는 지는데, 유란 맺어 우두커니 서 있고
세상이 혼탁해 분별없어, 미덕(美德) 가리고 시샘만 좋아하누나

(語釋) ㅇ飛騰(비등)－높이 날아오르다. ㅇ飄風(표풍)－회오리바람. ㅇ屯(둔)－모이다. 회오리바람이 먼지를 모아 날려 기둥 모양이 된 것을 말한다. ㅇ相離(상리)－서로 헤어지다. 회오리바람이 하나만이 아니기 때문에 이르는 말이다. ㅇ雲霓(운예)－구름과 무지개. ㅇ御(아)－맞이하다. 즉 아(迓). ㅇ總總(총총)－구름이 많이 모인 모양. ㅇ斑(반)－어지러운 모양. ㅇ陸離(육리)－흩어지는 모양. ㅇ帝閽(제혼)－천제(天帝)의 문지기. 혼(閽)은 석양에 문을 닫는 문지기를 가리킨다. ㅇ閶闔(창합)－천문의 이름. 하늘나라로 올라가는 문이다. ㅇ曖曖(애애)－해가 져서 어둑어둑해진 모양. ㅇ罷(파)－끝나다. 즉 날이

어두워져 하루가 다 감을 말한다. ㅇ幽蘭(유란)－사람이 잘 가지 않는 한적한 곳에 피는 향기 높은 난초. ㅇ溷濁(혼탁)－세상이 어지럽고 흐리다. ㅇ不分(불분)－시비(是非)·선악을 가리지 않는다.

(大意) 나는 내가 탄 봉황수레를 더욱 높이 날아오르게 하여, 밤낮으로 쉬지 않고 달린다. 회오리바람이 모였다 흩어졌다 하며, 구름과 무지개 이끌고 와서 맞이한다.(101~102)

자욱히 몰린 구름, 어느새 떨어졌다간 어느새 합치고, 어지러이 흩어지며 오르락내리락 한다. 내가 하늘나라 문지기에게 문을 열어 달라고 말해도, 문지기는 천문에 기대어 나를 바라만 볼 뿐 열어주려 하지 않는다.(103~104)

날은 이미 황혼이 되어 어둑어둑 이 하루도 다 가는데, 깊숙이서 나는 향기로운 난초 맺어 차고 진정을 전하려 하릴없이 오래도록 기다린다. 세상이 어지럽고 혼탁해서 선악을 분별하려 하지 않고, 좋아라고들 미덕을 가리고 시샘만 하는데 이 하늘나라마저 이럴 줄이야.(105~106)

조 오 장 제 어 백 수 혜　　등 낭 풍 이 설 마
107. 朝吾將濟於白水兮　登閬風而緤馬

홀 반 고 이 유 체 혜　　애 고 구 지 무 녀
108. 忽反顧以流涕兮　哀高丘之無女

합 오 유 차 춘 궁 혜　　절 경 지 이 계 패
109. 溘吾遊此春宮兮　折瓊枝以繼佩

급 영 화 지 미 락 혜　　상 하 여 지 가 이
110. 及榮華之未落兮　相下女之可詒

오 령 풍 륭 승 운 혜　　구 복 비 지 소 재
111. 吾令豐隆乘雲兮　求宓妃之所在

해 패 양 이 결 언 혜　　오 령 건 수 이 위 리
112. 解佩纕以結言兮　吾令蹇修以爲理

아침에 나는 백수를 건너려고, 낭풍산에 올라 말을 매고
문득 돌아보고 눈물 흘리며, 높은 산 언덕에 미녀 없음이 서러워라
이내 나는 이 춘궁에 노닐며, 경지를 꺾어 노리개에 달고
이 꽃이 시들기 전에, 이 꽃 바칠 하계(下界) 여자 찾으리
나는 풍륭 시켜 구름을 타고, 복비 있는 곳 찾아가

(語釋) ㅇ白水(백수)－곤륜산에서 흘러나오는 강 이름. 곤륜산에는 원래 오색의 강이 흐른다는데, 백수는 그중의 하나이다. ㅇ閬風(낭풍)－곤륜산에 있는 신화 속의 산 이름. 곤륜산은 원래 3층으로 돼 있어 맨 위는 층성(層城), 맨아래는 반동(樊桐)이고, 낭풍은 그 가운데로 현포(縣圃)와 같은 곳이라고 한다. ㅇ緤(설)－매다. ㅇ高丘(고구)－높은 산언덕. ㅇ女(여)－신녀(神女), 즉 주인공이 구하는 미녀로서 지기(知己)를 뜻한다. 앞의 높은 산언덕은 초나라 궁정을 비유하고, 미녀는 군왕을 모시는 여인을 말한다. 회왕은 정수(鄭袖)를 총애했는데, 정수가 간사하여 충신을 가로막았기 때문에 초나라는 국정이 문란해지고 땅을 잃었다. 그리고 회왕 24년에 초나라는 진(秦)나라에서 부인을 맞아오고 경양왕(頃襄王) 7년에도 진나라 부인을 맞아왔는데, 굴원은 이러한 일들을 마음아파하여 군왕을 내조할 좋은 여인 없음이 서럽다(哀高丘之無女)고 한 것이다. 뒤에서 복비(宓妃)·융녀(娀女)·이요(二姚)에게 구혼하는 것도 다 이를 풍자한 것이다. ㅇ溘(합)－문득. 갑자기. 곧. ㅇ春宮(춘궁)－봄의 신이며 동방의 신인 청제(靑帝)의 궁전. ㅇ瓊枝(경지)－옥수(玉樹)의 가지. ㅇ繼佩(계패)－노리개에다 이어달아 장식하다. ㅇ榮華(영화)－꽃, 곧 경지의 꽃. ㅇ相(상)－찾다. 고르다. ㅇ下女(하녀)－하계(下界)의

여자. ㅇ詒(이)－주다. 즉 이(貽). 위의 하녀(下女)를 일설에는 시녀(侍女)의 뜻으로 보고, 고귀한 여인을 모신 시녀에게 꽃을 주어 그것을 주인에게 전하게 한다는 것으로 풀이했다. ㅇ豊隆(풍륭)－운신(雲神) 또는 뇌신(雷神). ㅇ宓妃(복비)－삼황(三皇)의 하나인 복희씨(伏羲氏)의 딸로 낙수(洛水)에 익사하여 그 강의 신이 되었다.

(大意) 날이 밝아 아침이 되면 나는 곤륜산에서 흘러내리는 백수(白水)를 건너가려고, 곤륜산 중턱의 낭풍산(閬風山)에 이르러 말을 매었다. 문득 머리 돌려 돌아다보고 눈물 흘리며, 초나라 궁정에 임금 돕고 충신 알아줄 좋은 여인 없음을 서러워한다.(107~108)

이내 나는 이 하늘나라 동쪽 청제(青帝)의 궁정에 와 노닐며, 옥수(玉樹) 가지를 꺾어서 차고 있는 노리개에 이어 달았다. 이 옥수의 꽃이 시들어 떨어지기 전에, 하계(下界)에 내려가 이것을 바칠 만한 여자를 찾아보련다.(109~110)

나는 구름의 신 풍륭(豊隆)을 시켜 구름을 타고, 나를 위해 낙수(洛水)의 신녀 복비(宓妃) 있는 곳 찾아가게 했다. 나는 노리개의 띠를 풀어 정표삼아 그녀와 가까운 건수(蹇修)에게 주어서 말을 붙여, 나를 위해 그녀에게 중매 서 달라고 부탁했다.(111~112)

분 총 총 기 이 합 혜　　홀 위 홰 기 난 천
113. 紛總總其離合兮　忽緯繣其難遷

석 귀 차 어 궁 석 혜　　조 탁 발 호 유 반
114. 夕歸次於窮石兮　朝濯髮乎洧盤

보 궐 미 이 교 오 혜　　일 강 오 이 음 유
115. 保厥美以驕傲兮　日康娛以淫遊

수 신 미 이 무 례 혜　　내 위 기 이 개 구
116. 雖信美而無禮兮　來違棄而改求

노리개 띠 풀어 말 건네어, 나는 건수를 중매 삼으렸더니
어지러이 몰려 헤어졌다 모였다, 얼핏 어긋나 돌이키기 어려워져
저녁에 궁석산에 돌아와 묵고, 아침에 유반수에 머리 감누나
그 아름다움에 교만하여, 날마다 즐거이 놀아나고
진정 아름다워도 예절 없어, 자 버려두고 다시 구하리

(語釋) ㅇ佩纕(패양)－노리개의 띠. ㅇ結言(결언)－이야기를 나누다. ㅇ蹇修(건수)－복희씨의 신하로 복비의 측근자. 일설에는 중매장이의 미칭(美稱)이라고도 한다. ㅇ理(리)－《광아(廣雅)》〈석언(釋言)〉에 이(理)는 매(媒), 즉 중매쟁이의 뜻이라 했다. ㅇ紛總總(분총총)－어지러이 몰려 오락가락하는 모양. ㅇ緯繣(위홰)－어긋나다. ㅇ難遷(난천)－바꾸기 어렵다. 이미 굳어진 복비의 마음을 움직일 수가 없다는 뜻이다. ㅇ次(차)－묵다. 이르다. ㅇ窮石(궁석)－후예(后羿)가 거처했다는 산 이름. ㅇ洧盤(유반)－엄자산(崦嵫山)에서 발원해 흘러내리는 신화 속의 강이름. ㅇ淫遊(음유)－지나치게 놀아나다. ㅇ來(내)－자. ㅇ違棄(위기)－버려 버리다. 떠나 버리다.

(大意) 그러나 여러 사람들 어지러이 몰려들어 이리 몰리고 저리 몰리고 하여 이러쿵저러쿵 하는 사이, 갑자기 일이 어긋나서 그녀 마음 돌이킬 수 없게 되었다. 저녁 때 돌아갈 적에 그녀는 후예(后羿)가 사는 궁석산(窮石山)에서 밤을 지내고, 아침에 유반수(洧盤水) 물에 머리감아 화장한다.(113~114)

그녀 제 아름다움만 믿고 교만하여, 날마다 즐거움만 찾아 지나치게 놀아난다. 진정 아름답다 하더라도 예절 없는 그녀, 자 그런 여자 버려 버리고 다른 곳 찾아가 보리라.(115~116)

남상관어사극혜　주류호천여내하
117. 覽相觀於四極兮　周流乎天余乃下

망요대지언건혜　견유융지일녀
118. 望瑤臺之偃蹇兮　見有娀之佚女

오령짐위매혜　짐고여이불호
119. 吾令鴆爲媒兮　鴆告余以不好

웅구지명서혜　여유오기조교
120. 雄鳩之鳴逝兮　余猶惡其佻巧

사방 끝까지 둘러보고, 하늘을 돌아 나는 내려와
높이 솟은 요대 바라보니, 유융의 미녀 보이어라
나는 짐새를 중매 삼았더니, 짐새는 내게 나쁘다 말하고
숫비둘기 울며 날아가지만, 나는 또 그 경박함이 싫어라

(語釋) ㅇ瑤臺(요대)－옥으로 만든 누대(樓臺). ㅇ偃蹇(언건)－높이 솟은 모양. ㅇ有娀(유융)－고대 원시사회의 한 부족국가 이름. ㅇ佚女(일녀)－아름다운 미녀. 옛 전설에 유융씨에게는 간적(簡狄)이라 하는 딸이 있어 그녀에게 옥 누대를 지어 주어 거처하게 했는데, 나중에 간적은 오제(五帝)의 하나인 제곡(帝嚳)의 비(妃)가 되어 은나라 조상인 설(契)을 낳았다고 한다. ㅇ鴆(짐)－새 이름. 그 깃에 독이 있어 그것으로 독주(毒酒)를 만들어 사람을 독살하는 데 쓴다고 한다. 여기서는 굴원을 훼방하는 간악한 소인배를 비유한 것이다. ㅇ雄鳩(웅구)－숫비둘기. 잘 울어서 말많은 사람을 비유한다. ㅇ佻巧(조교)－겉모양만 그럴 듯하고 실속없이 경박하다.

(大意) 끝간 데 없이 사방을 두루 돌아보며, 하늘을 돌아다니고 나서 나는 이 지상으로 내려왔다. 유융씨(有娀氏)가 그의 딸에게 지어 준 옥의 누대(樓臺) 높이 솟아 있어 바라보니, 거기 아름다운 미녀 간

적(簡狄)이 보인다.(117~118)

나는 짐새더러 날 위해 중매 서 달라고 부탁했지만, 악독한 짐새는 내게 아름다운 그녀가 안좋다고 거짓 고한다. 숫비둘기 제가 나서겠다고 울면서 날아가지만, 나는 그 역시 말많아 경박한 꼴 싫고 가는 곳마다 훼방하는 무리뿐이다.(119~120)

심 유 예 이 호 의 혜　　욕 자 적 이 불 가
121. 心猶豫而狐疑兮　欲自適而不可

봉 황 기 수 이 혜　　공 고 신 지 선 아
122. 鳳凰旣受詒兮　恐高辛之先我

욕 원 집 이 무 소 지 혜　　요 부 유 이 소 요
123. 欲遠集而無所止兮　聊浮游以逍遙

급 소 강 지 미 가 혜　　유 유 우 지 이 요
124. 及少康之未家兮　留有虞之二姚

주저하고 망설이는 마음, 몸소 가고파도 그럴 수 없고
봉황이 벌써 예물 받아갔지만, 고신씨 나를 앞설까 두려워라
멀리 가려 해도 갈 곳 없어, 잠시 떠돌아다니고
소강이 미처 장가들기 전, 유우씨의 두 딸 남겨두리

語釋 ㅇ猶豫(유예)－주저하다. ㅇ狐疑(호의)－의심하다. ㅇ自適(자적)－스스로 가다. ㅇ高辛(고신)－유융씨의 딸 간적을 맞아 은나라 선조 설을 태어나게 한 제곡의 별호. 중매를 새에게 부탁하는 습관은, 《사기(史記)》 은본기(殷本紀)에 보인 설의 탄생설화에 봉황이 떨어뜨린 알을 간적이 집어 삼키고서 설을 잉태하였다는 이야기에서 나온 듯하다. ㅇ遠集(원집)－멀리 가다. 집(集)은 나아가다. ㅇ少康(소강)－하나라 중흥(中興)의 임금. 하나라 왕 상(相)의 아들로, 부왕이 한착(寒浞)의

아들 요(澆)에게 살해되자 그는 유우국(有虞國)으로 망명해 유우의 두 딸을 아내로 맞고, 한착과 요를 죽여 하나라 정권을 회복시켰다. ㅇ未家(미가)－아직 장가들기 전. 가(家), 즉 가정을 이룬다는 것은 결혼한다는 의미이다. ㅇ有虞(유우)－하나라 때 한 부족국가의 이름으로, 순임금의 자손이 세웠고, 성은 요(姚)이다. ㅇ二姚(이요)－요씨 성을 가진 두 미녀. 즉 소강에게 출가한 유우씨의 두 딸을 말한다.

(大意) 마음은 어찌할까 망설여지고 남 심부름시키는 것 미덥지 못해, 내 스스로 가보고 싶지만 그럴 수도 없다. 봉황이 벌써 폐백(幣帛)으로 쓸 내 예물 받아 들고 그녀에게 갔지만, 오제(五帝)의 하나인 제곡(帝嚳) 고신씨(高辛氏)가 나보다 먼저 가 그녀 차지할까 두렵다.(121~122)

멀리 다른 나라로 가버리려 해도 가서 머물 만한 곳 없어, 잠시 허공을 정처없이 떠돌며 곳곳으로 돌아다닌다. 하나라 중흥의 왕 소강(少康)이 아직 장가들기 전에, 유우씨(有虞氏)의 두 딸을 맞아오고파 남겨두고 싶다.(123~124)

이 약 이 매 졸 혜　공 도 언 지 불 고
125. 理弱而媒拙兮　恐導言之不固

세 혼 탁 이 질 현 혜　호 폐 미 이 칭 악
126. 世溷濁而嫉賢兮　好蔽美而稱惡

규 중 기 이 수 원 혜　철 왕 우 불 오
127. 閨中旣以邃遠兮　哲王又不寤

회 짐 정 이 불 발 혜　여 언 능 인 여 차 종 고
128. 懷朕情而不發兮　余焉能忍與此終古

색 경 모 이 정 전 혜　명 영 분 위 여 점 지
129. 索藑茅以筳篿兮　命靈氛爲余占之

왈 양 미 기 필 합 혜　　숙 신 수 이 막 심 지
130. 曰兩美其必合兮　孰信修而莫心之

사 구 주 지 박 대 혜　　기 유 시 기 유 녀
131. 思九州之博大兮　豈唯是其有女

왈 면 원 서 이 무 호 의 혜　　숙 구 미 이 석 녀
132. 曰勉遠逝而無狐疑兮　孰求美而釋女

하 소 독 무 방 초 혜　　이 하 회 호 고 우
133. 何所獨無芳草兮　爾何懷乎故宇

세 유 매 이 현 요 혜　　숙 운 찰 여 지 선 악
134. 世幽昧以眩曜兮　孰云察余之善惡

민 호 오 기 부 동 혜　　유 차 당 인 기 독 이
135. 民好惡其不同兮　惟此黨人其獨異

호 복 애 이 영 요 혜　　위 유 란 기 불 가 패
136. 户服艾以盈要兮　謂幽蘭其不可佩

남 찰 초 목 기 유 미 득 혜　　기 정 미 지 능 당
137. 覽察草木其猶未得兮　豈珵美之能當

소 분 양 이 충 위 혜　　위 신 초 기 불 방
138. 蘇糞壤以充幃兮　謂申椒其不芳

중매 어설프고 서툴러, 전하는 말 미덥지 못할까 싶고
세상 혼탁해 어진 이 시새워, 아름다움 가리고 악만 들추누나
규중은 이미 깊고 멀고, 밝은 임금 또한 깨어나지 못해
내 마음 펼 데 없이 품은 채, 내 어찌 이들과 언제까지나 참고 살랴
경모초 구해다 점대 만들어, 영분더러 나를 위해 점치게 하니
아름다운 두 사람 합쳐지게 마련, 진정 아름다운 이 누가 생각

지 않으랴

구주 넓고 큰 땅 생각하면, 어찌 여기에만 미인 있으랴

애써 멀리 떠나가 망설이지 말라, 아름다운 사람 찾는 이 누가 그대를 버리랴

어딘들 방초 없는 곳 있으랴, 그대는 어이하여 옛집만 생각하나

세상이 어두워 빛은 눈이 부시고, 누가 우리 선악을 살핀다던가

사람의 호오(好惡) 각기 다르다지만, 이들 무리는 유독 달라서

누구나 쑥을 허리 가득히 두르고, 유란은 두를 수 없다 하누나

초목조차 제대로 살피지 못하고, 어찌 구슬 보는 눈이 올바르랴

썩은 흙 주워다 향주머니 채우고, 신초가 향기 없다 하누나

(語釋) ㅇ稱惡(칭악)－악을 들춰 내세우다. 악(惡)은 위의 미(美)에 상대되는 말로 추(醜)의 뜻으로 볼 수 있다. ㅇ閨中(규중)－부녀자들이 거처하는 곳. 규(閨)는 원래 궁중의 작은 문으로, 곧 부녀자의 방이 깊숙한 곳에 있음을 가리킨다. 여기서는 복비(宓妃) 이하 지금까지 이야기한 여인들을 일컫는 것이다. ㅇ邃遠(수원)－깊고 멀다. ㅇ哲王(철왕)－슬기로운 임금. 회왕을 가리킨다. 굴원을 쫓아낸 어리석은 왕이지만 그 어리석음이 밝음으로 고쳐지도록 철왕(哲王)이라 불렀으며, 이로써 주인공이 미녀들을 찾아다닌 것은 실은 앞의 '높은 산 언덕에 미녀 없음이 서러워라(哀高丘之無女)'(108)란 구절과 관련하여 임금을 내조하고 충신을 알아줄 좋은 여인 구했음을 알 수 있다. ㅇ終古(종고)－언제까지나. 영원토록. 즉 영고(永古). ㅇ藑茅(경모)－일종의 영초(靈草)로 붉은 꽃이 핀다고 한다. ㅇ筳篿(정전)－둥글고 가는 댓가지로 만든 점대. 정(筳)은 가는 대[小竹] 또는 대쪽[竹片]이고, 초나라 사람은 갈대나 댓가지로 점을 치는데 이러한 점을 전(篿)이라 한다. ㅇ靈氛(영분)－길흉을 점치는 사람. 영(靈)은 무당을 뜻하고, 분(氛)은 그 무당의 이름이다. ㅇ兩美(양미)－두 아

름다운 사람. 곧 주인공과 그가 구하는 미녀. ㅇ莫心(막심)－생각하지 않다. 구본(舊本)에는 대개 두 글자를 하나로 합하여 모(慕)자로 쓰고 있는데, 호시가와 교다카(星川淸孝)의 《초사의 연구(楚辭の硏究)》에 의하면 모(慕)는 앞 연(聯)의 점(占)자와 운(韻)이 맞지 않고 막(莫)자 밑에 한 글자가 괴자(壞字)된 것이라고 보아 점(占)과 같은 운인 염(念)자를 넣어 막념(莫念)으로 보았다. 여기서는 곽말약(郭沫若)의 《굴원부금역(屈原賦今譯)》 및 오천명(吳天明)의 《굴원이소금역(屈原離騷今譯)》에 따라, 그리고 두 글자를 한 글자로 쓴 것과 같은 모양이라는 점을 감안하여 막심(莫心)으로 보았다. 막념(莫念)과 막심(莫心)은 뜻이 같고, 모(慕)를 쓰면 뜻이 통하지 않는다. ㅇ九州(구주)－옛날에 중국 전토를 아홉 주로 나누었었다. 여기서는 곧 천하의 드넓음을 가리킨다. ㅇ釋女(석녀)－그대를 버리다. 여(女)는 여(汝)와 같이 쓴 것이다. ㅇ故宇(고우)－옛집. 굴원의 고국을 가리키는 말이다. ㅇ幽昧(유매)－깜깜하다. ㅇ眩曜(현요)－눈부시게 빛나다. ㅇ余(여)－우리. 여(余)는 두 가지로 풀이할 수 있겠는데, 이를 나, 즉 주인공 하나만을 가리키는 말로 보면 세유매(世幽昧) 이하 10구는 주인공의 대사(臺詞)가 될 것이고, 이를 우리로 보면 이는 영분(靈氛)이 주인공의 입장에 서서 하는 말로 왈양미(曰兩美) 이하 18구가 다 영분의 대사가 된다. 왕일・육간여(陸侃如) 등 구설에서는 대부분 전자의 설을 취하고 있으나, 앞에서 여수(女嬃)가 '누가 우리 마음 살펴준다더냐(孰云察余之中情)'(69)란 말에서 쓴 용례와 똑같은 경우이므로 후자의 설에 따르는 것이 타당할 것 같다. ㅇ戶服艾(호복애)－누구나 쑥을 두르다. 호(戶)는 집집마다・어느 집이나 곧 누구나이고, 복(服)은 입다・차다・두르다, 즉 몸에 붙인다는 말이며, 애(艾)는 방초(芳草)가 아닌 보통 풀 또는 악초를 말한다. ㅇ盈要(영요)－허리에 가득 채우다. 요(要)는 옛날에는 요(腰)자와 같이 썼다. ㅇ珵美(정미)－구슬의 아름다움을 감별하는 눈. 정(珵)은 미옥(美玉)이고 미(美)는 미감(美感), 즉 주옥(珠玉)의 귀함을 느낄 수 있는 능력을 말한다. 오천명(吳天明)의 《굴원이소금역

(屈原離騷今譯)》에서는 정(珵)을 정(程), 즉 품평의 뜻으로 보고 미(美)를 미인, 즉 현인을 비유한 말로 보았다. 앞의 '아름다운 사람 찾는 이 누가 그댈 버리랴(孰求美而釋女)'(132)에서 미(美)가 미인(美人)의 약칭이었던 것으로 보아서도, 오천명의 주장에 무리가 없고 의미도 같다고 하겠다. ㅇ蘇糞壤(소분양)－썩은 흙을 줍다. 소(蘇)는 취(取)하다, 분양(糞壤)은 분토(糞土)이다. ㅇ幃(위)－향주머니.

(大意) 그러나 중매쟁이 못나 어설프고 서툴어서, 전하는 말 미덥게 해내지 못할까 걱정스럽다. 인간 세상 어지럽고 흐려서 어진 이를 시샘하고, 좋아라고 아름다운 점은 가리고 못난 데만 들춰내 말한다.(125~126)

규중(閨中)은 이미 너무나 깊고 멀어서 미녀들 구할 수가 없고, 밝으신 임금 회왕께선 또한 여태 깨어나지 못하고 있다. 내 마음 속의 이 충정 호소할 길 없이 품은 채, 내 어찌 이들 속인들과 죽는 날까지 참고 함께 지낼 수 있겠는가?(127~128)

영초(靈草)인 경모초(藑茅草) 찾아 꺾어다 댓가지삼아 점대 만들어, 영분(靈氛)에게 주며 날 위해 내 길흉(吉凶)을 점쳐 달라 했다. 점괘에 이르는 말은 "아름다운 남녀 한 쌍 반드시 하늘이 맺어주게 마련인데, 진정 아름다운 이 누가 그것을 마음에 두지 않겠습니까?(129~130)

천하 구주(九州) 넓고 큰 땅 생각해보면, 어찌 꼭 이 초나라 땅에만 미인이 있겠습니까?"라고. 그리곤 하는 말이 "애써 이 나라를 떠나 한사코 멀리멀리 다른 나라로 갈 것을 망설이지 마오. 현신 찾는 현군이라면 그대를 버리겠습니까?(131~132)

어디 간들 유독 향기로운 풀 없는 곳 없듯 현군 없는 곳이 있으리까, 그대는 어이하여 고국만 생각하고 떠나지 않으십니까? 세상이 깜깜하게 어두워 빛은 더욱 눈이 부셔 보이지 않는데, 누가 우리의 선하고 악함을 살펴 가려낼 수 있다던가요?(133~134)

사람마다 좋아하고 싫어하는 것이 각기 다르다곤 하지만, 저들 소인배 무리들은 정말 유별납니다. 하나같이 다들 쑥 같은 악초를 허리 가득히 두르고, 깊숙이서 나는 향기로운 난초는 도리어 두를 수 없다고들 합니다.(135~136)

초목의 방취(芳臭)조차도 여태 가릴 줄 모르는 저들, 어찌 구슬의 아름다움을 감별할 수 있으며 현인을 알아볼 수 있겠습니까? 썩은 흙을 주워다가 자기 향주머니를 채우고, 향기로운 산초나무가 조금도 향기롭지 않다고들 합니다."(137~138)

욕 종 영 분 지 길 점 혜　　심 유 예 이 호 의
139. 欲從靈氛之吉占兮　心猶豫而狐疑

무 함 장 석 강 혜　　회 초 서 이 요 지
140. 巫咸將夕降兮　懷椒糈而要之

백 신 예 기 비 강 혜　　구 의 빈 기 병 아
141. 百神翳其備降兮　九疑繽其並芽

황 염 염 기 양 령 혜　　고 여 이 길 고
142. 皇剡剡其揚靈兮　告余以吉故

영분의 길점 따르려 해도, 주저하고 망설이는 마음

무함이 저녁에 내려오면, 산초와 고운 쌀 품고 그를 맞으리

백신이 하늘을 덮고 함께 내려와, 구의산 신령들 줄지어 영접하고

천신은 번쩍번쩍 영기(靈氣) 드날리고, 내게 길한 까닭 말해줬어라

(語釋) ㅇ巫咸(무함)－은나라 때 하늘에서 내려왔다고 하는 신무(神巫). 함(咸)은 그의 이름이다. ㅇ糈(서)－제사에 쓰는 정미(精米). ㅇ要

(요)－맞이하다. 즉 요(邀). ㅇ翳(예)－하늘을 가리다. ㅇ備(비)－함께. ㅇ九疑(구의)－구의산의 신령. ㅇ繽(빈)－수가 많은 모양. ㅇ迓(아)－맞이하다. 즉 영(迎). ㅇ皇(황)－천신(天神), 즉 백신 중 최고의 신. ㅇ剡剡(염염)－번쩍번쩍 빛나는 모양. ㅇ揚靈(양령)－신의 영이(靈異)함을 나타내다. 신령의 위광(威光)을 보이다.

(大意) 영분의 길한 점괘를 따라 이 나라 버리고 멀리 떠나고 싶다가도, 주저하고 망설여지는 마음 정할 수가 없다. 영한 무함(巫咸)이 저녁에 하늘에서 내려오게 되면, 나는 산초와 제사에 쓸 고운 쌀 품고가 그를 영접하리라.(139~140)

천상의 백신(百神)들이 하늘을 가리고 함께 내려와, 구의산의 신령들 줄지어 몰려가 영접한다. 천신은 번쩍번쩍 빛을 일으켜 그 위광(威光) 드날리고, 그를 따라온 신무(神巫) 무함은 내게 멀리 떠나는 것이 길한 까닭을 들려주었다.(141~142)

왈 면 승 강 이 상 하 혜　구 구 확 지 소 동
143. 曰勉陞降以上下兮　求矩矱之所同

탕 우 엄 이 구 합 혜　지 고 요 이 능 조
144. 湯禹嚴而求合兮　摯咎繇而能調

구 중 정 기 호 수 혜　우 하 필 용 부 행 매
145. 苟中情其好修兮　又何必用夫行媒

열 조 축 어 부 암 혜　무 정 용 이 불 의
146. 說操築於傅巖兮　武丁用而不疑

여 망 지 고 도 혜　조 주 문 이 득 거
147. 呂望之鼓刀兮　遭周文而得擧

영 척 지 구 가 혜　제 환 문 이 해 보
148. 甯戚之謳歌兮　齊桓聞以該輔

힘써 위아래 오르내리며, 법도 같이하는 이 찾고
탕왕·우왕 엄숙히 뜻맞는 이 찾아, 지와 고요 조화 이루었어라
진정 마음에 착한 것 좋아하면, 중매가 무슨 필요이랴
부열(傅說)은 부암에서 달구질하다가, 무정에게 등용돼 신임 받았어라
여망은 칼을 때려 울리다가, 주문왕 만나 천거받았고
영척은 노래 부르다가, 제환공 듣고 보좌 삼았어라

語釋 ㅇ矩矱(구확)－법도. ㅇ嚴(엄)－엄숙·근엄·장엄·신중의 뜻. ㅇ求合(구합)－자기와 뜻이 맞는 이를 찾다. ㅇ摯(지)－은나라 시조 탕왕(湯王)의 현상(賢相) 이윤(伊尹)의 이름. ㅇ咎繇(고요)－하나라 우왕(禹王)의 현상. 즉 고요(皐陶). ㅇ調(조)－서로 조화를 이루다. 군신(君臣)이 상합(相合)하다. ㅇ說(열)－부열(傅說)이란 은나라 왕 무정(武丁)의 재상 이름. 부열은 원래 부암(傅巖)이라는 곳의 도로 공사장의 노예로 일하고 있었는데, 무정이 꿈에 현인을 보고 그 모습을 찾아 얻은 사람이 바로 부열이었으며, 부암이라는 지명에서 성을 따 부열이라고 이름한 그는 명재상이 되었다고 한다. ㅇ操築(조축)－목저(木杵)를 손에 들고 다루다. 축(築)은 목저, 즉 땅을 다지는 데 쓰는 나무 달굿대이다. ㅇ傅巖(부암)－북해주(北海洲)에 있는 지명. 암(巖)은 험함 길, 부(傅)는 그 길의 이름이다. ㅇ武丁(무정)－은나라 고종(高宗). 국운을 크게 일으킨 명군이었다 한다. ㅇ呂望(여망)－태공망(太公望). 성이 강(姜)이어서 속칭 강태공이라 하며, 이름이 상(尙)이고 그 선조가 여(呂) 땅에 봉해져 여상(呂尙)이라고도 불린다. 은나라 서백(西伯) 주문왕(周文王)이 위수(渭水) 가에서 처음 만나 스승으로 삼았으며, 뒤에 주무왕(周武王)을 도와 은나라를 멸하고 천하를 평정하여 그 공으로 제(齊)나라에 봉함을 받아 그 시조가 되었다. 병서(兵書) 《육도(六韜)》는 그의 저서라고 한다. ㅇ鼓刀(고도)－칼을 때려 울리며 짐승을 도살하다. 백정질한다는 뜻이다.

ㅇ周文(주문)-주나라 문왕(文王). 성은 희(姬), 이름은 창(昌)이고 원래 은나라 서백(西伯)인데, 덕이 높아 많은 제후들이 그를 좇았고 강태공을 스승으로 삼아 후에 무왕(武王)이 주나라를 세울 기반을 닦았기 때문에 문왕이란 시호(諡號)를 받았다. ㅇ甯戚(영척)-춘추시대 위(衛)나라 사람. 집이 가난하여 불우하게 지내다가 제(齊)나라에 가서 소에게 먹이를 먹이면서 노래를 부르는데, 마침 제환공(齊桓公)이 그 소리를 듣고 그가 현인임을 알아 등용, 상경(上卿)의 벼슬을 주고 나중에 재상까지 올랐다. ㅇ齊桓(제환)-춘추시대 오패(五覇) 중의 하나인 제나라 환공(桓公). ㅇ該輔(해보)-보좌를 삼다.

(大意) 무함이 하는 말은 "힘써 하늘에 오르고 땅에 내리며, 그대와 같은 법도의 길 추구하는 성군을 찾을지어다. 옛날 탕왕과 우왕은 경건히 자신과 뜻맞는 현신을 찾아, 현상(賢相) 이윤(伊尹) 지(摯)와 고요(皐陶)와, 모두들 조화를 잘 이루어 군신(君臣)이 상합(相合)했도다.(143~144)

진정 그대 마음 착하고 깨끗한 것만을 좋아한다면, 꼭 중매쟁이를 써야 할 필요가 무엇이겠는가? 노예였던 부열(傅說)은 나무 달굿대 들고 부암(傅巖)의 도로 공사장에서 일했지만, 그가 현인임을 알아본 은나라 고종(高宗) 무정(武丁)이 그를 재상으로 등용하여 신임했도다.(145~146)

강태공(姜太公)은 칼을 때려 소리를 울리며 짐승을 도살하던 칼잡이 백정이었지만, 주문왕 서백(西伯)을 만나 발탁되어 주나라 입국(立國)을 도운 태사공(太師公)이 되었도다. 불우하던 영척(甯戚)은 소에게 먹이를 먹이면서 노래를 부르다가, 춘추오패(春秋五覇)의 하나인 제환공(齊桓公)이 그 소리 들어 그를 보좌하는 대부(大夫)가 되었도다.(147~148)

급 연 세 지 미 안 혜 시 역 유 기 미 앙
149. 及年歲之未晏兮 時亦猶其未央

공 제 결 지 선 명 혜 사 부 백 초 위 지 불 방
150. 恐鵜鴂之先鳴兮 使夫百草爲之不芳

하 경 패 지 언 건 혜 중 애 연 이 폐 지
151. 何瓊佩之偃蹇兮 衆薆然而蔽之

유 차 당 인 지 불 량 혜 공 질 투 이 절 지
152. 惟此黨人之不諒兮 恐嫉妒而折之

나이 아직 늦기 전에, 계절이 아직 다 가기 전에
소쩍새 먼저 울까 두려워라, 저 온갖 풀향기 잃을까봐
얼마나 경지 노리개 고운가, 뭇 사람 몰려 휘덮어 가리우고
그 무리들 너그럽지 못해, 시새움에 꺾어 버릴까 두려워라

(語釋) ㅇ晏(안)－늦어지다. ㅇ央(앙)－다하다. 끝나다. ㅇ鵜鴂(제결)－소쩍새. 백설조(白舌鳥)·자규(子規)·두견(杜鵑) 등 여러 가지로 불리고, 이 새는 음력 5월의 여름 또는 7월의 가을에 우는데, 추분(秋分) 전에 울면 초목이 모두 조락(凋落)해 버린다고 전한다. ㅇ瓊佩(경패)－경지(瓊枝) 노리개. ㅇ偃蹇(언건)－교만하다. 여기서는 곱고 화려함을 말한다. ㅇ薆然(애연)－우거져 뒤덮는 모양. ㅇ不諒(불량)－미덥지 못하다. 너그럽지 못하다.

(大意) 나이 아직 더 늙기 전에, 계절 또한 다 가기 전에 성군을 찾을지어다. 추분(秋分) 전에 울면 온갖 초목이 조락(凋落)한다는 소쩍새 먼저 울어, 저 모든 풀들 시들어 향기 잃듯 그대 쉬이 늙어 버릴까 두렵도다.(149~150)

그대가 찬 아름다운 경지(瓊枝) 노리개 그 얼마나 고운가? 그러나 뭇 사람들 몰려들어 휘덮고 가리워 보이지 않는도다. 저들

무리들 미덥지 않고 마음 너그럽지 못해, 시새워 경지 노리개 꺾어 버리듯 그대 착하고 고운 마음에 상처 줄까 걱정스럽도다." (151~152)

시빈분이변역혜 우하가이엄류
153. 時繽紛以變易兮 又何可以淹留

난지변이불방혜 전혜화이위모
154. 蘭芷變而不芳兮 荃蕙化而爲茅

하석일지방초혜 금직위차소애야
155. 何昔日之芳草兮 今直爲此蕭艾也

기기유타고혜 막호수지해야
156. 豈其有他故兮 莫好修之害也

여이란위가시혜 강무실이용장
157. 余以蘭爲可恃兮 羌無實而容長

위궐미이종속혜 구득렬호중방
158. 委厥美以從俗兮 苟得列乎衆芳

초전녕이만도혜 살우욕충부패위
159. 椒專佞以慢慆兮 樧又欲充夫佩幃

기간진이무입혜 우하방지능지
160. 旣干進而務入兮 又何芳之能祗

고시속지유종혜 우숙능무변화
161. 固時俗之流從兮 又孰能無變化

남초란기약자혜 우황게차여강리
162. 覽椒蘭其若茲兮 又況揭車與江離

유자패지가귀혜 위궐미이역자
163. 惟茲佩之可貴兮 委厥美而歷茲

방 비 비 이 난 휴 혜　　분 지 금 유 미 말
164. 芳菲菲而難虧兮　芬至今猶未沫

화 조 도 이 자 오 혜　　요 부 유 이 구 녀
165. 和調度以自娛兮　聊浮游而求女

급 여 식 지 방 장 혜　　주 류 관 호 상 하
166. 及余飾之方壯兮　周流觀乎上下

시속(時俗)은 어지러이 변하는데, 어찌 오래 머물 수 있으랴

난초와 백지 변하여 향기 없고, 전풀과 혜초 변하여 띠풀 되었어라

어이하여 지난날 향기롭던 풀이, 지금은 한갓 이 쑥덤불 되었나

그 어찌 다른 까닭 있으랴, 착함 좋아하지 않아 입은 해일 뿐이어라

나는 난초를 믿을 만하다 여겼는데, 아아 속 비고 모양만 훌륭해라

그 아름다움 버리고 세속 좇아, 구차스레 흔한 꽃 속에 끼었어라

산초나무 아첨만 떨고 오만하며, 수유(茱萸)나무도 향주머니 채우려 하고

이미 벼슬 찾아나서 등용되기에 힘쓰느라, 언제 향기 따위 높이랴

진정 시속의 흐름에 따라가, 누가 변하지 않을손가

산초와 난초를 봐도 이러한데, 하물며 게차와 강리에랴

오직 이 노리개만이 귀해도, 그 아름다움 버림받아 이에 이르렀고

꽃향기 물씬물씬 줄지 않고, 꽃내음 이제도 가시지 않았어라

태도를 누그러뜨려 스스로 달래어, 잠깐 떠돌며 미녀 구하리
내 꾸밈이 한창 향기로울 동안에, 천지를 두루 다니며 찾아 보리

(語釋) ㅇ繽紛(빈분)－많고 어지러운 모양. ㅇ淹留(엄류)－오래 머물다. ㅇ荃(전)－전풀. 향초 이름인데, 앞의 '전불찰여지중정혜(荃不察余之中情兮)'(20)에서는 회왕을 가리키는 말로 쓰였었다. ㅇ茅(모)－띠풀. 잡초의 일종이다. ㅇ直(직)－다만. ㅇ蕭艾(소애)－쑥. 두 글자가 다 쑥 종류의 잡초로, 범속(凡俗)한 인간들에 비유한 것이다. ㅇ以蘭爲可恃(이란위가시)－난초를 믿을 만하다고 여기다. 란(蘭)을 회왕의 아들이며 경양왕(頃襄王)의 아우인 영윤(令尹) 자란(子蘭)을 가리킨 말이라고 보는 사람도 있다. 마찬가지로 뒤에 나오는 초(椒 : 159)도 초나라 대부 자초(子椒)를 가리킨 것이라고 보았는데, 〈이소〉에 이 두 글자가 여러 차례 나오지만 다 고매한 인격의 군자를 지칭하는 말로 쓰여, 여기서도 실재한 인물의 고유명사로 쓰인 것이라고는 보이지 않는다. ㅇ容長(용장)－모양이 장대하고 훌륭하다. ㅇ委厥美(위궐미)－난초의 아름다운 점인 향기를 버리다. ㅇ衆芳(중방)－세상에 흔해빠진 꽃들. ㅇ佞(녕)－재주가 있으면서 마음이 정직하지 못하고 아첨하는 것. ㅇ慢慆(만도)－오만하고 기고만장하다. ㅇ樧(살)－수유(茱萸)나무. 산초나무 비슷하면서도 향기가 없다. ㅇ干(간)－구(求)하다. ㅇ祗(지)－공경하다. ㅇ流從(유종)－흐름에 따르다. 종류(從流)로 쓰인 판본도 있는데, 구법상으로는 더 옳으나 《초사》에는 유종(流從)과 같은 용례도 많이 보이고 있다. ㅇ委厥美(위궐미)－그 아름다움이 버림받다. 앞의 158구 예와는 달리 피동으로 풀이한다. 즉 굴원의 아름다운 충정이 회왕에게 받아들여지지 않았음을 말한다. 육간여(陸侃如)의 《초사선(楚辭選)》에서는 위(委)를 병(秉)자로 보아 굴원이 미덕을 지니고 있다는 뜻으로 풀이했다. 즉 병(秉)의 고자(古字)는 병(秊)으로도 쓰는데 이를 잘못 위(委)로 쓴 것이라 본 것이다. ㅇ歷玆(역자)－여기에 이르다. ㅇ菲菲(비

비)—향기가 물씬물씬 풍기는 모양. 방초가 우거진 모양. ○難虧(난휴)—쉽게 없어지지 않다. ○芬(분)—향기. ○沫(말)—흩어져 없어지다. ○和調度(화조도)—태도를 부드럽게 하다. ○壯(장)—훌륭하다. 아름답다.

(大意) 시속(時俗)이 시시각각으로 바뀌어 변화 무상한데, 내 어찌 여기에 오래도록 머물 수 있을까? 난초와 백지 다 시들어 향기가 없어지고, 전풀과 혜초 같은 향초도 띠풀 같은 잡초가 돼버려 시세(時世)따라 모든 것 변하듯 선인도 악인이 돼간다.(153~154)

어이하여 지난날의 향기롭던 방초가 오늘에 이르러선 한갓 쑥 같은 이 잡초에 지나지 않게 되었나? 방초가 잡초 되듯 선인이 악인 되는 데 어찌 다른 까닭이 있겠는가? 그것은 선을 좋아하지 않은 때문에 입은 피해일 따름이다.(155~156)

나는 난초를 믿어도 좋다고 생각해 왔는데, 아아 속 비어 향기없고 모양만 훌륭할 줄이야. 그 난초의 아름다운 점인 자신의 향기를 버리고 세속을 좇아서, 구차스럽게 세상에 흔해빠진 꽃들 속에 끼다니 선인이 세속의 사람들과 함께 어울렸구나.(157~158)

산초나무는 재주만 믿고 위로는 아첨 떨고 아래로는 오만하며, 모양만 산초나무 같고 향기 없는 수유나무조차 또한 향주머니를 채우려 든다. 이미 벼슬길 찾아내서 채용되기를 바라고 힘쓰노라, 어느 여가에 향기높은 인격이나 도덕 중히 여길 겨를이 있겠는가?(159~160)

진정 시속따라 흐르는 대로 따르다 보니, 누군들 변하지 않고 지낼 수 있겠는가? 산초와 난초 같은 향기높은 초목을 봐도 이러한데, 하물며 그만 못한 게차나 강리 같은 것이야 일러 무엇하겠는가?(161~162)

오직 내가 차고 있는 이 노리개만이 보귀롭지만, 그 아름다움이 회왕께 버림받아 이 지경에 이르렀다. 그러나 꽃향기 물씬물씬 풍기며 조금만 줄어들지 않고, 꽃내음 지금도 가시지 않아 내 마음 여

태 변함이 없다.(163~164)

태도를 부드럽게 누그러뜨리고 내 스스로 달래어, 잠시 사방으로 떠돌아다니며 미녀를 찾아보리라. 내 꾸민 모습과 노리개가 한창 아름답고 훌륭할 동안에, 하늘과 땅을 두루 돌아다니며 찾아가 보리라.(165~166)

영분기고여이길점혜　역길일호오장행
167. 靈氛旣告余以吉占兮　歷吉日乎吾將行

절경지이위수혜　정경미이위장
168. 折瓊枝以爲羞兮　精瓊爢以爲粻

위여가비룡혜　잡요상이위거
169. 爲余駕飛龍兮　雜瑤象以爲車

하이심지가동혜　오장원서이자소
170. 何離心之可同兮　吾將遠逝以自疏

전오도부곤륜혜　노수원이주류
171. 邅吾道夫崑崙兮　路修遠以周流

양운예지엄애혜　명옥란지추추
172. 揚雲霓之晻藹兮　鳴玉鸞之啾啾

조발인어천진혜　석여지호서극
173. 朝發軔於天津兮　夕余至乎西極

봉황익기승기혜　고고상지익익
174. 鳳凰翼其承旂兮　高翺翔之翼翼

홀오행차유사혜　준적수이용여
175. 忽吾行此流沙兮　遵赤水而容與

휘교룡사양진혜　조서황사섭여
176. 麾蛟龍使梁津兮　詔西皇使涉余

노수원이다간혜　　등중거사경대
177. 路修遠以多艱兮　騰衆車使徑待

노부주이좌전혜　　지서해이위기
178. 路不周以左轉兮　指西海以爲期

둔여거기천승혜　　제옥견이병치
179. 屯余車其千乘兮　齊玉軑而並馳

가팔룡지완완혜　　재운기지위타
180. 駕八龍之蜿蜿兮　載雲旗之委蛇

억지이미절혜　　신고치지막막
181. 抑志而弭節兮　神高馳之邈邈

주구가이무소혜　　요가일이유락
182. 奏九歌而舞韶兮　聊假日以媮樂

척승황지혁희혜　　홀임예부구향
183. 陟陞皇之赫戲兮　忽臨睨夫舊鄉

복부비여마회혜　　권국고이불행
184. 僕夫悲余馬懷兮　蜷局顧而不行

영분이 이미 내게 길점 들려줘, 좋은 날 가려 나는 떠나가리
경지 꺾어 반찬 삼고, 옥가루 빻아 양식 삼으리
날 위해 비룡이 끌게 하고, 옥과 상아(象牙) 섞어 수레 꾸며
어찌 갈라진 마음 하나 되랴, 나는 멀리 가 스스로 멀어지리
길 돌아 나는 저 곤륜산 바라고, 길은 아득히 멀어 돌고 돌아
구름·무지개 날려 하늘 가리고, 옥란 소리 딸랑딸랑 울리리
아침에 은하수 나루를 떠나, 저녁에 나는 서쪽 끝에 이르고
봉황은 공손히 깃발 받들고, 높이 날아 가지런히 가노라
어느덧 나는 이 유사에 와, 적수를 따라 천천히 거닐고

교룡을 부려 나루에 다리 놓게 하여, 서황더러 나를 건너주게 하리

길은 멀고 멀어 어려움도 많아, 수레들 지름길로 나와 기다리게 하고

부주산 왼편으로 돌아, 서해 가리키며 만날 약속 했노라

내 수레 천 대나 몰려, 옥바퀴 가지런히 함께 달리고

꿈틀거리는 여덟 용을 몰아, 휘날리는 구름깃발 꽂고 가노라

마음 눌러 걸음 늦추어도, 넋은 높이 아득하게 달리고

구가를 타고 구소(九韶)에 춤추며, 잠시 틈을 빌어 즐기노라

햇빛 휘황한 하늘에 올라, 문득 저 고향 내려다볼 때

종도 슬퍼하고 내 말도 그리움에, 돌아보며 나아가지 못해라

(語釋) ㅇ歷吉日(역길일)－길일을 선택하다. ㅇ羞(수)－고기와 채소, 즉 음식. 왕일(王逸)의 주에서는 이를 포(脯)라 하여 여행용 음식으로 만든 건육(乾肉)으로 풀이했다. ㅇ精瓊爢(정경미)－옥 가루를 빻다. ㅇ粻(장)－양식. ㅇ瑤象(요상)－옥과 상아. ㅇ離心(이심)－갈라진 마음. 즉 회왕의 마음이 굴원의 뜻과 다름을 말한다. ㅇ自疏(자소)－스스로 떨어져 소원하게 하다. ㅇ邅(전)－길을 돌리다. 즉 전(轉). ㅇ道(도)－길을 잡다. 여기서는 동사로 쓰였다. ㅇ雲霓(운예)－구름과 무지개, 곧 수레의 깃발을 가리킨다. ㅇ晻藹(엄애)－하늘을 가리다. ㅇ鸞(란)－수레 횡목에 다는 방울로서 난새 모양으로 돼 있는데, 난새는 봉황의 일종인 상상의 새이다. ㅇ啾啾(추추)－딸랑딸랑. 방울이 많이 울리는 소리. ㅇ天津(천진)－은하수 나루터. ㅇ西極(서극)－서쪽 끝. 《회남자(淮南子)》에 서쪽 끝의 산을 창합(閶闔)이라 한다고 했는데, 이는 하늘의 문을 말한다. ㅇ翼(익)－공손하다. 《문선(文選)》에는 분(紛)으로 되어 있는데, 분(紛)은 봉황이 많음을 나타내는 말이다. ㅇ承旂(승기)－깃발을 두 손으로 올려 받들다. ㅇ翱翔(고

상)—하늘 높이 빙빙 날다. ㅇ翼翼(익익)—가지런한 모양. ㅇ流沙(유사)—서쪽의 사막. 모래가 물처럼 흐른다는 뜻에서 온 말로, 홍흥조 '보주(補注)'에 의하면 서해(西海)의 거연택(居延澤)을 말한다 했다. ㅇ赤水(적수)—서쪽의 강 이름. 곤륜산에서 나와 남해로 흐른다. ㅇ容與(용여)—천천히 거닐다. 정처없이 방황하다. ㅇ麾(휘)—지휘하다. ㅇ蛟龍(교룡)—이무기와 용. ㅇ梁津(양진)—나루에 다리를 놓다. 양(梁)은 다리이지만 여기서는 다리를 놓는다는 뜻이다. ㅇ詔(조)—명령하다. ㅇ西皇(서황)—서쪽의 신. 서황은 제소호(帝少皞)를 일컫는 말인데, 소호는 금(金)씨이고 오행설(五行說)에 금은 서쪽에 해당된다고 한 데서 나온 이름이다. ㅇ涉(섭)—건너다. ㅇ騰(등)—달리다. ㅇ徑待(경대)—지름길로 나와 기다리다. ㅇ不周(부주)—곤륜산 서북방에 있다는 산이름. ㅇ西海(서해)—서쪽 바다. 오늘날 청해성(青海省)의 청해이다. ㅇ爲期(위기)—만날 약속을 하다. ㅇ屯(둔)—모이다. ㅇ軑(견)—수레바퀴. ㅇ蜿蜿(완완)—용의 꿈틀거리는 모양. ㅇ委蛇(위타)—깃발이 휘날리는 모양. ㅇ弭節(미절)—속도를 늦추다. ㅇ邈邈(막막)—아득한 모양. ㅇ韶(소)—순임금의 음악 구소(九韶). ㅇ假日(가일)—일월을 빌어 시간을 늘리다. ㅇ媮樂(유락)—유쾌히 즐기다. ㅇ陟陞(척승)—오르다. 두 글자가 다 같은 뜻이다. ㅇ皇(황)—황천(皇天), 즉 하늘. ㅇ赫戲(혁희)—광명. 희(戲)는 희(曦)와 같이 쓰였다. ㅇ睨(예)—곁눈질해보다. ㅇ蜷局(권국)—돌아다보며 나아가지 못하는 모양.

(大意) 신무(神巫) 영분이 이미 내게 점괘가 좋다고 들려주어, 좋은 날 가려서 나는 떠나가려 한다. 옥수 가지를 꺾어 여행에 쓸 음식 반찬을 삼고, 옥 가루 빻아서 양식을 삼아 떠나가리라.(167~168)

나를 위해 하늘을 나는 용마(龍馬)가 수레 끌게 하고, 옥과 상아를 섞어가며 내 수레 아름답게 장식한다. 어찌 달라진 회왕의 마음 내 뜻과 같아지겠는가? 나는 멀리멀리 떠나가 임금 곁을 스스로 멀리하리라.(169~170)

길을 돌아서 나는 저 곤륜산 쪽을 향하여 떠나가는데, 고향 떠나가는 길 아득하게 멀리 돌고 돈다. 구름과 무지개 깃발은 하늘을 가리고, 난새 모양으로 수레에 단 옥방울 소리 딸랑딸랑 울리리라.(171~172)

아침에 하늘의 강 은하수 나루터를 출발하여 하늘로의 여행을 떠나, 저녁에 나는 서쪽 끝 하늘의 문에 도달했다. 봉황은 공손하게 두 손으로 깃발 받들어 올리고, 하늘 높이 훨훨 가지런히 날아간다.(173~174)

어느덧 나는 서쪽의 사막 유사(流沙)에 와, 서쪽의 강 적수(赤水)를 따라 정처없이 천천히 거닌다. 이무기와 용을 지휘하여 나루에 다리를 놓게 하여, 서쪽의 신 제소호(帝少皞)를 시켜 나를 건너주게 하리라.(175~176)

길은 멀고 멀어 어려움도 많아, 수레를 달려 지름길로 나와서 나를 기다리게 했다. 곤륜산 서북방의 부주산(不周山)을 왼편으로 돌아, 서쪽 바다 청해(青海)를 가리키며 그곳에서 만나자고 약속했다.(177~178)

내 수레 모여들어 천 대나 되고, 옥으로 장식한 수레바퀴를 가지런히 하여 나란히 달린다. 수레마다 꿈틀꿈틀 여덟 마리 용마가 끌고, 바람에 펄럭펄럭 구름 깃발 휘날리며 간다.(179~180)

마음을 억눌러 달리는 속도 늦추어 천천히 가려 해도, 넋은 높이 떠 멀리멀리 아득한 곳까지 달려간다. 하나라 계(啓)가 하늘에서 얻어온 '구가'를 연주하고 순임금 때의 음악 구소(九韶)에 춤을 추며, 잠시 틈을 빌어 시간을 늘이며 즐긴다.(181~182)

햇빛 반짝이며 휘황하게 빛나는 하늘에 올라가, 문득 저 아래 고향 땅을 내려다본다. 그때 종들도 슬퍼하고 나의 말도 고향 그리워서, 돌아다보며 발이 떨어지지 않아 나아가지 못하고 있다.(183~184)

난 왈　　이 의 재
185. 亂曰　已矣哉

국 무 인 막 아 지 혜　　우 하 회 호 고 도
186. 國無人莫我知兮　又何懷乎故都

기 막 족 여 위 미 정 혜　　오 장 종 팽 함 지 소 거
187. 旣莫足與爲美政兮　吾將從彭咸之所居

난사(亂辭)에 이르기를, 모든 것 다 끝났어라

나라에 사람 없어 날 알아주는 이 없는데, 어이 고향을 그리워하랴

함께 좋은 정치 할 만한 이 없는 바엔, 나는 팽함 계신 곳 찾아가리

(語釋) ㅇ亂(난)－악가(樂歌)의 종장. 에필로그. 결어(結語). ㅇ已矣哉(이의재)－이미 다 끝났구나.

(大意) 마지막 끝맺는 말은…… 모든 것 이미 다 끝났구나, 나라에 사람 없고 나를 이해해 주는 이 아무도 없는데, 어찌 나만이 고국을 생각해야 하는가? 기왕에 함께 이상(理想)의 정치를 의논하고 베풀 만한 이 없는 바엔, 나는 이제 죽어져 은나라 현인 팽함이 계신 곳 찾아가리라.(185~187)

(解說) 〈이소〉는 굴원의 대표작인 동시에 고대 중국 남방문학의 최고·최대작으로, 북방의 《시경(詩經)》과 함께 중국문학사상 쌍벽으로 오늘날에도 존중되고 있다. 그러나 《시경》의 시는 민간에 유행하던 단편적(斷片的)인 시가들을 정부 사업으로 채시관(採詩官)에 의해서 수집되었던 것을 공자(孔子)가 산시(刪詩)한 것이라고 전해지고 있지만, 〈이소〉는 굴원 한 사람의 작품으로 370여구에 달하는 방대한

장시(長詩)라는 데에 그 특색이 있다. 이 사실만으로도 굴원을 중국 최대의 시인으로 칠 만하다.

이 속에는 굴원의 위대한 인격과 고결한 감정, 우국상민(憂國傷民)의 마음, 혼탁한 세속을 미워하는 정의감이 역력히 발로되어 있다. 그러기에 한유(漢儒)들은 비록 원작의 의미에 왜곡된 해석을 내리기는 했지만 그러면서도 이 작품의 가치를 높이 평가하여 제목을 〈이소경(離騷經)〉 또는 〈이소전(離騷傳)〉이라 했다. 《시경》과 함께 이를 경전시(經傳視)한 것이다.

이 작품이 쓰여진 시기는 굴원이 처음 한북(漢北)에 방축되었을 때(기원전 299~296) 곧 그의 나이 45~48세 무렵으로 추정된다. 물론 그 제작연대에 대해서 여러 이설(異說)이 나와, 굴원의 실재조차 아예 부정해 버린 요계평(廖季平) 같은 이는 이를 진대(秦代)의 작품이라고 보았고, 육간여(陸侃如) 같은 이는 《사기(史記)》 〈굴원열전〉의 한 구절을 인용하여 굴원이 피참거직(被讒去職)되었을 때(기원전 316~312) 썼다고 했으며, 유국은(游國恩) 같은 이는 작품 중에 강남(江南)의 지명·인물·식물 등이 나온다 하여 이를 경양왕(頃襄王) 7년 굴원이 강남에 방축된 이후(기원전 292~285)에 썼다고 했다.

그러나 육간여의 설은 《사기》의 한 애매한 기록(王怒而疏屈平. 屈平疾王聽之不聰也, 讒諂之蔽明也, 邪曲之害公也, 方正之不容也, 故憂愁幽思而作離騷) 하나만을 가지고 《사기》의 다른 기록과 그밖에 《신서(新序)》 《한서(漢書)》 등의 기록을 부정하기에는 부족하고, 유국은의 설 역시 〈이소〉가 환상과 은유(隱喩)를 많이 쓴 작품이란 점을 감안할 때 거기 나오는 지명이나 식물명이 강남의 것이라 해서 이를 회왕(懷王) 때가 아닌 경양왕 때의 작품이라고, 여러 군데 보이는 옛 기록을 뒤엎기에는 불충분하다. 〈이소〉와 같은 때 한북에서 쓴 작품인 〈추사(抽思)〉를 보아도 그 점을 확인할 수 있다.

한북에 방축된 굴원은 〈이소〉에서 처음에 자신의 세계(世系)와 출생부터 쓰기 시작하여, 비애와 절망 속에 우수(憂愁)에 찬 영혼이 심중을 호소할 곳을 찾아 헤매다가 마침내 훼멸(毁滅)로 돌아간 것을 상징적으로 혹은 직서적(直敍的)으로, 곧 서정(抒情)과 서사(敍事)를 교합시켜 노래하고, 끝까지 왕이 자기를 다시 불러들여 줄 것을 간절히 빈다.

이 내용을 장절(章節)로 나누어 살펴보자. 이 작품에 장절 구분을 하는 것은 송대(宋代)의 주희(朱熹) 《초사집주(楚辭集註)》와 전과지(錢果之) 《이소집전(離騷集傳)》에 와서 비롯된 후 대략 운절(韻節)·운전(韻轉)·문의(文意) 등에 따라 갖가지로 장절을 나누고 있다. 여기서는 우선 주희의 방법에 따라 2구를 1운(韻)으로 하고 다시 2운을 1절로 즉 4구를 1절로 하여 모두 93절로 나누어, 원문은 지면관계로 각 절을 구별하지 않고 그대로 썼으나 대의(大意)는 별행(別行)잡아 썼다. 다음에 이를 다시 문의에 따라 16장(章)으로 나누어, 원문에서 각 장마다 한 칸씩 띄어서 썼다. 그리고 이를 또 3개 대단(大段)으로 나누어 대의에서 한 칸씩 띄어서 썼다. 이러한 분장(分章)·분단(分段) 방법에 따라 작품 내용을 간단히 살펴보면 다음과 같다.

제1대단(1~70)에서는 수양을 쌓아 절조를 지키며 이를 위해서는 죽음도 각오하는 마음이 그려져 있다.

제1장(1~10) : 세계(世系)의 존귀함과 생일의 가상(嘉祥)스러움, 그리고 이름의 유래를 말하고, 뛰어난 재질에다가 더욱 수양을 쌓는데 임금에게 등용될 날이 자꾸만 늦어짐을 걱정하고 있다는 이야기.

제2장(11~18) : 회왕(懷王)이 악을 버리고 선을 취하지 않음을 걱정하며 그를 성왕(聖王)의 지경으로 인도하겠다 하고, 안락만 찾는 소인배들 때문에 나라의 정도(正道)가 어두워졌으나 역시 자기 일신의 재앙은 돌보지 않겠다는 이야기.

제3장(19~24) : 충간(忠諫)이 노염을 살 줄 알면서도 그만두지

못하고 하늘에 맹세코 오직 충(忠)을 다하고자 할 뿐이었는데, 임금은 처음의 기약을 어기고 마음 변했음이 슬프다는 이야기.

제4장(25~28) : 노력해서 배양한 자신의 현재(賢才)가 국정에 쓰여지기를 원했으나 빛을 보지 못함을 슬퍼하고, 아울러 많은 현인들이 자꾸만 악에 물드는 것이 서럽다는 이야기.

제5장(29~38) : 모두들 영리를 다투어 구하여 서로 질투하는데, 차츰 노년이 다가와도 이름을 이룩하지 못하는 자신을 안타까워하며 죽더라도 절조 지키고 수양을 쌓으며 전현(前賢)의 발자취 좇아 팽함(彭咸)의 유칙(遺則)에 따르겠다는 이야기.

제6장(39~52) : 인생의 다난함을 슬퍼하고 바른 말씀 간했다가 도리어 버림받은 불우(不遇)를 한탄하지만 역시 절개를 지키다 아홉 번 죽어도 후회 없고, 임금 곁의 추악한 무리들처럼 세속에 영합할 수는 없기에 옛날 성인이 중요시한 도의를 위해 죽을 각오를 한다는 이야기.

제7장(53~64) : 정직 결백한 행위 때문에 버림받았으므로 잠시 물러나 수양을 쌓으며 남이 알아주지 않더라도 자기 정신의 향기가 아직 결핍되지 않았음을 믿고, 몸이 갈기갈기 찢겨지는 형벌을 받을지언정 마음 변치 않으리라고 맹세한다는 이야기.

제8장(65~70) : 절조를 높이 지켰기 때문에 화를 초래했음을 걱정하여 누님이 충고하는 말 — 옛날 강직해서 죽은 곤(鯀)을 예로 들어 그러한 재앙에 빠지지 않기 위해서는 시속과 어울려 고립되지 않도록 조심해야 한다는 이야기.

제2대단(71~128)에서는 가슴에 맺힌 울분을 호소코자 공상의 날개를 펴 광대한 우주와 신화·전설의 세계에로 편력한다.

제9장(71~90) : 남쪽으로 신유(神遊)하여 구의산(九疑山)에 가서 고대 제왕인 순임금 중화(重華)를 뵙고 진정을 호소, 하후(夏后) 계(啓) 이하 걸(桀)·주(紂)와 탕(湯)·무(武)에 이르는 폭군·성왕을 들어 국가의 흥망을 논하고, 폭군 때문에 죽

은 충간의 신하들을 추모하는 한편 자기의 당초 마음이 불변함을 말하고 거듭 자신의 불우를 개탄하며 눈물 흘리는 이야기.

제10장(91~106) : 중화에게의 진언이 끝나자 전설의 신들을 거느리고 일월과 더불어 광대한 우주에의 여행길을 떠나는데 하늘의 문은 열리지 않고 날은 저물려 하며, 어지럽고 혼탁한 세상처럼 천국마저 아름다움을 가리고 시샘하는 것을 안타까워하는 이야기.

제11장(107~128) : 초나라 궁정에 임금 돕고 충신 알아줄 좋은 여인이 없으므로 하계(下界)에 내려가 복비(宓妃)·간적(簡狄) 그리고 유우씨(有虞氏)의 두 딸 등 전설의 미녀들을 찾았으나 찾는 미녀의 규방은 멀고 자기의 마음은 이해되지 않고, 회왕마저 각성하지 못한다는 이야기.

제3대단(129~187)에서는 회의에 빠져 신무(神巫)의 길점(吉占) 따라 고국을 떠나다가 그만두고 결국 죽음을 택하는 내용이 펼쳐진다.

제12장(129~138) : 영분(靈氛)에게 점쳐 길흉을 묻자 그는 좋은 짝은 반드시 맺어지게 마련이라 하며, 초나라 사람들은 호오(好惡)가 유별나서 그의 아름다움을 인정하지 않으므로 멀리 타국으로 떠나갈 것을 권하는 이야기.

제13장(139~152) : 무함(巫咸)을 만나 물어도 역시 멀리 떠나가 뜻맞는 군주를 찾으라고 하며 역사상의 예를 들어 설득하고, 아직 노년이 되지 않은 지금 출발할 것을 권하는 이야기.

제14장(153~166) : 현인도 시속따라 악에 물들어 향기롭던 옛모습 모두 잃어가는데, 자신의 모습마저 시들기 전에 천지를 두루 돌아다니며 지기(知己)의 군주를 찾아보리라는 이야기.

제15장(167~184) : 끝내 나그네의 길에 올라 용거(龍車)에 운기(雲旗)를 나부끼며 하늘을 누비는 웅대한 천로역정(天路歷程), 그리고 '구가(九歌)'와 소악(韶樂)의 즐거움에 잠깐 마음을 위

로하고 광명한 하늘 높이 올라가다가 문득 하계의 고향 땅을 내려다보고 고국에 대한 격한 사모의 정을 참지 못해 길을 더 걷지 못한다는 이야기.

제16장(185~187) : 결론으로 이 나라를 바로잡을 사람 하나 없고 자신이 임금과 좋은 정치 하지 못할 바엔 고향을 그린들 소용없어 옛날 팽함의 뒤를 따라 죽어 버리겠다는 이야기.

이상과 같이 이 작품은 영균(靈均)이란 인물의 독백적인 서술 속에 누님 여수(女嬃)와 신무(神巫) 영분·무함 등의 말을 섞어가면서 극히 상징적으로 완곡하게 우수병(憂愁病)에 걸린 심정을 되풀이해서 노래하며, 신선한 환상과 전설·신화의 나라들을 편력하는 공상이 아름답게 전개되고 있는 것이다.

극히 낭만적인 시편임에도 불구하고 초나라의 현실 정치에 입각한 울분의 토로가 곳곳에 노출되며 최후에는 난사(亂辭)에 명백히 표현돼 있다. 그러한 의미에서 〈이소〉는 〈구장(九章)〉과 더불어 대단히 현실적인 작품이라 할 수 있다.

이 작품이 만일 단순한 신선의 신유의 노래였다면 그 가치는 월등 감소될 것이다. 굴원의 정치상의 입장과 도의상의 절조, 그리고 초나라의 운명이 여기에 비통·우완(優婉)하게 노래되고 있다. 이 시편은 시인의 생명의 연소(燃燒)인 동시에 그의 정혼(精魂)의 결정으로서 천고불멸의 예술품이라 할 수 있다.

끝으로 〈이소〉의 조구법(造句法)을 살펴보면, 대체로 6언을 정격(定格)으로 하여 구(句) 중간에 조사(助詞) 이(而)·이(以)·여(與)·지(之)·호(乎)·어(於)·우(于) 등을 삽입하여 한 구를 구성하고, 다시 대구(對句)가 되는 두 구를 한 연(聯)으로 하여 상구(上句) 말미에 무운(無韻)의 조사 혜(兮)를 쓰고 각기 격구(隔句)마다 압운(押韻)했다. 그 예를 그림으로 나타내 보자.

(57~58 : ○는 助詞, ▨는 韻字)

위의 예에서 혜(兮)자를 뺀 6언의 1구는 다시 3언으로 가를 수 있는데, 이러한 특징이 대개의 《초사》 작품 구법에 공통되어 있어 《시경》의 4언과 초사의 3언은 고대 남북의 대표적인 시형(詩形)이었다고 할 수 있다.

이상 장절 및 구법상의 외연적(外延的)인 형식 이외에도 조사의 사용을 통한 미묘한 표현방법이 특징적이다. 그중에도 특히 혜(兮)자를 쓴 것과 안쓴 것이 뒤섞여 경(經)과 위(緯)로 교직(交織)되어 있어 독자에게 조금도 중복감을 주지 않는다는 점이다. 그리고 한 연의 상구에 혜(兮)자를 쓰고 하구에 야(也)자를 써서 혜야(兮也)의 율조(律調)가 침통한 느낌을 주는 것이다. 〈이소〉 전편을 통해 그 용례가 많지는 않으나 가장 파란이 많고 작자의 감정상 가장 처절 침통한 자리에 이 용법을 썼다. 유추조(劉秋潮)의 논문 〈이소의 수사예술(離騷的修辭藝術)〉에 의하면 혜(兮)자의 고음(古音)은 아(阿)이고 야(也)자의 고음은 아(呀)라고 하여 이를 합쳐 읽으면 아아(阿呀), 즉 읍소(泣訴)하는 소리 같아 사람을 애원욕절(哀怨欲絶)의 경지로 이끌어 간다고 했다.

또한 이밖에 작품의 전체적인 구성면에 있어서도 수장(首章)에 작자 자신의 세계(世系)와 생년월일·명자(名字)를 서술하여 서정시에 서사적인 체재를 가미한 형식이라든가, 운문임에도 대화체를 많이 삽입 사용한 형식, 그리고 마지막에 결론적인 난(亂)을 사용한 것 등도 이전에 볼 수 없었던 특징이다.

제 2 장

민간의 종교무가宗教舞歌 – 구가九歌

예를 갖추어 일제히 북을 치고 파초를 건네며 번갈아 춤을 추는

아리따운 무녀들 노래 은은하고

봄에는 난초 가을에는 국화 길이길이 끊임없이 이어져라

成禮兮會鼓 傳芭兮代舞

姱女倡兮容與

春蘭兮秋菊 長無絶兮終古

〈구가(九歌)〉는 초(楚)나라 상강(湘江) 민족들 사이에 전해오던 종교무가(宗教舞歌)이며 민간연가(民間戀歌)였다. 단편적인 남방가요의 단계를 넘어 굴원에 이르러 완전한 초사(楚辭) 형식으로 정착되었다. 결국 〈구가〉는 굴원과 같이 뛰어난 문인의 손을 거쳤기에 영원히 남을 아름답고 문학성 높은 작품이 될 수 있었고, 반면 〈구가〉가 있었기에 그 땅에 굴원과 같은 대시인(大詩人)을 태어나게 하고 초나라 문학 — 초사의 꽃을 활짝 피울 수 있게 했던 것이다.

동황태일

1. 東皇太一 천신(天神)

길일혜진량 목장유혜상황
1. 吉日兮辰良 穆將愉兮上皇

무장검혜옥이 구장명혜임랑
2. 撫長劍兮玉珥 璆鏘鳴兮琳琅

요석혜옥진 합장파혜경방
3. 瑤席兮玉瑱 盍將把兮瓊芳

혜효증혜난자 전계주혜초장
4. 蕙肴蒸兮蘭藉 奠桂酒兮椒漿

양부혜부고 소완절혜안가
5. 揚枹兮拊鼓 疏緩節兮安歌

진우슬혜호창
6. 陳竽瑟兮浩倡

영언건혜교복 방비비혜만당
7. 靈偃蹇兮姣服 芳菲菲兮滿堂

오음분혜번회 군흔흔혜낙강
8. 五音紛兮繁會 君欣欣兮樂康

좋은 날 좋은 때, 상제(上帝)를 삼가 위로하노라

옥고리 손잡이 장검을 어루만지며, 아름다운 패옥(佩玉) 댕그랑 울리도다

옥자리에 미옥(美玉)의 누름돌, 어찌 옥꽃송이 들고 춤추지 않나

제육(祭肉)을 혜초로 싸 난초 깔고, 계주와 초장 차려 바치노라

북채 들고 북을 치며, 느린 가락에 조용히 노래하고
피리와 거문고에 드높이 노래하노라
신들린 무당 고운 옷 너울너울, 짙은 향기 일당(一堂)에 가득하고
오음(五音)이 어지러이 어울려, 신께서 즐거워 기뻐하시리

(語釋) ㅇ東皇太一(동황태일)－동쪽 하늘의 천신(天神). 남초인(南楚人)들은 하늘을 황(皇)이라 일컬었고, 태일(太一)은 별이름이자 이를 신격화(神格化)한 천신을 뜻한다. 이 천신의 제궁(祭宮)이 초나라 동쪽에 있었기 때문에 동황(東皇)이라 한 것이다. ㅇ辰良(진량)－좋은 때. 협운(協韻)을 위해 양진(良辰)을 도치(倒置)해 쓴 것이다. 날[日]은 십간(十干 : 甲·乙·丙·丁·戊·己·庚·辛·壬·癸)으로, 때[辰]는 십이지(十二支 : 子·丑·寅·卯·辰·巳·午·未·申·酉·戌·亥)로 나타내고, 이 둘[干支]을 조합하여 날짜를 표기했다. ㅇ穆(목)－공경(恭敬)하다. ㅇ愉(유)－위로하다. ㅇ上皇(상황)－상제(上帝). 천신 동황태일을 가리킨다. ㅇ撫(무)－어루만지다. 쥐다. ㅇ玉珥(옥이)－옥으로 된 고리. 장검의 손잡이 끝에 옥으로 만들어 붙인 고리이다. ㅇ璆鏘(구장)－옥이나 금석(金石)이 서로 부딪쳐서 나는 아름다운 소리. ㅇ琳琅(임랑)－아름다운 옥의 이름. 이것을 허리띠에 달고 걸어다니면 소리가 울린다. ㅇ瑤席(요석)－옥자리. ㅇ玉瑱(옥진)－옥으로 된 누름돌. 진(瑱)은 진(鎭)과 같이 쓰인 글자로 천신이 앉을 자리를 눌러주는 것이다. ㅇ盍(합)－어찌 아니하는가. 하불(何不)과 같다. ㅇ將把(장파)－붙잡다. 들어올리다. ㅇ瓊芳(경방)－옥같이 아름답고 향기로운 꽃. 무당이 이것을 들고 춤을 춘다. ㅇ肴蒸(효증)－제사용 고기. 효(肴)는 뼈가 붙은 고기, 증(蒸)은 바치다. ㅇ藉(자)－깔다. ㅇ奠(전)－차리다. ㅇ桂酒(계주)－육계(肉桂)를 넣어 담근 술. ㅇ椒漿(초장)－산초(山椒) 열매로 즙을 낸 음료. ㅇ揚枹(양포)－북채를 들다. ㅇ拊鼓(부고)－북을 두

드리다. ㅇ疏緩(소완)－박자가 드문드문하고 완만하다. ㅇ安歌(안가)－조용하게 노래하다. ㅇ竽瑟(우슬)－피리와 거문고. 우(竽)는 혀가 36개 붙은 큰 생황(笙簧), 슬(瑟)은 25현의 거문고이다. ㅇ浩倡(호창)－크게 노래하다. 창(倡)은 창(唱)과 통한다. ㅇ靈(영)－무당. 〈구가〉에 나오는 영(靈)자에는 신과 무당의 두 가지 의미가 있는데, 여기서는 후자의 것을 가리킨다. 곧 무당의 몸에 신령이 내리기 때문에 이르는 말이다. ㅇ偃蹇(언건)－너울너울 춤추는 모양. ㅇ姣服(교복)－아름다운 옷을 입다. ㅇ菲菲(비비)－향기가 물씬물씬 풍기는 모양. ㅇ五音(오음)－동양의 다섯 음계(音階 : 宮·商·角·徵·羽). 갖가지 악조(樂調)를 비유한 말이다. ㅇ繁會(번회)－어울리다. 교향(交響)의 뜻이다. ㅇ君(군)－남성의 존칭으로 남신(男神), 곧 동황태일을 가리킨다. ㅇ欣欣(흔흔)－즐거워하는 모양.

(大意) 이 좋은 날 좋은 때를 가려, 경건한 마음으로 삼가 천신 동황태일께 제사지낸다. 주제자(主祭者)인 나는 손잡이 끝에 옥고리 장식 붙인 장검(長劍)을 어루만지고, 허리에 찬 아름다운 패옥(佩玉)이 걸을 적마다 댕그랑댕그랑 울린다.(1~2)

천신이 앉으실 옥자리에 그 자리 눌러주는 미옥(美玉)의 누름돌, 무당은 어이하여 옥같이 아름답고 향기로운 꽃송이 들고 천신에 바치는 춤 추지 않는가? 천신께 올릴 제육(祭肉)을 혜초로 싸서 그 밑에 난초 깔고, 육계(肉桂) 술과 산초(山椒) 열매 즙을 차려 천신께 바친다.(3~4)

북채 들고 북을 치며, 느린 가락에 맞춰 조용히 노래부르고, 이어서 피리 불고 거문고 타며 드높이 노래부른다.(5~6)

신들린 무당 덩실덩실 춤출 때 고운 옷 너울거리고, 그럴 때마다 짙은 향기가 제당(祭堂) 가득히 충만해진다. 갖가지 악률(樂律)이 어지러이 어울려 연주되고, 천신께선 즐거워 기뻐하시리라.(7~8)

(解說) 초나라 동쪽에 제궁(帝宮)이 있는 천신(天神) 태일(太一)은 커다

란 일원신(一元神)이란 의미에서 태일이라 했으며, 초나라 사람들이 천제(天帝) 또는 상제(上帝)의 별명으로 부른 이름으로 작품 중에 상황(上皇)이라 한 것도 같은 것이다. 이처럼 태일은 〈구가〉의 신들 가운데 가장 존귀로운 신이어서 맨먼저 제사를 지냈다.

이 작품에서는 천신 동황태일의 신위(神威)에 관한 직접적인 표현은 하지 않고 있지만, 전편을 통하여 주제자(主祭者)의 입장에서 자신과 무당의 정제(整齊)된 복식(服飾) 및 제당(祭堂)의 진열품과 제물, 그리고 악무(樂舞)의 융성함을 묘사하는 등, 제사의 정형(情形)을 서술함으로써 숭경(崇敬)의 정을 나타냈다. 그리고 작품의 형식은 제무(祭巫)가 독창(獨唱) · 독무(獨舞)하는 것으로 되어 있다.

2. 雲中君(운중군) 구름의 신

1. 浴蘭湯兮沐芳(욕난탕혜목방) 華采衣兮若英(화채의혜약영)
2. 靈連蜷兮旣留(영연권혜기류) 爛昭昭兮未央(난소소혜미앙)
3. 蹇將憺兮壽宮(건장담혜수궁) 與日月兮齊光(여일월혜제광)
4. 龍駕兮帝服(용가혜제복) 聊翺遊兮周章(요고유혜주장)
5. 靈皇皇兮旣降(영황황혜기강) 猋遠擧兮雲中(표원거해운중)
6. 覽冀州兮有餘(남기주혜유여) 橫四海兮焉窮(횡사해혜언궁)
7. 思夫君兮太息(사부군혜태식) 極勞心兮㤝㤝(극노심혜충충)

난초 탕에 몸 씻고 향수에 머리 감고, 아롱진 옷 꽃과 같아라
신령이 구불구불 내려와 머물러, 밝은 빛 끝이 없어라
아아, 제전(祭殿)에 편안히 계시면, 일월과 같이 빛나고
용수레 타고 천제의 옷 입고선, 잠시 곳곳으로 날아다니도다
신령이 찬란하게 반짝이며 내려와, 어느덧 구름 속 멀리 떠올라
기주를 내려다보고도 남아, 사해에 가득 끝이 어딘가
그 신이 그리워 한숨 짓고, 근심으로 마음 태우노라

(語釋) ㅇ雲中君(운중군)—구름의 신 풍륭(豐隆). 《사기》 〈봉선서(封禪書)〉와 《한서》 〈교사지(郊祀志)〉에도 운중군이 나오며, 풍륭은 〈이소〉에도 나온다. 일설에 운중(雲中)은 초나라에 있는 큰 못[澤]의 이름 운몽(雲夢)을 일컫는 말로 운중군은 곧 운몽택의 신이라 했는데 문의에 맞지는 않는다. ㅇ浴(욕)—몸을 씻다. ㅇ沐(목)—머리를 감다. ㅇ芳(방)—향초를 끓인 물. ㅇ華采衣(화채의)—화려한 빛깔의 옷. ㅇ若英(약영)—꽃과 같다. ㅇ靈(영)—여기서는 신, 즉 운중군을 가리킨다. ㅇ連蜷(연권)—길게 구불구불한 모양. 신이 하늘에서 내려오는 것을 상상해 한 말이다. ㅇ留(유)—무당의 몸에 신이 내려와 머물다. ㅇ爛昭昭(난소소)—신령의 위광(威光)이 빛나는 모양. ㅇ未央(미앙)—끝이 없다. 무궁무진(無窮無盡)하다. ㅇ蹇(건)—아아. 발어사(發語詞). ㅇ憺(담)—편안하다. ㅇ壽宮(수궁)—제전(祭殿). 원래는 침실을 뜻했는데 한무제(漢武帝) 때 수궁에 신을 모시고서부터 신에게 제사지내는 곳을 뜻하게 되었다. ㅇ齊光(제광)—빛을 똑같이 비치다. ㅇ龍駕(용가)—용수레. ㅇ帝服(제복)—천제가 입은 것과 같은 옷을 입다. ㅇ聊(요)—잠깐. ㅇ翱遊(고유)—공중을 날아다니다. ㅇ周章(주장)—두루 돌아다니다. ㅇ皇皇(황황)—찬란하게 빛나는 모양. 즉 황황(煌煌). ㅇ猋(표)—급속히 가는 모양. ㅇ雲中(운중)—구름 속. 초나라의 운몽택이 아니다. ㅇ冀州(기주)—고대 중국의 구주(九州 : 冀·兗·青·徐·揚·荊·豫·梁·雍州)의 하나. 하북성(河北

省)·산서성(山西省) 북부에 해당하는 고대 중국의 중심지로 옛날 제왕들 중에 이곳에 도읍을 정한 이가 많았고 나중에는 중국을 대표하는 이름으로 쓰였다. ㅇ有餘(유여)-운중군의 빛 닿는 곳이 기주, 즉 중국 땅에만 한하지 않음을 말한다. ㅇ橫四海(횡사해)-사해(四海)에 가득하다. 사해는 중국 밖에 있는 사방의 바다, 곧 아주 먼 곳을 뜻한다. ㅇ焉窮(언궁)-어찌 그치랴. 끝없이 구름이 퍼져 있음을 가리킨다. ㅇ太息(태식)-탄식하다. ㅇ極勞心(극노심)-근심으로 애를 쓰며 마음을 태우다. ㅇ忡忡(충충)-마음이 불안한 모양. 근심스런 모양.

(大意) 무당이 난초 끓인 물에 몸을 씻고 향초 끓인 향수에 머리 감아 목욕재계하고, 화려하게 아롱진 그의 옷은 꽃과 같다. 신령이 구불구불 하늘에서 내려와 무당 몸에 신들려 머물러, 그 밝은 빛이 끝없이 비친다.(1~2)

아아, 신께서 제전(祭殿)에 내려와 편안히 계시면, 해와 달과 함께 똑같이 빛이 난다. 그리고 용이 끄는 수레 타고 천제가 입은 것과 같은 옷 입고선, 잠시 하늘을 날아 곳곳을 두루 돌아다닌다.(3~4)

신령이 찬란한 빛을 반짝이며 인간에 내려왔다간, 어느덧 다시 날아 하늘 멀리 구름 속으로 회오리쳐 오른다. 그 빛은 아래로 온 중국 땅을 내리비치고도 남아, 사방 멀리까지 끝간 데 없이 가득히 충만해 있다. 그 신이 그리워 나는 한숨 짓고, 근심으로 애타는 이 마음 아프다.(5~7)

(解說) 목욕재계하고 곱게 단장한 무당에게 구름의 신이 강림한 데서부터 시작하여, 구름이 빛을 내며 날아 신유(神遊)하는 모습과 제전을 떠나 하늘에 올라가서 멀리 사방 끝까지 부유(浮遊)하는 것을 그렸다. 시종 주제자(主祭者)의 입장에서 객관적으로 신이 내려와 제사를 받고 곧 올라가는 모습을 묘사하면서, 그 가운데에 구름의 특성과 운중군을 경모(敬慕)하는 주관적인 감정을 넣어 나타냈다. 때문

에 작품의 형식은 제무(祭巫)가 독창하고, 운중군으로 분장한 신무(神巫)가 독무(獨舞)하는 것으로 되어 있다.

3. 湘君 상수(湘水)의 신

상 군

군 불 행 혜 이 유	건 수 류 혜 중 주
1. 君不行兮夷猶	蹇誰留兮中洲
미 요 묘 혜 의 수	패 오 승 혜 계 주
2. 美要眇兮宜修	沛吾乘兮桂舟
영 원 상 혜 무 파	사 강 수 혜 안 류
3. 令沅湘兮無波	使江水兮安流
망 부 군 혜 미 래	취 참 치 혜 수 사
4. 望夫君兮未來	吹參差兮誰思
가 비 룡 혜 북 정	전 오 도 혜 동 정
5. 駕飛龍兮北征	邅吾道兮洞庭
벽 려 백 혜 혜 주	손 요 혜 난 정
6. 薜荔柏兮蕙綢	蓀橈兮蘭旌
망 잠 양 혜 극 포	횡 대 강 혜 양 령
7. 望涔陽兮極浦	橫大江兮揚靈
양 령 혜 미 극	여 선 원 혜 위 여 태 식
8. 揚靈兮未極	女嬋媛兮爲余太息
횡 류 체 혜 잔 원	은 사 군 혜 비 측
9. 橫流涕兮潺湲	隱思君兮陫側
계 도 혜 난 예	착 빙 혜 적 설
10. 桂櫂兮蘭枻	斲冰兮積雪

채 벽 려 혜 수 중　　건 부 용 혜 목 말
11. 采薜荔兮水中　　搴芙蓉兮木末

심 부 동 혜 매 로　　은 불 심 혜 경 절
12. 心不同兮媒勞　　恩不甚兮輕絶

석 뢰 혜 천 천　　비 룡 혜 편 편
13. 石瀨兮淺淺　　飛龍兮翩翩

교 불 충 혜 원 장　　기 불 신 혜 고 여 이 불 한
14. 交不忠兮怨長　　期不信兮告余以不閒

조 빙 무 혜 강 고　　석 미 절 혜 북 저
15. 鼂騁騖兮江皐　　夕弭節兮北渚

조 차 혜 옥 상　　수 주 혜 당 하
16. 鳥次兮屋上　　水周兮堂下

연 여 결 혜 강 중　　유 여 패 혜 예 포
17. 捐余玦兮江中　　遺余佩兮醴浦

채 방 주 혜 두 약　　장 이 유 혜 하 녀
18. 采芳洲兮杜若　　將以遺兮下女

시 불 가 혜 재 득　　요 소 요 혜 용 여
19. 時不可兮再得　　聊逍遙兮容與

임은 오지 않고 머뭇머뭇, 아아, 누가 물가 섬에서 붙드시나
아름답고 곱게 단장하고, 훌쩍 나는 계수나무 배 타노라
원수(沅水)와 상수(湘水) 파도 없게 하고, 장강(長江) 물 고요히 흐르게 하소서
저 임을 기다려도 오지 않지만, 배소(排簫) 불며 누굴 생각하랴
비룡을 몰고 북쪽으로 가, 나는 길을 동정호로 돌아드노라
벽려 발과 혜초 휘장, 창포(菖蒲)로 장식한 노와 난초 깃발

잠양포 아득한 물가를 바라보며, 큰 강 가로질러 영기(靈氣) 드날리노라

영기를 아직 다 드날리지 않아서, 그녀 애틋한 맘에 날 위해 한숨짓고

눈물 줄줄 흘리며, 임 그려 가슴아프게 슬퍼하누나

계수나무 상앗대와 목란 돛대로, 얼음 깨고 눈 치우며

벽려를 물속에서 캐고, 부용을 나무 끝에서 뽑노라

마음 같지 않으면 중매만 애쓰고, 정 깊지 않으면 끊어지기 쉬워라

돌 많은 여울은 졸졸졸, 비룡은 가볍게 훨훨

교정(交情) 두텁지 못하면 원한만 길어지는데, 약속 지키지 않고 내게 틈 없다 하누나

아침에 강가를 내달아, 저녁에 북쪽 소주(小洲)에 멈추니

새는 지붕에 깃들고, 강물은 집 아래를 맴돌도다

내 옥고리 강 속에 던지고, 내 패옥 예수(澧水) 강변에 두고서

방주의 두약을 캐다가, 하계의 여자에게 바치리

때는 다시 얻지 못하는 것, 잠시 느긋하게 거닐리라.

(語釋) ㅇ湘君(상군)—상수(湘水)의 신. 다음 편의 상부인(湘夫人)과 함께 상수의 남녀 2신 중 그 남성신. 홍흥조(洪興祖) '보주(補注)'의 해제(解題)에 의하면, 《사기》의 〈진시황본기(秦始皇本紀)〉 기록에 진시황이 박사(博士)에게 상군이 어떠한 신인가를 물었을 때 "요임금의 딸로 순임금의 비(妃)인데 이곳(湘水 부근의 黃陵)에 묻혔다."고 대답했다. 그래서 구설(舊說)로는 《예기(禮記)》 〈곡례(曲禮)〉에 '제후 부인은 소군(小君)이라 칭하고 정비(正妃)는 군(君)이라 칭해야 한다'고 했듯이 요임금의 장녀 아황(娥皇)은 순임금의 정비였으므로

상군이라 칭하고 차녀 여영(女英)은 차비(次妃)였으므로 낮추어서 상부인이라 칭하여, 상수의 두 여신으로 받들었다고 했다. 그러나 역시 〈구가〉 중에 나오는 운중군(雲中君)과 동군(東君)의 군(君)이 여신을 가리키는 말이 아님을 보아서도 상군을 여신으로 보기는 어렵다. 상군과 상부인은 분명 남성과 여성의 두 신으로 순임금의 2비 전설과는 별개의 것이라 여겨진다. ㅇ君(군)－상군을 가리킨다. ㅇ夷猶(이유)－망설이다. 머뭇머뭇하여 나아가지 아니하다. ㅇ蹇(건)－아아. 곤란하거나 당혹(當惑)했을 때 내는 발어사(發語詞). ㅇ中洲(중주)－물가의 섬 가운데. 주중(洲中)이 뒤바뀐 것이다. ㅇ要眇(요묘)－모습이 매우 아름다운 모양. ㅇ宜修(의수)－곱게 단장한 모습. ㅇ沛(패)－물이 흐르는 모양. 여기서는 배가 빨리 가는 모양. ㅇ桂舟(계주)－계수나무로 만든 배. 향목인 계수나무로 배를 만들었다는 것은 미칭(美稱)으로 쓴 말이다. ㅇ沅湘(원상)－원수(沅水)와 상수(湘水). 두 강이 다 북류(北流)하여 동정호(洞庭湖)로 들어간다. ㅇ江水(강수)－장강(長江), 즉 양자강(揚子江). 동정호 북구(北口)의 큰 강이다. ㅇ參差(참치)－배소(排簫)의 일종으로, 신을 맞이할 때 이것을 분다. 《풍속통(風俗通)》에 '순임금이 퉁소를 만들었는데 그 모양이 들쭉날쭉하여 봉새 날개가 가지런하지 못한 것 같았다(舜作簫, 其形參差, 象鳳翼參差不齊之貌)'고 했는데 바로 이를 두고 이른 말이다. 이 악기는 큰 것은 23개, 또 작은 것은 16개의 길이가 각각 다른 대로 만든 관적(管笛)을 일렬로 배열해서 한 쪽에 다 입을 대고 불도록 되어 있다. ㅇ誰思(수사)－누구를 생각하는가, 곧 상군을 생각한다는 의미를 영탄(詠歎)의 의문구법(疑問句法)으로 쓴 것이다. ㅇ征(정)－가다. ㅇ邅(전)－돌다. ㅇ洞庭(동정)－양자강 상류 호북(湖北)·호남(湖南) 양성(兩省)에 걸친 큰 호수. 동정호 가운데 상산(湘山)이란 섬에 상비묘(湘妃廟)가 있다. ㅇ薜荔(벽려)－향초 이름. 줄사철나무. ㅇ柏(백)－발[簾]. 왕골을 엮어서 벽에 펼쳐 건 것인데, 여기서는 벽려로 대신 엮어서 선창(船艙)의 벽에 건 발이다. ㅇ蕙綢(혜주)－혜초 휘장. ㅇ蓀橈(손요)－창포(菖蒲)

로 장식한 노. ㅇ蘭旌(난정)－난초 깃발. ㅇ涔陽(잠양)－예주(澧州)에 있는 잠양포(涔陽浦). 동정호와 양자강 사이에 자리잡고 있다. ㅇ極浦(극포)－아득히 먼 물가. ㅇ揚靈(양령)－영기(靈氣)를 드날리다. 즉 상군이 영이(靈異)한 분위기를 발산하여 신의 위엄을 나타낸다는 말이다. ㅇ未極(미극)－아직 끝나지 아니하다. ㅇ女(여)－여무(女巫)를 가리킨다. ㅇ嬋媛(선원)－마음에 걸리고 걱정되어 애틋하다. ㅇ余(여)－남무(男巫)가 분장한 상군의 자칭. ㅇ太息(태식)－한숨짓다. ㅇ潺湲(잔원)－눈물이 줄줄 흐르는 모양. ㅇ隱思(은사)－마음 아프게 속으로 생각하다. ㅇ陫側(비측)－비측(悱惻)의 가차(假借)로서, 마음속으로 슬퍼한다는 뜻이다. ㅇ桂櫂(계도)－계수나무 상앗대. ㅇ欄枻(난예)－목란(木蘭) 돛대. ㅇ斲冰(착빙)－얼음을 쪼개다. ㅇ積雪(적설)－눈을 치우다. 이 구절은 상군에게 구애(求愛)하는 길이 험난함을 비유한 것이다. ㅇ搴(건)－뽑다. ㅇ恩不甚(은불심)－은애(恩愛)가 깊지 못하다. ㅇ石瀨(석뢰)－돌이 많고 얕은 여울. ㅇ翩翩(편편)－경쾌하게 나는 모양. ㅇ期不信(기불신)－약속한 날짜를 지키지 않다. ㅇ不閒(불한)－여가가 없다. ㅇ鼂(조)－아침. 즉 조(朝). ㅇ騁騖(빙무)－달리다. ㅇ江皐(강고)－강가. ㅇ弭節(미절)－속도를 늦추어 멈추다. ㅇ渚(저)－물가의 작은 섬. 소주(小洲). ㅇ次(차)－머물다. ㅇ捐(연)－던지다. 버리다. ㅇ玦(결)－반원형의 옥고리. ㅇ醴浦(예포)－예수(澧水) 강가. 예(醴)는 예(澧)와 통하고, 호남성(湖南省) 자리현(慈利縣) 서쪽에서 나와 동정호로 흘러 들어가는 강이다. ㅇ遺(유)－드리다. 17의 유(遺)는 버리다. 두다. ㅇ下女(하녀)－하계의 여자. 천계의 상군이 볼 때 무녀는 하계의 여자가 된다. ㅇ容與(용여)－천천히 가는 모양. 마음이 느긋한 모양.

(大意) 여무창(女巫唱) — 상수(湘水)의 신 상군께서 머뭇머뭇 망설이며 오지 않으심은, 아아, 누가 물가의 섬 가운데에서 붙들어서인가?(1)

아름답고 곱게 무녀(巫女)로 단장하고서, 거센 물결따라 계수나무 배 타고 상군 맞으러 간다. 바라건대 강물의 신 상군께선 원수

(沅水)와 상수(湘水) 두 강에 명하여 파도가 일지 않게 해주시고, 양자강 물 고요히 흐르게 해주시옵소서.(2~3)

저 상군께서 오시기를 바라 기다려도 끝내 오지 않지만, 나는 영신(迎神)할 때 부는 배소(排簫) 불며 상군말고 또 누구를 그리워하랴.(4)

남무창(男巫唱) — 나는 용이 끄는 배를 몰아 상수를 북상해 올라가, 상군으로 분장한 나는 호수 가운데 상산(湘山)에 상비묘(湘妃廟)가 있는 동정호로 길을 돌아든다. 줄사철나무로 엮은 발과 혜초로 짠 휘장을 선창(船艙) 벽에 걸어 꾸미고, 창포로 장식한 노 저으며 난초 깃발 휘날린다. 저 멀리 잠양포(涔陽浦) 아득한 저쪽 물가를 바라보며, 양자강 가로질러 영이한 분위기를 강 가득히 발산해 위엄 떨친다.(5~7)

계속해서 영이한 분위기를 드날리는데, 무녀는 애틋한 마음에 걱정스러워 날 위해 한숨짓는다. 눈물을 줄줄 흘리며, 남몰래 상군을 가슴아프게 그려 슬퍼하는구나.(8~9)

여무창(女巫唱) — 계수나무 상앗대와 목란 돛대를 들어, 얼어붙은 강물의 얼음을 깨고 그 위에 쌓인 눈을 치우며 간다. 뭍에 나는 줄사철나무를 물속에서 캐고, 물에 나는 연꽃을 나뭇가지 끝에서 뽑으려는 듯 상군의 사랑 받기 어려워라. 두 사람 마음이 화합되지 않으면 공연히 중매쟁이만 애쓰고, 서로의 정이 깊지 않으면 그 사이 쉽사리 끊어진다.(10~12)

깊지 못한 정처럼 돌만 많고 얕은 여울물은 졸졸졸 흘러가고, 상군의 배를 끄는 비룡은 가볍게 훨훨 날아 따라갈 수가 없다. 정을 맺어 충실치 못하면 원한만 길이길이 남는다는데, 우리 약속하고서 상군은 지키지 않고 내게 틈이 없어 못온다고 한다.(13~14)

나는 아침에 강가를 내달아, 저녁에 북쪽 물가의 작은 섬에 멈춰 쉰다. 새는 지붕 위에 내려앉아 깃들고, 강물은 집 아래를 맴돌아 흘러간다.(15~16)

남무창(男巫唱) — 내 옥고리 강물 속에 던져주고 내 패옥(佩

玉)도 예수(澧水) 강변에 놓아둔다. 향초 우거진 물가의 섬에서 두약(杜若)을 캐다가, 하계의 여자 무녀에게 바치련다. 좋은 기회는 다시 얻기 어려운 것, 잠시 마음 느긋이 거닐며 그녀를 맞으리라.(17~19)

(解說) 다음의 〈상부인(湘夫人)〉과 함께 상수(湘水)의 신에게 제사지낼 때의 악가(樂歌)이다. 상수에는 남녀 2신이 있어 그 남성신을 상군이라 하고 여성신을 상부인이라 칭했다. 초나라 사람들은 상수의 신에게 제사지낼 때, 상군으로 남무(男巫)가 분장하면 여무(女巫)가 영신(迎神)하고, 또 상부인으로 여무가 분장하면 남무가 영신하며, 서로 수작하고 노래하며 춤추었으리라 짐작된다. 그래서 작품의 형식이 모두 한 쌍의 남녀 대화로 되어 있고, 인간과 신의 연애하는 내용이 담긴 것이다. 그러나 구설에서는 제무(祭巫)의 독창(獨唱)으로 보고 있다.

상 부 인
4. 湘夫人 상수(湘水)의 여신

제 자 강 혜 북 저　　목 묘 묘 혜 수 여
1. 帝子降兮北渚　目眇眇兮愁予

요 뇨 혜 추 풍　　동 정 파 혜 목 엽 하
2. 嫋嫋兮秋風　洞庭波兮木葉下

등 백 번 혜 빙 망　　여 가 기 혜 석 장
3. 登白薠兮騁望　與佳期兮夕張

조 하 췌 혜 빈 중　　증 하 위 혜 목 상
4. 鳥何萃兮蘋中　罾何爲兮木上

원 유 채 혜 예 유 란　　사 공 자 혜 미 감 언
5. 沅有茝兮醴有蘭　思公子兮未敢言

황홀혜원망 관유수혜잔원
6. 荒忽兮遠望 觀流水兮潺湲

미하식혜정중 교하위혜수예
7. 麋何食兮庭中 蛟何爲兮水裔

조치여마혜강고 석제혜서서
8. 朝馳余馬兮江皐 夕濟兮西澨

문가인혜소여 장등가혜해서
9. 聞佳人兮召予 將騰駕兮偕逝

축실혜수중 즙지혜하개
10. 築室兮水中 葺之兮荷蓋

손벽혜자단 파방초혜성당
11. 蓀壁兮紫壇 播芳椒兮成堂

계동혜난로 신이미혜약방
12. 桂棟兮蘭橑 辛夷楣兮葯房

망벽려혜위유 벽혜면혜기장
13. 罔薜荔兮爲帷 擗蕙櫋兮旣張

백옥혜위진 소석란혜위방
14. 白玉兮爲鎭 疏石蘭兮爲芳

지즙혜하옥 요지혜두형
15. 芷葺兮荷屋 繚之兮杜衡

합백초혜실정 건방형혜무문
16. 合百草兮實庭 建芳馨兮廡門

구의빈혜병영 영지내혜여운
17. 九嶷繽兮並迎 靈之來兮如雲

연여메혜강중 유여접혜예포
18. 捐余袂兮江中 遺余褋兮醴浦

건정주혜두약 장이유혜원자
19. 搴汀洲兮杜若 將以遺兮遠者

시 불 가 혜 취 득　　　요 소 요 혜 용 여
20. 時不可兮驟得　　　聊逍遙兮容與

상제(上帝)의 딸 북쪽 소주(小洲)에 내려와, 아득히 멀어 내 마음 서럽고
산들산들 가을바람에, 동정호 물결치고 나뭇잎 떨어지도다
흰 번풀을 밟고 사방을 둘러보며, 임과의 약속에 저녁에 제상 차렸는데
새는 어이 마름풀 속에 모이고, 그물은 어이 나무 위에 치는가
원수(沅水)에 백지(白芷), 예수(澧水)에 난초, 임이 그리워도 말 못하고
황홀해서 멀리 바라보면, 흐르는 물만 졸졸졸
고라니는 어이 뜰에서 풀 뜯고, 교룡(蛟龍)은 어이 물가에 나오는가
아침에 내 말을 강가로 달려, 저녁에 서쪽 강기슭을 건너고
임이 나를 부르는 소리 들리면, 수레 타고 함께 가리라
물속에 집을 짓고, 연잎으로 지붕을 이리라
창포 벽에 자줏빛 조개 껍질 깐 마당, 향기로운 산초를 방 가득히 뿌리고
계수나무 마룻대에 목란 서까래, 백목련 문미(門楣)에 백지의 방
벽려(薜荔) 엮어 휘장을 짜고, 혜초 쪼개어 처마에 걸며
백옥으로 돗자리 누름돌 삼고, 석란 뿌려 향기롭게 하리라
백지 엮어 연잎 지붕에 이고, 거기에 두형을 두르리라
백초를 모아 마당 채우고, 꽃들을 쌓아 문을 덮으리라
구의산의 신들이 나란히 맞으러 오고, 신령의 내려옴이 구름

같아라

내 작은 주머니 강 속에 던지고, 내 가락지 예수 강변에 두고서

물 가운데 섬의 두약(杜若)을 뽑아다가, 멀리 계신 저분에게 바치리

때는 자주 얻지 못하는 것, 잠시 느긋하게 거닐리라

(語釋) ㅇ湘夫人(상부인)－상수(湘水)의 여신. 앞 편의 〈상군(湘君)〉과 함께 상수의 남녀 2신 중 그 여성신. ㅇ帝子(제자)－상제(上帝)의 딸, 곧 상부인. 구설에서는 제(帝)를 요(堯)임금으로 보아, 제자는 요임금의 딸 여영(女英)으로서 순(舜)임금의 차비(次妃)라 했다. 고대에는 자(子)가 남녀 통칭이었다. ㅇ眇眇(묘묘)－아득히 멀어 잘 안 보이는 모양. ㅇ愁予(수여)－나를 슬프게 하다. ㅇ嫋嫋(요뇨)－바람이 솔솔 부는 모양. ㅇ薠(번)－물가에 잔디처럼 자라는 가을풀로, 청(靑)·백(白)의 두 종류가 있다. ㅇ騁望(빙망)－마음 내키는 대로 사방을 둘러보다. ㅇ佳(가)－가인(佳人), 곧 상부인을 가리킨다. ㅇ張(장)－시(施)의 뜻으로, 제구(祭具)·제품(祭品)을 차리다. ㅇ萃(췌)－모이다. ㅇ罾(증)－그물. ㅇ公子(공자)－상부인으로 분장한 여무(女巫)가 상군, 곧 남무를 칭하는 말. ㅇ荒忽(황홀)－황홀(恍惚)과 같음. ㅇ潺湲(잔원)－눈물이나 강물이 졸졸 흐르는 모양. ㅇ麋(미)－고라니. ㅇ蛟(교)－교룡(蛟龍). 깊은 곳에 사는 뿔없는 용이다. ㅇ水裔(수예)－물가. ㅇ江皐(강고)－강물 가. ㅇ澨(서)－물가의 땅. ㅇ騰駕(등가)－수레를 타다. ㅇ葺(즙)－풀을 엮어서 지붕을 이다. ㅇ荷蓋(하개)－연잎 지붕. ㅇ蓀壁(손벽)－창포(菖蒲)를 엮어서 만든 벽. ㅇ紫壇(자단)－자줏빛 조개 껍질을 깐 마당. 자(紫)는 자패(紫貝), 즉 보라색 바탕에 검은 반점이 있는 조개이고, 단(壇)은 초(楚)나라 사투리로 안마당이라는 뜻이다. 마당에 조개 껍질을 까는 것은 오늘날 타일을 까는 것과 같은 것이다. ㅇ成堂(성당)－영당(盈堂)이라 된 판본도 있는데, 같은 뜻으로 만당(滿堂)의

의미이다. 당(堂)은 넓은 방. ㅇ蘭橑(난로)－목란의 나무로 만든 서까래. ㅇ辛夷(신이)－백목련. ㅇ楣(미)－문 위에 가로 댄 상인방(上引枋). ㅇ葯(약)－백지(白芷). ㅇ房(방)－침실. ㅇ罔(망)－망(網)의 고자(古字)로, 짜다. ㅇ擗(벽)－쪼개다. ㅇ櫋(면)－처마. ㅇ張(장)－베풀다. 여기서는 쪼갠 혜초를 처마에 건다는 말로, 마치 오늘날 경사 때 색종이 띠를 주렁주렁 달아매는 것과 같다. ㅇ鎭(진)－깔개나 자리를 누르는 물건. ㅇ石蘭(석란)－일종의 산란(山蘭). ㅇ繚(요)－주위를 둘러싸다. ㅇ實(실)－채우다. ㅇ建芳馨(건방형)－향기로운 꽃을 쌓다. 형(馨)은 향내가 멀리까지 가는 것을 말한다. ㅇ廡(무)－덮다. 이상 16절은 남무가 상부인과 같이 살 향기 넘치는 집을 상상한 것이다. ㅇ九嶷(구의)－순(舜)임금의 무덤이 있다는 영산(靈山). 여기서는 그 산의 신들을 말한다. ㅇ繽(빈)－많은 모양. ㅇ18 이하 6구절은 앞의 〈상군(湘君)〉 마지막 17~19와 대칭되는 것이다. ㅇ袂(메)－옷소매. 그러나 옷소매를 강에 던진다는 것은 이해가 안가고, 육간여(陸侃如)·황효서(黃孝紓) 등의 《초사선(楚辭選)》에 의하면 질(袟)자를 잘못 쓴 것으로 보인다고 했다. 질(袟)은 작은 주머니로 부녀자들이 허리에 차는 것이다. ㅇ褋(접)－홑옷. 역시 옷으로 보기보다는 가락지의 옛이름인 섭(鍱)자로 봄이 옳겠다. 마무원(馬茂元)의 《초사선》에 의하면, 여인이 몸에 지녔던 것을 연인에게 보내는 것은 고대의 풍속이라고 했다. 〈상군〉에서 남자가 옥고리〔玦〕·패옥(佩玉)을 여인에게 보낸 것과 같다. ㅇ搴(건)－뽑다. ㅇ汀(정)－물 가운데의 평지. 섬. ㅇ遠者(원자)－멀리 떨어져 있는 사람, 곧 상군으로 분한 남무를 가리킨다. ㅇ驟(취)－자주, 여러번.

(大意) 남무창(男巫唱) ── 상제(上帝)의 딸인 상수(湘水)의 여신 상부인이 북쪽 물가의 작은 섬에 내려와, 아득하게 멀어서 잘 보이지 않아 안타까운 내 마음 슬퍼라. 산들산들 불어오는 가을바람에, 동정호에는 잔 물결이 일고 나뭇잎이 날려 떨어진다.(1~2)

흰 번풀 잔디가 난 언덕에 올라 사방을 둘러보며, 상부인과의 만날 약속에 저녁때 제상을 차려놓았다. 산에 사는 새가 어이해서 물 속의 마름풀 사이에 모이고, 물에 쳐야 할 그물은 어이해서 나무 위에 치는지……상부인을 만나지 못할까 두려워라.(3~4)

여무창(女巫唱) ―원수(沅水) 강가에는 백지(白芷)가 있고 예수(澧水) 강가에는 난초가 있어, 그 향초처럼 훌륭하신 상군(湘君)을 사모해도 감히 말할 수가 없다. 마음이 황홀해서 눈을 들어 멀리 바라보면, 흐르는 물만 쉬지 않고 졸졸 흘러간다.(5~6)

남무창(男巫唱) ―산에 사는 고라니가 어이해서 마당 가운데까지 와 풀을 뜯어 먹고, 깊은 물속에 사는 교룡이 어이해서 얕은 물가에 나와 있는가?(7)

나는 아침에 내 말을 동쪽 강가로 달려, 저녁이 되면 서쪽 강기슭으로 건너가리라. 상부인께서 나를 부르시면, 나는 수레를 타고 그녀와 함께 가리라.(8~9)

물 가운데에 함께 살 집을 짓고, 연잎으로 지붕을 이어 덮으리라. 벽은 창포를 엮어 만들고 마당에는 자줏빛 조개 껍질을 깔며, 향기로운 산초(山椒)를 넓은 방에 가득히 뿌리리라. 마룻대는 계수나무로 만들고 서까래는 목란의 나무로 만들며, 문 위의 상인방(上引枋)은 백목련 나무로 만들고 침실은 백지(白芷)로 꾸미리라.(10~12)

줄사철나무를 엮어 휘장을 짜 만들어 드리우고, 혜초를 쪼개어 처마에 보기좋게 달아 매리라. 흰 구슬로 돗자리 누름돌을 삼아, 거기에 산란(山蘭)을 뿌려 향내음 풍기게 하리라.(13~14)

연잎 지붕에 백지를 엮어다 이고, 그 지붕 사방에 두형(杜衡)을 둘러싸리라. 온갖 향초를 모아다 마당을 가득 채우고, 향기로운 꽃들을 모아다 쌓아 문을 덮으리라.(15~16)

구의산(九嶷山)의 신들이 무리지어 나란히 우리를 맞으러 오고, 신령들은 마치 구름같이 내려온다.(17)

여무창(女巫唱) ―허리에 찬 내 작은 주머니 풀어 강물 속에 던져주고, 내 가락지도 예수 강변에 놓아둔다. 물 가운데 평평한 섬에서 두약(杜若)을 뽑아다가, 저 멀리 계시는 상군에게 바치련다. 좋

은 기회는 자주 얻기 어려운 것, 잠시 마음 느긋이 거닐며 그분을 맞으리라.(18~20)

(解說) 상수(湘水)의 여신에게 제사지낼 때의 악가(樂歌)로서, 앞의 〈상군(湘君)〉과 대칭을 이루고 있는 같은 성격의 작품이다. 두 신을 함께 제향(祭享)하는 것도 이 때문이다. 구설에서는 전편이 다 제자(祭者), 곧 남무(男巫) 한 사람의 독백(獨白)으로 이루어졌다고 보았으나, 여기서는 〈상군〉의 경우와 마찬가지로 각각 상군과 상부인으로 분장한 남무와 여무의 대화를 통해 남녀의 밀회를 노래한 것으로 풀이하였다.

5. 大司命(대사명) 수명(壽命)의 신

1. 廣開兮天門(광개혜천문) 紛吾乘兮玄雲(분오승혜현운)
2. 令飄風兮先驅(영표풍혜선구) 使涷雨兮灑塵(사동우혜쇄진)
3. 君廻翔兮以下(군회상혜이하) 踰空桑兮從女(유공상혜종녀)
4. 紛總總兮九州(분총총혜구주) 何壽夭兮在予(하수요혜재여)
5. 高飛兮安翔(고비혜안상) 乘淸氣兮御陰陽(승청기혜어음양)
6. 吾與君兮齋速(오여군혜재속) 導帝之兮九坑(도제지혜구갱)
7. 靈衣兮被被(영의혜피피) 玉佩兮陸離(옥패혜육리)

일 음 혜 일 양 중 막 지 혜 여 소 위
8. 壹陰兮壹陽 衆莫知兮余所爲

절 소 마 혜 요 화 장 이 유 혜 이 거
9. 折疏麻兮瑤華 將以遺兮離居

노 염 염 혜 기 극 불 침 근 혜 유 소
10. 老冉冉兮旣極 不寖近兮愈疏

승 룡 혜 인 린 고 치 혜 충 천
11. 乘龍兮轔轔 高駝兮沖天

결 계 지 혜 연 저 강 유 사 혜 수 인
12. 結桂枝兮延竚 羌愈思兮愁人

수 인 혜 내 하 원 약 금 혜 무 휴
13. 愁人兮奈何 願若今兮無虧

고 인 명 혜 유 당 숙 이 합 혜 가 위
14. 固人命兮有當 孰離合兮可爲

하늘 문을 활짝 열어, 나는 자욱한 먹구름 타고
회오리바람 앞서게 하여, 소나기로 티끌 먼지 씻어내노라
임이 하늘을 돌며 날아 내려오니, 공상산 넘어 그대를 따라가리
구주의 많은 사람들, 어이 그 수명이 내게 달렸는가
높이 조용히 날아, 맑은 바람 타고 음양을 다스리며
나는 임과 나란히 달려, 상제(上帝) 모시고 구주(九州)의 산을 가리
신의(神衣)가 나부끼고, 패옥이 반짝이며
음이 되었다 양이 되었다 함을, 아무도 내가 하는 일인 줄 몰라라
신마(神麻)의 백옥같이 흰 꽃을 꺾어, 떨어져 계신 임에게 드

리리

늙음이 자꾸만 다해 가는데, 갈수록 멀어만 가누나

용거(龍車) 타고 바퀴 소리 울리며, 드높이 달려 하늘에 닿고

계수나무 가지 맺어 언제까지나 서 있어도, 아아, 그리움만 더하고 이 마음 서러워라

이 마음 서러운들 어이할까, 지금대로 영원히 이지러지지 말았으면

원래 인명이야 정해진 것, 누가 만나고 헤어지는 걸 뜻대로 하랴

(語釋) ㅇ大司命(대사명)－인간의 수명을 맡은 신(神). 《진서(晉書)》 〈천문지(天文志)〉에 '삼대(三臺) 육성(六星)이 둘씩둘씩 자리잡고 있는데, 그 중 서쪽에 문창성(文昌星) 가까이 있는 두 별이 사명(司命)으로 인간의 수명을 주관한다'고 한 별이 바로 〈구가〉의 대사명이다. ㅇ天門(천문)－상제가 사는 하늘의 자미궁(紫微宮) 문. ㅇ吾(오)－대사명의 자칭. ㅇ玄雲(현운)－검은 구름. 구절 첫머리의 분(紛)자는 검은 구름이 빽빽이 많음을 형용한 말이다. ㅇ飄風(표풍)－회오리바람. ㅇ涷雨(동우)－폭우, 곧 소나기. 홍흥조 〈보주(補注)〉에 '《이아(爾雅)》의 주에 강동(江東)의 여름 소나기를 동우라 한다'고 했다. ㅇ灑塵(쇄진)－먼지에 비를 뿌리다, 곧 청소하다. ㅇ君(군)－제무(祭巫)가 대사명을 가리키는 말. ㅇ廻翔(회상)－빙빙 돌며 날다. ㅇ踰(유)－넘다. ㅇ空桑(공상)－사명신(司命神)이 사는 산 이름. ㅇ女(여)－여(汝), 곧 대사명을 가리키는 말로서, 앞의 군(君)이 경칭(敬稱)인 데 비해 친근함을 나타낸 말이다. ㅇ總總(총총)－많은 모양. 분총총(紛總總)은 구주(九州)의 인류가 많음을 형용하는 말이다. ㅇ九州(구주)－중국의 온 천하. ㅇ壽夭(수요)－장수(長壽)와 단명(短命), 곧 인간의 수명. ㅇ淸氣(청기)－맑은 기운, 곧 맑은 바람. ㅇ御陰陽(어음양)－음양 이기(二氣)를 조절하다. 음양은 우주의 이원적(二元的) 이법(理法)으로, 여기서는 음은 죽음을, 양은 삶

을 나타내는데 곧 대사명이 생사(生死)의 운명을 맡고 있음을 말한다. ㅇ齋速(재속)－나란히 빠르게. 재(齋)는 제(齊)와 통한다. ㅇ帝(제)－상제(上帝). ㅇ九坑(구갱)－구주(九州)의 대표적인 산. 《문원(文苑)》에 이를 구강(九岡)이라고 하여 갱(坑)을 산등성이로 풀이한 데에 따랐다. 구주의 산은 《주례(周禮)》 직방씨(職方氏)에 보인 구주산진(九州山鎭), 곧 회계(會稽)·형산(衡山)·화산(華山)·기산(沂山)·대산(岱山)·악산(嶽山)·의무려(醫無閭)·곽산(霍山)·항산(恒山)을 말한다. ㅇ靈衣(영의)－신령스런 옷. 운의(雲衣)로도 본다. ㅇ被被(피피)－옷이 바람에 나부끼는 모양, 또는 긴 모양. 피피(披披)와 같다. ㅇ陸離(육리)－아름답게 반짝이는 모양. ㅇ壹陰兮壹陽(일음혜일양)－어떤 때는 음이 되고 어떤 때는 양이 되어 이기(二氣)가 서로 변전(變轉)함에 따라 만물이 변화하는 우주 운행의 이치를 말한다. ㅇ疏麻(소마)－신마(神麻). ㅇ瑤華(요화)－구슬같이 흰 꽃. ㅇ遺(유)－보내다. ㅇ離居(이거)－함께 안 있고 떨어져 있는 사람. 여기서는 대사명을 가리키는 것으로, 앞의 〈상부인(湘夫人)〉에 나온 원자(遠者)와 같은 말이다. ㅇ冉冉(염염)－점점. ㅇ極(극)－끝나다. 이르다. ㅇ寖(침)－점점. 불침근(不寖近)은 조금도 가까워지지 않는다는 말이다. ㅇ乘龍(승룡)－용거(龍車)를 타다. ㅇ轔轔(인린)－수레 소리. ㅇ駝(치)－달리다. 즉 치(馳). ㅇ沖天(충천)－하늘에 이르다. ㅇ延竚(연저)－고개를 늘어뜨리고 오래도록 서 있다. ㅇ羌(강)－아아. 초인(楚人) 특유의 발어사(發語詞)이다. ㅇ虧(휴)－이지러지다. 손상되다. ㅇ當(당)－상(常)의 뜻으로, 원래 사람의 수명은 당연히 어떻게 되기로 정해져 있음을 뜻한다. ㅇ離合(이합)－헤어지는 것과 만나는 것. 여기서는 인간과 신의 만남과 헤어짐을 가리키는 말로, 인간의 수명은 이미 정해져 있어 신과 만나고 헤어지는 것을 아무도 마음대로 할 수 없다는 표현은 신을 떠나보내고 나서 일종의 실망감에서 자위(自慰)하는 말이라 하겠다.

(大意) 신무창(神巫唱) — 상제(上帝)께서 사시는 하늘의 자미궁(紫微

宮) 금문(禁門)을 활짝 열고 나와, 인간 수명(壽命)의 신인 나 대사명(大司命)은 자욱하게 낀 검은 먹구름을 탄다. 회오리바람을 시켜 앞장서서 길 인도케 하고, 강동(江東)의 여름 소나기를 뿌리게 하여 길의 티끌 먼지를 씻어내게 한다.(1~2)

제무창(祭巫唱) — 대사명 당신께서 하늘을 빙빙 돌며 날아 이 땅에 강림하고, 나는 그대가 노니는 공상산(空桑山)을 넘어 그대 따라 가리라.(3)

신무창(神巫唱) — 넓은 중국의 온 천하에 그 많은 사람들, 어이해서 상제께선 그들 수명의 길고 짧음을 내 손에 맡겼는가?(4)

제무창(祭巫唱) — 대사명은 하늘 높이 그리고 조용히 날며, 맑은 바람을 타고 우주의 이법(理法)인 음양 이기(二氣) 곧 생사의 운명을 다스린다. 나는 대사명 당신과 나란히 전속력으로 달려, 상제를 구주(九州)의 명산들로 인도해 가리라.(5~6)

신무창(神巫唱) — 내가 입은 구름 같은 신령스런 옷은 바람에 날려 기다랗게 나부끼고, 허리에 찬 패옥은 반짝반짝 빛이 난다. 흐렸다 개었다 하듯 삶과 죽음이 끊임없이 순환하는 우주의 변화운행하는 이치가, 다 내가 조종하는 일인 줄을 사람들은 아무도 모른다.(7~8)

제무창(祭巫唱) — 신마(神麻)의 백옥같이 하얀 꽃을 꺾어, 나와 함께 있지 않고 멀리 떨어져 계신 대사명께 바치리라. 그러나 점점 늙어 이 생명이 자꾸만 다해 가는데, 그대는 조금도 가까워지지 않고 갈수록 멀어만 가 안타깝다.(9~10)

그대는 용의 수레 타고 바퀴 소리도 요란하게 울리며, 드높이 달려 올라가 하늘에 이르렀다. 나는 계수나무 가지를 맺어 이 마음 전하고자 고개를 늘어뜨리고 언제까지나 우두커니 서 있어도, 아아, 그대 생각에 그리움만 더하고 안타까운 이 마음 서럽기만 하다.(11~12)

안타까운 이 마음 서러운들 어찌하겠는가? 더 이상 쇠하여 이지러지지 말고 영원히 지금 이대로라도 지속됐으면 좋겠다. 원래 인간의 운명이란 이미 다 정해져 있는 것, 인간과 신과의 만나고 헤어지는 것을 누가 뜻대로 할 수 있겠는가?(13~14)

(解說) 인간 수명의 길고 짧음을 맡은 운명의 신인 대사명이 검은 구름을 타고 비를 뿌리며 내려오는 모습과 생사를 한 손에 쥔 그 위력이며 아름다운 그 모양, 그리고 그에 대한 인간의 연연한 심정을 그렸다. 고래로 〈대사명〉의 내용 또는 형식에 대해서도 학자들의 풀이가 여러 가지로 맞서고 있으나, 여기서는 대사명으로 분장한 신무(神巫)와 인간의 입장을 대변하는 제무(祭巫)가 합창 합무(合舞)하는 것으로 보았다.

소 사 명
6. 少司命 아이들 운명의 신

추 란 혜 미 무　　나 생 혜 당 하
1. 秋蘭兮蘼蕪　羅生兮堂下

녹 엽 혜 소 화　　방 비 비 혜 습 여
2. 綠葉兮素華　芳菲菲兮襲予

부 인 자 유 혜 미 자　　손 하 이 혜 수 고
3. 夫人自有兮美子　蓀何以兮愁苦

추 란 혜 청 청　　녹 엽 혜 자 경
4. 秋蘭兮青青　綠葉兮紫莖

만 당 혜 미 인　　홀 독 여 여 혜 목 성
5. 滿堂兮美人　忽獨與余兮目成

입 불 언 혜 출 불 사　　승 회 풍 혜 재 운 기
6. 入不言兮出不辭　乘回風兮載雲旗

비 막 비 혜 생 별 리　　낙 막 낙 혜 신 상 지
7. 悲莫悲兮生別離　樂莫樂兮新相知

하 의 혜 혜 대 숙 이 래 혜 홀 이 서
8. 荷衣兮蕙帶 儵而來兮忽而逝

석 숙 혜 제 교 군 수 수 혜 운 지 제
9. 夕宿兮帝郊 君誰須兮雲之際

여 녀 목 혜 함 지 희 녀 발 혜 양 지 아
10. 與女沐兮咸池 晞女髮兮陽之阿

망 미 인 혜 미 래 임 풍 황 혜 호 가
11. 望美人兮未來 臨風怳兮浩歌

공 개 혜 취 정 등 구 천 혜 무 혜 성
12. 孔蓋兮翠旌 登九天兮撫慧星

송 장 검 혜 옹 유 애 손 독 의 혜 위 민 정
13. 竦長劍兮擁幼艾 蓀獨宜兮爲民正

가을 난초와 궁궁이, 당하에 가득히 자라
푸른 잎과 흰 꽃, 향기 자욱히 나를 덮고
사람은 저마다 좋은 자손 있는데, 임은 어이 걱정하실까?
가을 난초 무성히 자라, 푸른 잎에 보라색 줄기
방안 가득히 미인들인데도, 문득 나하고만 마주치는 눈짓
들어올 때도 말없이 나갈 때도 인사 없이, 회오리바람 타고 구름 깃발에 실려서
슬픔은 생이별보다 더한 것 없고, 즐거움은 새로 만날 때보다 더한 것 없어라
연꽃 옷에 혜초 띠, 갑자기 왔다가 홀연히 떠나가
저녁에 천제(天帝)의 성밖에 머물러, 임은 구름 가에서 누굴 기다리실까?
그대와 함지에서 머리 감고, 해뜨는 산언덕 모퉁이에서 그대

머리 말리렸더니

임을 바라보아도 오지 않아, 바람을 향해 무심히 소리 높여 노래하노라

공작 날개의 수레 덮개와 물총새 깃털의 깃발, 하늘에 올라 혜성을 안무(安撫)하시고

장검을 높이 들고 어린이 보호하시는, 임만이 홀로 백성의 주재자(主宰者)

(語釋) ㅇ少司命(소사명)－아이들의 운명을 맡은 신. 《사기(史記)》 〈천관서(天官書)〉에 '문창(文昌) 육성(六星)의 제4성을 사명(司命)이라 한다'고 한 별이 바로 〈구가〉의 소사명이다. 대사명과 함께 인간의 운명을 주관하는 별이면서도, 이 별은 아이들의 운명을 맡고 있기 때문에 소(少)자를 붙여 부른 것이다. ㅇ蘪蕪(미무)－궁궁이. 향초로서, 잎이 작고 줄기가 가늘며 흰 꽃이 핀다. 즉 미무(蘼蕪). 일설에는 백지(白芷)를 가리킨다고도 했다. ㅇ羅生(나생)－추란과 궁궁이가 그물처럼 가지런하고 가득하게 나 있다. ㅇ素華(소화)－흰 꽃. 추란과 궁궁이는 다 흰 꽃을 피운다. ㅇ菲菲(비비)－꽃향기가 짙은 모양. ㅇ襲予(습여)－나에게 오다. 습(襲)은 급(及)의 뜻이고, 여(予)는 제무(祭巫)의 자칭. 구설에 이를 배경 설명과 아울러 신이 강림하려고 함을 나타내는 말로 풀이하고 있는데, 신의 강림을 상징적으로 표현한 말이라 보아도 무방하겠다. ㅇ夫人(부인)－보통 사람. 부(夫)는 발어사. ㅇ美子(미자)－좋은 자손. ㅇ蓀(손)－향초 이름이나, 여기서는 소사명을 가리키는 미칭(美稱)으로 쓰였다. ㅇ青青(청청)－초목이 무성한 모양. 즉 청청(菁菁). ㅇ美人(미인)－제사에 참여한 여러 여무(女巫)들을 가리킨다. ㅇ目成(목성)－눈짓으로 의사를 통하다. ㅇ辭(사)－고별(告別)하다. ㅇ回風(회풍)－회오리바람. ㅇ雲旗(운기)－구름을 깃발 삼았음을 가리킨 말이다. ㅇ儵(숙)－갑자기. 홀연. 즉 숙(倏). ㅇ帝郊(제교)－천국의 교외. ㅇ須(수)－기

다리다. ㅇ女(여)-소사명을 가리키는 말. 여(汝)와 같다. ㅇ沐(목)-머리 감다. 몸을 씻는 것은 욕(浴)이라 한다. ㅇ咸池(함지)-고대 신화에 태양이 떠오를 때 먼저 목욕을 한다는 하늘의 못[天池]. ㅇ晞(희)-말리다. ㅇ陽之阿(양지아)-고대 신화에 해가 뜰 때 맨 먼저 솟아오르는 곳이라는 산언덕 모퉁이. ㅇ美人(미인)-여기서는 앞의 여(女)와 마찬가지로 소사명을 가리키는 말인데, 다만 여(女)는 제2인칭으로, 미인(美人)은 제3인칭으로 쓰인 것이 다르다. ㅇ怳(황)-자실(自失)한 모양. 즉 황(恍). ㅇ浩歌(호가)-큰 소리로 노래하다. ㅇ孔蓋(공개)-공작의 날개로 만든 수레 덮개. ㅇ翠旌(취정)-물총새 깃털로 장식한 깃발. ㅇ九天(구천)-하늘. 고대 신화에 하늘이 아홉 겹으로 되어 있다고 전한 데서 나온 말이다. ㅇ彗星(혜성)-살별. 꼬리에 긴 광망(光芒)이 있고 태양의 주위에 있는 궤도를 운행하는 별로서 그 꼬리의 모양이 빗자루와 같다. 이 별이 상징하는 의미에 두 가지 해석이 있어 왔는데, 일설은 이를 요성(妖星)이라고도 하여 흉악에 비유되고 옛날 사람들은 이 별이 출현하면 천하에 재난이 발생한다고 믿었다는 것이며, 또 일설은 그 모양이 빗자루와 같아 더러운 것을 쓸어 버리듯 재난을 없애준다는 뜻으로 본 것이다. 따라서 그 의미 선정에 따라 쓰인 무(撫)자의 해석도 달라지겠는데, 전자의 경우에는 '누르다·치다' 즉 진압(鎭壓)의 의미로 봐야 할 것이고, 후자의 경우에는 '어루만지다' 즉 위무(慰撫)의 뜻으로 보아야 할 것이다. 두 가지 해석이 다 통한다. ㅇ竦(송)-높이 뽑아 들다. ㅇ幼艾(유애)-어리고 아름다운 남녀. ㅇ民正(민정)-백성의 주재자(主宰者). 옛날에는 임금을 정(正)이라고도 칭하여 주재(主宰)의 뜻으로 보았다. 여기서는 소사명이 백성을 주재하는 신임을 가리키는 말이다.

(大意) 가을 난초와 향기로운 궁궁이가 제당(祭堂) 아래 가득히 자라고 있다. 그 푸른 잎과 하얀 꽃, 짙은 향기가 자욱히 퍼져 내 몸에 덮쳐온다. 사람들은 누구나 저마다 귀여운 아들딸 낳아 기르게 마련인

데, 소사명 신께선 어이해 이 일로 해서 근심 걱정으로 괴로워하실까?(1~3)

가을 난초 무성하게 자라나, 보라색 줄기에 푸르른 잎이 늘어져 있다. 제당 안에는 나와 함께 영신(迎神)하는 많은 여무(女巫)들로 가득하지만 신께서는 문득 나에게만 눈짓을 보내주신다.(4~5)

신께선 들어오실 적에도 아무 말 없고 떠나가실 적에도 인사 한 마디 없이 그저 눈짓만 할 뿐, 회오리바람을 타고 구름을 깃발삼아 하늘 높이 멀리멀리 떠나간다. 세상에 슬픈 일은 생이별보다 더한 슬픔이 없고, 즐거움은 새로 만나 알게 되는 것보다 더한 즐거움이 없다는데 신께서 내게 눈짓 보내고 또 떠나가 이 가슴에 충만해 오는 기쁨과 슬픔.(6~7)

신께선 연꽃으로 만든 향기로운 옷을 입고 혜초로 만든 띠를 두르고서, 홀연히 왔다가 총총히 떠나가 버렸다. 저녁에 천국의 교외(郊外)에 머물며, 저 멀리 구름 가 높은 곳에서 신은 도대체 누구를 기다리실까?(8~9)

나는 당신과 함께 해가 목욕한다는 함지(咸池)에서 머리 감고, 당신의 머리를 해가 떠오르는 산언덕 모퉁이에서 말리고 싶었다. 신께서 오시기를 기다리며 바라보아도 오시는 모습 보이지 않아, 나는 실의(失意)에 빠져 그저 바람을 향해 공허한 마음을 큰 소리로 노래부른다.(10~11)

신께선 공작 날개로 만든 덮개로 수레를 덮고 물총새 깃털로 장식한 깃발을 휘날리며, 저 높은 하늘에 올라가 혜성(彗星)을 안무(安撫)하여 재난을 없앤다. 장검을 높이 뽑아들어 어리고 연약한 아이들을 보호하고 지켜주셔, 오직 소사명 신 한 분만이 만민을 주재하셔야 할 신이십니다.(12~13)

(解說) 소사명 신에게 제사하는 장소의 분위기 묘사로부터 시작하여 홀연히 왔다가 훌쩍 떠나가는 신을 그리워하며 그가 만민을 주재해 주기를 바라는 마음을 나타내었다. 이 작품은 주제자(主祭者) 여무

(女巫)의 독창으로, 남무(男巫)가 소사명, 곧 신무(神巫)로 분장하고 나와 함께 춤추는 형식으로 되어 있다.

7. 東君(동군) 태양의 신

	돈 장 출 혜 동 방	조 오 함 혜 부 상
1.	暾將出兮東方	照吾檻兮扶桑
	무 여 마 혜 안 구	야 교 교 혜 기 명
2.	撫余馬兮安驅	夜皎皎兮旣明
	가 용 주 혜 승 뢰	재 운 기 혜 위 타
3.	駕龍輈兮乘雷	載雲旗兮委蛇
	장 태 식 혜 장 상	심 저 회 혜 고 회
4.	長太息兮將上	心低佪兮顧懷
	강 성 색 혜 오 인	관 자 담 혜 망 귀
5.	羌聲色兮娛人	觀者憺兮忘歸
	긍 슬 혜 교 고	소 종 혜 요 거
6.	緪瑟兮交鼓	簫鐘兮瑤簴
	명 지 혜 취 우	사 영 보 혜 현 과
7.	鳴篪兮吹竽	思靈保兮賢姱
	현 비 혜 취 증	전 시 혜 회 무
8.	翾飛兮翠曾	展詩兮會舞
	응 률 혜 합 절	영 지 래 혜 폐 일
9.	應律兮合節	靈之來兮蔽日
	청 운 의 혜 백 예 상	거 장 시 혜 사 천 랑
10.	青雲衣兮白霓裳	擧長矢兮射天狼
	조 여 호 혜 반 륜 강	원 북 두 혜 작 계 장
11.	操余弧兮反淪降	援北斗兮酌桂漿

찬 여 비 혜 고 치 상　　묘 명 명 혜 이 동 행
12. 撰余轡兮高駝翔　杳冥冥兮以東行

부드럽고 밝은 태양 동녘에 돋아, 내 난간 부상에 비추고
내 말을 어루만지며 천천히 달려, 밤은 이미 환하게 밝아오도다
용이 끄는 번개 수레 타고, 구름 깃발 기다랗게 휘날리며
긴 한숨 쉬고 하늘로 오르려는데, 마음은 망설여지고 머뭇머뭇
아아, 노래와 춤에 홀려, 구경꾼들 즐거워 돌아갈 줄 몰라라
줄을 팽팽히 맨 거문고와 쌍북, 종을 쳐 그 종설이 흔들거리고
횡적(橫笛) 울리고 피리 불면, 영보의 곱고 아름다운 모습
물총새 날 듯 가볍게 날며, 시를 읊고 함께 춤추고
가락 따라 박자 맞춰, 신령들 내려오며 해를 가리도다
푸른 구름 저고리에 흰 무지개 바지, 긴 화살을 들어 천랑성을 쏘고
내 활을 들고 돌아서 내려가며, 북두 잔을 잡고 계장을 따라 마시노라
내 말고삐 잡아끌어 높이 날아올라, 아득한 어둠 속에 동녘으로 가노라

(語釋) ㅇ東君(동군)－태양의 신. 《한서(漢書)》〈교사지(郊祀志)〉에 동군이 나오고, 《예기(禮記)》〈제의편(祭義篇)〉에 '제단에서 태양에 제사지낸다' '동쪽에서 태양에 제사지낸다'라는 말이 있어 동쪽과 태양과의 관계를 일러준다. 문일다(聞一多)의 《초사교보(楚辭校補)》에서는 〈구가(九歌)〉 전편을 통해 볼 때 〈상군〉·〈상부인〉과 〈대사명〉·〈소사명〉과 〈하백(河伯)〉·〈산귀(山鬼)〉 등 두 신을 대응시켜 노래한 것을 지적하며, 태양의 신인 동군은 구름의 신인 운중군

과 상응하므로 그 편차(編次)도 운중군 앞으로 가야 한다고 주장했다. ㅇ暾(돈)—해가 돋아오를 때의 부드럽고 밝은 모양. ㅇ吾(오)—동군의 자칭. ㅇ檻(함)—난간. ㅇ扶桑(부상)—고대 신화에 동쪽 해돋는 곳에 있다고 전하는 공상의 나무. ㅇ余(여)—동군의 자칭. ㅇ安(안)—조용히 · 천천히. ㅇ皎皎(교교)—하얗게 밝은 모양. 즉 교교(皦皦). ㅇ輈(주)—하나로 된 굽은 수레채. 즉 수레에 말 매는 곳을 가리키는 말이다. ㅇ雷(뇌)—용이 끄는 수레의 바퀴가 구르는 소리. 여기서는 수레를 가리키고 있다. ㅇ載(재)—어조사. ㅇ委蛇(위타)—깃발이 길게 날리는 모양. ㅇ太息(태식)—탄식하다. ㅇ低徊(저회)—떠나기 어려워하는 모양. ㅇ顧懷(고회)—마음에 끌려 되돌아보고 생각하다. ㅇ聲色(성색)—제사 때의 음악과 춤. ㅇ娛人(오인)—사람을 즐겁게 하다. 여기서 인(人)은 태양의 신 자신을 가리킬 수도 있다. ㅇ憺(담)—마음이 편안하다. ㅇ緪(긍)—줄을 팽팽하게 매다. ㅇ交鼓(교고)—두 개를 번갈아가며 치는 북. ㅇ簫(소)—치다. 소(擄)의 차자(借字). ㅇ瑤簴(요거)—구슬로 장식한 악기 걸이. 종이나 경쇠 등의 악기를 거는 틀이다. 근래에는 요(瑤)를 요(搖)의 잘못으로 보고, 종을 세차게 쳐서 그 종을 매단 목가(木架)가 흔들거린다는 뜻으로 풀이하기도 한다. ㅇ篪(지)—대나무로 만든 횡적(橫笛)의 일종. 구멍이 8개인데 그중 하나가 뚝 떨어져 있어 이 구멍으로 불게 되어 있고, 길이는 큰 것이 한자 네치이고 작은 것이 한자 두치이며, 둘레는 세치이다. 즉 지(箎). ㅇ竽(우)—피리. 생황(笙簧) 비슷한 관악기로, 옛날에는 36개의 가는 대나무 관으로 되어 있었으나 후세에는 19개로 되었다. ㅇ思(사)—발어사(發語詞). ㅇ靈保(영보)—신으로 분장한 무당, 곧 신무(神巫)를 일컫는 말이다. ㅇ姱(과)—아름다운 모양. ㅇ翾(현)—조금 날다. ㅇ翠(취)—취조(翠鳥), 곧 물총새. ㅇ曾(증)—증(翻)과 통하여 같은 뜻이다. ㅇ展詩(전시)—시를 읊다. 즉 진시(陳詩). 여기서 시는 가사(歌詞)를 가리킨다. ㅇ會舞(회무)—합무(合舞)와 같은 뜻이다. ㅇ律(율)—음률. ㅇ節(절)—절주(節奏), 곧 박자. ㅇ靈(영)—신령. 태양의 신과 그를 따르는 종자(從

者)들을 통틀어 말한다. ○天狼(천랑)－별이름. 《진서(晋書)》 <천문지(天文志)>에 이 별은 동정성(東井星) 남쪽에 있으며 침략을 주재한다고 했다. 이것을 쏘는 장시(長矢)는 햇살을 상징한 말이다. ○弧(호)－천궁성(天弓星). 《진서》 <천문지>에 이 별은 천랑성 동남쪽에 있으며 도적 방비를 맡는다고 했다. ○反(반)－돌아가다. 즉 반(返). ○淪降(윤강)－침강(沈降), 곧 해가 넘어감을 뜻한다. ○北斗(북두)－북두칠성. 그 모양이 국자 같아 제주(祭酒)를 따라 마시는 그릇을 상징했다. ○桂漿(계장)－계주(桂酒), 곧 육계(肉桂)를 넣어 빚은 술이다. ○撰(찬)－들어올리다. 잡아끌다. ○駝(치)－달리다. 즉 치(馳). <대사명>에도 '고치혜충천(高駝兮沖天)'이라는 구절이 나왔는데 역시 같은 경우이다. ○東行(동행)－동쪽으로 가다. 일몰(日沒) 후에 태양이 암흑의 하늘을 가로질러 동쪽으로 가서 이튿날 아침 다시 동쪽에서 떠오른다는 말로, 옛날 사람들은 이렇게 생각했다.

(大意) 신무창(神巫唱) — 태양의 신인 동군, 나는 동녘에서 돋아오르려고 부드럽고 밝은 아침 햇살을 뿌리며, 해가 떠오르는 곳의 나무 부상(扶桑) 그 난간을 비춘다. 말고삐를 쥐고 천천히 수레를 달리듯 내가 조용히 돋아올라, 어둡던 밤은 이미 새어 환하게 밝았다.(1~2)

군무창(群巫唱) — 수레채에 용을 매어 바퀴 소리 우레같이 울리며 구름 사이를 달리는 번개 수레 타고, 구름 깃발을 기다랗게 휘날리는 듯 구름이 가로로 길게 끼인 사이를 일륜(日輪)이 올라간다. 긴 한숨을 쉬고 이렇게 태양의 신이 하늘로 떠오르려는데, 지상의 제사 의식에 끌려 떠나지 못하고 머뭇머뭇 망설여지는 마음 자꾸만 되돌아보고 생각한다. 아아, 제사 때의 노랫소리와 춤추는 무녀의 아름다운 장식이 사람의 마음을 즐겁게 하여, 보는 이의 마음 마냥 편하고 즐거워 돌아가는 것조차 잊고 있다.(3~5)

줄을 팽팽히 맨 거문고 소리와 두 개를 번갈아가며 쳐 어울리는 북소리, 종을 세차게 쳐 종소리 울려퍼지고 그 종을 매단 구슬로 장식한 종걸이 흔들거린다. 횡적(橫笛)을 울리고 피리를 불면 그 가냘픈 가락 속에, 동군으로 분장한 신무(神巫) 영보(靈保)의 곱고 아름다운 모습 떠오른다. 태양의 신을 맞는 무녀들은 사뿐히 날아 물총새 날아오르듯 하며, 시를 읊어 노래하고 함께 모여 춤을 춘다. 노랫소리 가락에 따라 울리고 춤추는 걸음걸이 박자에 맞춰 추는 사이, 태양의 신과 그를 따르는 신령들 햇빛을 가리고 하늘을 내려온다.(6~9)

신무창(神巫唱) — 태양의 신 나는 청운(青雲)의 저고리에 백홍(白虹)의 바지를 입고, 아무리 먼 곳이라도 닿지 않는 곳이 없는 나의 햇살 이 긴 화살을 들어 저 잔악한 침략의 별 천랑성(天狼星)을 쏜다. 내 활인 천궁성(天弓星), 즉 도적을 막는 별을 들고 나는 서쪽으로 되돌아 내려가서, 밤에 북두칠성 잔을 잡고 육계(肉桂)를 넣어 빚은 향기로운 제주(祭酒)를 따라 마신다. 나는 말고삐를 잡아 끌고 높은 하늘을 날아올라가, 아득히 깊은 어둠 속에서 머나먼 암흑의 하늘을 가로질러 이튿날 아침이 되기 전에 동녘으로 간다.(10~12)

(解說) 먼저 일출(日出)의 광경으로부터 시작하여 솟아오른 아침해의 신이 지상의 제사 의식에 마음이 끌려 내려오고 천랑성(天狼星)을 쏘아 하늘을 정복하여 신위(神威)를 빛내며 바쳐진 제주(祭酒)를 북두(北斗) 잔을 들어 마시고는 암흑 속을 동쪽으로 떠나는 것을 끝으로 태양의 신 동군의 하루 운행과정이 그려져 있다. 이 작품의 형식은 신무(神巫)와 제무(祭巫)가 합창・합무하고 군무(群巫)가 거기에 맞춰 함께 노래하고 춤추는 것으로 되어 있는데, 특히 신과 태양을 구분하여 태양의 신으로 분장한 신무가 태양을 객관화시켜 서술하고 있는 것이 특이하다.

8. 河伯(하백) 황하(黃河)의 신

1. 與女遊兮九河(여녀유혜구하) 衝風起兮橫波(충풍기혜횡파)
2. 乘水車兮荷蓋(승수거혜하개) 駕兩龍兮驂螭(가양룡혜참리)
3. 登崑崙兮四望(등곤륜혜사망) 心飛揚兮浩蕩(심비양혜호탕)
4. 日將暮兮悵忘歸(일장모혜창망귀) 惟極浦兮寤懷(유극포혜오회)
5. 魚鱗屋兮龍堂(어린옥혜용당) 紫貝闕兮朱宮(자패궐혜주궁)
6. 靈何爲兮水中(영하위혜수중) 乘白黿兮逐文魚(승백원혜축문어)
7. 與女遊兮河之渚(여녀유혜하지저) 流澌紛兮將來下(유시분혜장래하)
8. 子交手兮東行(자교수혜동행) 送美人兮南浦(송미인혜남포)
9. 波滔滔兮來迎(파도도혜내영) 魚隣隣兮媵予(어인린혜잉여)

그대와 함께 구하에 노닐면, 바람이 쳐서 물결이 일고
물결 수레에 연잎 덮개, 두 용과 뿔없는 용이 수레 끌도다
곤륜산에 올라 사방을 바라보면, 마음이 날 듯이 탁 트여
해 저물어도 즐거워 돌아갈 줄 모르고, 아득히 먼 물가 생각

하노라

고기 비늘의 지붕에 용 비늘의 집, 보라색 조개의 문에 진주의 궁전

신령은 어이하여 물속에 계실까, 흰 자라 타고 무늬진 고기를 좇아

그대와 함께 황하 가의 섬에 노닐면, 녹아 흐르는 얼음덩이가 몰려오도다

그대와 손을 부여잡고 동으로 가, 임을 남포로 떠나보내어

물결이 넘실넘실 맞이하러 오고, 고기떼 연이어 나를 보내도다

(語釋) ㅇ河伯(하백)－황하(黃河)의 신. 황하의 신을 옛날에는 하신(河神)이라 했는데 전국시대(戰國時代) 이후에 하백이란 명칭이 생긴 듯하다. 황하는 초나라에서 멀리 떨어져 있으나, 하신과 초나라와의 최초의 접촉이《좌전(左傳)》애공(哀公) 6년의 초소왕(楚昭王) 시대에 있었고《장자(莊子)》〈추수편(秋水篇)〉에도 하백에 관한 이야기가 나오는 것으로 보아 초나라에 이미 하백의 전설이 있었음을 알 수 있다. ㅇ女(여)－하백을 가리키는 말. 즉 여(汝). ㅇ九河(구하)－우(禹)가 황하를 치수(治水)할 때 생긴 9개의 분류(分流)로서 도해(徒駭)·태사(太史)·마협(馬頰)·복부(覆鬴)·호소(胡蘇)·간(簡)·혈(絜)·구반(鉤盤)·격진(鬲津)이 그것이다. 구하를 황하로 보아도 무방하다. ㅇ衝風(충풍)－바람이 치다. 폭풍. ㅇ驂螭(참리)－뿔없는 용을 참마(驂馬), 곧 곁말로 삼다. 참마는 사두마차(四頭馬車)의 바깥쪽 두 마리 말을 말한다. ㅇ崑崙(곤륜)－중국 서쪽에 있는 산으로, 황하의 발원지(發源地)이다. ㅇ浩蕩(호탕)－널리 기세좋게 흐르는 모양. 마음이 탁 트인 모양. ㅇ悵忘歸(창망귀)－마음이 편하여 돌아가는 것을 잊다. 창(悵)을 담(憺)의 잘못으로 보는 설이 많은데,〈동군(東君)〉〈산귀(山鬼)〉에도 '담망귀(憺忘歸)'라는 말이 나

온다. ㅇ極浦(극포)－아득히 먼 물가. ㅇ寤懷(오회)－깨달아 생각하다. 문일다(聞一多)는 <동군>에도 나오는 바와 같이 고회(顧懷)로 써야 한다고 했다. 고회(顧懷)는 고대에 흔히 쓰이던 말로, 두 글자가 다 같은 뜻이다. ㅇ朱宮(주궁)－진주로 장식한 궁전. 주(朱)는 주(珠)와 통하고, 패궐(貝闕)과 상대되어 쓰인 것이므로 주궁(珠宮)으로 봄이 옳다. ㅇ靈(영)－하백의 신령. ㅇ黿(원)－큰 자라. ㅇ文魚(문어)－무늬가 있는 고기. 왕일(王逸)은 잉어로 풀이했다. 제6구는 착간(錯簡)으로 제5구 앞에 쓰여야 할 것으로 여겨진다. ㅇ流澌(유시)－녹아 흐르는 얼음덩이. ㅇ子(자)－하백을 친밀하게 부르는 말. ㅇ交手(교수)－손을 잡고 헤어지다. ㅇ滔滔(도도)－물결이 넘실거리며 흘러가는 모양. ㅇ隣隣(인린)－많은 모양. ㅇ媵(잉)－전송하다. ㅇ予(여)－제무(祭巫)의 자칭.

(大意) 황하의 신인 하백 당신과 함께 황하의 아홉 갈래 분류(分流)마다 다니며 노닐면, 세찬 바람의 폭풍이 일어 큰 파도가 친다. 하백은 물결을 수레 삼아 연잎으로 수레 덮개를 만들어 덮고, 두 마리 용으로 네 마리 말이 끄는 사두마차(四頭馬車)의 안쪽 복마(服馬)를 삼고 두 마리 뿔없는 용으로 그 바깥쪽 참마(驂馬)를 삼아 끌게 한다.(1~2)

황하의 발원지인 곤륜산에 올라가 사방을 바라보면, 마음이 고양(高揚)되어 날아갈 듯 탁 트이고 끝없이 넓어진다. 해는 저물려고 하는데 나는 도취되어 마음이 마냥 편하고 즐거워 돌아가는 것을 잊고, 저 아득히 먼 물가를 생각만 해본다.(3~4)

그곳은 고기 비늘로 장식한 지붕과 용 비늘로 만든 집, 보라색 조개로 장식한 성문과 진주 구슬의 궁전, 어이하여 하백의 신령은 물속에 살고 계실까 — 그것은 수신(水神)이기 때문이다. 흰색의 큰 자라를 타고 무늬진 고기의 뒤를 따라서, 하백 당신과 함께 황하 기슭의 섬에서 노닐면, 녹아서 흐르는 얼음덩이들이 수없이 흩어져 밀려오려 한다.(5~7)

나는 하백 당신과 손을 부여잡고 동류(東流)하는 황하를 따라 동쪽으로 가서, 그리운 임 당신을 남쪽 강가로 떠나보낸다. 그러면 황하의 물결이 넘실거리며 하백을 맞이하러 오고, 고기떼들은 연이어서 물결을 거슬러 올라와 나를 전송해 준다.(8~9)

(解說) 하백과 물결 수레를 타고 노닐며 곤륜산에 올라가 즐거워하나 결국 물속에 사는 그 신령을 떠나보내야 하는 마음이 그려져 있다. 여기에 하백의 수신(水神)으로서의 성격이나 위엄은 잘 나타나 있으나 제례적(祭禮的)인 기원(祈願)보다 신에 대한 여인의 연모(戀慕)가 주조를 이루고 있는 것으로 보아, 황하와 멀리 떨어진 상수(湘水) 가의 초나라 민족에게는 단지 전설 속 하백의 연애 고사만이 불려지고 순수한 제사 목적은 많이 약화된 것 같다.

산 귀

9. 山 鬼 산의 정령(精靈)

약유인혜산지아 피벽려혜대여라
1. 若有人兮山之阿 被薜荔兮帶女羅

기함제혜우의소 자모여혜선요조
2. 旣含睇兮又宜笑 子慕予兮善窈窕

승적표혜종문리 신이거혜결계기
3. 乘赤豹兮從文狸 辛夷車兮結桂旗

피석란혜대두형 절방형혜유소사
4. 被石蘭兮帶杜衡 折芳馨兮遺所思

여처유황혜종불견천 노험난혜독후래
5. 余處幽篁兮終不見天 路險難兮獨後來

표 독 립 혜 산 지 상　운 용 용 혜 이 재 하
6. 表獨立兮山之上　雲容容兮而在下

묘 명 명 혜 강 주 회　동 풍 표 혜 신 령 우
7. 杳冥冥兮羌晝晦　東風飄兮神靈雨

유 영 수 혜 담 망 귀　세 기 안 혜 숙 화 여
8. 留靈修兮憺忘歸　歲既晏兮孰華予

채 삼 수 혜 어 산 간　석 뇌 뢰 혜 갈 만 만
9. 采三秀兮於山間　石磊磊兮葛蔓蔓

원 공 자 혜 창 망 귀　군 사 아 혜 부 득 한
10. 怨公子兮悵忘歸　君思我兮不得閒

산 중 인 혜 방 두 약　음 석 천 혜 음 송 백
11. 山中人兮芳杜若　飮石泉兮蔭松柏

군 사 아 혜 연 의 작
12. 君思我兮然疑作

뇌 전 전 혜 우 명 명　원 추 추 혜 유 야 명
13. 雷塡塡兮雨冥冥　猨啾啾兮狖夜鳴

풍 삽 삽 혜 목 소 소　사 공 자 혜 도 이 우
14. 風颯颯兮木蕭蕭　思公子兮徒離憂

누군가 산모퉁이에, 벽려 옷에 새삼 덩굴 띠

정겹게 곁눈질하고 웃음 띰은, 그대 내 아리따운 모습 좋아서여라

붉은 표범 타고 얼룩너구리 데리고, 백목련 수레에 계수나무 가지 깃발

석란 옷에 두형 띠, 향기로운 꽃 꺾어 사랑하는 이에게 드리고파

나는 깊은 대숲에 살아 하늘도 보이지 않고, 길이 험해 혼자

만 늦게 왔노라

홀로 산 위에 우뚝 서면, 구름이 자욱히 아래로 흐르고

아득한 어둠 속 아아, 낮에도 어둡고, 동풍을 몰아쳐 신령이 비를 내리도다

영수를 머물게 하여 즐거워 돌아갈 줄 몰라라, 나이 늙어지면 누가 나를 꽃 피울까

산간에서 지초(芝草)를 캐려 해도, 돌 첩첩이 쌓이고 칡덩굴 엉켜

그대를 원망하며 섭섭해 돌아갈 줄 몰라라, 임이 날 생각해도 틈을 얻기 어려워라

산중에 사는 사람 두약같이 향기롭고, 돌샘 물 마시고 송백 그늘에 살아

임이 날 생각해도 긴가민가 하여라

천둥 소리 우르르 캄캄하게 내리는 비, 원숭이들 떼지어 밤에 울고

쌀쌀한 바람에 흔들리는 나무 소리, 그대 생각에 하염없이 젖는 시름

語釋 ㅇ山鬼(산귀)－산의 정령(精靈). 오늘날은 물론 고서에서도 귀(鬼)와 신(神) 두 글자를 연용해 쓰는 경우가 많아 그 뜻도 비슷함을 알 수 있다. 다만 다른 점은 신(神)이 양(陽)의 세계에 사는 것이라면, 귀(鬼)는 음(陰)의 세계에 사는 도깨비를 말한다 하겠다. 《논어(論語)》〈위정편(爲政篇)〉에 '자기 조상의 귀신도 아닌데 제사지내는 것은 아첨이다(非其鬼而祭之, 諂也)'라 한 구절의 정현(鄭玄)주에 '죽은 사람의 신을 귀(鬼)라 한다(人神曰鬼)'고 했고 《광아(廣雅)》〈석천(釋天)〉에는 '사물의 신을 귀(鬼)라 일컫는다(物神謂之鬼)'고 했다. 또 《장자(莊子)》〈달생편(達生篇)〉에 '산에 도깨비가 있다(山

有夔)'고 하여 그것은 목석지괴(木石之怪)로서 그 모양이 북과 같고 한 발로 다니며 사람을 부자가 되게 할 수 있다고 하는데, 이 작품 속의 산귀는 바로 이러한 부류의 것이라 하겠다. 여기서는 산귀가 여성의 정령으로 되어 있다. ㅇ人(인)－산귀를 가리킨다. ㅇ山之阿(산지아)－산모퉁이. ㅇ被(피)－입다. ㅇ薜荔(벽려)－줄사철나무. ㅇ女羅(여라)－새삼 덩굴. 즉 여라(女蘿). 일명 토사(兎絲·菟絲). 대여라(帶女羅)는 새삼 덩굴을 꼬아 허리띠를 만들어 두른다는 뜻이다. 전항의 벽려와 함께 곧 벽라(薜蘿)를 흔히 은자(隱者)의 옷으로 치는 것도 여기서 유래한 말인 듯하다. ㅇ含睇(함제)－정겨운 눈으로 곁눈질해 보다. ㅇ宜笑(의소)－자연스럽게 웃다. 《회남자주(淮南子注)》에 산정(山精)은 사람 모습을 하고 얼굴이 검고 몸에 털이 났으며 사람을 보면 웃는다고 했는데, 여기 묘사된 산귀의 모습과 비슷하다. ㅇ子(자)－당신. 여(汝)나 이(爾)에 비해 존경의 뜻이 담겨진 호칭으로, 여기서는 제무(祭巫)가 신무(神巫), 곧 산귀를 부르는 말이다. ㅇ予(여)－제무의 자칭. ㅇ窈窕(요조)－아리따운 모습. ㅇ赤豹(적표)－털이 붉고 무늬가 검은 표범. ㅇ文狸(문리)－털이 노랑과 검정의 반점으로 얼룩무늬진 너구리. ㅇ辛夷(신이)－백목련. ㅇ杜衡(두형)－향초 이름으로 족두리풀. 즉 두형(杜蘅). ㅇ芳馨(방형)－향기로운 꽃. ㅇ遺所思(유소사)－사랑하는 이에게 보내다. ㅇ余(여)－산귀의 자칭. 왕일(王逸)과 대진(戴震) 등의 주에서는 산귀 자신이 말하는 것으로 보고 있으나, 여기서는 최근 학자들의 연구에 따라 제무(祭巫)가 산귀를 대신해서 하는 말로 풀이했다. ㅇ幽篁(유황)－깊숙한 대숲. ㅇ表(표)－홀로 높이 서 있는 모양. ㅇ容容(용용)－용용(溶溶), 곧 물이 흐르는 모양. 여기서는 구름이 물처럼 흘러 운해(雲海)를 이룬 모양을 말한다. ㅇ神靈(신령)－산귀의 정령. ㅇ靈修(영수)－덕이 있는 사람. 여기서는 산귀를 가리킨다. ㅇ晏(안)－만(晩)의 뜻으로, 나이가 늙어짐을 말한다. ㅇ華予(화여)－나를 꽃피게 하다. 즉 나로 하여금 영화롭게 하다. ㅇ三秀(삼수)－지초(芝草)의 별명. 수(秀)는 수(穗)와 통하고, 지초가 1년에 세 번

꽃피고 이삭을 맺는다는 데에서 나온 말이다. ㅇ磊磊(뇌뢰)－돌이 많이 쌓이고 널려 있는 모양. ㅇ蔓蔓(만만)－덩굴풀이 무성한 모양. ㅇ公子(공자)－다음 구절의 군(君)과 함께 마음속에 그리는 사람에 대한 통칭으로, 모두 산귀를 가리키는 말이다. ㅇ悵(창)－실의(失意)하여 마음이 슬프고 공허하다. ㅇ山中人(산중인)－산귀를 가리키는 말. ㅇ芳杜若(방두약)－향기롭기가 두약과 같다. ㅇ蔭松柏(음송백)－송백의 상록 그늘에 살다. ㅇ然疑作(연의작)－긴가민가하다. 연(然)은 그렇다 하고 믿고 있음을 뜻하고, 의(疑)는 믿지 않고 있음을 뜻하며, 작(作)은 일어나다·생기다의 뜻이므로, 곧 마음에 의(疑)·신(信)이 교생(交生)함을 말한다. ㅇ塡塡(전전)－천둥이 요란하게 울리는 소리. ㅇ猨(원)－원숭이. 즉 원(猿). ㅇ啾啾(추추)－떼를 지어 우는 소리. ㅇ狖(유)－꼬리가 긴 원숭이. ㅇ颯颯(삽삽)－바람이 쌀쌀하게 부는 소리. ㅇ蕭蕭(소소)－나무가 바람에 흔들리는 소리. 나뭇잎이 떨어지는 소리. ㅇ離憂(이우)－근심을 만나다. 수심에 빠지다. 즉 이소(離騷). 여기서 이(離)는 이(罹)의 뜻으로 풀이 된다.

(大意) 누군가 저 모퉁이에 사람이 있어 그는 곧 산의 정령이신 산귀, 줄사철나무 엮어 만든 옷을 걸쳐 입고 새삼 덩굴 꼬아 만든 허리띠를 두르고 있는 것 같다. 그대 산귀께서 정겨운 눈 가늘게 뜨고 곁눈질해 보고 또 흠뻑 웃음 띠심을 보면, 당신이 제무(祭巫)인 나의 아리따운 모습을 좋아하고 계심을 알 수 있다.(1~2)

털이 붉고 무늬가 검은 표범을 탄 산의 정령이 노랑과 검정의 반점으로 얼룩무늬진 너구리들로 수행케 하고, 백목련나무로 만든 수레에다 계수나무 가지 깃발을 매달았다. 향기로운 석란으로 옷을 지어 입고 족두리풀로 허리띠 꼬아 만들어 두르고서, 향기로운 꽃가지를 꺾어다 사랑하는 이에게 애정의 표시로 보내며 하는 말이, '나는 깊숙하고 어두운 대숲 온종일 하늘도 보이지 않는 곳에 살고, 게다가 길까지 험하여 나 혼자만 나중에 늦게 왔다'고 한다.(3~5)

산의 정령이 홀로 산 위에 높이 우뚝 서 계시면, 구름이 자욱히 흘러 그 발 아래 운해(雲海)를 이룬다. 날씨가 음산하여 아득한 어둠 속 아아, 낮인데도 주위가 보이지 않고, 동풍을 일으켜 산의 정령이 이르는 곳마다 비를 내린다. 덕이 높으신 산귀를 여기 머물게 하여 나는 마음이 마냥 편하고 즐거워 돌아가는 것을 잊고 싶구나, 세월이 흘러 나이 늙어지고 나면 그 누가 나를 다시 꽃피게 해서 영화롭게 해주겠는가.(6~8)

나는 산 속에서 1년에 세 번 꽃피고 이삭 맺는다는 신령스런 지초(芝草)를 캐고자 하나, 돌이 수없이 쌓이고 널려 있으며 칡덩굴이 무성하게 뻗어 엉켜 있다. 떠나가 버린 산의 정령 그대를 원망하며 만나지 못한 것이 섭섭해 슬프고 공허한 마음에 돌아갈 것을 잊고, 당신이 설사 나를 생각한다 해도 아마도 이젠 만날 여가를 얻기가 어려우리라.(9~10)

늘 산중에만 있는 산의 정령은 두약(杜若) 향초처럼 향기롭고, 돌샘에서 나오는 물을 마시며 소나무·측백나무 같은 상록의 그늘에 오래도록 깨끗하게 살고 있어, 당신이 설사 나를 생각한다 해도 그 마음 믿어도 될지 나는 진정 의심스럽다.(11~12)

천둥소리가 우르르 울리고 비가 쏟아져 캄캄하게 어두워지고, 원숭이들이 떼를 지어 울고 꼬리 긴 원숭이들 밤에 슬피 운다. 쌀쌀하게 불어대는 바람에 나무가 흔들리는 소리 쓸쓸하게 들리고, 떠나버린 산의 정령 그대를 생각하면 나는 그저 하염없는 시름에 젖을 뿐이다.(13~14)

(解說) 산의 요정(妖精)과 인간 남자와의 교정설화(交情說話)를 암시해주는 노래이다. 곽말약(郭沫若)의 《굴원부금역(屈原賦今譯)》에서도 제9구 '채삼수어산간(采三秀於山間)'의 어(於)를 무(巫)의 동음가차(同音假借)로 보고 있는데 그 진위(眞僞)를 따지기에 앞서 삼수(三秀), 곧 지초(芝草)가 무산(巫山)에 있다는 전설은 널리 알려진 사실이며, 본문에 보이는 신녀(神女)의 성격과 구름·비 등은 쉽사리

무산운우(巫山雲雨)를 연상시켜준다. 이 작품의 형식을 남자로 분장한 제무와 산의 정령으로 분장한 여무의 합창으로 풀이한 예도 더러 보이나, 여기서는 제무의 독창으로 보았다. 환상에 찬 묘사로 먼저 정령이 나타나는 모습을 그리고, 더디 왔다가는 떠나 버려 그녀를 원망하고, 끝내는 제무만 외로이 슬픔에 젖어 시름겨워하는 내용을 담았다.

10. 國殤(국상) 나라의 영령(英靈)

조오과혜피서갑 거착곡혜단병접
1. 操吳戈兮被犀甲 車錯轂兮短兵接

정폐일혜적약운 시교추혜사쟁선
2. 旌蔽日兮敵若雲 矢交墜兮士爭先

능여진혜엽여항 좌참에혜우인상
3. 凌余陣兮躐余行 左驂殪兮右刃傷

매양륜혜칩사마 원옥부혜격명고
4. 霾兩輪兮縶四馬 援玉枹兮擊鳴鼓

천시추혜위령노 엄살진혜기원야
5. 天時墜兮威靈怒 嚴殺盡兮棄原壄

출불입혜왕불반 평원홀혜노초원
6. 出不入兮往不反 平原忽兮路超遠

대장검혜협진궁 수신리혜심부징
7. 帶長劒兮挾秦弓 首身離兮心不懲

성기용혜우이무 종강강혜불가릉
8. 誠旣勇兮又以武 終剛强兮不可凌

신 기 사 혜 신 이 령　　자 혼 백 혜 위 귀 웅
9. 身旣死兮神以靈　子魂魄兮爲鬼雄

오나라 창을 들고 무소 갑옷 입고, 차축(車軸)을 맞부딪쳐 칼과 칼이 벌이는 접전

깃발이 해를 가리고 구름 같은 적군, 화살이 엇갈려 떨어지는 속을 병사들 앞다투어 나가도다

적군이 우리 진지를 치고 우리 대열 짓밟아, 왼쪽 참마 쓰러져 죽고 오른쪽 말도 다쳐

처박힌 두 바퀴 한데 얽힌 사마(四馬), 구슬 박힌 북채 뽑아 북소리 울려도

하늘의 도움 잃고 신령이 노하여, 죽어간 시체들 벌판에 버려졌어라

나가면 들어오지 못하고 떠나면 돌아오지 못하는, 평원도 금방 길은 멀어지기만 하고

장검을 차고 진나라 활을 낀 채, 머리와 몸 떨어져도 마음은 후회 없어라

진실로 용감하고 잘 싸워, 끝내 굳세고 강하여 범할 수 없었어라

몸은 이미 죽었어도 넋은 살아 있어, 그대들 혼백은 뭇 영혼의 영웅 되리라

(語釋) ㅇ國殤(국상)－나라를 위하여 목숨을 바친 군사. 상(殤)은 스무살 미만에 외지에서 죽은 주인 없는 영혼을 뜻하는 말로, 여기서는 전쟁터에서 죽은 청장년을 가리키고, 국가가 이들의 제주(祭主)가 되므로 국상(國殤)이라 한 것이다. ㅇ吳戈(오과)－오나라 사람이 만든 창. 오(吳)는 지금의 강소성(江蘇省) 부근이다. 단지(單枝)의 창을

과(戈)라 하고 양지(兩枝)의 창을 극(戟)이라 하는데, 문일다(聞一多)의 《초사교보(楚辭校補)》에서는 과(戈)를 과(科)의 와전으로 보아 방패를 뜻한다고 했다. ㅇ犀甲(서갑)-무소 가죽으로 만든 갑옷. 결국 견고한 갑옷이란 뜻으로 쓰인다. ㅇ轂(곡)-차축(車軸). 착곡(錯轂)은 아군과 적군의 전차가 바퀴통을 마주치며 교전(交戰)함을 말한다. ㅇ短兵(단병)-짧은 무기, 곧 도검(刀劒)을 말한다. ㅇ凌(능)-침범하다. 타고 넘다. ㅇ躐(엽)-짓밟다. 밟고 넘다. ㅇ行(항)-대열(隊列). ㅇ驂(참)-하나의 마차를 끄는 네 마리 말 중에서 바깥 양쪽의 두 마리 말을 말한다. ㅇ殪(에)-땅에 쓰러져 죽다. ㅇ霾(매)-묻다. 매(埋)의 가차(假借)이다. ㅇ縶(칩)-한데 매어 얽혀서 떨어지지 않는다. ㅇ玉枹(옥부)-구슬로 장식한 북채. ㅇ天時墜(천시추)-하늘의 도움을 잃어 대명(大命)이 기울다. ㅇ威靈(위령)-위력을 지닌 신령. ㅇ嚴殺(엄살)-참혹하게 죽이다. 주자(朱子)의 《초사집주(楚辭集註)》에서는 오전통살(鏖戰痛殺), 곧 힘을 다하여 적이 다 죽든지 자기 편이 다 죽든지 간에 최후까지 싸워 통렬하게 죽인다는 뜻으로 풀이했다. ㅇ原壄(원야)-벌판. 야(壄)는 야(野)의 고자(古字)이다. ㅇ秦弓(진궁)-진나라 사람이 만든 활. 《한서(漢書)》에 의하면 진나라 남산의 단자지목(檀柘之木)으로 궁간(弓幹)을 만들었다고 하는데, 이 활은 강궁(强弓)으로 유명하다. ㅇ懲(징)-두려워 마음을 바로잡다. 심부징(心不懲)은 두려워하거나 후회하지 않는다는 말이다. ㅇ誠(성)-진실로. ㅇ勇(용)·武(무)-두 글자가 다 무용(武勇)을 나타내는 말이나, 용(勇)은 기(氣)의 면에서 말하는 전투의 정신, 곧 용감하다는 뜻이고, 무(武)는 기(技)의 면에서 말하는 전투의 역량, 곧 무력이 있음을 뜻한다. ㅇ剛(강)·强(강)-두 글자가 다 굳세다는 뜻이나, 전자는 마음이 강함을 말하고 후자는 힘이 강함을 말한다. ㅇ神以靈(신이령)-신기사(身旣死)에 상대되는 말로서, 육신은 이미 죽었어도 넋은 남아 신령스럽게 활동함을 뜻한다. ㅇ子(자)-나라 위해 죽은 병사들을 가리키는 말이다. ㅇ鬼雄(귀웅)-뭇 영혼 가운데의 영웅.

(大意) 단지(單枝)로 된 오(吳)나라 창을 들고 무소 가죽으로 만든 견고한 갑옷을 입은 병사들, 피아(彼我) 양군의 전차 차축(車軸)을 맞부딪치며 칼과 칼이 접전을 벌인다. 수없이 많은 깃발들이 해를 가리고 적군들 구름같이 몰려와, 양쪽에서 쏘아대는 화살이 엇갈려 날아 어지럽게 떨어지는 속을 병사들은 앞을 다투어 나아간다.(1~2)

적군이 우리 진지를 치고 우리 대열을 짓밟아 넘어서는 바람에, 전차를 끄는 사마(四馬)의 왼편 바깥쪽 참마(驂馬)는 쓰러져 죽고 오른편 참마도 칼에 맞아 다쳤다. 전차의 두 바퀴가 진흙 속에 묻혀 한데 맨 네 필 말은 서로 얽혀서 움직이지 못하고, 구슬을 박아 장식한 북채를 뽑아 들고 공격을 명하는 북소리 힘껏 울려 사기(士氣)를 높인다. 그러나 하늘의 도움을 잃어 대명(大命)이 기울고 위력을 지니신 신령조차 노하셨는지, 모두들 참혹하게 죽어 그 시체가 벌판에 버려져 나뒹군다.(3~5)

병사들은 한번 집을 나와 출진(出陣)하면 다시는 살아서 돌아오지 못하고 한번 떠나면 돌아오지 못하며, 끝없는 평원도 금방 지나쳐 돌아올 길이 아득히 멀어지기만 한다. 병사들은 장검을 허리에 차고 진(秦)나라 강궁(强弓)을 손에 낀 채, 머리와 몸이 각각 떨어져 죽어도 마음은 두려워하거나 후회함이 없다.(6~7)

진실로 용맹무쌍하고 또 싸우는 솜씨도 뛰어나게 잘 싸웠으며, 끝내 마음이 굳세고 힘이 강하여 감히 범할 수가 없었다. 육신은 이미 죽어 없어져도 넋은 영원히 살아 남아 신령스런 활동을 하여, 그대들 병사들의 넋은 온갖 영혼 가운데의 영웅이 되리라.(8~9)

(解說) 나라를 위해 목숨을 바친 병사들의 영령(英靈)에 제사하는 악가이다. 전쟁터의 참상과 병사들이 용전분투하다가 장렬히 전사하는 모습을 가송(歌頌)하여 그 영혼을 위로하는 내용이다. 이 작품을 통해 초나라 백성의 국가를 위한 희생정신과 전장에서의 영용(英勇)함, 그리고 나라의 영령에 대한 숭고한 경의(敬意)를 엿볼 수 있다.

참고로 진혜문(陳慧文)의 영역시(英譯詩)를 그의 《중국시가선역

(中國詩歌選譯 : Select Chinese Verses)》(臺北 華聯出版社, 1968)에서 소개한다.

THE BATTLE

We take our trusty spears in hand,
We don our coats of mail;
When chariot-wheels are interlocked,
With daggers we assail.
Standards obscure the light of day,
Like rushing clouds their brunt;
Arrows on both sides fall around;
All struggle to the front.
Our line at last is broken through,
Beneath the foeman's heels;
My own near hores is killed outright,
The off horse wounded reels,
The team becomes a useless mass,
Entangled in the wheels.
With stick of jade I strike the drum.
And beat to hurry on,
For though by God's decree I fell,
My ardor was not gone.
Our best man were all done to death,
Their corpses strewed the plain;
They went out but did not come in,
Not to return again,
And now upon the battle-field.
Far from their homes they lie,
Their long swords still within their grasp,
And their stout bows near by.

A head is here, a body there,
And yet they never quailed,
Being so brave and soldiers too,
Nor in their duty failed.
But now, though lifeless clay, their souls,
Are with the heavenly hosts,
To lead once more an army corps
Of disembodied ghosts.

11. 禮魂(예혼) 진혼가(鎭魂歌)

성례혜회고 전파혜대무
1. 成禮兮會鼓 傳芭兮代舞

과녀창혜용여 춘란혜추국
2. 姱女倡兮容與 春蘭兮秋菊

장무절혜종고
3. 長無絶兮終古

예를 갖추어 일제히 북을 치고, 파초를 건네며 번갈아 춤을 추는 아리따운 무녀들 노래 은은하고, 봄에는 난초 가을에는 국화 길이길이 끊임없이 이어져라

(語釋) ㅇ禮魂(예혼)－진혼(鎭魂)의 제사. 예(禮)에는 제사의 뜻도 있으며, 판본에 따라 사(祀)로 쓴 것도 있다. 혼(魂)은 무사하게 일생을 마친 사람의 영혼을 가리키는 말로, 앞의 '국상(國殤)'이 전사한 영령을 위한 제사가인 데 비해 '예혼'은 여느 영혼을 위한 제사가인 것이다. ㅇ會鼓(회고)－북을 일제히 치다. ㅇ芭(파)－파초. 파(葩)와 같은

뜻으로 보아 꽃이라 풀이하기도 한다. ㅇ代(대)－번갈아·차례차례. ㅇ姱女(과녀)－미녀. 여기서는 여무(女巫)를 가리킨다. ㅇ倡(창)－노래하다. 즉 창(唱). ㅇ容與(용여)－온화한 모양. 문일다(聞一多)는 제3구 앞에 한 구절이 탈락된 듯하다고 하였다. ㅇ終古(종고)－영구히. 변함이 없는 것. 고(古)는 과거뿐 아니라 미래에도 쓰인다.

(大意) 성대한 의식을 갖추어 일제히 북을 쳐 울리고, 무녀들이 손에손에 파초잎을 들고 건네며 번갈아 춤을 춘다. 아리따운 무녀들 소리 높여 노래하며 춤추는 모습 온화하고, 봄에는 난초를 바치고 가을에는 국화를 바치는 제사, 길이길이 끊이지 않고 영원토록 이어진다.(1~3)

(解說) '국상(國殤)'과 대조적으로 여느 사람의 영혼을 제사하는 일종의 진혼가이다. 거대한 식전에서 아름다운 무녀들이 노래와 춤으로 침착하고 여유있게 지내는 제사가 봄·가을 끊이지 않고 지속됨을 노래하여 영혼을 달래는 것이다. 형식은 제무(祭巫)와 여러 무녀들이 함께 춤추며 합창하는 것으로 되어 있다.

이 작품을 진혼가로 보는 이외에 송신곡(送神曲) 또는 난사(亂辭)로 보는 설도 있다. 전자는 〈구가〉 맨앞 작품인 〈동황태일〉이 태일신(太一神)의 제가(祭歌)임과 동시에 〈구가〉 전편의 영신가(迎神歌)로 보고 거기에 상응한 것이라 여긴 것이고, 후자는 이 작품 제목을 '예성(禮成)'의 잘못으로 본 데서 온 학설이다. 이러한 학설은 이 작품이 불과 다섯 구절밖에 안되는 짧은 것이어서 다른 열 편과 같이 하나로 독립된 것이라 생각하지 않은 때문인 것 같다.

참고로 진혜문(陳慧文)의 영역시(英譯詩)를 소개한다.

COMMEMORATION SERVICE AND AFTER

The funeral rites are over;
Now let us beat the drum……
The priest gives up his plantain-wand,

And now the dancers come,
Whilst in unison fair maidens sing.
Asters for autumn, orchids for spring
Thus it always is,
And thus it has always been.

[〈구가(九歌)〉에 대하여]

〈구가〉는 초사의 효시(嚆矢)라 할 수 있고 이것이 있음으로 해서 굴원 문학의 개화(開花)를 가져올 수 있었던 것이라고 서장(序章)에서 이미 설명한 바 있다.

〈구가〉는 그 제목에 나오는 숫자와는 달리 모두 11편의 작품으로 구성되어 있어서, 역대로 이 명칭에 대해 학설이 분분하다. 왕부지(王夫之)의 《초사통석(楚辭通釋)》에서는 〈예혼〉을 송신곡(送神曲)으로 치고 나머지 10편만이 편목에 넣을 수 있는 것이라 했고, 황문환(黃文煥)·임운명(林雲銘)은 〈산귀〉 〈국상〉 〈예혼〉은 다 정신(正神)이 아닌 귀신에 대해 노래한 것이므로 1편으로 합쳐 치면 모두 9편이 된다고 하였으며, 장기(蔣驥)의 《삼대각주초사(三臺閣注楚辭)》와 고성천(顧成天)의 《구가해(九歌解)》에서는 〈상군〉과 〈상부인〉을 합하고 〈대사명〉과 〈소사명〉을 합하여 각각 1편으로 친다면 9편이 된다고 하였다. 그리고 근대 이후의 학설로 양계초(梁啓超)는 〈동황태일〉을 영신곡(迎神曲)이라 하여 왕부지의 설과 상응한 입장을 취했고, 정진탁(鄭振鐸)의 《중국문학사》에서는 〈동황태일〉은 영신곡이고 〈예혼〉은 송신곡이므로 이들을 빼면 9편이라고 했다.

또 일본인 청목정아(青木正兒)는 〈상군〉과 〈대사명〉은 봄 제사에 쓰고 〈상부인〉과 〈소사명〉은 가을 제사에 쓰며 나머지 7편은 춘추로 두루 쓰였기 때문에 9가지라는 설을 내세웠고, 특이한 설로 조경심(趙景深)의 《중국문학사》에서는 〈구가〉를 구신가(九神歌)의 뜻으로 보아 앞 9편은 모두 신에 관한 것이어서 소위 〈구가〉란 이 9편을 가리키는 것이고 나머지는 죽은 사람에 관한 것으로 신과는 아무런 관계가 없는 것이라는 해석을 하였다. 이처럼 〈구가〉 명칭과 관련한 학설은 일일이 열거할 수 없을 만큼 많으나, 이 모두가 다 9를 실수(實數)로 보고 편목 수를 그 숫자에 억지로 맞추려 한 데서 온 결과라 하겠다.

그러나 〈구가〉라는 명칭은 〈구변(九辯)〉과 함께 초사 작품 가운데 〈이소(離騷)〉에 두 번이나 나오고 〈천문(天問)〉에도 나오며, 이 밖에 《산해경(山海經)》 등에서도 보인다. 왕일(王逸)의 《초사장구(楚辭章句)》에서는 〈이소〉와 〈천문〉의 주에서 이것은 하(夏)나라 우왕(禹王) 또는 계왕(啓王) 때 당시 백성들이 군주의 정적(政績)을 가송(歌頌)한 악장(樂章)으로서, 구공지덕(九功之德), 곧 육부(六府)·삼사(三事)에 대한 찬미로 가득찬 시가라고 했다. 그러나 그것은 여기서 말하려는 〈구가〉의 내용과는 다르다.

여기서 논급하고 있는 〈구가〉에 대해 왕일은 그 명칭이 숫자와는 관계 없는 것으로 말하고, 옛날 초나라 풍속은 귀신을 믿고 제사지내기를 좋아하며 제사 때는 반드시 노래와 춤으로 뭇신들을 즐겁게 해주었는데 그 노래 가사가 너무 천박해서 굴원이 〈구가〉를 지었다고 했다. 〈구가〉가 초나라 민간에 전하던 사신가(祀神歌) 내지는 연가(戀歌)였다는 설은 비단 왕일뿐만 아니라 이후 많은 학자들에 의해 주장되어 온, 거의 공통된 의견이다.

그러면 이 〈구가〉는, 〈이소〉 〈천문〉 또는 《산해경》 등에서 언급된 '구가'와 어떻게 다른 것일까? 결국 초사 중의 〈구가〉도 하나라 때의 악장인 〈구가〉의 유성(遺聲)인데 그 의도나 가사 내용만이 다른 것이 아니었을까? 그러기에 작품의 편목 수와 전혀 관계가 없는 9라는 숫자가 제명(題名)에 쓰인 것이 아니었을까 하는 생각이 든다.

다만 가장 문제가 되는 것은 그 작자가 누구인가이다. 앞에서 잠깐 비친 바와 같이 왕일도, 그리고 주희(朱熹)의 《초사집주(楚辭集註)》에서도 다 처음에는 굴원의 작품이라고 했다. 그랬다가 후에 보충하기를, 원래 초나라 민간에 사신가로 전해오던 구문(舊文) 중 굴원이 외설(猥褻)한 부분을 제거하고 개작한 것이라고 했다. 그리고 근래에 와서는 굴원과는 관계가 없는 작품이라는 주장도 적지 않다. 예를 들어 호적(胡適)의 〈독초사(讀楚辭)〉에서는 〈구가〉를 굴원의 전설과 전혀 관계가 없는 당시 상강(湘江) 민족의 종교무가(宗教舞歌)라 했고, 조경심의 《중국문학사》에서는 혜(兮)자의 위치가 중앙에 있고 편폭(篇幅)이 너무 짧으며 난사(亂辭)가 없다는 것을 들어 〈구가〉는 굴원의 작품이 아니라고 하여 종래의 학설을 전적으로 부정했다.

위에서 말한 호적의 설을 실증할 길은 없으나. 굴원의 작품은 그의 개성과 조우(遭遇)로 말미암아 우울·고민·회의 및 환멸로 충만해 있는 것이 특징인데, 〈구가〉에서는 《초사》 특유의 낭만적인 요소가 횡일(橫溢)하고는 있으나 여타의 굴원 작품에서와 같이 개인적인 특징은 찾아보기 어렵고 실용을 위한 사회적인 작품임을 볼 때 전혀 근거 없다고 지나쳐 버릴 수만은 없을 것 같다. 그리고 그 문체로 보아서도 조경심의 주장은 충분히 귀를 기울일 만하다. 즉 《초사》는 대체로 육언(六言)이 정격(定格)이다. 6언은 3언으로 갈라지고 3언은 다시 단(單)·쌍(雙)으로 나뉘어 조성된다. 또 6언 2구의 대구(對句)를 1연(聯)으로 하고 그 중간에 어조사 혜(兮)를 쓴 것이 많다. 이 형식은 〈이소〉 및 〈구장(九章)〉 중의 일곱 편에 사용되었는데, 이러한 형식이 바로 굴원이 즐겨 쓴 시형이었던 것 같다. 그러나 〈구가〉의 형식은 3언을 중복하거나 3언·2언을 중복하고 그 중간에 혜(兮)자를 쓴 것으로 보아 순수한 굴원 작품이라고 보기 어려운 점이 없지 않다. 이를 〈이소〉와 〈구가〉에서 예를 들어 비교해보면 다음과 같다.

A. 〈이소(離騷)〉

□□□○□□兮　　□□□○□□.
昔三后之純粹兮,　　固衆芳之所在

B. 〈구가(九歌)〉 (Ⅰ, 少司命　Ⅱ, 湘君)

Ⅰ ┌□□□兮□□□,　□□□兮□□□.
　└入不言兮出不辭,　乘回風兮載雲旗.

Ⅱ ┌□□□兮□□,　□□□兮□□.
　└君不行兮夷猶,　蹇誰留兮中洲.

반면 곽말약(郭沫若)의 《굴원부금역(屈原賦今譯)》 같은 데에서는 가사 내용이 모두 미문(美文) · 호구(好句)라는 점을 강조하여 분명히 굴원의 작품일 뿐더러 재직시의 득의작(得意作)이라고까지 말하여, 굴원의 작품으로 단정한 사람도 있다.

사실 〈구가〉에 쓰인 수사(修辭)의 아름다움은 상당한 수련을 쌓은 문인의 손을 거치지 않고는 도저히 이룩될 수 없는 것이기도 하다. 그런 점에서 〈구가〉는 왕일이나 주희의 주장과 같이 민간에 전해오던 옛노래를 굴원이 다시 손질해서 오늘날 우리가 대하는 아름다운 가사가 된 것이라 하겠다. 어느 의미에선 굴원 문학을 꽃피게 한 길잡이가 된 작품이었을 것이라는 상상도 가능하다.

현대의 어느 종교를 막론하고 신과 인간은 완전히 분리되어 신은 절대자이며 인간으로선 도저히 범접할 수 없는 불가침의 존재로 되어 있다. 그런데 종교무가인 '구가'에 나오는 신들은 사람과 함께 연정을 교환하고 또 유희(遊戱)하며 사람이 신을 연모하는 것은, 고대 그리스와 북구(北歐)의 신화에 상통한 점이 많다. 여기에 현주(玄珠)의 《중국신화연구실(中國神話研究室) ABC열표(列表)》에 의해 이를 소개하면 다음과 같다.

구 가	동 군	대사명	소사명	산 귀	국 상
그리스신화	Apollo	Atropos	Clotho	Nympho	
북구신화	Baldur	Urdur	Skuld		Valkyro

확실히 〈구가〉에서 사람과 신이 교통(交通)하고 신화 속에 열정이 포함된 것을 볼 때 서양문학의 근원과도 유사한 점이 많은 것을 알 수 있다.

제3장

방황과 고뇌의 시 - 구장九章

초여름의 짧은 밤이길 바라는데 어이해서 하루 밤이 1년처럼 긴가
영도에의 길은 아득한데 넋은 하루 밤에도 아홉 번이나 가노라
望孟夏之短夜兮 何晦明之若歲
惟郢路之遼遠兮 魂一夕而九逝

죽음 피할 수 없음을 알고 애석히 여기고 싶지 않아라
분명 세상 군자들에게 고하노니 나는 그대들 본보기 되리라
知死不可讓 願勿愛兮
明告君子 吾將以爲類兮

의(義)를 위해 살고 의를 위해 죽은 굴원이 걸어간 길은 멀고도 험난한 가시밭길이었다. 유형(流刑)을 당해 쫓겨나 황량한 불모(不毛)의 땅 한북(漢北)과 강남(江南)을 유랑하며 그곳에서 겪은 갖가지 감정의 변화와 방황, 그리고 죽음을 눈앞에 두고서도 한결같이 임금이 뉘우치기만을 애타게 바라 통곡하는 충성된 신하 굴원—. 그의 작품에는 이러한 그의 생활과 사상이 피로써 생생히 엮어져 있다.

1. 惜誦(석송) 슬픔의 노래

석송이치민혜 발분이서정
1. 惜誦以致愍兮 發憤以抒情

소비충이언지혜 지창천이위정
2. 所非忠而言之兮 指蒼天以爲正

영오제이절중혜 계육신여향복
3. 令五帝以折中兮 戒六神與嚮服

비산천이비어혜 명고요사청직
4. 俾山川以備御兮 命咎繇使聽直

갈충성이사군혜 반이군이췌우
5. 竭忠誠以事君兮 反離羣而贅肬

망현미이배중혜 대명군기지지
6. 忘儇媚以背衆兮 待明君其知之

언여행기가적혜 정여모기불변
7. 言與行其可迹兮 情與貌其不變

고상신막약군혜 소이증지불원
8. 故相臣莫若君兮 所以證之不遠

오의선군이후신혜 강중인지소구
9. 吾誼先君而後身兮 羌衆人之所仇

전유군이무타혜 우중조지소수
10. 專惟君而無他兮 又衆兆之所讎

일심이불예혜 강불가보야
11. 壹心而不豫兮 羌不可保也

질친군이무타혜 유초화지도야
12. 疾親君而無他兮 有招禍之道也

사군기막아충혜　　홀망신지천빈
13. 思君其莫我忠兮　忽忘身之賤貧

사군이불이혜　　미부지총지문
14. 事君而不貳兮　迷不知寵之門

충하죄이우벌혜　　역비여심지소지
15. 忠何罪以遇罰兮　亦非余心之所志

행불군이전월혜　　우중조지소해
16. 行不羣以巓越兮　又衆兆之所咍

분봉우이이방혜　　건불가석
17. 紛逢尤以離謗兮　謇不可釋

정침억이부달혜　　우폐이막지백
18. 情沈抑而不達兮　又蔽而莫之白

심울읍여차체혜　　우막찰여지중정
19. 心鬱邑余侘傺兮　又莫察余之中情

고번언불가결이혜　　원진지이무로
20. 固煩言不可結詒兮　願陳志而無路

퇴정묵이막여지혜　　진호호우막오문
21. 退靜默而莫余知兮　進號呼又莫吾聞

신차체지번혹혜　　중민무지돈돈
22. 申侘傺之煩惑兮　中悶瞀之忳忳

석여몽등천혜　　혼중도이무항
23. 昔余夢登天兮　魂中道而無杭

오사여신점지혜　　왈유지극이무방
24. 吾使厲神占之兮　曰有志極而無傍

종위독이이이혜　　왈군가사이불가시
25. 終危獨以離異兮　曰君可思而不可恃

고중구기삭금혜　　초약시이봉태
26. 故衆口其鑠金兮　初若是而逢殆

징 어 갱 자 이 취 제 혜　　하 불 변 차 지 야
27. 懲於羹者而吹虀兮　何不變此志也

욕 석 계 이 등 천 혜　　유 유 낭 지 태 야
28. 欲釋階而登天兮　猶有曩之態也

중 해 거 이 이 심 혜　　우 하 이 위 차 반 야
29. 衆駭遽以離心兮　又何以爲此伴也

동 극 이 이 로 혜　　우 하 이 위 차 원 야
30. 同極而異路兮　又何以爲此援也

진 신 생 지 효 자 혜　　부 신 참 이 불 호
31. 晉申生之孝子兮　父信讒而不好

행 행 직 이 불 예 혜　　곤 공 용 이 불 취
32. 行婞直而不豫兮　鮌功用而不就

오 문 작 충 이 조 원 혜　　홀 위 지 과 언
33. 吾聞作忠以造怨兮　忽謂之過言

구 절 비 이 성 의 혜　　오 지 금 이 지 기 신 연
34. 九折臂而成醫兮　吾至今而知其信然

증 익 기 이 재 상 혜　　울 라 장 이 재 하
35. 矰弋機而在上兮　罻羅張而在下

설 장 벽 이 오 군 혜　　원 측 신 이 무 소
36. 設張辟以娛君兮　願側身而無所

욕 천 회 이 간 체 혜　　공 중 환 이 이 우
37. 欲儃佪以干傺兮　恐重患而離尤

욕 고 비 이 원 집 혜　　군 망 위 여 하 지
38. 欲高飛而遠集兮　君罔謂汝河之

욕 횡 분 이 실 로 혜　　견 지 이 불 인
39. 欲橫奔而失路兮　堅志而不忍

배 응 반 이 교 통 혜　　심 울 결 이 우 진
40. 背膺牉以交痛兮　心鬱結而紆軫

도 목 란 이 교 혜 혜　　착 신 초 이 위 량
41. 擣木蘭以矯蕙兮　　糳申椒以爲糧

파 강 리 여 자 국 혜　　원 춘 일 이 위 구 혜
42. 播江離與滋菊兮　　願春日以爲糗兮

공 정 질 지 불 신 혜　　고 중 저 이 자 명
43. 恐情質之不信兮　　故重著以自明

교 자 미 이 사 처 혜　　원 증 사 이 원 신
44. 矯茲媚以私處兮　　願曾思而遠身

슬픔을 글로 읊어 근심부르고, 화를 내어 마음을 나타내노라
진심 아닌 것 말했다면, 푸른 하늘 가리켜 증거 삼으리라
오방(五方)의 신더러 공평히 판단케 하고, 육신에게 고하여 함께 대질(對質)케 하며
명산대천의 신들도 배심(陪審)케 하여, 고요에게 명해 곡직(曲直)을 듣게 하리라
충성을 다해 임금 섬겼지만, 도리어 무리 떠나 군더더기 혹이 되고
약삭빠르게 아첨하길 잊고 무리를 등져, 명군이 알아주기만 기다리노라
말과 행동 되밟아 알아낼 수 있고, 내심과 외모 변함이 없어
신하 살핌이 임금만한 이 없고, 그걸 입증할 증거 가까이에 있어라
나는 임금을 첫째로 하고 자신을 뒤로 하는데, 아아 뭇사람의 원수가 되었고
오로지 임금 생각하는 마음뿐인데, 또 뭇사람의 적이 되었어라
한 마음으로 망설이지 않았으나, 아아 이 몸 보전하지 못하고

힘써 임금 가까이할 마음뿐인데, 또 재앙을 불러들이는 길일 줄이야

임금 생각하기에 나보다 충성스런 이 없어, 언뜻 이 몸이 천하고 부족한 걸 잊고

임금 섬기기에 두 마음 없어, 총애 받는 길을 모르고 헤매었어라

충직한 사람이 무슨 죄로 벌을 받는가, 내 마음에 생각하지 못했던 일이어라

행동이 뭇사람과 달라 실패하고, 또 뭇사람의 웃음거리가 되었어라

갖가지로 문책당하고 비방을 받아, 아아 변명조차 할 수 없어라

진정이 억제되어 전해지지 않고, 또 가려져 분명히 밝힐 길 없어라

마음이 수심에 차 나 서성이지만, 내 속마음 살펴줄 이 없고

진정 하많은 말 드릴 수 없어, 뜻을 펴려 해도 길이 없어라

물러나 조용히 있으면 나를 아는 이 없고, 나아가 외쳐도 나의 외침 듣는 이 없어라

거듭 서성이며 번민으로 미혹(迷惑)에 빠져, 마음 괴롭고 어지러워 근심스러워라

예전에 나는 꿈속에서 하늘에 올랐으나, 영혼이 중도에서 더 가질 못해

나는 대신(大神)에게 점치게 했더니, 뜻은 정해져 있어도 돕는 이 없다고

끝내 위태롭고 외롭게 떨어져 있어야 하는가, 임금은 생각할

순 있어도 의지할 순 없다고

그러기에 많은 입은 쇠라도 녹이고, 처음에 이렇게 해서 위태롭게 되었어라

뜨거운 국에 데면 나물도 분다는데, 어이해 이 뜻을 바꾸지 않는가

사다리 버리고 하늘에 오르고 싶은데, 이전의 태도 그대로여라

모두들 놀라고 당황하여 마음 떠났는데, 또 어이 이 사람의 반려 되겠는가

갈 곳은 같아도 길은 다른데, 또 어이 이 사람 도와 이끌겠는가

진나라 신생이 효자였지만, 아버지는 참언을 믿고 좋아하지 않았으며

행동이 강직하여 주저하지 않아, 곤은 공적이 있었지만 성공하지 못했어라

나는 충성하면 미움 받는다고 듣고, 언뜻 당치도 않은 말이라 했지만

아홉 번 팔을 부러뜨려야 의사가 된다더니, 나는 이제야 그것이 진실임을 알았어라

주살이 위에 장치돼 있고, 새그물이 아래에 펼쳐져 있어

함정 만들어 놓고 임금 기쁘게 하니, 몸을 옆으로 비키려 해도 피할 곳 없어라

머뭇거리며 머물고 싶어도, 거듭 환난당하고 문책 받을까 두렵고

높이 날아 먼 곳에 머물려 해도, 임금은 너 어디로 가느냐고 묻지도 않아라

멋대로 달려 길을 잃어버리고 싶어도, 굳건한 마음에 차마 할

수 없고

등과 가슴이 갈라져 번갈아 아파, 마음 맺히고 번민으로 슬프기만 해라

목란을 빻고 혜초를 다져 섞어서, 신초를 하얗도록 찧어 양식 삼고

강리를 씨뿌리고 국화를 심어, 봄날 건량(乾糧) 삼고 싶어라

진정이 믿어지지 않을까 두려워, 거듭해서 스스로를 밝히고

이 아름다운 것 지니고 혼자 살아, 더욱더 생각하여 멀리 떠나고 싶어라

(語釋) ㅇ惜誦(석송)－슬퍼하여 글을 읊다. 학자에 따라 풀이가 다르나 여기서는 대략 홍흥조(洪興祖) 〈보주(補注)〉와 대진(戴震)의 《굴원부주(屈原賦注)》 등의 설에 따라 석(惜)은 슬퍼하다의 뜻으로 보고 송(誦)은 송(頌)과 마찬가지로 글을 읊는다는 뜻으로 보아, '임금을 슬퍼하여 이를 글로 읊는다'로 풀이했다. ㅇ致愍(치민)－근심을 부르다. 제12구의 초화(招禍)와 같은 뜻이다. ㅇ爲正(위정)－증거 삼다. 정(正)은 정(証)과 통한다. ㅇ五帝(오제)－오방(五方), 즉 동·서·남·북과 중앙의 신. 동방의 신은 태호(太皥), 서방은 소호(少昊), 남방은 염제(炎帝), 북방은 전욱(顓頊), 중앙은 황제(黃帝)이다. ㅇ折中(절중)－절충하다. 한 군데로 치우치지 않고 각각에게서 알맞은 것을 취하여 공정한 판단을 하는 것이다. ㅇ六神(육신)－주희(朱熹)의 설에 의하면 일(日)·월(月)·성(星)·수한(水旱)·사시(四時)·한서(寒暑)의 신을 말한다. 이밖에 육종(六宗)의 신이라든지, 성(星)·진(辰)·풍백(風伯)·우사(雨師)·사중(司中)·사명(司命)의 6신, 또는 천·지·4시의 신, 또는 상·하·4방의 신이라는 설들도 있다. ㅇ嚮服(향복)－사건을 대질(對質)하다. 즉 죄가 있나 없나를 마주보고 말하다. 향(嚮)은 앞을 향하다, 즉 대(對)의 뜻이고, 복(服)은 사

(事)의 뜻이다. ㅇ山川(산천)－명산·대천의 신. ㅇ備御(비어)－배석(陪席)하다. 비(備)는 갖추고 자리에 나가다, 어(御)는 곁에 모시고 있다의 뜻으로, 여기서 비어(備御)는 곧 배심(陪審)하는 것을 말한다. ㅇ咎繇(고요)－순(舜)임금의 사사(士師). 사사는 옥관(獄官)의 장이다. 즉 고요(皐陶). ㅇ聽直(청직)－곡직(曲直)을 듣고 분간하다. ㅇ贅肬(췌우)－군더더기 혹. 무용지물이나 무익한 사람을 비유한다. ㅇ儇媚(현미)－약삭빠르게 남에게 아첨하다. 현(儇)은 말이 능숙한 것이고, 미(媚)는 표정 좋은 얼굴을 한다는 뜻이다. ㅇ可迹(가적)－되밟아 알아낼 수 있다. ㅇ相臣(상신)－신하의 인물을 가려보다. ㅇ不遠(불원)－멀리 있지 않다. 신하의 시비를 증명할 재료가 가까이 말과 행동 및 내심과 외모에 있음을 말한다. ㅇ誼(의)－주의(主義) 곧 자신이 옳다고 생각하는 것. 즉 의(義). 마땅히라는 부사로 풀이해도 좋다. ㅇ羌(강)－아아. 초나라 특유의 감탄조사. ㅇ惟(유)－생각하다. ㅇ衆兆(중조)－중인(衆人). 조(兆)는 백만의 뜻이다. ㅇ壹(일)－전일(專一)하다. ㅇ豫(예)－유예(猶豫)하다. ㅇ疾(질)－노력하다. 열심히 하다. ㅇ有(유)－또. 즉 우(又). ㅇ不貳(불이)－두 마음이 없다. 앞의 무타(無他)와 같은 말이다. ㅇ寵之門(총지문)－임금에게 사랑받기 위한 길의 입구. ㅇ所志(소지)－자기가 예상한 것. 지(志)는 생각하다의 뜻이다. ㅇ巓越(전월)－거꾸로 떨어지다. 실패하다. ㅇ咍(해)－조소하다. 초나라 사투리이다. ㅇ紛(분)－많은 모양. ㅇ逢尤(봉우)－문책당하다. 우(尤)는 허물 또는 잘못을 문책한다는 뜻이다. ㅇ離謗(이방)－비방을 받다. 이(離)는 〈이민(離愍)〉·〈이우(離憂)〉·〈이소(離騷)〉에서처럼 나(罹)와 같은 뜻. 즉 걸린다는 말로 쓰였다. ㅇ謇(건)－아아. 구수발어사(句首發語詞). ㅇ釋(석)－해명하다. ㅇ沈抑(침억)－억제되다. ㅇ白(백)－분명히 하다. ㅇ鬱邑(울읍)－근심하는 모양. ㅇ侘傺(차체)－낙망하는 모양. 멍청하게 서 있다. ㅇ煩言(번언)－귀찮은 말. 할 말이 많은 것. ㅇ詒(이)－주다·보내다. 즉 이(貽). ㅇ申(신)－거듭·또. ㅇ煩惑(번혹)－번민과 미혹(迷惑)에 빠져 판단이 서지 않다. ㅇ中(중)－속마음. ㅇ悶瞀(민

무)—마음이 괴로워 정신이 흐려지다. ㅇ忳忳(돈돈)—근심하는 모양. ㅇ杭(항)—배로 건너다. 즉 항(航). ㅇ厲神(여신)—대신(大神). 왕부지(王夫之)의 《초사통석(楚辭通釋)》에서는 대신지무(大神之巫)로 풀이했고, 구주(舊注)에서는 살벌(殺伐)을 주관하는 신 또는 상귀(殤鬼), 즉 제사지내 주는 사람이 없는 망혼(亡魂)이라 했다. 그러나 여(厲)는 보통 신불(神佛)의 영험이 뚜렷이 나타나는 형용 또는 엄격함을 뜻하는 말로 쓰인다. ㅇ極(극)—목표가 정해져 있다. ㅇ傍(방)—도와주는 사람. ㅇ離異(이이)—임금에게서 따로 떨어져 있다. ㅇ鑠金(삭금)—쇠를 녹이다. 중언(衆言)이 무서움을 비유한 말이다. 《국어(國語)》 〈주어(周語)〉 하(下)에 의하면 '옛 속담에 많은 사람의 마음은 성이라도 쌓고 많은 사람의 입은 쇠라도 녹인다(衆心成城, 衆口鑠金)고 했다'는 말이 나온다. ㅇ懲於羹(징어갱)—뜨거운 국에 입을 데다. 주희본(朱熹本)에는 징열갱(懲熱羹)으로 되어 있다. ㅇ韲(제)—나물. 야채를 잘게 썰어 양념을 해서 무친 음식이다. ㅇ釋(석)—버리다. ㅇ階(계)—사다리. ㅇ曩(낭)—이전. ㅇ駭遽(해거)—놀라서 당황하다. ㅇ伴(반)—반려(伴侶). ㅇ同極(동극)—행선지가 같다. 극(極)은 목표, 즉 가려고 하는 곳이다. ㅇ援(원)—도와서 이끌어주는 것. ㅇ申生(신생)—진(晋)나라 헌공(獻公)의 태자. 《좌전(左傳)》 희공(僖公) 4년이나 《예기(禮記)》 〈단궁(檀弓)〉에 의하면 신생은 성격이 온후하고 부모에 효도했으나, 아버지 헌공이 후처 여희(驪姬)에게 혹하여 그녀의 모함을 믿고 태자를 자살로 내몰았다. ㅇ婞直(행직)—강직(剛直)하다. ㅇ鮌(곤)—요(堯)임금의 신하며 하(夏)나라 우(禹)임금의 아버지로서, 치수(治水)를 맡아 성공하지 못했다고 한다. 〈이소〉 '곤행직이망신(鮌婞直以亡身)'(66) 참조. ㅇ造怨(조원)—남에게 미움을 받다. ㅇ過言(과언)—지나친 말. 당찮은 말. ㅇ臂(비)—팔. ㅇ矰弋(증익)—주살. 활의 오늬에 줄을 매어 쏘는 화살로서 새를 쏘아서는 감아 당긴다. ㅇ機(기)—장치하다. ㅇ罻羅(울라)—새그물. ㅇ張(장)—펼치다. ㅇ張辟(장벽)—나무 활과 함정. 모두 새를 잡는 도구이다. ㅇ娛(오)—즐겁게 하다. ㅇ側身(측신)—몸을 한쪽으로 비켜 화를 피하다. ㅇ儃佪(천회)－머뭇거리고 잘 나아가지 않는 모양. ㅇ干傺(간체)－머물기를 바라다. 멈추어 서서 임금의 채용을 기다리며 원한다는 뜻이다. 간(干)은 구(求)한다는 뜻이다. ㅇ重患(중환)－환난을 가중시키다. 중(重)은 거듭의 뜻이다. ㅇ離尤(이우)－문책당하다. 제17구의 봉우(逢尤)와 같은 말이다. ㅇ遠集(원집)－먼 곳에 가 머물다. 타국으로 가고 싶다는 뜻이다. 집(集)은 새가 나무에 앉아 있는 것을 표현한 글씨이다. ㅇ橫奔(횡분)－전후 분별 없이 달리다. ㅇ失路(실로)－길을 잃어버리다. 즉 바르지 못한 길을 간다는 말이다. ㅇ背膺(배응)－등과 가슴. ㅇ牉(반)－나뉘어지다. ㅇ交(교)－번갈아. ㅇ鬱結(울결)－가슴이 막혀 답답하다. ㅇ紆軫(우진)－마음이 맺혀 슬프다. ㅇ擣(도)－찧다. 빻다. ㅇ矯(교)－다져서 섞다. ㅇ鑿(착)－쌀을 하얗게 찧다. ㅇ滋(자)－심어서 불리다. ㅇ糗(구)－건량(乾糧). 볶은 쌀이나 말린 밥 같은 여행용 식량을 말한다. ㅇ情質(정질)－마음 속의 본질, 곧 거짓 없는 마음을 말한다. ㅇ矯(교)－올리다. 즉 교(撟). ㅇ玆媚(자미)－이 아름다운 것. 앞에 나온 향초의 양구(糧糗)를 가리키는 말로, 언외(言外)의 뜻은 작자가 지닌 고결하고 향기높은 미덕을 말한다. ㅇ私處(사처)－혼자서 살다. 즉 자처(自處). 독선(獨善)을 의미한다. ㅇ曾思(증사)－숙고(熟考)하다. 증(曾)은 더욱더[增增]의 뜻이다. ㅇ遠身(원신)－멀리 떠나 세속과 섞이지 않는다.

(大意) 임금을 슬퍼하며 이를 글로 읊었는데 그 때문에 근심을 불러일으키고, 화를 내어 마음속의 진정을 나타냈다. 만약 내가 하는 말이 마음으로부터 우러나는 진심이 아니라면, 나는 저 푸른 하늘을 두고 맹세하여 하늘의 제재를 받는 것으로 증거를 삼겠다.(1~2)

천제께서는 동서남북과 중앙, 즉 오방(五方)의 신들이 한쪽에 치우치지 않고 서로의 의견을 모아 절충해서 공평한 판단을 하게 하고, 일·월 등 육신(六神)에게 고하고 훈계하여 나에게 죄가 있나 없나를 함께 대질시켜 말하게 하리라. 또 명산·대천의 신들도 그 자리에 배석하여 심판에 참열(參列)케 하고, 옛날 순(舜)임금의 옥관장(獄官長)이었던 재판장 고요(皐陶)에게 명하여 내가 진술하는 말의 곡식(曲直)을 듣고 가려 단죄(斷罪)케 하리라.(3~4)

나는 충성을 다 바쳐 임금을 섬겨 왔지만, 도리어 소인배들의 배척을 받고 밀려나 군더더기 혹같이 쓸데없는 사람이 되고 말았다. 능숙하게 말을 하고 남이 좋아하는 얼굴을 지어 약삭빠르게 아첨할 줄을 모르고 모두를 등지고 떠나, 나는 현명하신 임금이 나의 진심 알아주기만을 기다린다.(5~6)

사람의 외모는 쉽사리 내심을 숨길 수 없는 것이어서 말과 행동을 되밟아보면 그 사람됨을 알 수 있고, 내심과 외모가 변함 없고 서로 일치한다. 그러기에 신하의 선악·시비를 관찰하여 분별하기에 임금을 따를 자가 없고, 그것을 입증할 행적 또한 멀리 있는 것이 아니라 언행과 표정 등 가까이에 있는 것이다.(7~8)

신하된 몸으로서 나는 마땅히 임금을 첫째로 하여 섬긴 다음에 내 몸을 돌보는 것을 옳게 여기는데, 아아 뜻밖에도 이렇게 뭇사람의 미움을 사 원수가 되었다. 나는 오로지 임금만을 생각하는 것뿐 다른 마음은 추호도 없는데, 또 이 때문에 많은 사람들의 원한을 사 공격을 받는 적이 되었다.(9~10)

오로지 한 마음으로 나는 일심전력해서 임금 섬기기를 주저하지 않았으나, 아아 임금께서 알아주지 않아 뭇사람의 해를 입어 이 몸의 안전을 지탱할 수 없었다. 애써서 임금님하고만 가까이하려는 생각뿐 다른 마음은 추호도 없는데, 또 결과적으론 이것이 재앙을 불러들이는 길이 될 줄은 몰랐다.(11~12)

임금 생각하기를 나보다 더 충성스럽게 하는 사람이 없을 만큼 나는 임금을 깊이 생각하기에, 언뜻 내 자신이 천하고 부족한 것조차 잊고 있었다. 임금에게 출사(出仕)하여 섬기기를 나는 한번도 두 마음 지니고 한 적 없었지만, 나는 어떻게 하면 임금의 총애를 받을 수 있을지 그 길을 모르고 헤매었다.(13~14)

충직한 사람이 무슨 죄가 있어서 벌을 받아야 하는가? 이는 역시 진정 내 마음이 바라거나 예상했던 것이 아니다. 나의 행동이 저들 소인배들과 달라서 실패하고, 또 뭇 사람들로부터 조소를 받아 웃음거리가 되었다.(15~16)

나는 가지가지로 문책을 당하고 비방을 얻어들어, 아아 변명조차 할 수 없게 되었다. 나의 진정이 억눌리고 억제되어 임금님에게 전해지지 않고, 또 소인배들에게 둘러싸이고 가려져서 분명히 밝힐 길이 없다.(17~18)

마음이 답답하고 근심에 싸여 나는 실의에 빠져서 멍청히 서성이지만, 내 속마음의 진정을 제대로 살펴 알아줄 수 있는 사람이 없다. 진실로 가지가지 할 말은 많은데 말을 만들어 바칠 수 없어, 나의 뜻을 나타내려 해도 말씀드릴 길이 없다.(19~20)

조용히 물러나 말하지 않고 있으면 아무도 나를 알아주는 이가 없고, 앞으로 나아가서 큰 소리로 부르짖어도 역시 내가 외치는 충언(忠言) 듣고 믿어주는 사람이 없다. 나는 거듭거듭 실망 속에 서성이며 번민과 미혹(迷惑)에 빠져 마음이 어지럽고, 나의 가슴 속은 괴로움으로 정신이 흐려져 근심에 싸여 있다.(21~22)

예전에 나는 꿈에 내 자신이 하늘에 오르는 것을 보았으나, 내 영혼이 중도에 이르러 길을 잃고 더 이상 갈 수가 없었다. 나는 영험이 뚜렷한 대신(大神)에게 이 꿈을 점치게 했더니, '뜻은 그 목표가 결정되어 있으나 도와줄 사람을 얻지 못한 것'이라고 한다.(23~24)

그래서 나는 '그럼 끝내 나는 위태로운 상태에 고립되어 임금을 떠나 따로 있어야 합니까?'하고 물었더니, 대신은 '임금은 생각할 수는 있어도 의지할 수는 없다'고 대답한다. 그러기에 많은 입은 단단한 쇠까지도 녹여버린다는 속담처럼 많은 사람이 참언을 하면 임금도 거짓말을 믿게 되고, 지금까지 나는 몸 돌보지 않고 충심을 바쳤으나 이렇게 참소 받아 위태로운 상황에 처하게 되었다.(25~26)

뜨거운 국물에 입을 덴 사람은 차가운 나물까지도 불어서 먹는다는 속담처럼 앞의 실패에 넌더리를 내어 지나치게 조심한다는 것인데, 임금께서는 어이하여 처음의 뜻을 바꾸지 않으시는가? 나는 사다리를 버리고 하늘에 오르듯 이러한 연줄을 다 버리고 나대로 살아가고 싶은데, 임금께서는 아직도 이전의 태도를 그대로 계속하고 있다.(27~28)

모두들 놀라고 당황하여 나에게서 마음이 떠나 나를 외면했는데, 또 어떻게 저들이 나의 반려가 되어 함께 일할 수 있겠는가? 행선지가 같아도 길이 다르듯 한 임금을 섬긴다는 목적은 저들과 같지만 섬기는 수단은 간사스러운 저들과 다른데, 또 어떻게 저들이 나의 도움이 되어 이끌어 줄 수 있겠는가?(29~30)

진헌공(晋獻公)의 태자 신생(申生)은 효자였지만, 후처 여희(驪姬)에게 혹한 아버지는 모함을 믿고 아들을 좋아하지 않아 결국 자살하게 만들었다. 우왕(禹王)의 아버지 곤(鮌)은 성품이 곧아서 행동에 주저함이 없었고, 치수사업(治水事業)에 공적이 있었지만 성공하지 못해 요(堯)임금에 의해 우산(羽山)에서 처형되었는데…… 신생이나 곤의 불우했던 행적이 마치 나 굴원과 같다.(31~32)

나는 이전에 충성을 다하면 반드시 미움을 사게 된다는 말을 듣고, 언뜻 생각하기에 그것은 당치도 않은 너무 심한 소리라고 했었다. 아홉 번 팔을 부러뜨린 사람이라야 좋은 의사가 된다는 비유처럼 많은 경험을 쌓고서야, 나는 이제야 비로소 충성을 다하면 미움을 산다는 말이 정말임을 알았다.(33~34)

위에는 새를 쏘아 잡는 주살이 장치되어 있고, 아래는 새그물을 펼쳐놓아 새가 피할 길이 없다. 그처럼 사람들은 갖가지 함정을 만들어 나를 잡아 임금을 즐겁게 하려 하므로, 나는 한쪽으로 몸을 비켜 화를 모면하려 해도 피할 곳이 없다.(35~36)

나는 떠나지 않고 머뭇거리며 이곳에 그대로 머물러 임금이 나를 채용해 주기를 기다리고 싶으나, 또다시 환난이 가중되고 죄를 입어 문책 당할까 두렵다. 높이 날아올라 멀리 타국으로 가서 머물러 버릴까 하는데도, 임금은 '네가 어디로 가느냐?'고 물어보지도 않는다.(37~38)

전후 분별 없이 멋대로 달려 바른 길을 버리고 싶어도, 나의 뜻이 굳건하여 그것도 차마 할 수 없다. 등과 가슴이 찢어져 번갈아서 아프고, 마음이 막혀 답답하고 가슴이 맺혀 번민으로 슬프기만 하다.(39~40)

나는 목란을 빻은 데다가 혜초를 다져서 섞고, 신초(申椒)를 하얘지도록 찧어서 양식을 삼는다. 강리(江蘺)의 씨를 뿌리고 국화 뿌리를 갈라 심어 불리어서, 봄날 여행용 마른 식량을 삼듯 고결한 미덕 지닌 채 멀리 떠나고 싶다.(41~42)

내 마음 속의 거짓없는 진정이 믿어지지 않을지도 몰라 두려워서, 나는 거듭해서 밝혀 스스로를 변명한다. 이 아름다운 향초의 식량처럼 고결하고 향기높은 미덕을 지니고 혼자 살며, 더욱더 깊이 생각하여 멀리 떠나가 세속과 섞이지 말고 몸을 숨겨 화를 피하고 싶다.(43~44)

(解說) 수구(首句)의 두 글자에서 제명(題名)을 따 왔고, 이밖에 〈사미인(思美人)〉 〈비회풍(悲回風)〉 〈석왕일(惜往日)〉 3편에서도 같은 방법을 취했다. 이 작품이 〈구장〉의 맨 첫머리에 배열되어 있고 장기(蔣驥)의 《산대각주초사(山帶閣注楚辭)》에서는 이를 굴원의 모든 작품 가운데 최초의 것이라고 하였지만, 어느 판본에서나 〈구장〉 작품의 편차(篇次)에 대하여 제작연대순으로 배열하였다는 언급은 전혀 없어 그 편차의 기준이 어디 있는 것인지 알 길이 없다. 임운명(林雲銘)의 《초사등(楚辭燈)》에서는 '고중저이자명(故重著以自明)'(86)이란 구절을 들어 〈이소〉를 지은 후 다시 자신의 충성을 밝혀 지은 것이라 했으나, 대부분의 학설은 굴원이 참소를 당하여 좌도(左徒)에서 물러난 후에 지은 것이라고 한다.

왕일(王逸)의 《초사장구(楚辭章句)》에서는 이 작품은 '굴원이 진정한 충성심으로 임금을 섬기고 이를 현명한 신들에게 물어도 되지만 참소에 가리워 진퇴를 마음대로 할 수 없어 널리 중선(衆善)을 모아 자처(自處)할 따름임'을 그린 것이라 했다. 임금에 대한 충성심이 불타는데도 임금은 참언을 믿고 자기를 소원히 한 데 대한 애통합을 그리고, 그럼에도 불구하고 자신의 지조는 변함이 없이 굳건한 태도를 버리지 않고 다만 몸을 깨끗이 하여 세상을 피해서 숨으려고 할 따름임을 노래했다.

2. 涉江(섭강) 장강(長江)을 건너

1. 余幼好此奇服兮(여유호차기복혜) 年旣老而不衰(연기로이불쇠)
2. 帶長鋏之陸離兮(대장협지육리혜) 冠切雲之崔嵬(관절운지최외)
3. 被明月兮珮寶璐(피명월혜패보로)
4. 世溷濁而莫余知兮(세혼탁이막여지혜) 吾方高馳而不顧(오방고치이불고)
5. 駕青虬兮驂白螭(가청규혜참백리) 吾與重華遊兮瑤之圃(오여중화유혜요지포)
6. 登崑崙兮食玉英(등곤륜혜식옥영) 與天地兮同壽(여천지혜동수)
7. 與日月兮同光(여일월혜동광)
8. 哀南夷之莫吾知兮(애남이지막오지혜) 旦余濟乎江湘(단여제호강상)
9. 乘鄂渚而反顧兮(승악저이반고혜) 欸秋冬之緖風(애추동지서풍)
10. 步余馬兮山皐(보여마혜산고) 邸余車兮方林(저여거혜방림)

독 영 선 여 상 원 혜　　제 오 방 이 격 태
11. 乘舲船余上沅兮　齊吳榜以擊汰

선 용 여 이 부 진 혜　　엄 회 수 이 의 체
12. 船容與而不進兮　淹回水而疑滯

조 발 왕 저 혜　　석 숙 진 양
13. 朝發枉陼兮　夕宿辰陽

구 여 심 기 단 직 혜　　수 벽 원 지 하 상
14. 苟余心其端直兮　雖僻遠之何傷

입 서 포 여 천 회 혜　　미 부 지 오 소 여
15. 入漵浦余儃佪兮　迷不知吾所如

심 림 묘 이 명 명 혜　　원 유 지 소 거
16. 深林杳以冥冥兮　猨狖之所居

산 준 고 이 폐 일 혜　　하 유 회 이 다 우
17. 山峻高以蔽日兮　下幽晦以多雨

산 설 분 기 무 은 혜　　운 비 비 이 승 우
18. 霰雪紛其無垠兮　雲霏霏而承宇

애 오 생 지 무 락 혜　　유 독 처 호 산 중
19. 哀吾生之無樂兮　幽獨處乎山中

오 불 능 변 심 이 종 속 혜　　고 장 수 고 이 종 궁
20. 吾不能變心而從俗兮　固將愁苦而終窮

접 여 곤 수 혜　　상 호 나 행
21. 接輿髡首兮　桑扈臝行

충 불 필 용 혜　　현 불 필 이
22. 忠不必用兮　賢不必以

오 자 봉 앙 혜　　비 간 저 해
23. 伍子逢殃兮　比干菹醢

여 전 세 이 개 연 혜　　오 우 하 원 호 금 지 인
24. 與前世而皆然兮　吾又何怨乎今之人

여 장 동 도 이 불 예 혜　　고 장 중 혼 이 종 신
25. 余將董道而不豫兮　固將重昏而終身

난 왈
26. 亂曰

난 조 봉 황　　일 이 원 혜
27. 鸞鳥鳳皇　日以遠兮

연 작 오 작　　소 당 단 혜
28. 燕雀烏鵲　巢堂壇兮

노 신 신 이　　사 임 박 혜
29. 露申辛夷　死林薄兮

성 조 병 어　　방 부 득 박 혜
30. 腥臊並御　芳不得薄兮

음 양 역 위　　시 부 당 혜
31. 陰陽易位　時不當兮

회 신 차 체　　홀 호 오 장 행 혜
32. 懷信侘傺　忽乎吾將行兮

나는 어려서부터 기이한 복장 좋아하고, 나이 이미 늙어서도 변치 않아

눈부시게 반짝이는 장검 띠 두르고, 우뚝 솟은 절운관(切雲冠) 썼으며

등에 야광주 드리우고 허리에 보옥 찼노라

세상이 혼탁하여 날 알아주는 이 없어, 나는 이제 높이 달려 돌아보지 않고

뿔 돋친 청룡으로 수레 끌고 뿔 없는 백룡을 참마 삼아, 나는 중화님과 옥수(玉樹) 밭을 노닐며

곤륜산에 올라가 옥의 꽃을 먹어, 천지와 수명을 함께하고
일월과 빛을 같이하노라
남방의 이민족들 날 아는 이 없음을 슬퍼하며, 새벽에 나는 장강과 상수(湘水) 건너서
악수(鄂水) 가운데 작은 섬에 올라 돌아다보니, 아아 불어오는 가을과 겨울의 여풍(餘風)
내 말을 산기슭 물가로 거닐게 하여, 내 수레 큰 숲으로 몰고 가 묵노라
작은 배를 타고 나는 원수(沅水)를 거슬러서, 오나라 노를 가지런히 물결을 치는데
배는 머뭇머뭇 나아가지 않고, 소용돌이에 막혀 머물러 있노라
아침에 왕저를 출발하여, 저녁에 진양에서 묵고
만약 내 마음 정직하기만 하면, 멀리 외딴 곳일지라도 무슨 상관이랴
서포에 들어가 서성이다가, 길을 잃고 나는 갈 곳 몰라라
깊은 숲 캄캄하게 어두워, 원숭이들이 사는 곳
산은 험하고 높아 해를 가리고, 아래는 어둡고 비가 많아
싸라기눈·눈보라 끝없이 날리고, 구름이 자욱하여 처마에 이어졌어라
내 삶의 즐거움 없음을 슬퍼하며, 산중 깊숙이 홀로 살고
나는 마음 바꾸어 속세 따를 수 없어, 일생 괴롭고 곤궁하게 마련이어라
접여는 머리를 산발하고, 상호는 벌거벗고 다녔으며
충신이라고 반드시 쓰이는 것 아니고, 현인이라고 반드시 쓰이는 것 아니어서

오자서(伍子胥)는 재앙을 당했고, 비간은 소금에 절여졌어라
옛날에도 똑같이 다 그러했는데, 나는 어이 요즘 사람을 원망하랴
나는 정도 지켜 주저함이 없이, 겹친 어둠 속에 일생을 마치리라
난사(亂辭)에 이르기를,
난새와 봉황새, 나날이 멀어지고
제비·참새·까마귀·까치, 큰방과 안뜰에 둥지 트누나
서향화(瑞香花)와 백목련, 숲에서 죽고
비린 것 누린 것들 나아가 쓰여져, 향기는 가까이할 수 없어라
음과 양이 자리를 바꾸어, 시세(時世)가 맞지 않고
진심 품고 낙망하여, 홀연 나는 멀리 가버리고 싶어라

(語釋) ㅇ涉江(섭강)－장강(長江)을 건너다. 강(江)은 장강·대강(大江), 곧 양자강(揚子江)을 말한다. ㅇ奇服(기복)－희귀하고 좋은 복장. 지행(志行)의 고결함을 상징하는 말이다. ㅇ長鋏(장협)－명검의 이름. 초나라에서는 장검(長劍)을 협(鋏)이라 했다. ㅇ陸離(육리)－눈부시게 빛나다. ㅇ切雲(절운)－관(冠)의 이름. 관이 높아 구름까지 닿는다는 말에서 나왔다. ㅇ崔嵬(최외)－높게 우뚝 솟은 모양. ㅇ被(피)－등에 드리우다. 즉 피(披). ㅇ明月(명월)－야광주(夜光珠). ㅇ珮(패)－허리에 차다. 즉 패(佩). ㅇ璐(로)－아름다운 옥의 이름. ㅇ虬(규)－규룡. 용의 새끼로서 뿔이 돋쳤다는 전설상의 동물이다. 뿔이 없는 것이 이(螭)라 한다. ㅇ驂(참)－참마. 하나의 수레를 끄는 네 마리 말 중의 바깥쪽 말. 안쪽 말은 복마(服馬)라 한다. ㅇ重華(중화)－순(舜)임금의 별호. ㅇ瑤之圃(요지포)－천제가 거주하는 곳에 있는 옥수(玉樹)의 밭. 요(瑤)는 옥에 다음가는 아름다운 돌이다. ㅇ崑崙(곤륜)－중국 서쪽에 있는 명산으로, 신선이 산다는 곳이며 천제의 원포

(園圃)라 한다. ㅇ玉英(옥영)－옥의 꽃. 요포(瑤圃)에 핀 옥수의 꽃을 말한다. ㅇ南夷(남이)－남방의 이민족. 홍흥조(洪興祖)·주희(朱熹) 등의 초나라 사람, 곧 초나라의 통치집단을 가리키는 말로서 〈사미인(思美人)〉의 남인(南人 : 22)과 같은 말로 풀이하고 있으나, 그렇다면 굴원이 자신의 조국을 오랑캐라 불러 경멸하는 결과가 되므로 납득하기 어렵다. 역시 굴원의 유배지인 강남의 만족(蠻族)을 가리키는 말이라 하겠다. ㅇ江湘(강상)－장강과 상수(湘水). ㅇ乘(승)－오르다. 즉 등(登). ㅇ鄂渚(악저)－악수(鄂水) 가운데의 작은 섬. 악(鄂)은 지금의 호북성(湖北省) 무창현(武昌縣) 서쪽에 있는 강이름이다. ㅇ欸(애)－탄식하는 소리. ㅇ緖風(서풍)－남은 바람. ㅇ山皐(산고)－산기슭의 물가. 고(皐)는 택곡(澤曲), 곧 물가의 땅을 말한다. ㅇ邸(저)－이르다. 묵다. ㅇ方林(방림)－대개 지명으로 주석하고 있고, 지점은 동정호 연안의 나루였을 것으로 여기고 있다. 악저에서부터 이곳까지 육로로 와 수레를 버리고 배를 탔던 것이리라. 그러나 《광아(廣雅)》 〈석고(釋詁)〉에 방(方)은 대(大)의 뜻이라 한 것으로 보아, 방림(方林)은 앞의 산고(山皐)와 대칭해서 쓰인 것으로 고유명사가 아닌 대림(大林), 즉 큰 숲이라 풀이해도 상관없을 것 같다. ㅇ舲船(영선)－지붕이 있고 창이 달린 작은 배. ㅇ上沅(상원)－원수(沅水)를 거슬러 올라가다. 굴원은 동정호에서 남하했다가 다시 원수를 서상(西上)한 듯하다. ㅇ齊(제)－가지런히 하다. 동시에 들다. ㅇ吳榜(오방)－오나라 노. 오나라는 수국(水國)이어서 선구(船具)가 발달해 널리 쓰였다. 왕일은 오(吳)를 대(大)로 풀이했다. ㅇ擊汰(격태)－물결을 치다. 즉 노를 젓는다는 말이다. 태(汰)는 물결의 뜻이다. ㅇ容與(용여)－배회하다. ㅇ淹(엄)－머무르다. ㅇ回水(회수)－소용돌이. ㅇ疑滯(의체)－막혀서 머물다. 즉 응체(凝滯). ㅇ枉陼(왕저)－지금의 호남성(湖南省) 상덕현(常德縣) 남쪽의 지명. 왕(枉)은 왕수(枉水)로 상덕현 남쪽의 금하산(金霞山)에서 발원하여 동북으로 흘러 원수로 들어가며, 저(陼)는 저(渚)와 같다. ㅇ辰陽(진양)－지금의 호남성 진주(辰州) 부근의 지명. ㅇ苟(구)－

만약. ㅇ端直(단직)－바르게 도리에 맞다. 즉 정직(正直). ㅇ溆浦(서포)－지금의 호남성 진양부(辰陽府) 서포현. 원수 상류의 심산(深山)에 있으며, 현재도 이곳에 묘족(苗族)이 많이 살고 있다. ㅇ儃佪(천회)－맴돌다. 머뭇거리고 잘 나아가지 않는 모양. ㅇ如(여)－가다. ㅇ杳(묘)－어둡다. ㅇ冥冥(명명)－어두운 모양. ㅇ猨(원)－원숭이. 즉 원(猿). ㅇ狖(유)－꼬리가 긴 원숭이. ㅇ霰(산)－싸라기눈. ㅇ垠(은)－땅의 끝. ㅇ霏霏(비비)－구름이 자욱히 낀 모양. ㅇ宇(우)－처마. ㅇ終窮(종궁)－종신곤궁(終身困窮), 즉 일생토록 곤궁하다. ㅇ接輿(접여)－춘추시대(春秋時代) 초나라 은사(隱士). 《논어(論語)》〈미자편(微子篇)〉에 '초나라 광인 접여(楚狂接輿)'라 했듯, 세상에 도가 행해지지 않으므로 스스로 머리를 잘라 산발하고 노래를 부르고 다니며 미친 척하여 몸을 숨겼다고 전한다. ㅇ髡首(곤수)－두발을 잘라 버리다. 고대 형벌의 일종이기도 하다. ㅇ桑扈(상호)－옛 은사. 《장자(莊子)》에 자상호(子桑戶)라 한 사람과 같은 사람으로, 역시 세상의 무도함을 한탄하여 의관(衣冠) 없이 야만인처럼 행동하며 세상을 버렸다고 전한다. ㅇ臝行(나행)－벌거벗고 다니다. 나(臝)는 나(裸)와 같은 자이다. ㅇ以(이)－쓰이다. 즉 용(用). ㅇ伍子(오자)－오왕(吳王) 부차(夫差)의 신하로 월(越)나라를 치라고 간하다 사사(賜死)된 오자서(伍子胥). 충신인데도 죽음을 당했고, 그가 죽은 뒤 오나라는 결국 월나라에게 멸망했다. ㅇ比干(비간)－은(殷)나라 주왕(紂王)의 숙부로, 주왕의 악정(惡政)을 간하다가 심장이 도려져 죽고, 사후 그의 시체는 소금에 절여지는 극형을 받았다고 전한다. ㅇ菹醢(저해)－소금에 절이다. 고대 극형의 하나로, 원래 저(菹)는 채소를 절이는 것이고, 해(醢)는 고기를 저며 절이는 것을 뜻한다. ㅇ董道(동도)－정도를 지킨다. 동(董)은 정(正)과 같은 뜻이다. ㅇ豫(예)－유예(猶豫), 곧 주저하다. ㅇ重昏(중혼)－겹친 어둠. ㅇ亂(난)－〈이소〉에서와 같이 작품 마지막에 주지(主旨)를 하나로 정리하여 서술한 것이다. ㅇ鸞鳥(난조)－난새. 봉황의 일종으로, 난새와 봉황은 성인(聖人)이 세상을 다스리는 태평성세에 나타난다는 것으로, 현인을 비유한 말이다. ㅇ壇(단)-안뜰. 초나라 방언으로, 〈구가〉 상부인(11)에도 보인다. ㅇ露申(노신)-신초(申椒)·서양화(瑞香花) 등 여러 설이 있어 확실치 않으나 작은 관목(灌木)의 향목이다. ㅇ辛夷(신이)-백목련. ㅇ林薄(임박)-숲. 임(林)은 삼림이고, 박(薄)은 풀과 나무가 뒤섞여 있는 숲이다. ㅇ腥臊(성조)-비린내 또는 누린내가 나는 것. 더러운 것. 성(腥)은 생선이 비린 것이고 조(臊)는 비계가 비린 것으로서, 모두 악취·악인을 비유한다. ㅇ御(어)-나아가 쓰여지다. ㅇ薄(박)-접근하다. ㅇ懷信(회신)-진심을 품다. 즉 충성심을 지니고 있다. ㅇ侘傺(차제)-낙망하는 모양. 멍청하게 서 있다. ㅇ忽乎(홀호)-언뜻, 급히. 즉 홀연(忽然). ㅇ將行(장행)-세상을 버리고 멀리 숨으려 하다.

(大意) 나 굴원은 어렸을 적부터 보통 사람들과는 달리 이 세상의 희귀하고 기품 있는 복장을 좋아하여 지행(志行)이 고결했는데, 나이 이미 늙어진 지금도 감퇴하지 않고 품성과 기호가 예전과 같다. 명검 장협(長鋏)의 장식이 눈부시게 반짝이는 장검 띠를 두르고 구름에라도 닿을 듯이 높이 우뚝 솟은 절운관(切雲冠)을 쓰고서, 야광주(夜光珠) 구슬을 등에 드리우고 보옥(寶玉)을 허리에 찼다.(1~3)

세상이 어지럽고 흐려 나를 알아주는 사람이 없어, 나는 바야흐로 세속을 초월하여 훨훨 떠나가 저들을 돌아보거나 상관하고 싶지 않다. 뿔이 돋친 푸른색 규룡으로 사마(四馬) 수레의 안쪽 복마(服馬)를 삼고 뿔 없는 백룡으로 바깥쪽 참마(驂馬)를 삼아 수레를 끌게 하여, 나는 이상(理想)의 성군(聖君)이었던 순(舜)임금 중화(重華)님의 신령과 함께 천제가 거주하는 곳 옥수(玉樹) 밭을 노닐며, 천제의 원포(園圃)라는 곤륜산에 올라가 요포(瑤圃)의 옥수에 핀 꽃을 따먹으리라. 그리하여 하늘과 땅과 마찬가지로 오래오래 수명 누리고, 해와 달과 마찬가지로 빛을 내고 싶다.(4~7)

내가 유배 와 있는 이곳 강남(江南)의 이민족들은 나를 알지 못할 것이라 슬퍼하면서, 새벽에 길을 떠나 나는 장강과 상수(湘水)를 건넜다. 악수(鄂水) 가운데 있는 작은 섬에 올라가 뒤를 돌아다보니, 아아 지금은 이미 초봄인데 가을과 겨울의 차가운 여풍(餘風)이 불어와 아직도 춥다. 내 말을 산기슭의 물가로 걸어서 가게 하고, 내 수레를 큰 숲에 다다르게 하여 이곳에 묵었다.(8~10)

지붕이 있고 창이 달린 작은 배를 타고 나는 원수(沅水)를 거슬러 올라가며, 오나라에서 만든 노를 가지런하게 일제히 들어 물결을 쳐 노를 젓는다. 그러나 배는 머뭇머뭇 배회만 하고 나아가지 않고, 소용돌이치는 물에 붙들려 가지 못하고 있어 나는 사실 더 이상 멀리 가고 싶지 않다.(11~12)

아침에 왕저(枉陼)를 출발하여, 저녁에 진양(辰陽)에 닿아 묵었다. 만약 내 마음만 바르고 공명정대하다면, 비록 내가 멀리 떨어진 외딴 곳에 유배될지라도 무슨 상관이겠는가?(13~14)

원수 상류의 심산(深山)에 있는 서포(溆浦)에 들어가 맴돌며 서성이다가, 길을 잃고 나는 어디로 가야 할지 모르겠다. 이곳은 깊은 숲속 어둡고 캄캄하여 아무것도 안 보이는데, 원래 갖가지 원숭이들이 사는 곳이다.(15~16)

산은 험준하고 높아 해를 가리고, 산아래 골짜기 안은 어둡고 비가 많이 내린다. 때로는 싸라기눈이나 눈보라가 흩날려 일망무제(一望無際)하고, 때로는 구름이 자욱하게 끼어 하늘을 덮고 처마에 이어져 있다.(17~18)

내 생활에는 조그마한 즐거움도 없어 슬퍼지고, 단지 이 외딴 산중 깊숙이 홀로 살고 있다. 나는 역시 처음에 먹은 마음을 바꾸어 세속에 따라 살아갈 수 없는 성품이기에, 근심과 괴로움에 일생 곤궁하게 지내게 마련이다.(19~20)

초나라 은인(隱人) 접여(接輿)는 광인처럼 스스로 머리를 잘라 산발하고 노래부르며 거리를 다니고, 옛날의 은인 상호(桑扈)는 야만인처럼 의관 없이 알몸으로 다녀 세상을 피했다. 충신이라고 해서 반드시 쓰여진다고 할 수는 없고, 현인이라고 해서 반드시 그 뜻이 받아들여진다고 할 수는 없다. 그러기에 오왕(吳王) 부차(夫差)의 신하 오자서(伍子胥)는 충신인데도 오왕에게 벌월(伐越)을 간하다가 죽음을 당하여 그 시체가 강에 던져졌고, 은(殷)나라 주왕(紂王)의 숙부 비간(比干)은 현인인데도 주왕의 악정을 간하다가 죽음을 당하여 그 시체가 소금에 절여지는 극형을 받았다.(21~23)

충신이나 현인이 받아들여지지 않는 것은 먼 옛날에도 똑같이 다 그러했는데, 나는 어찌해서 요즘의 임금만을 무도하다고 원망하겠는가? 나는 정도를 지켜 행동에 주저함이 없이 살아, 겹친 암흑 속에 광명 없는 생활로 이 삶을 끝내리라.(24~25)

마지막 끝맺는 말은…… 난새·봉황새와 같은 영조(靈鳥)가, 나날이 멀리 떠나듯 현인·군자들은 하루하루 임금님 곁을 멀리 떠난다. 제비·참새·까마귀·까치와 같은 작은 새들이, 집안의 큰방과 안뜰에 둥지를 틀 듯 간사한 소인배들이 조정에 가득하다.(26~28)

서향화(瑞香花)와 백목련, 이와 같은 향기로운 꽃나무가 숲에서 죽듯 선인들은 견뎌내지 못한다. 생선 비린 것이나 비계 비린 것 등 악취나는 것이 쓰이듯 악인들만 등용되어, 향기 같은 깨끗한 것은 가까이할 수 없듯 청렴결백한 사람은 용납되지 않는다.(29~30)

음과 양의 자리가 바뀌어 자연현상의 움직임이 반대가 되듯 초나라 상황은 소인들이 조정에 있고 현인들이 초야에 묻혔으며, 시간이 맞지 않듯 시세(時世)가 도리에 맞지 않는다. 충성심을 가슴에 안고 낙망하여 멍청히 서 있으며, 언뜻 나는 세상을 버리고 멀리 떠나가 숨어 버리고 싶어진다.(31~32)

(解說) 〈애영(哀郢)〉과 함께 경양왕(頃襄王) 때 진(秦)나라와 초나라가 다시 국교를 트고 굴원이 재차 방축되어 강남으로 유랑할 때의 작품이다. 장강을 건너 원수(沅水)를 서상(西上)해서 심산에 들어가 혼자 사는 유암고수(幽暗苦愁)의 심경을 노래하고 있는데, 이 작품에 나오는 역정(歷程)으로 보아 〈애영〉의 속편에 해당한다 하겠다.

왕일의 《초사장구》에서는 이 작품을 '자신의 복장이 다른 사람과 다르고 뜻이 높으나 알아주는 사람이 없어 장강 위를 배회하며, 소인이 등용되고 군자가 해를 당함을 한탄한다'고 했다. 즉 어렸을 적부터 기복(奇服)을 좋아하는 성품은 이미 늙은 후에도 변함이 없이 세속을 초월한 고귀한 정신을 품고 멀리 신유(神遊)하는 낭만적인 상념을 서술했으며, 그리고 산중의 우울하고 고독한 생활을 슬퍼하고 소인배들 때문에 현인이 해를 당하는 것을 탄식하며 드디어 은사(隱士)로서 멀리 떠나려고 결심하는 마음을 그렸다.

3. 哀郢(애영) 영도(郢都)를 그리며

황천지불순명혜 하백성지진건
1. 皇天之不純命兮 何百姓之震愆

민이산이상실혜 방중춘이동천
2. 民離散而相失兮 方仲春而東遷

거고향이취원혜 준강하이유망
3. 去故鄉而就遠兮 遵江夏以流亡

출국문이진회혜 갑지조오이행
4. 出國門而軫懷兮 甲之鼂吾以行

발영도이거려혜 황홀기언극
5. 發郢都而去閭兮 荒忽其焉極

즙제양이용여혜 애견군이부재득
6. 楫齊揚以容與兮 哀見君而不再得

망장추이태식혜 체음음기약산
7. 望長楸而太息兮 涕淫淫其若霰

과하수이서부혜 고용문이불견
8. 過夏首而西浮兮 顧龍門而不見

심선원이상회혜 묘부지기소척
9. 心嬋媛而傷懷兮 眇不知其所蹠

순풍파이종류혜 언양양이위객
10. 順風波以從流兮 焉洋洋而爲客

능양후지범람혜 홀고상지언박
11. 淩陽侯之氾濫兮 忽翶翔之焉薄

심괘결이불해혜 사건산이불석
12. 心絓結而不解兮 思蹇産而不釋

장운주이하부혜 상동정이하강
13. 將運舟而下浮兮 上洞庭而下江

거종고지소거혜 금소요이내동
14. 去終古之所居兮 今逍遙而來東

강영혼지욕귀혜 하수유이망반
15. 羌靈魂之欲歸兮 何須臾而忘反

배하포이서사혜 애고도지일원
16. 背夏浦而西思兮 哀故都之日遠

등대분이원망혜 요이서오우심
17. 登大墳以遠望兮 聊以舒吾憂心

애주토지평락혜 비강개지유풍
18. 哀州土之平樂兮 悲江介之遺風

당능양지언지혜 묘남도지언여
19. 當陵陽之焉至兮 淼南渡之焉如

증부지하지위구혜 숙양동문지가무
20. 曾不知夏之爲丘兮 孰兩東門之可蕪

심불이지장구혜 우여수기상접
21. 心不怡之長久兮 憂與愁其相接

유영로지요원혜 강여하지불가섭
22. 惟郢路之遼遠兮 江與夏之不可涉

홀약거불신혜 지금구년이불복
23. 忽若去不信兮 至今九年而不復

참 울 울 이 불 통 혜　　건 차 체 이 함 척
24. 慘鬱鬱而不通兮　蹇侘傺而含感

외 승 환 지 작 약 혜　　심 임 약 이 난 지
25. 外承歡之汋約兮　諶荏弱而難持

충 잠 잠 이 원 진 혜　　투 피 리 이 장 지
26. 忠湛湛而願進兮　妒被離而鄣之

요 순 지 항 행 혜　　요 묘 묘 이 박 천
27. 堯舜之抗行兮　瞭杳杳而薄天

중 참 인 지 질 투 혜　　피 이 부 자 지 위 명
28. 衆讒人之嫉妒兮　被以不慈之僞名

증 온 륜 지 수 미 혜　　호 부 인 지 강 개
29. 憎慍惀之修美兮　好夫人之忼慨

중 첩 접 이 일 진 혜　　미 초 원 이 유 매
30. 衆踥蹀而日進兮　美超遠而逾邁

난 왈
31. 亂曰

만 여 목 이 유 관 혜　　기 일 반 지 하 시
32. 曼余目以流觀兮　冀壹反之何時

조 비 반 고 향 혜　　호 사 필 수 구
33. 鳥飛反故鄉兮　狐死必首丘

신 비 오 죄 이 기 축 혜　하 일 야 이 망 지
34. 信非吾罪而棄逐兮　何日夜而忘之

하늘의 명(命)이 무상하여, 얼마나 백성을 공포와 범죄로 동요시켰는가

백성 흩어지고 서로 헤어져, 마침 중춘의 봄에 동쪽으로 가노라

고향을 버리고 멀리 가려, 강수와 하수 따라 방랑하고

국도(國都)의 성문 나설 때 마음 아파하며, 갑일(甲日) 아침에 나는 떠나가노라

영도를 나서서 마을 문을 떠나며, 정신이 없어 이 길 어디 가 끝날지 몰라라

노를 모두 올려 천천히 배회하며, 다시는 임금님 뵈올 수 없음을 슬퍼하노라

높다란 가래나무 바라보고 한숨쉬며, 눈물 한없이 흘러 안개 같고

하수를 지나 서쪽에서 떠내려오며, 용문을 돌아보니 이젠 아니 보여라

애틋한 마음에 가슴아프고, 멀고 먼 길 발 붙일 곳 몰라라

바람결 따라 물결 흐르는 대로, 이제 갈 곳 없는 나그네 되었어라

파도가 넘쳐흐르는 것을 타고, 홀연 날아서 어디 가 머물까

마음의 울적함 풀리지 않고, 생각이 엉키어 트이지 않아라

배를 움직여 아래로 떠내려가, 동정호로 올라갔다가 대강(大江)으로 내려가고

예로부터 살던 곳을 버리고, 지금 정처없이 동쪽에 왔노라

아아 영혼은 돌아가고파, 어이 잠시인들 돌아갈 것을 잊으랴

하포를 등지고 서쪽 생각을 하며, 나날이 고향 멀어짐이 슬퍼라

강가 큰 언덕에 올라 멀리 바라보며, 잠시 내 시름 부드럽게 풀어보노라

땅 넓고 즐거운 생활 보아도 슬프고, 강변의 오랜 풍습 보아

도 서러워라

능양 쪽으로 가서는 어디로 가나, 아득히 넓은 강 남으로 건너 어디로 가나

하수가 언덕 되리라곤 생각해 보지 못했고, 누군들 두 동문을 황폐시킬 수 있으랴

마음이 즐겁지 못한 지 오래이고, 근심과 슬픔이 끊이지 않고 이어지도다

영도로 가는 길은 요원하고, 대강과 하수는 건널 수 없어라

떠나 있다고는 갑자기 믿어지지 않는데, 지금까지 9년이 되도록 돌아가지 못하고

마음 아프고 답답해도 트이지 않아, 아아 멍청히 서서 슬픔 머금을 뿐

겉만 환심사려 곱게 보이면, 진정 나약한 마음 지탱하기 어렵고

충직한 진심 지닌 이 나아가고 싶어도, 질투하는 사람들 몰려와 방해하누나

요순의 고상한 행위, 환하여 아스라이 하늘에 닿는데도

뭇 참언하는 사람들 질투에, 무자비하다는 악명 입었어라

착해도 나타내지 못하는 사람의 아름다운 행위 미워하고, 저 사람들의 분개하는 것만 좋아하여

저들은 거침없이 날로 나아가는데, 착한 이는 아득히 멀리 떠나가누나

난사(亂辭)에 이르기를

내 눈을 멀리 향해 둘러보며, 한번 돌아가고 싶지만 언제일까

새는 날아 고향으로 돌아가고, 여우는 죽으면 꼭 옛 언덕 향

해 눕는데

진정 내 죄 아닌데도 쫓겨나, 낮이나 밤이나 어이 잊으랴

(語釋) ㅇ哀郢(애영)－영도(郢都)를 그리워하며 애통해하다. 영(郢)은 초나라 서울로, 지금의 호북성(湖北省) 강릉현(江陵縣) 동북쪽에 있었다. ㅇ皇天(황천)－하늘. 초나라 임금을 은유(隱喩)하고 있다. ㅇ不純命(불순명)－천명(天命)이 정상적이지 못하다. ㅇ百姓(백성)－일반 국민. 주로 농민을 말한다. 장기(蔣驥)는, 백성이란 하늘을 향해 자기 자신을 가리켜 하는 말이라 했다. 이 경우 백성을 제2구의 민(民)과 함께 굴원의 자칭으로 볼 수 있다. ㅇ震愆(진건)－공포와 죄. ㅇ仲春(중춘)－음력 2월. ㅇ東遷(동천)－동쪽으로 가다. 장기의 설에 의하면 굴원이 강남(江南)에 유배되어 능양(陵陽)으로 갔는데, 그곳이 영도에선 동쪽에 해당한다고 했다. ㅇ江夏(강하)－대강(大江)과 하수(夏水). 대강은 양자강을 말하고, 하수는 강릉(江陵) 동남쪽에서 대강으로부터 나뉘어져 동쪽으로 흘러 한수(漢水)와 합치고 다시 대강으로 흘러들어간다. 대강과 갈라진 곳을 하수(夏首)라 하는데 영도에 접근해 있다. ㅇ流亡(유망)－정처없이 방랑하다. ㅇ國門(국문)－영도의 성문. ㅇ軫懷(진회)－마음아프다. 진(軫)은 아프다는 뜻이다. ㅇ甲之鼂(갑지조)－갑일(甲日) 아침. 갑(甲)은 일간(日干)에 갑(甲)자가 드는 날을 말하고, 조(鼂)는 조(朝)의 고자(古字)이다. ㅇ閭(려)－마을의 문. 향리를 가리킨다. ㅇ荒忽(황홀)－마음이 공허하게 멍청한 모양. 즉 황홀(恍惚). ㅇ極(극)－끝나다. ㅇ楫齊揚(즙제양)－노를 일제히 올리다. 노를 젓지 않음을 나타내는 말이다. ㅇ容與(용여)－천천히 배회하며 나아가지 않다. ㅇ長楸(장추)－키가 큰 가래나무. 낙엽교목의 일종으로, 영도 성내에 있던 나무이겠다. ㅇ淫淫(음음)－끝없이 흐르는 모양. ㅇ夏首(하수)－하수(夏水)가 대강(大江)과 갈라진 곳으로, 영도에 접근해 있다. 제3구 참조. ㅇ西浮(서부)－서쪽에서 떠내려오다. 이 낱말에 대한 풀이는 고래로 가지각색이다. 앞에서 이미 동쪽으로 간다는 말이

나왔으므로, 여기서는 왕일의 설〔從西浮而東行〕에 따라 풀이했다. ㅇ龍門(용문)－영도의 동쪽 성문. 영도의 동문은 둘이 있어 뒤에 '양동문(兩東門)'이란 말이 나오고(20), 또 용문은 남관삼문(南關三門) 중의 하나를 가리킨다는 설도 있다. ㅇ嬋媛(선원)－마음이 이끌리다. ㅇ眇(묘)－아득히 멀다. 즉 묘(渺). ㅇ蹠(척)－다다르다. 소척(所蹠)은 발붙일 곳을 말한다. ㅇ焉(언)－그래서, 비로소. 즉 내(乃). ㅇ洋洋(양양)－넓고 끝이 없는 모양. 여기서는 유랑의 몸으로 돌아갈 곳이 없음을 말한다. ㅇ淩(능)－타다. 무릅쓰다. ㅇ陽侯(양후)－큰 파도. 고대신화에 양후(陽侯)는 복희씨(伏羲氏)의 신하라 했고, 《회남자(淮南子)》〈남명훈(覽冥訓)〉의 주에는 '능양국후(陵陽國侯)인데, 그 나라 가까이의 강에 빠져 죽어 그 신이 큰 파도가 되어 상해를 입히므로, 이를 양후의 물결이라 했다'라 하여, 후세에는 파도를 가리키는 말로 쓰이고 있다. ㅇ焉(언)－어디. ㅇ薄(박)－멎다. 도달하다. 즉 박(泊). ㅇ絓結(괘결)－울적함. ㅇ蹇産(건산)－굽어 펴지지 않는 모양. ㅇ洞庭(동정)－지금의 호남성(湖南省) 동북쪽에 있는 호수로서, 물길이 장강(長江)으로 통한다. ㅇ江(강)－장강·대강(大江), 즉 양자강(揚子江)이다. ㅇ終古(종고)－옛날. ㅇ須臾(수유)－잠시. ㅇ反(반)－돌아가다. ㅇ夏浦(하포)－하구(夏口)의 나루. ㅇ西思(서사)－서쪽에 있는 영도를 생각하다. ㅇ墳(분)－강변의 언덕. ㅇ舒(서)－느슨하게 하다. 부드러워지다. ㅇ州土(주토)－강변의 땅. ㅇ平(평)－땅이 넓음을 말한다. ㅇ樂(락)－그 고장 사람들의 중요한 생활의 즐거움을 말한다. ㅇ江介(강개)－강 사이. 강변의 뜻으로 개(介)는 계(界)와도 통한다. ㅇ陵陽(능양)－지금의 안휘성(安徽省) 선성현(宣城縣)에 있던 지명으로, 대강(大江) 남쪽에 있고 그곳에 있는 능양산(陵陽山)에서 따온 이름이다. ㅇ淼(묘)－수면이 아득하게 넓은 모양. ㅇ如(여)－가다. ㅇ蕪(무)－풀이 제멋대로 자라 황폐해지다. ㅇ怡(이)－기쁘다. 즐겁다. ㅇ郢路(영로)－영도로 가는 길. ㅇ去(거)－영도를 떠나다. ㅇ不信(불신)－자신이 영도를 떠나 있음이 믿어지지 않다. ㅇ九年(구년)－여러 해. 구(九)를 실수로 보아 이 작품의 제작연대를 추정하는 예가 많으나, 여기서는 부정지수(不定之數)로 보아 많다는 뜻으로 풀이한다. ㅇ蹇(건)－아아. 탄식하는 말이다. ㅇ侘傺(차제)－낙망하는 모양. 멍청하게 서 있다. ㅇ慼(척)－슬픔. ㅇ承歡(승환)－임금의 환심을 받다. 마음에 들려고 하다. ㅇ汋約(작약)－부드럽고 얌전한 모양. 즉 작약(綽約). 여기서는 아첨하는 모습을 말한다. ㅇ諶(심)－진실로. ㅇ荏弱(임약)－나약하다. ㅇ忠(충)－진심을 지닌 사람. ㅇ湛湛(잠잠)－묵중한 모양. 조용하고 깊은 모양. ㅇ進(진)－나아가 등용되다. ㅇ被離(피리)－많고 성한 모양. ㅇ鄣(장)－막다. 방해하다. 즉 장(障). ㅇ抗行(항행)－고상한 행위. 항(抗)은 항(亢)과 통하여 높다는 뜻이다. ㅇ薄(박)－닿다. 이르다. ㅇ不慈之僞名(부자지위명)－무자비하다는 악명. 《장자(莊子)》 〈도척편(盜跖篇)〉에 '요임금은 자비롭지 못하고, 순임금은 불효했다(堯不慈, 舜不孝)'고 하여 요·순 같은 대성(大聖)도 비방을 들었으므로, 보통 사람이야 말할 것도 없다는 뜻이다. ㅇ慍惀(온륜)－사려(思慮) 깊고 착한 마음을 지니고 있으면서도 나타내지 못하는 것. ㅇ修美(수미)－착하고 아름다운 행위. 수(修)는 선(善)과 통한다. ㅇ夫人(부인)－저 사람들. 소인배를 가리킨다. ㅇ忼慨(강개)－감정만은 불의를 보고 분개하는 듯 대단한 태도. ㅇ踥蹀(첩접)－발걸음 가볍게 걷다. 거침없이 나아가다. ㅇ美(미)－수미(修美)한 사람. ㅇ逾邁(유매)－성큼성큼 걸어 떠나다. ㅇ曼(만)－멀리 향하고 보다. ㅇ流觀(유관)－사방을 둘러보다. ㅇ壹反(일반)－한번 돌아가다. ㅇ故鄕(고향)－새의 고향을 말한다. ㅇ首丘(수구)－옛 보금자리가 있는 언덕 쪽으로 머리를 향하고 눕다. 사람이 자기 근본을 잊지 않고 조국이나 고향을 그리워한다는 의미의 속담이다. ㅇ信(신)－진실로. ㅇ棄逐(기축)－버림받고 쫓겨나다.

(大意) 천명(天命)이 무상(無常)하여 시후(時候)가 불순하면 만물이 제대로 생육하지 못해 흉황(凶荒)이 들 듯, 임금의 정치가 정상을 잃

어 백성은 얼마나 공포에 떨고 범죄에 빠져 걱정하였던가? 백성들은 뿔뿔이 흩어져 친지를 잃고 서로 헤어져, 나는 이 봄날 2월에 강남(江南)에 유배되어 서울인 영도를 떠나 동쪽으로 갔다.(1~2)

고향인 서울 영도를 버리고 먼 곳으로 떠나가려고 하여, 대강(大江)과 하수(夏水)의 물 따라 정처없이 방랑하고 있다. 영도의 성문을 나설 때 마음 아파하며, 일간(日干)에 갑(甲)자가 든 날 아침에 나는 떠나갔다.(3~4)

영도를 나서며 고향 마을의 문을 떠날 때, 마음이 공허하고 멍청해져 정신이 없고 지금 떠나는 이 유랑의 길이 어디만큼 가야 끝날지 모르겠다. 노를 모두 들어 내가 탄 배 물위를 천천히 맴돌며 차마 떠나지 못하고, 다시는 임금님을 뵈올 수 없다는 것을 생각하면 서럽기 한이 없었다.(5~6)

영도 성내에 높다랗게 보이는 가래나무를 바라보면 긴 한숨 금할 길 없고, 눈물이 한없이 흘러내려 안개가 낀 것 같았다. 영도 근처 하수(夏水)가 대강에서 갈라지는 곳을 지나 배는 서쪽에서 동쪽으로 떠내려오고, 영도의 동문인 용문(龍門)을 돌아다보니 이미 보이지 않았다.(7~8)

마음에 걸리고 걱정되어 애틋한 생각에 상심되고, 요원하게 멀고 먼 길 나는 어디 가서 몸 의지할지 모르겠다. 바람이 부는 대로 물결이 흐르는 대로 타향을 떠도는 몸, 나는 이제 돌아갈 곳 없는 나그네가 되었다.(9~10)

파도의 신인 양후(陽侯)가 넘쳐흐르게 하는 큰 파도를 타고, 나는 홀연 나는 듯이 물위를 흘러 어디 가서 머물게 될지 모르겠다. 나는 늘 마음 속에 무엇인가가 걸린 듯 울적하여 풀리지 않고, 생각도 이리저리 엉키어 가슴이 시원스레 탁 트이지 않는다.(11~12)

나는 배를 저어 아래로 계속 떠내려가서, 대강에서 갈라져 나온 하수가 한수(漢水)와 합쳐 다시 대강으로 흘러들어가는 하구(夏口)에서 동정호를 위로 바라보며 올라갔다가 다시 대강으로 내려갔다. 선조 때부터 오랫동안 살아온 곳 영도를 버리고, 나는 지금 정처없

이 떠돌아 동쪽에 왔다.(13~14)

아아 내 넋은 언제나 고향으로 돌아가고파, 어찌 한순간인들 돌아갈 것을 잊을 수 있겠는가? 하구의 나루를 등뒤로 하고 서쪽에 있는 영도를 생각하며, 고향이 나날이 멀어지는 것을 슬퍼한다.(15~16)

강가의 높은 언덕에 올라가 멀리 영도 쪽을 바라보며, 잠시나마 내 근심스런 마음을 부드럽게 풀어보고 싶다. 그러나 강변의 이 넓은 땅과 이 고장 사람들의 풍요하고 즐거운 생활을 보면 흉황(凶荒)에 허덕이는 영도 생각에 마음 슬프고, 고대로부터 내려오는 강변의 아름다운 풍습을 보아도 나그네인 나는 슬퍼진다.(17~18)

나는 오랜 유랑 끝에 대강의 남쪽 능양(陵陽) 쪽을 향하여 가고 있는데 거기서 또 어디로 가며, 아득히 넓은 강 남쪽으로 건너서는 어디로 가야 할지 끝이 없다. 내 고향이며 초나라 서울인 영도 부근의 하수가 언덕이 되는 이른바 상전벽해(桑田碧海)와 같은 대변화가 일어나리라곤 생각해보지 못했고, 선왕(先王)이 만든 영도의 두 동문이 풀도 없이 황폐해지는 것 같은 일을 누가 할 수 있겠는가…… 그런 일이 있어서는 안될 것인데도 임금이 어둡고 무능하여 나라가 자꾸만 황폐해 간다.(19~20)

내 마음은 이미 오래도록 즐겁지 못하고, 근심과 슬픔이 연속해 이어져 끊일 줄을 모른다. 영도로 돌아가고 싶어도 그 길 멀고도 멀고, 방축된 몸이라 대강과 하수를 건너 고향으로 돌아갈 수가 없다.(21~22)

갑자기 마음 속에는 내가 영도를 떠나 있다고 믿어지지 않는 것 같은데, 사실은 지금까지 여러 해가 지나도록 한번도 돌아가지 못하고 있다. 내 마음이 아프고 답답하게 맺혀 있어도 호소할 길 없어 트이지 않아, 아아 낙망스런 마음에 멍청히 서서 슬픔만 안고 있을 뿐 입밖에 내지는 않는다.(23~24)

소인배들이 겉으로만 유순하고 곱게 보여 임금의 환심을 사려고 아첨을 떨면, 진정 마음 나약한 임금님은 간신들에게 속아 자신을 지탱하기 어려워진다. 이 마음 속 깊이 진심을 지닌 충성스런 사람 내가 임금님 곁에 나아가 등용되고 싶어도, 질투심에 가득찬 저 소인배들이 수없이 몰려와 나를 가로막고 방해한다.(25~26)

요(堯)임금・순(舜)임금의 그 고상하고 뛰어난 행위, 환하게 빛이나 그 광명의 고원(高遠)함이 저 멀리 하늘에까지 가 닿을 정도였다. 그러나 수많은 참언하는 사람들의 질투에, 요임금은 무자비하고 순임금은 불효했다는 악명을 입었으니…… 이처럼 요・순 같은 대성(大聖)도 비방을 당하는데 나 같은 사람이야 말할 것도 없다.(27~28)

임금께선 사려(思慮) 깊고 착한 마음 지니고 있으면서도 나타내지는 못하는 사람의 착하고 아름다운 행위는 싫어하고, 저 소인배들이, 감정만 불의에 분개하는 듯이 대단한 척하는 것을 좋아한다. 그 때문에 소인배들은 거침없이 나아가 나날이 등용되고, 훌륭한 인물은 도리어 아득히 먼 곳으로 떠나간다.(29~30)

마지막 끝맺는 말은……내 눈을 아득히 먼 곳으로 향하여 사방을 둘러보며, 고향으로 한번 돌아가고 싶지만 그때가 언제일까? 새는 때가 되면 날아서 제 고향으로 돌아가고, 여우는 죽을 때 반드시 옛 보금자리가 있는 언덕 쪽으로 머리를 향하고 눕는데, 사람은 제 근본을 잊지 못하고 고향을 그리워한다. 나는 진정 내 죄가 아니었는데도 버림을 받고 쫓겨나, 밤이나 낮이나 어느 하루도 고향 영도를 잊을 수가 없다.(31~34)

(解說) 〈섭강〉과 함께 굴원이 강남(江南)으로 재차 방축되었을 때의 작품이다. 이 작품의 제작연대를 두고 여러 학설이 대립되고 있는데, 우선 작품 가운데에 지금까지 9년이 되도록 돌아가지 못하고, 즉 '지금구년이불복(至今九年而不復)'(23)이라는 구절이 나오는 것으로 보아 강남에 도착하여 9년이라는 긴 세월 동안 왕명을 기다리다가 영도(郢都)를 그리워하며 지은 것이라는 학설과, 특히 근래의 주장으로서 경양왕 21년(기원전 278) 진장(秦將) 백기(白起)가 영도를

공격하여 함락시킨 후의 것이라는 학설이 가장 강력하다. 그러나 전자는 9년의 9를 실수로 보는 것보다 부정지수(不定之數)로 보아 방축 후 여러 해가 지났다는 뜻으로 풀이함이 옳은 것 같고, 후자는 작품 가운데 전쟁의 참담함이라든가 진병(秦兵)의 강포(强暴)함 등 침략전쟁을 증오하는 말이 전혀 보이지 않는 것으로 보아 이는 영도 함락사건과 관계가 없음을 알 수 있다.

왕일의 《초사장구》에서는 이 작품을 '굴원이 비록 방축되었지만 마음은 초나라에 있어 배회하며 차마 떠나지 못하고 있으나 참소·아첨하는 무리들에 가려 임금을 보고파도 볼 수 없으므로, 태사공(太史公)이 〈애영〉을 읽고 그 뜻을 슬퍼했다'고 했다. 강남에 유배되어 처음 유랑의 길을 떠날 때의 정경과 당시의 경로, 그리고 오랜 유배 끝에 나라를 걱정하고 돌아가고 싶어하는 마음이 그려져 있다.

또한 이 작품은 장기(蔣驥)의 《산대각주초사(山帶閣注楚辭)》에서 '〈애영〉은 영도를 출발하여 능양(陵陽)에 이르기까지 모두 서쪽에서 동쪽으로 간 것을, 〈섭강〉은 악저(鄂渚)에서 서포(溆浦)로 들어간 것, 곧 동북쪽에서 서남쪽으로 간 것을 그린 것으로, 능양에 이미 방축된 후의 일이다'라고 했듯, 〈섭강〉과 함께 굴원의 강남 유배시의 역정(歷程)을 살피는 데 가장 중요한 문헌이 되기도 한다. 다만 원본의 작품 배열 순서가 〈섭강〉 다음에 〈애영〉을 넣고 있으나, 내용상으로 본 순서는 〈애영〉이 〈섭강〉보다 먼저이다.

추 사

4. 抽 思 생각을 나타내어

심 울 울 지 우 사 혜 　 독 영 탄 호 증 상

1. 心鬱鬱之憂思兮　獨永歎乎增傷

사 건 산 지 불 석 혜 　 만 조 야 지 방 장

2. 思蹇產之不釋兮　曼遭夜之方長

비 추 풍 지 동 용 혜　　하 회 극 지 부 부
3. 悲秋風之動容兮　何回極之浮浮

수 유 손 지 다 노 혜　　상 여 심 지 우 우
4. 數惟蓀之多怒兮　傷余心之懮懮

원 요 기 이 횡 분 혜　　남 민 우 이 자 진
5. 願搖起而橫奔兮　覽民尤以自鎭

결 미 정 이 진 사 혜　　교 이 유 부 미 인
6. 結微情以陳詞兮　矯以遺夫美人

석 군 여 아 성 언 혜　　왈 황 혼 이 위 기
7. 昔君與我誠言兮　曰黃昏以爲期

강 중 도 이 회 반 혜　　반 기 유 차 타 지
8. 羌中道而回畔兮　反旣有此他志

교 오 이 기 미 호 혜　　남 여 이 기 수 과
9. 憍吾以其美好兮　覽余以其修姱

여 여 언 이 불 신 혜　　개 위 여 이 조 노
10. 與余言而不信兮　蓋爲余而造怒

원 승 한 이 자 찰 혜　　심 진 도 이 불 감
11. 願承閒而自察兮　心震悼而不敢

비 이 유 이 기 진 혜　　심 달 상 지 담 담
12. 悲夷猶而冀進兮　心怛傷之憺憺

자 역 정 이 진 사 혜　　손 양 습 이 불 문
13. 茲歷情以陳辭兮　蓀詳聾而不聞

고 절 인 지 불 미 혜　　중 과 이 아 위 환
14. 固切人之不媚兮　衆果以我爲患

초 오 소 진 지 경 저 혜　　기 지 금 기 용 망
15. 初吾所陳之耿著兮　豈至今其庸亡

하 독 락 사 지 건 건 혜　　원 손 미 지 가 완
16. 何獨樂斯之謇謇兮　願蓀美之可完

망 삼 오 이 위 상 혜　　지 팽 함 이 위 의
17. 望三五以爲像兮　指彭咸以爲儀

부 하 극 이 부 지 혜　　고 원 문 이 난 휴
18. 夫何極而不至兮　故遠聞而難虧

선 불 유 외 래 혜　　명 불 가 이 허 작
19. 善不由外來兮　名不可以虛作

숙 무 시 이 유 보 혜　　숙 부 실 이 유 확
20. 孰無施而有報兮　孰不實而有穫

소 가 왈
21. 少歌曰

여 미 인 추 사 혜　　병 일 야 이 무 정
22. 與美人抽思兮　幷日夜而無正

교 오 이 기 미 호 혜　　오 짐 사 이 불 청
23. 憍吾以其美好兮　敖朕辭而不聽

창 왈
24. 倡曰

유 조 자 남 혜　　내 집 한 북
25. 有鳥自南兮　來集漢北

호 과 가 려 혜　　반 독 처 차 이 역
26. 好姱佳麗兮　牉獨處此異域

기 경 독 이 불 군 혜　　우 무 양 매 재 기 측
27. 旣惸獨而不羣兮　又無良媒在其側

도 탁 원 이 일 망 혜　　원 자 신 이 부 득
28. 道卓遠而日忘兮　願自申而不得

망 북 산 이 유 체 혜　　임 유 수 이 태 식
29. 望北山而流涕兮　臨流水而太息

망 맹 하 지 단 야 혜　　하 회 명 지 약 세
30. 望孟夏之短夜兮　何晦明之若歲

유 영 로 지 요 원 혜　　혼 일 석 이 구 서
31. 惟郢路之遼遠兮　魂一夕而九逝

증 부 지 로 지 곡 직 혜　　남 지 월 여 열 성
32. 曾不知路知曲直兮　南指月與列星

원 경 서 이 미 득 혜　　혼 식 로 지 영 영
33. 願徑逝而未得兮　魂識路之營營

하 영 혼 지 신 직 혜　　인 지 심 불 여 오 심 동
34. 何靈魂之信直兮　人之心不與吾心同

이 약 이 매 불 통 혜　　상 부 지 여 지 종 용
35. 理弱而媒不通兮　尚不知余之從容

난 왈
36. 亂曰

장 뢰 단 류　　소 강 담 혜
37. 長瀨湍流　泝江潭兮

광 고 남 행　　요 이 오 심 혜
38. 狂顧南行　聊以娛心兮

진 석 위 외　　건 오 원 혜
39. 軫石威嵬　蹇吾願兮

초 회 지 도　　행 은 진 혜
40. 超回志度　行隱進兮

저 회 이 유　　숙 북 고 혜
41. 低佪夷猶　宿北姑兮

번 원 무 용　　실 패 조 혜
42. 煩冤瞀容　實沛徂兮

수 탄 고 신　　영 요 사 혜
43. 愁歎苦神　靈遙思兮

노 원 처 유　　우 무 행 매 혜
44. 路遠處幽　又無行媒兮

도 사 작 송　요 이 자 구 혜
45. 道思作頌　聊以自救兮

우 심 불 수　사 언 수 고 혜
46. 憂心不遂　斯言誰告兮

마음 답답하고 근심스런 생각에, 홀로 긴 한숨 쉬며 더욱 가슴 아프고

생각이 엉키어 트이지 않아, 마침 긴긴 밤 정말 길어라

가을바람에 초목의 빛깔 변하는 것 슬퍼라, 천극(天極)을 돌리는 축(軸)은 어이 그리 급한가

임이 자주 노하심을 몇 번이고 생각하면, 내 마음의 괴로움이 가슴 아파라

급히 일어나 아무데나 가버리고 싶어도, 백성의 재난 보고 스스로를 억제하고

하찮은 마음이나마 글로 나타내어, 그 임에게 받들어 보내리라

옛날 임께서 내게 약속하길, 저녁에 만나자고 기약하더니

아아 도중에 돌아서서, 도리어 딴 마음 가지실 줄이야

나에게 아름다움을 자랑하고, 나에게 착함을 보여줌은

나와 약속하고 신의 지키지 않은 것이, 내 탓이라며 노여워하신 때문이어라

틈을 타서 스스로를 밝혀두고 싶어도, 마음 떨리고 아파 감히 못하고

서러워하고 주저하면서도 나아가고 싶지만, 애통한 마음 불안으로 흔들려라

여기 진정을 늘어놓아 글로 나타내어도, 임은 귀머거리인 양

듣지 않고

진정 진실한 인간 아첨하지 않는데도, 뭇사람들 과연 나를 귀찮게 여기누나

처음에 내가 한 말 분명한데, 어이 이제 와 잊을 수 있겠는가

왜 홀로 이 충직한 말 즐겨 할까, 임의 미덕 완전해지길 바라서여라

삼황오제를 바라 본보기 삼고, 팽함을 가리켜 법칙을 삼자

그 어느 끝인들 이르지 못하랴, 그러기에 멀리 퍼져 좀처럼 손상되지 않으리라

선행이 밖에서 오는 것 아니고, 명성이 겉으로 이루어질 수 없어라

누가 은혜 베풀지 않는데 보답하며, 누가 열매 맺지 않았는데 거둬들이랴

소가(少歌)에 이르기를,

임에게 생각을 나타내어, 낮과 밤 계속해도 시비 가릴 증거 없어라

나에게 자기 아름다움만 자랑하고, 거만 떨며 내 말은 들어주지 않누나

노래하여 이르기를

남쪽에서 온 새, 한수 북쪽에 와 머물고

모습 훌륭하고 아름다운데, 홀로 헤어져 이 낯설은 땅에 사노라

의지 없이 홀로 무리를 떠나있고, 좋은 중매도 곁에 없구나

길은 아득히 멀어 날로 잊혀지고, 스스로 진정(陳情)하고 싶어도 할 수 없어라

북산을 바라보며 눈물 흘리고, 흐르는 물에 가 한숨 쉬노라

초여름의 짧은 밤이길 바라는데, 어이해서 하루 밤이 1년처럼 긴가

영도에의 길은 아득한데, 넋은 하루 밤에도 아홉 번이나 가노라

길이 굽었는지 곧았는지도 모르면서, 남으로 달과 별들을 가리키며

곧장 가고파도 가지 못하고, 넋만 길을 알아 오고가노라

어이해 넋은 정직하기만 한가, 사람의 마음 내 맘과 다른데

중매는 약해서 통하지 않고, 아직도 내 모습 몰라주누나

난사(亂辭)에 이르기를,

얕게 흐르는 기다란 여울의 급류, 대강(大江)의 심연(深淵)으로 거슬러 올라가

미친 듯이 남쪽을 돌아보고 가며, 조금은 마음을 달래보노라

모난 돌이 우뚝 솟아, 나의 소원 이루기 어려워

뜻도 태도도 바꾸고, 가려 해도 마음아파라

배회하며 머뭇거리다가, 북고에 묵었으나

괴로운 마음 흐트러진 몰골, 진정 물 흐르듯 가고 싶어라

근심과 한숨으로 정신 괴롭히고, 영혼은 아득한 곳 생각하고

길은 멀고 사는 곳 외진데다, 중매해 줄 사람도 없어라

길을 가면서 노래 지어, 조금은 스스로를 위로하려 해도

근심스런 마음 이루어지지 않아, 이 말을 누구에게 고할까?

(語釋) ㅇ抽思(추사)－마음에 생각하고 있는 것을 나타내다. 추(抽)는 뽑아낸다는 뜻이다. ㅇ蹇産(건산)－굽어 펴지지 않는 모양. 즉 마음이 맺혀 개운치 않음을 말한다. ㅇ曼(만)－긴 모양. ㅇ動容(동용)－안색을 변하다. 곧 가을바람에 초목의 색깔이 바뀜을 말한다. ㅇ回極

(회극)－천극(天極)이 회전하는 하늘의 추축(樞軸). 그 회전에 따라 기상이 변화 이동하는 것이다. 이 낱말의 풀이는 학자에 따라 여러 가지이다. 즉 풍혈(風穴)이라는 설, 가을바람이 불어 돌아서 이른다는 설, 또는 사극(四極)의 잘못이라는 설이 그것이다. ㅇ浮浮(부부)－황급한 모양. 움직이고 도는 것이 빠름을 말한다. ㅇ數惟(수유)－몇 번이고 생각하다. ㅇ蓀(손)－창포. 전(荃)과 마찬가지로 임금을 비유하는 향초이다. ㅇ慢慢(우우)－괴롭고 슬픈 모양. ㅇ搖起(요기)－급히 일어나다. 요(搖)는 방언으로 질(疾)의 뜻이다. ㅇ横奔(횡분)－일체를 상관하지 않고 마음대로 떠나가다. ㅇ民尤(민우)－사람들의 재난. 국정이 문란해서 백성이 무고하게 괴로움 당함을 말한다. ㅇ自鎭(자진)－스스로 억제하다. ㅇ矯(교)－올리다. 바치다. ㅇ遺(유)－드리다. 보내다. ㅇ美人(미인)－임금을 가리키는 말이다. ㅇ誠言(성언)－약속하다. ㅇ爲期(위기)－약속의 시기를 삼다. 옛날에는 저녁에 영친(迎親)을 했기 때문에 황혼이위기(黃昏以爲期)는 혼인을 비유하는 말로 앞의 미인(美人)·군(君) 등과 문맥이 맞고, 이는 회왕(懷王)이 처음에 자기를 가까이하다가 나중에 소원히 한 것을 가리킨다. 〈이소〉의 '초기여여성언혜(初旣與余誠言兮), 후회둔이유타(後悔遁而有他)'(23)는 바로 이 〈추사〉의 제7~8구가 축약된 것이라 할 수 있고, 때문에 어떤 판본에는 앞 두 구절 앞에 '왈황혼이위기혜(曰黃昏以爲期兮), 강중도이개로(羌中道而改路)'란 말이 들어 있기도 하나 잘못이다. ㅇ回畔(회반)－등을 돌리다. 반(畔)은 반(叛)과 같이 쓰였다. ㅇ憍(교)－자랑하다. 즉 교(驕). ㅇ覽(람)－나타내 보여주다. ㅇ修姱(수과)－착하고 아름다움. ㅇ造怒(조노)－화를 내다. ㅇ承閒(승한)－틈이 있을 때. 틈을 타고. 승(承)은 승(乘)과 음의(音義)가 같다. ㅇ察(찰)－밝히다. 변명하다. 즉 명(明). ㅇ震悼(진도)－놀랍고 두려워서 마음이 흔들리고 슬프다. ㅇ夷猶(이유)－주저하다. 즉 유예(猶豫). ㅇ冀進(기진)－나아가고 싶다. ㅇ怛傷(달상)－애통하다. ㅇ憺憺(담담)－불안해서 동요하는 모양. ㅇ玆歷情(자역정)－여기에 진정을 늘어놓다. 역(歷)은 열거한다는

뜻이다. 홍흥조 〈보주(補注)〉에서 역자정(歷玆情)이 옳다고 했는데, 왕일의 《초사장구》에서도 '발차분사(發此憤思)'라고 주석한 것으로 보아 왕일본도 원래는 역자정(歷玆情)으로 되어 있었으리라 여겨진다. 또 〈이소〉에도 '위빙심이역자(喟憑心而歷玆)'(71)라든가 '위궐미이역자(委厥美而歷玆)'(163)라는 구절이 나오고 〈애시명(哀時命)〉에도 '회은우이역자(懷隱憂而歷玆)'라는 구절이 나오는데 모두 역자(歷玆)라 하고 자역(玆歷)이라 한 데는 없다. ㅇ詳聾(양농)—귀머거리인 척하다. 양(詳)은 양(佯)과 통하여 속인다는 뜻이다. ㅇ切人(절인)—간절한 사람, 즉 성실한 인간을 말한다. ㅇ爲患(위환)—재앙으로 여기다. 귀찮다고 생각하다. ㅇ耿著(경저)—밝고 뚜렷하다. ㅇ庸亡(용망)—잊을 수 있다. 용(庸)은 용(容)과 통하고, 망(亡)은 망(忘)과 통한다. 용(庸)을 하(何)의 뜻으로 보는 설도 있으나, 그렇게 되면 위의 기(豈)와 의미가 중복된다. ㅇ蹇蹇(건건)—충직한 모양. 여기서는 귀에 거슬리는 간언(諫言)을 가리킨다. ㅇ三五(삼오)—삼황오제(三皇五帝). 왕일은 삼왕오백(三王五伯) 즉, 하·은·주 3대의 왕과 오패(五覇)로 풀이했다. ㅇ像(상)—본보기. ㅇ彭咸(팽함)—은나라 현신으로, 임금에의 충간(忠諫)이 통하지 않아 물에 빠져 죽었다고 왕일이 말했으나 그 전거(典據)는 확실치 않다. 불로장생의 신선 팽조(彭祖)를 가리킨다고도 한다. 아무튼 굴원이 이상으로 삼았던 인물인 것만은 틀림없다. ㅇ儀(의)—법칙·표준. ㅇ極(극)—먼 끝. 종극(終極)·목표. ㅇ遠聞(원문)—명성이 멀리까지 퍼지다. ㅇ虛作(허작)—헛되게 이루어지다. 사실 없이 만들다. ㅇ施(시)—은혜를 베풀다. ㅇ少歌(소가)—악장(樂章)의 음절 이름으로, 《순자(荀子)》 〈부편(賦篇)〉의 궤시(佹詩)에 나오는 소가(小歌)와 같은 것이다. 이 소가는 앞부분의 의미를 총괄 정리하여 되풀이하는 짤막한 가사를 말한다. ㅇ正(정)—시비를 가릴 증거. 즉 증(證). ㅇ敖(오)—거만한다. 즉 오(傲). ㅇ倡(창)—노래하다. 즉 창(唱). 마기창(馬其昶)의 《초사미(楚辭微)》에서 '처음을 다시 잇는 것'이라 했다. 본래는 합창할 때 먼저 노래하는 것을 말하는데, 여기서는 다시 가락을 바꾸어 노래하는 것이라 여겨진다. ㅇ牉(반)－헤어지다. 무리와 따로 살다. 즉 판(判). ㅇ惸獨(경독)－의지할 곳 없이 고독하다. ㅇ良媒(양매)－좋은 중매쟁이. 여기서는 임금과의 사이를 중개(仲介)해 주는 자기편을 말한다. ㅇ其側(기측)－임금 곁. ㅇ卓遠(탁원)－아득히 멀다. ㅇ北山(북산)－영도(郢都) 북쪽 10리쯤에 있다는 기산(紀山)을 가리킨다. 남산(南山)으로 쓰인 판본도 있는데, 굴원의 유배지인 한북(漢北)에서 보면 남쪽의 산이 된다. ㅇ孟夏(맹하)－초여름. ㅇ晦明(회명)－어두워지기 시작해서 밝을 때까지의 하루 밤. ㅇ徑(경)－곧바로. 직접. ㅇ營營(영영)－왕래하는 모양. ㅇ信直(신직)－거짓이 없고 똑바르다. ㅇ人(인)－임금, 곧 회왕을 가리킨다. ㅇ理(이)－결혼을 중매하는 사람. 여기서 이(理)와 매(媒)를 함께 쓴 것은 문의(文意)를 더 강하게 나타내기 위해서였을 것이다. ㅇ從容(종용)－얌전한 모양. ㅇ瀨(뢰)－여울. 사석(沙石) 위를 흐르는 얕고 빠른 물을 말한다. ㅇ湍流(단류)－급류. ㅇ泝(소)－거슬러 올라가다. ㅇ潭(담)－심연(深淵). 홍흥조 〈보주(補注)〉에서는 무릉(武陵) 쪽으로 흘러가는 물이름이라 했다. ㅇ軫石(진석)－모가 난 돌. 진(軫)은 수레 뒤쪽의 가로나무인데, 여기서는 그 모양으로 모가 난 것을 뜻한다. ㅇ嵗嵬(위외)－험하게 우뚝 솟다. ㅇ蹇(건)－나아가기 어려운 모양. 앞 구절의 험한 형용을 받아서 자기 원망(願望)이 이루어지기 어려움을 나타냈다. ㅇ超回志度(초회지도)－뜻과 태도를 떠나 방향을 바꾸다. 초(超)는 월(越)·원(遠)의 뜻으로 멀리 떨어져 간다는 뜻이고, 회(回)는 이 작품 앞에서 나온 회반(回畔 : 8)과 같은 뜻이다. 자기의 소망이 이루어지기 어렵기 때문에 의지나 태도를 바꾸려고 한다는 말이다. ㅇ隱(은)－마음아프다. ㅇ低佪(저회)－고개를 숙이고 배회하다. ㅇ北姑(북고)－한북(漢北)에 있는 지명. ㅇ煩冤(번원)－마음의 고민으로 괴로워하다. ㅇ瞀容(무용)－정신이 혼란된 얼굴. ㅇ沛(패)－물결이 흘러가는 모양. ㅇ徂(조)－가다. ㅇ神(신)－정신. ㅇ幽(유)－외따로 떨어져 있다. ㅇ道思(도사)－한편 길을 가며 한편 생각하다. ㅇ自救(자구)－자위하다.

ㅇ不遂(불수)－달성하지 못하다. 수(遂)는 달(達)과 통한다.

(大意) 마음이 답답하게 막히고 근심스런 생각에, 홀로 긴 한숨을 쉬는데 가슴은 더욱 아프기만 하다. 이 생각 저 생각이 머리에 서려 풀리지 않는데, 밤이 마침 긴 때를 만나 정말 더 길게 느껴진다.(1～2)

가을바람이 불어 초목의 색깔이 바뀌는 것을 서러워하며, 천극(天極)을 회전시키는 하늘의 추축(樞軸)이 돌아감에 따라 기상이 변화 이동하는데 그 축은 어이 그리도 급히 돌아 세월이 빨리 흘러가는지 원망스럽다. 회왕(懷王)께서 나에게 노하시는 일이 많은 것을 몇 번이고 생각하노라면, 내 마음의 한없는 괴로움과 슬픔에 가슴 아프다.(3～4)

나는 급히 일어나 모든 것 상관하지 않고 아무데나 마음대로 떠나가고 싶지만, 백성들이 문란한 국정 때문에 무고하게 재난당하는 것을 보고는 스스로를 달래고 억제한다. 임금께서 취하시기엔 불충분한 하찮은 나의 진심이지만 이것을 글로 나타내어, 그 고운 임 회왕께 받들어 보내드리련다.(5～6)

예전에 회왕께선 나에게 약속하시기를, 새 신랑 새 색시 저녁에 만나자 기약하여 결혼하듯 나를 가까이하겠다고 하셨다. 아아, 그러나 도중에 약속을 어기고 등을 돌려, 도리어 딴 마음 먹고 나를 멀리하실 줄은 몰랐다.(7～8)

회왕께서 자기의 아름다움을 나에게 자랑하고, 자기의 착함을 나에게 보여주어 혼자만이 선하다고 생각하신다. 그래서 나하고 함께 일하자 약속하고 신의를 지키지 못하는 것이 다 나 때문이라고 탓하며 화를 내시는 것이다.(9～10)

임금께서 한가하신 때를 틈타 나의 진심을 밝혀두고 싶지만, 놀랍고 두려워서 마음이 떨리고 아파 감히 말을 못했다. 서러워하고 주저하면서도 나는 임금 앞에 나아가 등용되고 싶지만, 마음이 너무 애통스럽고 불안하여 동요된다.(11～12)

나는 마음을 가다듬어 진정을 여기에 하나하나 글로 읊어내지만,

회왕께서 귀머거리 흉내를 내며 듣지 않으신다. 진정으로 진실한 인물은 남에게 아첨하지 않는데, 뭇 소인배들은 과연 예상했던 대로 나를 마치 재앙거리라도 되는 것처럼 귀찮게 여긴다.(13~14)

예전에 내가 글로 나타내었던 말 뚜렷하고 분명한데, 어떻게 지금에 와서 갑자기 그것을 잊을 수 있겠는가? 어찌해서 나 혼자만이 이 귀에 거슬리는 충간(忠諫)을 즐겨 말씀드리려 하겠는가? 그것은 회왕의 아름다운 은덕이 완전해지길 바라기 때문이다.(15~16)

옛 성군(聖君)들인 삼황오제를 바라고 임금의 본보기로 삼으며, 충간하다 죽은 은(殷)나라 현신 팽함(彭咸)을 가리켜 내 행동의 표준을 삼으리라. 노력하면 그 어느 먼 지점인들 가 닿을 수 없겠는가? 마음만 굳게 가지면 회왕을 삼황오제와 같이하고 나는 팽함과 같이 될 수 있을 것이므로 그 명성 후세의 멀리까지 펴져 좀처럼 손상되지 않을 것이다.(17~18)

선행이란 밖으로부터 오는 것이 아니라 자신의 마음에서 우러나는 것이고, 명성이란 실적도 없이 저절로 이루어질 수 있는 것이 아니다. 은혜를 베풀어 주지도 않는데 누가 보답을 하며, 열매가 맺지도 않았는데 누가 거둬들일 수 있겠는가?(19~20)

소가(少歌)에서 하는 말은, 회왕에게 내 마음 속 생각을 나타내어, 밤낮을 하나같이 그치지 않아도 시비를 가려줄 증거가 없다. 회왕은 나에게 자기 아름다움만을 자랑하며 자신이 옳다고 하고, 거만을 떨며 내 말의 가치는 알아보려고도 않고 들어주지조차 않는다.(21~23)

가락을 바꿔 다시 잇는 노래에서 하는 말은……남쪽에서 날아온 한 마리 새처럼 남쪽 영도(郢都)를 떠나온 나는, 이곳 한수(漢水) 북쪽에 와서 머물고 있다. 모습 훌륭하고 아름다운 사람이 고향을 떠나, 무리와 헤어져 이 낯설은 땅 한북(漢北)에 와 홀로 지낸다.(24~26)

나는 이미 의지할 곳 없이 홀로 떨어져 무리와 같이 있지 않고, 또 임금 곁에는 임금과 나 사이를 잘 중개(仲介)해줄, 믿을 만한 사람도 없다. 길이 아득하게 멀리 떨어져 있어 나는 임금으로부터 나날이 잊혀지고, 나 스스로 내 마음 속을 말하고 싶어도 그럴 기회를 얻을 수가 없다. 나는 멀리 남쪽으로 영도 북쪽의 기산(紀山)을 바라보며 눈물 흘리고, 흐르는 물을 향하여 한숨만 쉰다.(27~29)

우수(憂愁) 때문에 잠 못 이루는 가을의 이 밤이 마치 초여름의 짧은 밤처럼 빨리 새기를 바라는데, 어이해서 저문 다음 밝을 때까지의 하루 밤이 1년이나 되는 듯 이다지도 길게 느껴지는가? 영도까지의 길이 아득히 먼데도, 나의 넋은 하루 밤에도 몇 번이고 꿈을 꾸어 수없이 다녀온다.(30~31)

길이 구불구불한지 또는 곧은지조차 전혀 모르면서, 나는 그저 남쪽으로 있는 달과 별들을 표적 삼고 이따금 가본다. 이렇게 곧바로 영도에 가보고 싶어도 그렇게 하지 못하고, 내 넋만이 길을 알아 늘 오간다.(32~33)

어이해서 나의 넋은 거짓이 없이 정직하기만 한가? 그 사람 회왕의 마음이 나의 마음과 같지 않은데. 임금과 나 사이를 중개해 줄 사람의 힘이 약해 그의 말이 회왕에게까지 통하질 못하고, 회왕은 또 아직까지도 나의 얌전하고 진정한 모습을 모르고 있다.(34~35)

마지막 끝맺는 말은, 돌 위를 얕게 흐르는 기다란 여울의 급류를 따라, 대강(大江)의 깊은 곳을 향하여 거슬러 올라간다. 미치광이처럼 남쪽의 영도를 돌아보고 그곳을 향해 가면서, 잠시 내 시름에 싸인 마음을 위로해 본다.(36~38)

모가 난 돌이 험하게 우뚝 솟아 갈 길이 험난하여, 나의 소원은 이루어지기 어렵다. 그래서 나는 내 의지를 버리고 태도를 바꾸어 가려고 하니, 갈 수는 있어도 가는 것이 마음에 걸리고 가슴 아파서 갈 수가 없다.(39~40)

나는 고개를 숙이고 배회하며 머뭇거리다가, 결국 한북의 북고(北姑) 땅에 머물러 묵고 있다. 그러나 마음은 고민으로 괴롭고 정신이 혼란되어 몰골도 흐트러져, 정말 패연히 흐르는 물결처럼 빨리 남쪽 영도로 가고 싶다.(41~43)

나는 근심과 한숨으로 마음 괴롭고, 나의 영혼은 아득히 먼 영도를 생각한다. 영도로 가는 길은 멀기만 하고 나 사는 곳은 마을에서 멀리 떨어진 외딴 곳, 게다가 나와 회왕의 사이를 중개해 줄 사람도 없다.(44)

길을 가면서 나는 생각 속에 이 노래를 지어, 잠시나마 시름을 잊고 자위해 본다. 그러나 근심스런 마음은 풀 길이 없어, 이 애타는 호소를 누구에게 할까?(45~46)

(解說) 작품 가운데 나오는 소가(少歌)의 첫 구절에서 제명을 따왔다. 그 내용이나 제작연대가 대체로 〈이소〉와 같은 것으로, 회왕(懷王) 때 한수(漢水) 북쪽에 방축되어 그곳을 유랑하면서 남쪽의 영도(郢都)를 그리워한 작품이다. 이 작품은 소가·창(唱)·난(亂) 등 가곡적인 결구양식(結構樣式)을 갖추고 있어 낭송시로서 적합하고 예술적인 기교가 풍부하며, 특히 20구에 달하는 긴 난사(亂辭)는 시경시(詩經詩)식의 혜(兮)자 용법을 써서 전편의 뜻을 총괄하고 있는 점이 특징이다.

왕일의 《초사장구》에서 이 작품은 '굴원의 근심이 많은 까닭은 임금이 아첨만을 믿어 스스로 성스러운 양하고 명실(名實)에 어둡고 시보(施報)에 둔하므로, 굴원이 충직하다 할지라도 나아가 호소할 길이 없다. 그래서 이 말을 반복하여 근심에 찬 생각을 나타낸 것'이라고 했다. 애군망향(愛君望鄕)의 정이 간절한 작품이긴 하지만, 아직은 그 우수(憂愁)가 극에 달하지 않은 정신상의 여유가 엿보인다.

5. 懷沙(회사) 돌을 안고

1. 滔滔孟夏兮(도도맹하혜) 草木莽莽(초목망망)
2. 傷懷永哀兮(상회영애혜) 汩徂南土(율조남토)
3. 眴兮杳杳(현혜묘묘) 孔靜幽默(공정유묵)
4. 鬱結紆軫兮(울결우진혜) 離慜而長鞠(이민이장국)
5. 撫情効志兮(무정효지혜) 寃屈而自抑(원굴이자억)
6. 刓方以爲圜兮(완방이위환혜) 常度未替(상도미체)
7. 易初本迪兮(역초본적혜) 君子所鄙(군자소비)
8. 章畫志墨兮(장획지묵혜) 前圖未改(전도미개)
9. 內厚質正兮(내후질정혜) 大人所盛(대인소성)
10. 巧倕不斲兮(교수불착혜) 孰察其撥正(숙찰기발정)
11. 玄文處幽兮(현문처유혜) 矇瞍謂之不章(몽수위지부장)
12. 離婁微睇兮(이루미제혜) 瞽以爲無明(고이위무명)

변 백 이 위 흑 혜　　도 상 이 위 하
13. 變白以爲黑兮　倒上以爲下

봉 황 재 노 혜　　계 목 상 무
14. 鳳皇在笯兮　雞鶩翔舞

동 유 옥 석 혜　　일 개 이 상 량
15. 同糅玉石兮　一槩而相量

부 유 당 인 비 고 혜　　강 부 지 여 지 소 장
16. 夫惟黨人鄙固兮　羌不知余之所臧

임 중 재 성 혜　　함 체 이 부 제
17. 任重載盛兮　陷滯而不濟

회 근 악 유 혜　　궁 부 지 소 시
18. 懷瑾握瑜兮　窮不知所示

읍 견 지 군 폐 혜　　폐 소 괴 야
19. 邑犬之羣吠兮　吠所怪也

비 준 의 걸 혜　　고 용 태 야
20. 非俊疑傑兮　固庸態也

문 질 소 내 혜　　중 부 지 여 지 이 채
21. 文質疏内兮　衆不知余之異采

재 박 위 적 혜　　막 지 여 지 소 유
22. 材朴委積兮　莫知余之所有

중 인 습 의 혜　　근 후 이 위 풍
23. 重仁襲義兮　謹厚以爲豊

중 화 불 가 오 혜　　숙 지 여 지 종 용
24. 重華不可遻兮　孰知余之從容

고 고 유 불 병 혜　　기 지 기 하 고
25. 古固有不並兮　豈知其何故

탕 우 구 원 혜　　막 이 불 가 모
26. 湯禹久遠兮　邈而不可慕

징위개분혜 억심이자강
27. 懲違改忿兮 抑心而自强

이민이불천혜 원지지유상
28. 離慜而不遷兮 願志之有像

진로북차혜 일매매기장모
29. 進路北次兮 日昧昧其將暮

서우오애혜 한지이대고
30. 舒憂娛哀兮 限之以大故

난왈
31. 亂曰

호호원상 분류율혜
32. 浩浩沅湘 分流汩兮

수로유폐 도원홀혜
33. 修路幽蔽 道遠忽兮

회질포정 독무필혜
34. 懷質抱情 獨無匹兮

백락기몰 기언정혜
35. 伯樂旣沒 驥焉程兮

만민지생 각유소조혜
36. 萬民之生 各有所錯兮

정심광지 여하외구혜
37. 定心廣志 余何畏懼兮

증상원애 영탄위혜
38. 曾傷爰哀 永歎喟兮

세혼탁막오지 인심불가위혜
39. 世溷濁莫吾知 人心不可謂兮

지사불가 양원물애혜
40. 知死不可 讓願勿愛兮

명 고 군 자　　오 장 이 위 류 혜
41. 明告君子　吾將以爲類兮

햇빛 찬란한 초여름, 초목 우거져 무성한데
상심(傷心)으로 한없는 슬픔 안고, 서둘러 남쪽 땅으로 가노라
바라봐도 아득히 보이지 않고, 너무도 고요해 소리 없어라
답답하게 가슴 맺혀, 괴로움 언제까지나 끝이 없어
마음 달래고 헤아리며, 원통해도 억지로 참아 보노라
네모진 것 깎아 동그라미 만드는 데도, 일정한 법도를 버릴 수는 없고
처음의 본연의 길 바꾸는 것은, 군자가 부끄럽게 여기는 일이어라
선도 선명하게 먹줄 그어, 이전의 도면(圖面) 바꾸지 않고
마음이 돈후(敦厚)하고 성질 바른 것, 대인이 훌륭히 여기는 일이어라
재주 좋은 수(倕)도 자르지 않고서, 그 치수가 바른 줄을 누가 알리요
까만 무늬도 어두운 곳에 두면, 장님은 뚜렷하지 않다고 하고
이루라도 실눈을 뜨고 보면, 장님은 눈이 어두운 줄로 여기도다
흰 것을 바꾸어 검다 하고, 위를 뒤집어 아래라 하며
봉황은 새장에 있고, 닭과 집오리 하늘을 날며 춤추누나
옥과 돌을 한데 섞어놓고, 한 평미레로 재려 하며
저 무리들 비천하고 완고하여, 아아 나의 착함을 몰라라
맡은 짐 무겁고 실은 짐 많아, 궁지에 빠져 나아갈 수 없어라

곱고 고운 구슬 안고 쥐고 했지만, 역경에 몰려 누구에게 보일지 몰라라

마을 개들이 떼지어 짖는 것은, 낯선 사람에게 짖는 것

훌륭한 사람 비방하고 뛰어난 사람 의심함은, 원래가 용렬한 사람의 짓이어라

겉에 꾸밈없고 재능을 말하지 않아, 사람들은 내 이채로움을 몰라라

재목을 다듬지 않은 채 쌓아올려, 내 재능을 아는 이 없어라

사랑과 의리 거듭 쌓고, 조심성 있고 후덕한 덕 풍성히 갖추어도

중화님 만날 수 없으면, 누가 내 거동 알아줄까

옛적에도 원래 다 갖춰지진 않았음을, 어이 그 까닭 알랴

탕왕과 우왕은 오랜 옛사람, 아득히 멀어 사모할 수 없어라

원한과 분노 멈추고, 마음 억눌러 스스로 참고 노력하여

괴로움 당해도 마음 움직이지 않고, 이 뜻이 본보기 되기 바라노라

길을 나아가 북녘에 묵으니, 날이 어둑어둑 저물려 하고

시름을 풀고 슬픔 달래어, 죽음으로 끝맺으려 하노라

난사(亂辭)에 이르기를

넓고 큰 원수와 상수 강물, 두 갈래로 용솟음쳐 흐르고

기나긴 길 깊숙이 가려, 갈 길 멀어 아득하여라

꾸밈없는 바탕과 진정 지녀, 홀로 견줄 데 없어도

백락이 이미 죽고 없어, 천리 준마를 어이 헤아릴까

만민의 태어남에는, 저마다 놓여진 위치가 있어

마음 정하고 뜻 넓히면, 내 어이 두려워하랴

거듭 마음아프고 끝없이 슬퍼, 길게 탄식하며 한숨 쉬고
세상 혼탁하여 날 알아주는 이 없고, 사람의 마음 일깨울 수 없어라
죽음 피할 수 없음을 알고, 애석히 여기고 싶지 않아라
분명 세상 군자들에게 고하노니, 나는 그대들 본보기 되리라

(語釋) ㅇ懷沙(회사)－돌을 품에 안다. 《사기(史記)》에 이 작품 전문을 실은 다음 '이에 돌을 안고 스스로 멱라수에 몸을 던져 죽었다(於是懷石, 遂自投汨羅以死)'라 했고, 동방삭(東方朔)의 〈칠간(七諫)〉에서도 '자갈을 안고 스스로 물에 가라앉았다(懷死礫而自沈兮)'라 하여 사(沙)를 돌의 뜻으로 풀이했다. 그런데 청나라 장기(蔣驥)의 《산대각주초사(山帶閣註楚辭)》에서는 장사(長沙)라는 땅을 생각하며 쓴 것(寓懷長沙)이라 하여 사(沙)를 지명으로 보고 〈애영(哀郢)〉 〈섭강(涉江)〉과 같은 부류의 작품이라 했다. 즉 자결의 장소로서 멱라수가 있는 장소를 택하고 그곳으로 가면서 지었다는 것인데 작품 가운데 이 지명이 나오지는 않는다. 그리고 왕부지(王夫之)의 《초사통석(楚辭通釋)》에서는 물에 빠져 죽은 자신의 시체가 모래밭에 놓일 것을 생각하는 것이라 했다. 여기서는 가장 일반화되어 있는 설에 따라 돌을 안고 물에 빠져 죽는다는 뜻으로 풀이한다. ㅇ滔滔(도도)－양기(陽氣)가 왕성하게 넘치는 모양. ㅇ孟夏(맹하)－초여름, 곧 음력 4월. 굴원이 멱라수에 빠져 죽은 것은 음력 5월 5일로 전해지고 있어, 이 작품이 그가 죽기 전 한 달 이내에 쓰여졌음을 알 수 있다. ㅇ莽莽(망망)－초목이 무성한 모양. ㅇ汩(율)－물이 흐르는 모양. 즉 서둘러 가는 모양이다. ㅇ徂(조)－가다. ㅇ南土(남토)－강남(江南)의 땅. ㅇ眴(현)－아찔하다. 즉 현(眩). 이를 순(瞬)과 같이 보아, 잘 보려고 눈을 깜박인다는 뜻으로 풀이하기도 한다. ㅇ孔(공)－매우. 즉 심(甚). ㅇ默(묵)－소리가 없다. ㅇ鬱結(울결)－가슴이 막혀 답답하다. ㅇ紆軫(우진)－마음이 맺혀 슬프다. 번민하는 마

음을 형용하는 말이다. ○離愍(이민)－고통을 당하다. 이(離)는 이(罹)와 같이 쓰였다. ○鞠(국)－극점(極點)에 달하다. 즉 궁(窮). ○撫情(무정)－감정을 달래다. ○効志(효지)－뜻을 헤아리다. ○冤屈(원굴)－원통하게 누명을 쓰다. ○刓(완)－깎다. ○常度(상도)－일정한 법도. 정상적인 법칙. ○替(체)－바꾸다. 필요 없게 되다. 즉 폐(廢). ○迪(적)－길. 즉 도(道). ○鄙(비)－부끄럽게 여기다. ○章(장)－선명하다. 즉 명(明). ○畫(획)－선을 긋다. ○志(지)－쓰다. 즉 기(記). ○黑(묵)－먹줄. ○前圖(전도)－이전의 도면(圖面), 즉 이전의 법도를 상징한다. ○內厚(내후)－마음이 돈후(敦厚)하다. ○質正(질정)－성질이 바르다. ○大人(대인)－군자(君子)와 같은 뜻이다. ○盛(성)－훌륭하게 여기다. 칭찬하다. ○倕(수)－요(堯)임금 때의 목수 이름. ○斲(착)－목재를 자르다. ○撥(발)－치수. 굽었다는 뜻으로 보고, 발정(撥正)을 곡직(曲直)으로 풀이하는 설도 있다. ○玄文(현문)－먹으로 그린 무늬. ○處幽(처유)－어두운 곳에 두다. ○矇瞍(몽수)－장님. 몽(矇)은 눈동자가 있는 소경이고, 수(瞍)는 눈동자가 없는 소경이다. ○不章(부장)－뚜렷하지 않다. ○離婁(이루)－황제(黃帝) 때 시력이 가장 뛰어났던 사람 이름. ○微睇(미제)－실눈으로 보다. ○瞽(고)－장님. 눈알이 없어 눈꺼풀 위아래가 붙어 있는, 즉 눈을 감은 장님을 말한다. ○笯(노)－새장. ○鶩(목)－집오리. ○同糅(동유)－한데 섞다. 섞어 차별을 하지 않다. ○槩(개)－평두곡목(平斗斛木), 즉 평미레. 즉 개(槪)와 같다. ○鄙固(비고)－견식이 낮고 완고하여 도리를 모르다. ○臧(장)－착함. 즉 선(善). 일설에는 장(藏)과 같이 보아, 가슴에 품은 마음, 곧 포부의 뜻으로 풀이했다. ○任(임)－등에 진 짐. ○載(재)－수레에 실은 화물. ○陷滯(함체)－궁지에 빠져 움직일 수 없다. ○濟(제)－건너다. 여기서는 전진한다는 뜻으로 쓰였다. ○瑾(근)·瑜(유)－모두 아름다운 옥. ○所怪(소괴)－낯선 이상한 사람. 보통 사람과 달리 훌륭한 재능과 좋은 바탕을 지니고 있어 오히려 이상한 사람으로 취급됨을 말한다. ○非俊(비준)－훌륭한 사람을 비방하다. ○疑傑

(의걸)－뛰어난 사람을 의심하다. 《회남자(淮南子)》에 '재주가 만인을 능가하면 영(英)이라고 하고, 천인이면 준(俊), 백인이면 호(豪), 그리고 10인이면 걸(傑)이라 한다'고 했다. ㅇ庸態(용태)－용렬한 사람의 태도. ㅇ文質(문질)－밖에 나타나 있는 재덕(才德)과 안에 숨겨져 있는 소질(素質). ㅇ疏內(소눌)－꾸밈이 없고 말이 적다. 내(內)는 눌(訥)과 통한다. 결국 문질소내(文質疏內)는 문소질내(文疏質內)의 뜻이다. ㅇ朴(박)－잘라만 놓고 다듬지 않은 목재. ㅇ委積(위적)－겹쳐 쌓아 놓은 채로 두다. ㅇ重仁(중인)－인애(仁愛)를 겹쳐 쌓다. 중(重)은 누적(累積)하다, 인(仁)은 사랑의 덕이다. ㅇ襲義(습의)－의리를 거듭 쌓다. 습(襲)은 중(重)과 같은 뜻이고, 의(義)는 이성(理性)의 행위이다. ㅇ重華(중화)－순(舜)임금의 호. 《사기》에 의하면 순임금은 눈에 눈동자가 둘씩 있어서 중화라 했다고 하고, 신하를 잘 알아 쓴 성왕(聖王)으로 전해진다. ㅇ遻(오)－상봉하다. 즉 오(迕). ㅇ從容(종용)－거동. 평소의 모습. ㅇ不並(불병)－다 갖춰지지는 않는다. 병(並)은 구(俱)의 뜻이다. 성군(聖君)과 현신(賢臣)이 같은 시대에 나란히 태어나 만나게 되지 못함을 말한다. ㅇ湯禹(탕우)－은(殷)나라 시조 탕왕과 하(夏)나라 시조 우왕. ㅇ邈(막)－아득히 먼 모양. ㅇ懲違(징위)－원한을 멈추다. 징(懲)은 지(止)의 뜻이고, 위(違)는 위(愇)와 통한다. ㅇ改忿(개분)－분노스런 마음을 바꾸다. 반항을 짐짓 그만둔다는 말이다. ㅇ自强(자강)－스스로 노력하고 인내하다. ㅇ不遷(불천)－뜻이 변치 않는다. ㅇ有像(유상)－본보기가 되다. 상(像)은 법(法)의 뜻으로, 유상(有像)은 곧 본보기로 삼는 사람이 있으면 좋겠다는 말이다. ㅇ次(차)－묵다. 즉 사(舍). ㅇ昧昧(매매)－어둑어둑한 모양. ㅇ舒憂(서우)－시름을 풀다. ㅇ娛哀(오애)－슬픔을 달래다. ㅇ大故(대고)－죽음. 즉 대사(大事). ㅇ浩浩(호호)－물이 넓고 큰 모양. ㅇ分流(분류)－원수(沅水)와 상수(湘水)가 동남과 서남에서 따로따로 동정호(洞庭湖)로 흘러들어가는 것을 말한다. 하나의 강이 나뉘어 흐르는 것이 아니다. 강양부(姜亮夫)는 분류(紛流)의 잘못으로 보고 어지러이 용솟음

치며 흐른다는 뜻으로 풀이했다. ㅇ汩(율)－물이 빠르게 흐르는 소리. ㅇ修路(수로)－긴 길. ㅇ幽蔽(유폐)－깊숙이 가리어 보이지 않는다. ㅇ忽(홀)－아득해서 보이지 않는다. ㅇ匹(필)－필적하다. 견주다. 주희(朱熹)는 정(正)의 잘못으로 다음의 정(程)과 협운(叶韻)이 된다고 보고, 이 구절을 혼자만 그의 선악·시비를 평정해 줄 사람이 없다는 말로 풀이했다. ㅇ伯樂(백락)－옛날에 말을 잘 보던 사람. 명군(名君)이 신하를 잘 알아보는 것에 비유한 것이다. ㅇ程(정)－품평(品評)하다. 등급을 매기다. ㅇ錯(조)－놓다. 즉 치(置)·안(安). 인간이 태어나면 각자 정해진 운명과 경우가 있다는 말이다. ㅇ曾(증)－되풀이하다. ㅇ爰(원)－끊임없이 슬퍼하다. 즉 훤(咺). ㅇ喟(위)－한숨쉬다. ㅇ謂(위)－집집마다 다니며 설복하다. 즉 설(說). ㅇ讓(양)－사양하다. ㅇ愛(애)－아까워하다. ㅇ類(류)－본보기. 즉 법(法).

(大意) 햇살이 힘차게 내려쪼여 양기가 왕성하게 넘치는 초여름, 초목들은 빽빽이 우거져 무성하다. 나는 마음을 상해 끊임없는 슬픔을 안고, 서둘러 강남(江南)의 벽지로 간다.(1~2)

산야(山野)를 바라보면 아득히 가물거려 잘 보이지 않고, 너무도 고요하고 마을에서 멀리 떨어져 있어 아무 소리도 들리지 않는다. 가슴이 맺혀 답답한 마음 번민에 싸여 슬프고, 근심과 고통 당하여 언제까지고 계속되어 극도에 달했다. 나의 감정을 달래고 혹 잘못이라도 없었나 헤아려 보며, 원통하고 억울해도 스스로 억제하고 참는다.(3~5)

네모진 것을 깎아 동그라미를 만드는 데에도, 세공인(細工人)의 일정한 법도를 버릴 수는 없는 것이다. 최초에 먹은 본연의 방침을 바꾸어 세속에 따르는 것은, 군자가 부끄럽게 여기고 싫어하는 일이다.(6~7)

목수가 도면(圖面)의 선도 선명하게 먹줄을 긋듯 하여, 나는 지금까지 내가 주장해오던 법도와 계획을 여전히 바꾸지 않는다. 마음이 돈후(敦厚)하고 성실하며 성질이 바르고 변하지 않는 것은, 큰 인물이면 다 훌륭히 여기고 칭찬하는 일이다.(8~9)

재주가 좋은 요(堯)임금 때의 훌륭한 목수 수(倕)도 연모를 써서 목재를 자르지 않는다면, 그 치수가 올바른 줄을 누가 살펴 알겠는가? 먹으로 까맣게 그려 흑백이 선명한 무늬라도 어두운 곳에 두면, 장님은 눈동자가 있건 없건 무늬가 뚜렷하지 않다고 말한다. 황제(黃帝) 때 시력(視力)이 가장 뛰어났던 이루(離婁)라도 실눈을 뜨고 보면, 눈을 감은 장님은 이루가 눈이 보이지 않아 그런 것이라고 생각한다.(10~12)

흰 것을 바꾸어 검은 것이라 여기고, 윗면을 거꾸로 뒤집어 아랫면이라 여긴다. 성인(聖人)이 제위에 오른 태평성세에 나타난다는 봉황새는 새장에 갇혀 있고, 집에서 기르는 닭과 집오리가 도리어 하늘을 날며 춤추듯 이렇게 세상이 거꾸로 되어 현인은 뜻을 펴지 못하고 소인들만 설친다.(13~14)

옥과 돌을 한데 섞어 차별을 하지 않고, 한 군데 넣어놓고 평미레로 밀어 재려고 한다. 저 소인배 무리들은 견식이 낮고 완고하여 도리를 모르고, 아아 나의 착한 마음을 알지 못한다.(15~16)

등에 진 짐이 무겁고 수레에 실은 화물이 많듯 국가의 대임을 맡아 일을 하고 있는데, 수레가 수렁에 빠져 움직이지 못하고 앞으로 나아갈 수 없듯 소인들의 참소를 입어 실패했다. 곱고 아름다운 옥을 안기도 하고 쥐기도 하여 이토록 좋은 재능 지녔지만, 몸이 역경에 처하면 보일 상대가 없어 누구에게 보여야 좋을지 모르겠다.(17~18)

온 마을 개들이 떼를 지어 짖어대는 것은, 훌륭한 사람이 오히려 눈에 설어 이상해서 짖는 것이다. 재주가 훌륭한 인물을 비방하고 뛰어난 사람을 의심하는 것은, 원래부터 용렬한 사람들이 으레 하는 짓이니 내가 비난받는 것도 어쩔 수 없는 일이다.(19~20)

나는 겉으로 나타나는 재덕(才德)을 꾸미는 일 없이 소박하게 하고 숨겨진 소질을 말하는 일도 적어, 사람들은 나의 재능이 이채로움을 알지 못한다. 잘라만 놓고 다듬지 않은 재목을 겹쳐 쌓아놓듯 나의 재질이 다듬어지지 않아 아름다운 빛을 내진 못하지만, 내가 이런 재능 지닌 줄 아는 사람이 없다.(21~22)

내가 아무리 인애(人愛)를 겹쳐 쌓고 의리에 찬 행위를 거듭하며, 조심성스럽게 성실하며 마음 후덕한 덕을 풍성히 갖춘다 할지라도 눈동자가 둘씩이나 되고 신하를 잘 알아 썼다는 중화(重華)님, 즉 순(舜)임금을 만나 뵐 수 없다면, 누가 나의 진정한 모습을 알아주겠는가?(23~24)

옛적에도 역시 원래 성군(聖君)과 현신(賢臣)이 같은 시대에 나란히 태어나 만나게 되지는 않았지만, 그것이 무엇 때문인지야 어떻게 알겠는가? 은(殷)나라 시조 탕왕(湯王)과 하(夏)나라 시조 우왕(禹王)은 오랜 옛날의 성군, 아득히 먼 옛날 사람이어서 사모해 보아야 쓸데없는 짓이다.(25~26)

나는 원한을 멈추고 분노로 반항하고 싶은 마음을 짐짓 그만두고, 이 마음 억눌러 스스로 노력해서 참는다. 조심과 고통을 당해도 마음은 움직이지 않고, 나의 뜻이 후세에 본보기가 되어 따르는 사람이 있으면 좋겠다.(27~28)

나는 북쪽을 향해 길을 나아가다가 묵으려 하는데, 날이 어둑어둑해져 곧 저물려고 한다. 잠시 시름을 말하여 풀고 슬픔을 달래어, 죽음으로써 이 인생의 끝을 맺으련다.(29~30)

마지막 끝맺는 말은…… 넓고 큰 원수(沅水)와 상수(湘水) 두 강물이, 동남과 서남에서 따로따로 흘러 동정호(洞庭湖) 쪽으로 빠르게 용솟음치며 들어간다. 길게 이어진 길은 산속에 깊숙이 가려 보이지 않고, 가야 할 길은 멀어서 아득히 보이지 않는다.(31~33)

나는 꾸밈없이 돈후한 성질과 충직한 진정을 지녀, 홀로 뛰어나 견줄 데가 없다. 하지만 옛날에 말을 잘 보던 백락(伯樂)이 이미 죽고 없어, 천 리를 달리는 준마라도 어디 가서 품평(品評)을 받을 길이 없듯 명군(名君)이 없으니 아무리 현신인들 어이 헤아려 알아보겠는가?(34~35)

사람마다 세상에 태어나면, 저마다 정해진 운명과 경우가 있게 마련이다. 마음을 진정하고 뜻을 넓게 먹기만 하면, 내가 무엇을 두려워하겠는가?(36~37)

되풀이해서 상심에 싸여 괴롭고 끊임없는 슬픔 멎을 길 없어, 언제까지나 탄식하며 긴 한숨을 쉰다. 세상이 어지럽고 흐려 나를 알아 써주는 사람이 없고, 사람들의 마음은 말 못할 정도로 잔혹하여 설복할 수도 없다.(38~39)

나는 이제 죽음을 피할 수 없음을 알고, 의를 위해서는 목숨을 아끼고 싶지 않다. 분명히 덕이 있는 세상의 군자들에게 알려두지만, 나는 그대들이 지켜야 할 본보기로서 충성과 절개를 위해 죽은 불후의 전형(典型)이 되련다.(40~41)

(解說) 앞 어석(語釋)에서 밝힌 바와 같이 제명(題名)에 대한 풀이가 여러 가지이지만, 이것이 굴원의 절필(絶筆)로서 충절을 나타낸 대표적인 작품의 하나라는 점에는 의견이 대체로 공통되어 있다. 간혹 이 작품을 〈석왕일(惜往日)〉보다 먼저 쓰여져 절필이라 단언하기는 어렵다고 보는 설도 있으나, 그 역시 자살을 각오하고 결행하기 전의 짧은 기간에 쓰여진 것으로 〈석왕일〉과 거의 같은 시기의 작품이라 보고 있다.

왕일의 《초사장구》에서는 이 작품의 내용을 '굴원이 추방되어서도 고난 때문에 그 결백한 행동을 버리는 일이 없으므로 소인들이 현덕(賢德)을 가리고 들고일어나 공격한다. 이 세상에 자기를 알아주는 사람이 없어 옛 성왕(聖王)을 생각하지만 만날 수가 없으므로, 절개를 지키고 의를 위해 죽을 따름이다'라고 했다. 도도히 흐르는 원수(沅水)와 상수(湘水)의 강물을 앞에 두고 개세(慨世)의 웅심(雄心)은 더없이 고독한 지경에 이르러서도 줄어들지 않고 있다.

사미인
6. 思美人 임 그리워

사미인혜 남체이저치
1. 思美人兮 擥涕而竚眙

매절로조혜 언불가결이이
2. 媒絶路阻兮 言不可結而詒

건건지번원혜 함체이불발
3. 蹇蹇之煩寃兮 陷滯而不發

신단이서중정혜 지침울이막달
4. 申旦以舒中情兮 志沈菀而莫達

원기언어부운혜 우풍륭이부장
5. 願寄言於浮雲兮 遇豐隆而不將

인귀조이치사혜 강신고이난당
6. 因歸鳥而致辭兮 羌迅高而難當

고신지영성혜 조현조이치이
7. 高辛之靈盛兮 遭玄鳥而致詒

욕변절이종속혜 괴역초이굴지
8. 欲變節以從俗兮 媿易初而屈志

독역년이이민혜 강빙심유미화
9. 獨歷年而離愍兮 羌馮心猶未化

영은민이수고혜 하변역지가위
10. 寧隱閔而壽考兮 何變易之可爲

지전철지불수혜 미개차도
11. 知前轍之不遂兮 未改此度

거 기 복 이 마 전 혜　　건 독 회 차 이 로
12. 車旣覆而馬顚兮　蹇獨懷此異路

늑 기 기 이 갱 가 혜　　조 보 위 아 조 지
13. 勒騏驥而更駕兮　造父爲我操之

천 준 차 이 물 구 혜　　요 가 일 이 수 시
14. 遷逡次而勿驅兮　聊假日以須時

지 파 총 지 서 외 혜　　여 훈 황 이 위 기
15. 指嶓冢之西隈兮　與纁黃以爲期

개 춘 발 세 혜　　백 일 출 지 유 유
16. 開春發歲兮　白日出之悠悠

오 장 탕 지 이 유 락 혜　　준 강 하 이 오 우
17. 吾將蕩志而愉樂兮　遵江夏以娛憂

남 대 박 지 방 채 혜　　건 장 주 지 숙 모
18. 擥大薄之芳茝兮　搴長洲之宿莽

석 오 불 급 고 인 혜　　오 수 여 완 차 방 초
19. 惜吾不及古人兮　吾誰與玩此芳草

해 변 박 여 잡 채 혜　　비 이 위 교 패
20. 解萹薄與雜菜兮　備以爲交佩

패 빈 분 이 요 전 혜　　수 위 절 이 이 이
21. 佩繽紛以繚轉兮　遂萎絶而離異

오 차 천 회 이 오 우 혜　　관 남 인 지 변 태
22. 吾且儃佪以娛憂兮　觀南人之變態

절 쾌 재 중 심 혜　　양 궐 빙 이 불 사
23. 竊快在中心兮　揚厥憑而不竢

방 여 택 기 잡 유 혜　　강 방 화 자 중 출
24. 芳與澤其雜糅兮　羌芳華自中出

분 욱 욱 기 원 증 혜　　만 내 이 외 양
25. 紛郁郁其遠蒸兮　滿內而外揚

정여질신가보혜 강거폐이문장
26. 情與質信可保兮 羌居蔽而聞章

영벽려이위리혜 탄거지이연목
27. 令薜荔以爲理兮 憚擧趾而緣木

인부용이위매혜 탄건상이유족
28. 因芙蓉而爲媒兮 憚褰裳而濡足

등고오불열혜 입하오불능
29. 登高吾不說兮 入下吾不能

고짐형지불복혜 연용여이호의
30. 固朕形之不服兮 然容與而狐疑

광수전획혜 미개차도야
31. 廣遂前畫兮 未改此度也

명즉처유오장피혜 원급백일지미모
32. 命則處幽吾將罷兮 願及白日之未暮

독경경이남행혜 사팽함지고야
33. 獨煢煢而南行兮 思彭咸之故也

임 그리워, 눈물을 닦고 우두커니 서서 바라봐도
중매조차 끊기고 길이 막혀, 말을 맺어 전할 수 없어라
충직한 맘 번민스러우나, 울적해 풀 길 없고
날 밝도록 속마음 펴려 해도, 마음 침울해 통할 길 없어라
뜬구름에게 말을 전하고파, 풍륭을 만나도 들어주려 하지 않고
돌아가는 새를 통해 말하려 해도, 아아 너무 빨리 높이 날아 만나기 어려워라
고신씨는 영덕(靈德)이 높아, 제비 만나 선물 보냈지만
변절하여 세속에 따르려 해도, 처음 생각 바꾸어 뜻을 굽힘이

부끄러워라

홀로 여러 해 우환(憂患)을 만나, 아아 분노 아직 가시지 않고

차라리 근심 안은 채 한평생 살더라도, 어이 뜻을 바꿀 수 있으랴

앞수레 가던 길 갈 수 없음을 알면서도, 이 태도 여태 고치지 않고

수레 엎어지고 말 쓰러져도, 혼자서 이 다른 길 가고파라

천리마에 굴레 씌워 다시 한번 수레 끌리어, 조보에게 날 위해 고삐 쥐게 하고

천천히 나아가며 달리지 말고, 시간을 늦춰 기회를 기다리자고

파총산 서쪽 굽이 가리키며, 해질녘에 가 닿자고 기약하노라

새봄의 연두(年頭)에, 밝은 태양 유유히 솟아

나는 마음 내키는 대로 즐기려, 강수와 하수 따라가며 시름 푸노라

큰 풀숲의 향기로운 백지(白芷)를 꺾고, 강가 기다란 섬의 숙근초(宿根草)를 뽑으며

내가 옛사람과 함께 살지 못함이 애석해라, 나는 누구와 이 향초들을 완상할까

많이 나 있는 마디풀과 잡채 뽑아, 양쪽 패물로 마련하면

풍성하게 얽혀 아름다워도, 끝내는 시들어 떨어지도다

나는 잠시 서성이며 시름 달래고, 남쪽 사람들의 괴상한 풍속 보며

절로 마음 속에 이는 즐거움에, 그 분노 발산할 때 기다리지 않고

향기와 악취 섞여 얽혀도, 아아 향기로운 꽃 그 속에서 나오

도다

짙은 향기 멀리까지 번짐은, 속이 가득 차서 밖으로 솟아오르는 것

진정과 천성 진정으로 보전만 되면, 아아 숨어 살아도 명성이 드러나는 것

줄사철나무를 중매 삼으려 해도, 발을 들어 나무에 기어오르기 싫고

연꽃에게 중매 부탁하려 해도, 옷자락 걷어올려 발 적시기 싫어라

높은 데 오르기도 난 좋아 않고, 낮은 데 들기도 난 할 수 없어

원래 나는 몸 굽히지 않고, 그렇게 머뭇머뭇 주저하노라

전의 계획을 넓혀 수행하려, 이 태도 여태 고치지 않고

운명으로 쓸쓸히 사는 나 고달파, 밝은 해가 아직 저물지 않은 동안에

홀로 외로이 남쪽으로 가려 함은, 팽함을 생각하기 때문이어라

(語釋) ㅇ思美人(사미인)－임을 그리워하다. 미인(美人)은 군주를 비유하는 말로, 여기서는 회왕(懷王)을 가리킨다. ㅇ擥涕(남체)－눈물을 닦다. ㅇ竚眙(저치)－오래도록 멈춰 서서 우두커니 바라보다. ㅇ詒(이)－보내다. 즉 이(貽). ㅇ蹇蹇(건건)－마음이 충직한 모양. 즉 건건(謇謇). ㅇ煩寃(번원)－우울하다. 번민하다. ㅇ陷滯(함체)－울적하게 맺히다. ㅇ申旦(신단)－아침이 되다. 날을 거듭하다. 즉 나날이라는 뜻으로 풀이하기도 한다. ㅇ菀(울)－쌓이다. 울적하다. ＝울(鬱). ㅇ豊隆(풍륭)－운사(雲師), 곧 구름의 신. ㅇ將(장)－전달하다. 듣고 따르다. 즉 종(從). ㅇ迅(신)－빠르다. ㅇ當(당)－만나다. ㅇ高辛(고신)－오제(五帝)의 한 사람인 제곡(帝嚳). 황제(黃帝)의

증손으로서 나면서부터 신령스러워 자신의 이름을 말할 수 있었다고 전한다. ㅇ靈盛(영성)－제곡의 영덕(靈德)이 풍성함을 말한다. ㅇ玄鳥(현조)－제비. 전설에 의하면 고신씨와 그의 비(妃) 간적(簡狄)이 하늘에 아들을 빌자 제비가 알을 떨어뜨려 간적이 그것을 삼키고 아들을 낳았는데 그 아들이 곧 은(殷)나라 선조 설(契)로서 나중에 요(堯)임금의 사도(司徒)가 되었다고 한다. ㅇ致詒(치이)－선물을 바치다. ㅇ媿(괴)－부끄럽다. 즉 괴(愧). ㅇ歷年(역년)－여러 해. 누년(累年). ㅇ離愍(이민)－우환(憂患)을 만나다. ㅇ馮心(빙심)－가득한 분노. ㅇ化(화)－바뀌다. 없어지다. ㅇ隱閔(은민)－근심을 감추다. ㅇ壽考(수고)－장수(長壽). 연수(年壽)를 다하다. ㅇ前轍(전철)－앞수레가 간 바퀴 자국. ㅇ遂(수)－목적지에 도달하다. 즉 달(達)·통(通). ㅇ度(도)－태도. ㅇ蹇(건)－구수어기사(句首語氣詞). ㅇ異路(이로)－세속과 다른 길. ㅇ勒(늑)－말에 굴레를 씌우다. ㅇ騏驥(기기)－천리마·준마. ㅇ更(갱)－재차. ㅇ駕(가)－수레를 끌게 하다. ㅇ造父(조보)－옛날의 명마부. 팔준마(八駿馬)의 수레를 몰고 주목왕(周穆王)을 위하여 천하를 돌았다는 진(秦)나라 선조이다. ㅇ操之(조지)－고삐를 잡다. ㅇ遷(천)－나아가다. 즉 진(進). ㅇ逡次(준차)－머뭇거리다. ㅇ假日(가일)－세월을 늦추다. ㅇ須(수)－기다리다. ㅇ嶓冢(파총)－한수(漢水)의 발원지인 오늘의 섬서성(陝西省) 면현(沔縣) 서남쪽에 있는 산이름. ㅇ隈(외)－산굽이. ㅇ纁黃(훈황)－황혼. 원래의 뜻은 해질녘의 주황색을 가리킨다. ㅇ開春(개춘)－초봄. ㅇ發歲(발세)－1년의 시작. ㅇ悠悠(유유)－아득하게 먼 모양. 한가한 모양. ㅇ蕩志(탕지)－마음 내키는 대로 하다. ㅇ遵(준)－따라가다. ㅇ江夏(강하)－대강(大江)과 하수(夏水). 대강은 곧 양자강을 말하고, 하수는 강릉(江陵) 동남쪽에서 대강으로부터 나뉘어져 동쪽으로 흘러 한수(漢水)와 합치고 다시 대강으로 흘러들어간다. 대강과 갈라진 곳을 하수(夏首)라 하는데 영도(郢都)에 접근해 있고, 대강으로 들어가는 곳을 하구(夏口)라고 하는데 한구(漢口) 근처이다. 여기서 강하(江夏)를 함께 말한 것은 다분히 하구 근처를 가리키는 말이 아닌가 여겨진다. ㅇ薄(박)－풀숲. ㅇ茝(채)－백지(白芷). ㅇ搴(건)－뽑다. ㅇ宿莽(숙모)－숙근초(宿根草). 겨울에도 뿌리가 죽지 않고 봄에 거기서 새 움이 돋는 향초로서, 앞의 백지와 함께 고결과 절개를 상징한다. ㅇ不及(불급)－같은 시대에 살지 못함을 뜻한다. ㅇ玩(완)－완상하다. ㅇ解(해)－뽑다. ㅇ萹(변)－마디풀. 변축(萹蓄) 또는 변죽(萹竹)이라고도 하고 들이나 길가에 많이 나는 줄기가 짧고 붉으며 꽃이 흰 야생식물인데, 줄기와 잎은 약용으로 쓰인다. 편박(萹薄)은 마디풀이 무더기로 나 있음을 말한다. ㅇ雜菜(잡채)－식용할 수 있는 잡향(雜香)의 풀. 편(萹)·채(菜) 두 가지는 향초는 아니나 약용 또는 식용할 수 있는 것이어서 장기(蔣驥)는 중재(中材)로 쓸 수 있는 사람을 비유하는 말이라 했다. ㅇ交佩(교패)－좌우 양쪽의 패물. ㅇ繽紛(빈분)－많고 성한 모양. ㅇ繚轉(요전)－얽히어 돌다. ㅇ萎絶(위절)－시들어 끊어지다. ㅇ離異(이이)－따로따로 떨어지다. ㅇ儃佪(천회)－서성대다. ㅇ南人(남인)－남쪽의 만이(蠻夷), 곧 호남(湖南)의 이민족을 말한다. ㅇ變態(변태)－괴상한 풍속. ㅇ竊(절)－남몰래. 스스로. ㅇ快(쾌)－즐거워하다. ㅇ憑(빙)－분노. ㅇ竢(사)－기다리다. 즉 사(俟). ㅇ澤(택)－악취. 취(臭)로 써야 할 것을 택(澤)의 고자(古字) 취(臭)로 알고 잘못 쓴 것이다. 〈이소〉 제60구와 〈석왕일(惜往日)〉 제26구도 같은 구절로 되어 있다. ㅇ雜糅(잡유)－뒤섞여 있다. ㅇ蒸(증)－솟아오르다. ㅇ信(신)－진실로. ㅇ居蔽(거폐)－거소가 덮이고 숨겨져 있다. ㅇ聞章(문장)－명예가 드러나다. ㅇ薜荔(벽려)－줄사철나무. 다년생의 만성(蔓性) 상록수로《초사》작품에 자주 선미(善美)에 비유되는 향목이다. 여기서는 나무에 매달려 높은 곳에 있으므로 신분이 높고 군주 곁에 있는 사람을 비유했다. ㅇ理(리)－중매. 〈이소〉의 '오령건수이위리(吾令蹇修以爲理)'(112)에서도 같은 뜻이었다. ㅇ擧趾(거지)－발을 들어올리다. ㅇ緣木(연목)－나무를 기어오르다. 절개를 굽히고 고관에게 매달림을 비유했다. ㅇ因(인)－부탁하다. ㅇ芙蓉(부용)－연꽃. 수중에 있으므로 신분이 낮은 속인(俗人)을 비유했다. ○蹇(건)－옷을 높이 쳐들다. 즉 건(褰). ○濡足(유족)－발을 적시다. 몸을 더럽히고 부끄러움을 견딘다는 비유이다. ○說(열)－기뻐하다. 즉 열(悅). ○形(형)－몸. ○不服(불복)－굽히지 않다. ○然(연)－그렇게. ○容與(용여)－떠나기 어려워 머뭇거리다. ○狐疑(호의)－의심하여 갈피를 못잡고 주저하다. ○廣遂(광수)－확장 수행하다. ○畫(획)－계획. ○度(도)－태도. ○處幽(처유)－쓸쓸히 숨어살다. ○罷(피)－고달프다. 즉 피(疲). ○煢煢(경경)－외로운 모양. ○彭咸(팽함)－은(殷)나라 때의 현인(賢人). 임금을 간했으나 듣지 않아 물에 뛰어들어 죽었다는 사람으로, 〈이소〉 〈추사(抽思)〉 등 굴원의 작품에 자주 나오는 인물이다. ○故(고)－이유. ~ 때문이다. 이를 고사(故事)의 뜻으로 풀이하기도 하는데 전체적인 의미에는 차이가 없겠다. 그리고 이 구절의 해석을 팽함처럼 자침(自沈)하려 한다는 뜻으로 보는 사람도 많으나, 바로 앞에 날이 저물기 전에 남쪽으로 가고 싶다고 한 말로 보아 뜻을 굽히지 않고 충간(忠諫)했던 팽함처럼 나도 그렇게 하려 한다고 보는 편이 좋겠다.

(大意) 그리운 임 회왕(懷王) 생각에, 눈물을 닦고 오래도록 멈춰 서서 우두커니 바라본다. 그러나 이제는 진(秦)나라에 억류된 회왕과 연결시켜 줄 중매마저 끊어지고 길은 막혀, 내 가슴에 가득한 이 말들을 맺어 전달할 수조차 없어졌다.(1~2)

나의 충직한 마음 번민에 싸이고, 울적하게 맺힌 마음 풀 길이 없다. 날이 밝을 때까지 밤새도록 잠 못이루고 내 가슴 속 충정을 나타내려 해도, 마음만 침울할 뿐 이 그리움이 회왕께 통할 길이 없다.(3~4)

하늘을 떠도는 구름에게 부탁하여 말을 전하고 싶어, 구름의 신 풍륭(豐隆)을 만났으나 그는 나를 위해 들어주려 하지 않는다. 고향으로 돌아가는 철새를 통해서 말을 전하려 해도, 아아 새는 너무도 빠르게 너무도 높이 날고 있어 거기까지 가서 만나기가 어렵

다.(5~6)

오제(五帝)의 한 사람인 제곡(帝嚳) 고신씨(高辛氏)는 영덕(靈德)이 풍성하였기에, 제비를 만나 그 제비가 알을 떨어뜨려 고신씨의 비(妃) 간적(簡狄)이 그것을 삼키고 아들 설(契)을 낳아 요(堯) 임금의 사도(司徒)가 되게 했지만 내게는 그런 행운도 없다. 나는 절개를 꺾어 바람 부는대로 세속 따라 살고 싶어도, 처음 먹은 마음 바꾸어 뜻을 굽힌다는 것이 부끄럽게 여겨진다.(7~8)

나 혼자만 여러 해를 두고 뼈아픈 일들을 당하며 살아와, 아아 가슴에 가득한 분노 여태 가실 줄을 모른다. 차라리 죽을 때까지 한평생 이대로 마음 아픈 근심을 안은 채 살더라도, 어떻게 절개를 꺾고 초지(初志)를 굽힐 수 있겠는가?(9~10)

나는 전에 가던 길로는 목적지에 도달하도록 갈 수 없음을 알면서도, 여전히 이 태도를 고치려 들지 않는다. 수레는 이미 없어지고 말조차 쓰러져 가는 길 어려워도, 나는 이 세속의 사람들이 가지 않는 길을 혼자서 가고 싶다.(11~12)

나는 천리준마에 굴레를 씌워 수레를 끌게 하여 바꿔 타고, 명마부 조보(造父)더러 나를 위해 고삐 쥐고 수레를 몰게 한다. 나는 천천히 나아가며 성급히 달릴 필요 없이, 시간을 보내며 기회를 기다려본다. 나는 저 파총산(嶓冢山) 서쪽 굽이를 가리키며, 하늘이 주황색으로 물드는 해질녘에 그곳에 가 닿자고 기약해본다.(13~15)

새봄이 되어 다시 1년이 시작되는 이때, 밝은 태양이 한가로이 솟아 아득히 멀리까지 비쳐준다. 나는 우울한 흉회(胸懷)를 씻어내고 마음 내키는 대로 즐기려고, 대강(大江)과 하수(夏水)의 물 따라 노닐며 마음속 시름을 풀어본다.(16~17)

풀이 우거진 큰 숲에서 한 송이 향기로운 백지(白芷)를 꺾고, 강가의 기다란 섬에서 겨울에도 죽지 않는 한 줄기 숙근초(宿根草)를 뽑아 내 마음의 고결함과 절개를 나타낸다. 내가 너무 늦게 태어나 옛 성인(聖人)들과 같은 시대에 살지 못한 것이 아쉬워라. 이제 나는 누구와 함께 이 향기로운 방초들을 완상하며 즐길까?(18~19)

들이나 길가에 무더기로 나 있는 마디풀과 잡향(雜香)의 나물을 뽑아다가, 좌우 양쪽의 패물로 마련해 본다. 그러면 패물은 풍성하고 좌우로 아름답게 얽혀 돌아도, 마침내는 시들어 끊어지고 따로따로 떨어져나가 쓸모없게 되게 마련인데 세상 사람들은 이런 패물, 곧 중재(中材)만을 좋아하고 향초의 패물 같은 사람은 좋아하지 않는 것이 한탄스럽다.(20~21)

나는 잠시 머뭇머뭇 서성이면서 시름을 달래고, 남쪽 지방에 사는 이민족들의 괴상한 풍속을 보듯 남쪽 영도(郢都)에 있는 간신배들의 추태(醜態)를 바라보며 안타까워한다. 나도 몰래 마음 속에 즐거움이 일어, 내 가슴에 가득한 분노 털어놓을 수 있는 시기(時機)를 더 이상 기다릴 것 없다. 향초와 악취 나는 풀이 한데 얽히고 뒤섞여 있어도, 아아 향기로운 꽃이 그 가운데에서 피어나듯 내 가슴엔 혼돈 속에서도 선한 마음 용솟음치게 마련이다.(22~24)

짙은 향기가 저 멀리까지 번져나가는 것은, 속에 가득찬 향기가 밖으로 나타나는 것처럼 선한 마음을 닦으면 명예가 멀리까지 퍼지게 된다. 그렇듯 나의 회왕을 향한 진정과 고운 천성을 진정으로 보전만 하면, 아아 비록 사는 곳이 숨겨져 있어도 명성은 드러나 빛나게 마련이다.(25~26)

줄사철나무에게 청하여 중매 삼으려 하고 싶어도, 다리를 들고 나무에 기어오르는 것이 싫듯 조정 안의 고관들에게 구차스레 매달리기는 싫다. 또 연꽃에게 부탁하여 중매가 돼달라 하고 싶어도, 옷자락을 걷어올리고 물에 발 적시는 것이 싫듯 미천한 사람들과 어울려 몸 더럽히고 부끄러움 견디기는 싫다.(27~28)

높은 나무에 오르듯 고관 섬기는 것을 나는 좋아하지 않고, 낮은 물에 발 적시듯 미천한 사람 따르는 것을 나는 할 수 없다. 원래부터 나의 몸은 강직해서 그런 데에 비굴하게 굽히지 않기에, 이처럼 갈피를 못잡고 방황하며 주저하고 있다.(29~30)

처음에 뜻했던 대로 계획을 여러 모로 밀어가려고, 나의 이러한 태도를 아직도 바꾸지 않는다. 운명은 세상을 쓸쓸하게 묻혀 사는 나를 고달파 쓰러지게 하려 하는데, 바라건대 밝은 해가 아직 저물지 않은 동안, 즉 내가 아직 늙기 전에, 홀로 외로이 남쪽의 영도(郢都)에 가려고 함은 옛 현인 팽함(彭咸)이 했듯 임금께 충간(忠諫)하여 나의 고결한 절개를 지키려 하기 때문이다.(31~33)

(解說) 수구(首句)의 '사미인혜(思美人兮)'에서 제명(題名)을 따 왔다. 이 작품에서의 미인(美人)의 대상이 회왕(懷王)이냐 또는 경양왕(頃襄王)이냐 하는 문제로 지금까지 학설이 크게 두 가지로 나뉘어져 있다. 왕일(王逸)·장기(蔣驥)·진본례(陳本禮)·임운명(林雲銘) 등은 회왕을 가리킨다 했고, 왕부지(王夫之)·왕방채(王邦采)·곽말약(郭沫若)·유국은(游國恩) 등은 경양왕을 가리킨다고 했다. 그리고 이 작품의 제작 시기와 장소에 대해서도 제설이 분분하여, 한북(漢北)에 방축(放逐)되었을 때와 강남(江南)에 유배되었을 때의 대략 두 가지 주장으로 나뉜다. 여기서는 경양왕 3년 한북에서 회왕을 그리며 쓴 작품으로 보았다. 즉 작품 속의 '중매조차 끊기고 길이 막혀, 말을 맺어 전할 수 없어라'(2)라는 구절로 보아 회왕이 진(秦)나라에서 객사했을 무렵 자신의 안타까움을 나타낸 것이라고 본 것이다.

왕일의 《초사장구》에서는 이 작품의 요지를 '자신이 임금을 그리워해도 자기 생각을 알릴 수가 없다. 그러나 처음의 뜻을 굽힐 수가 없음을 알고는 더욱 자신의 몸을 닦아 죽은 후에 그치게 하려 한 것이다'라 했다. 이처럼 절개를 지키며 임을 그리는 사모의 서정(抒情)이 애절하게 표현돼 있는 〈사미인〉의 내용은 크게 4단(段)으로 나누어 볼 수 있다. 제1단(1~6)에서는 임금을 그리워하며 그 임금에게 말씀 여쭐 길이 없음을 슬퍼했다. 제2단(7~15)에서는 자신이 변절하여 세속에 굴할 수 없고, 지난날의 실패에도 불구하고 역시 소신(所信)을 관철코자 하는 마음이 상징적으로 나타나 있다. 제3단(16~26)에서는 잠시 자적(自適)하여 마음을 위로하고 풍물(風物)을 읊어 향초의 아름다움에 스스로의 정절을 비유하면서 정도를 행하면 반드시 인정을 받게 되리라고 생각한다. 제4단(27~33)에서는 자신의 신념을 더욱 굳게 지키며 옛 현인 팽함(彭咸)처럼 살고 싶다고 했다.

특히 이 작품은 〈이소〉와 더불어 우리나라 정송강(鄭松江)의 작품 전후(前後) 〈사미인곡(思美人曲)〉에 많은 영향을 주었으리라고 여겨져 주목을 끌고 있다.

석 왕 일
7. 惜往日 지난날을 슬퍼하며

석 왕 일 지 증 신 혜　수 명 조 이 소 시
1. 惜往日之曾信兮　受命詔以昭時

봉 선 공 이 조 하 혜　명 법 도 지 혐 의
2. 奉先功以照下兮　明法度之嫌疑

국 부 강 이 법 립 혜　촉 정 신 이 일 애
3. 國富强而法立兮　屬貞臣而日娭

비 밀 사 지 재 심 혜　수 과 실 유 불 치
4. 秘密事之載心兮　雖過失猶弗治

심 순 방 이 불 설 혜　조 참 인 이 질 지
5. 心純庬而不泄兮　遭讒人而嫉之

군 함 노 이 대 신 혜　불 청 징 기 연 부
6. 君含怒而待臣兮　不清澂其然否

폐 회 군 지 총 명 혜　허 혹 오 우 이 기
7. 蔽晦君之聰明兮　虛惑誤又以欺

불 참 험 이 고 실 혜　원 천 신 이 불 사
8. 弗參驗以考實兮　遠遷臣而弗思

신참유지혼탁혜　성기지이과지
9. 信讒諛之溷濁兮　盛氣志而過之

하정신지무고혜　피이방이견우
10. 何貞臣之無皐兮　被離謗而見尤

참광경지성신혜　신유은이비지
11. 慙光景之誠信兮　身幽隱而備之

임원상지현연혜　수자인이침류
12. 臨沅湘之玄淵兮　遂自忍而沈流

졸몰신이절명혜　석옹군지불소
13. 卒沒身而絶名兮　惜壅君之不昭

군무도이불찰혜　사방초위수유
14. 君無度而弗察兮　使芳草爲藪幽

언서정이추신혜　염사망이불료
15. 焉舒情而抽信兮　恬死亡而不聊

독장옹이폐은혜　사정신위무유
16. 獨鄣壅而蔽隱兮　使貞臣爲無由

문백리지위로혜　이윤팽어포주
17. 聞百里之爲虜兮　伊尹烹於庖廚

여망도어조가혜　영척가이반우
18. 呂望屠於朝歌兮　甯戚歌而飯牛

불봉탕무여환목혜　세숙운이지지
19. 不逢湯武與桓繆兮　世孰云而知之

오신참이불미혜　자서사이후우
20. 吳信讒而弗味兮　子胥死而後憂

개자충이입고혜　문군오이추구
21. 介子忠而立枯兮　文君寤而追求

봉 개 산 이 위 지 금 혜　　보 대 덕 지 우 유
22. 封介山而爲之禁兮　報大德之優游

사 구 고 지 친 신 혜　　인 호 소 이 곡 지
23. 思久故之親身兮　因縞素而哭之

혹 충 신 이 사 절 혜　　혹 타 만 이 불 의
24. 或忠信而死節兮　或訑謾而不疑

불 성 찰 이 안 실 혜　　청 참 인 지 허 사
25. 弗省察而按實兮　聽讒人之虛辭

방 여 택 기 잡 유 혜　　숙 신 단 이 별 지
26. 芳與澤其雜糅兮　孰申旦而別之

하 방 초 지 조 요 혜　　미 상 강 이 하 계
27. 何芳草之早殀兮　微霜降而下戒

양 총 불 명 이 폐 옹 혜　　사 참 유 이 일 득
28. 諒聰不明而蔽壅兮　使讒諛而日得

자 전 세 지 질 현 혜　　위 혜 약 기 불 가 패
29. 自前世之嫉賢兮　謂蕙若其不可佩

투 가 야 지 분 방 혜　　모 모 교 이 자 호
30. 妒佳冶之芬芳兮　嫫母姣而自好

수 서 시 지 미 용 혜　　참 투 입 이 자 대
31. 雖西施之美容兮　讒妒入以自代

원 진 정 이 백 행 혜　　득 죄 과 지 불 의
32. 願陳情以白行兮　得罪過之不意

정 원 견 지 일 명 혜　　여 열 수 지 조 치
33. 情冤見之日明兮　如列宿之錯置

승 기 기 이 치 빙 혜　　무 비 함 이 자 재
34. 乘騏驥而馳騁兮　無轡銜而自載

승 범 부 이 하 류 혜　　무 주 즙 이 자 비
35. 乘氾泭以下流兮　無舟楫而自備

배 법 도 이 심 치 혜　　비 여 차 기 무 이
36. 背法度而心治兮　辟與此其無異

영 합 사 이 유 망 혜　　공 화 앙 지 유 재
37. 寧溘死而流亡兮　恐禍殃之有再

불 필 사 이 부 연 혜　　석 옹 군 지 불 식
38. 不畢辭而赴淵兮　惜壅君之不識

지난날 일찍이 신임받던 일 애석하여라, 조칙(詔勅)을 받아 시정(時政) 다스리며

선왕의 공적 받들어 백성에게 보여주고, 법령 제도의 의심스런 데 밝혔도다

나라 부강하여 법령이 확립되고, 바른 신하에게 정사 맡겨 날로 즐거우며

비밀스런 일은 마음에 간직하고, 과실이 있어도 다스리지 않았어라

마음 깨끗하고 성실해 누설치 않아, 모함하는 사람들에게 시새움 받고

임금은 노여움 품고 신하를 대하여, 사실 여부도 밝히지 않았어라

임금의 총명 가리고 어둡게 하여, 거짓으로 미혹시켜 그르치고 속이는데

조사하여 사실을 생각해보지 않고, 신하를 멀리 보내 생각도 않으며

모함하고 아첨하는 허튼 말만 믿고, 기세등등하여 나를 탓하였어라

어이해 바른 신하 죄 없이, 비방받고 견책당하는가

빛이 진정 유상(有常)함을 보아도 부끄러워, 몸은 깊이 숨어 있어도 수양 쌓노라

원수(沅水)·상수(湘水)의 심연(深淵)에 가, 스스로를 억누르고 흐르는 물에 잠겨

끝내 이 몸 죽고 이름이 끊어져도, 어두운 임금 깨닫지 못할 것이 애석하여라

임금이 안목 없어 분별하지 못해, 방초가 무성한 숲 되었어라

어디다 진정 말하고 진실 호소할까, 편히 죽고 구차하게 살진 않으리

홀로 둘러싸이고 가리워져, 바른 신하 갈 길 없어라

백리해(百里奚)는 포로가 됐고, 이윤은 부엌에서 요리를 했으며

태공망(太公望)은 조가에서 백정질 했고, 영척은 노래하며 소를 먹였다고 들었는데

탕왕·무왕과 환공·목공을 만나지 못했더면, 세상에 누가 이들을 알아줬을까

오나라는 참언을 믿고 살피지 않아, 오자서(伍子胥) 죽은 후에 근심에 빠지고

개자추(介子推) 충의로웠으나 나무 안고 서서 불타 죽어, 문공이 깨달아 찾아나서고

개산에 봉하여 그를 위해 출입 금해서, 그 많고 큰 덕에 보답하고

오랫동안 몸 가까이 지낸 것 생각하여, 소복(素服) 입고 소리 내어 울었도다

어떤 이는 충의롭고 진실해서 절의(節義) 지켜 죽고, 어떤 이는 사람을 속여도 의심받지 않음은

사실을 살펴 생각해보지 않고, 모함하는 사람의 거짓말만 들어서여라

향기와 악취 섞여 얽혀 있는데, 누가 날이 새도록 그것을 구별할까

어이 향기로운 풀이 빨리 시드는가, 살짝 서리가 내려 경계한 것을

진실로 귀가 밝지 못해 가리우고 막혀, 나날이 모함하고 아첨하는 이들의 생각대로 되누나

예로부터 현인을 시샘하여, 혜초와 두약(杜若)은 찰 수 없다 하고

아름다운 부인의 향기를 질투하여, 모모가 요염하게 스스로 단장하며

서시 같은 고운 얼굴이라도, 모함하고 시샘하는 사람이 들어와 대신하누나

진정을 말해 행동 나타내려 했는데, 뜻밖에 죄를 얻었지만

진실과 무고(無辜)함이 나날이 밝혀짐은, 성좌들 줄지어 있는 것과 같아라

천리마 타고 내달아, 고삐·재갈도 없이 홀로 타고

뗏목에 올라 아래로 흘러, 노도 없이 홀로 떠가노라

법도 어기고 뜻대로 함은, 마치 이것과 다름없어라

차라리 빨리 죽어 물에 떠내려 가버리리라, 재앙이 다시 일까

두려워라

말을 다 마치기 전에 깊은 물에 뛰어들면, 어두운 임금 알지 못하는 것이 애석하여라

(語釋) ㅇ惜往日(석왕일)－지난날을 애통해하다. 지난날의 일을 애석히 여기고 지금의 유리(流離)된 처지를 슬퍼하여, 한 번 더 임금의 반성을 바라며 드디어 죽음을 결심하고 쓴 것이다. ㅇ曾信(증신)－일찍이 신임을 받다. ㅇ命詔(명조)－조칙(詔勅). ㅇ昭時(소시)－시정(時政)을 밝히다. 즉 세상을 다스린다는 뜻이다. ㅇ先功(선공)－선왕의 공적. ㅇ照下(조하)－백성에게 보여주다. ㅇ嫌疑(혐의)－의심스러운 것. ㅇ屬(촉)－부탁하다. 즉 정치를 맡긴다는 말이다. 촉(囑)과 같은 뜻. ㅇ貞信(정신)－마음이 바른 신하. ㅇ娭(애)－즐겁다. ㅇ載心(재심)－마음에 간직하다. ㅇ純庬(순방)－더럽지 않고 성실하다. ㅇ泄(설)－비밀을 누설하다. ㅇ清澂(청징)－명백히 하다. ㅇ蔽晦(폐회)－가려서 어둡게 하다. ㅇ虛(허)－거짓. ㅇ惑誤(혹오)－미혹되어 잘못하다. ㅇ欺(기)－속이다. ㅇ參驗(참험)－참고로 조사하다. 검증(檢證)하다. ㅇ考實(고실)－사실을 조사해 생각하다. ㅇ遠遷(원천)－멀리 보내다. ㅇ溷濁(혼탁)－흐트러지고 흐리다. 사리가 흐트러져 분명치 않음을 말한다. ㅇ盛氣志(성기지)－기세등등하다. ㅇ過(과)－탓하다. ㅇ離謗(이방)－비방을 받다. ㅇ見尤(견우)－견책을 당하다. ㅇ光景(광경)－빛. 일월의 빛을 말한다. ㅇ誠信(성신)－모순부실(矛盾不實)이 없이 정말 유상(有常)하다. ㅇ備(비)－갖추다. 수양을 닦는다는 뜻이다. ㅇ玄淵(현연)－심연(深淵). 현(玄)은 검다는 뜻이다. ㅇ自忍(자인)－자기의 정을 억제하다. ㅇ卒(졸)－끝내. ㅇ壅君(옹군)－가리워져 어두운 임금. ㅇ度(도)－마음 속의 척도. 즉 선악을 가릴 수 있는 안목을 말한다. ㅇ藪幽(수유)－숲의 무성함. 수(藪)는 초목이 무성한 습지이다. 방초는 으레 뜰 같은 데에 심어지게 마련인데, 수유(藪幽)는 그것이 깊은 숲을 이루도록 버려져 있음을 뜻한다. ㅇ推信(추신)－진실을 드러내 보이다. ㅇ恬(염)－편안하다.

ㅇ不聊(불료)－구차하게 살지는 않다. ㅇ鄣壅(장옹)·蔽隱(폐은)－가로막다. ㅇ無由(무유)－갈 길이 없다. ㅇ百里(백리)－백리해(百里奚). 춘추시대 우(虞)나라 대부로, 우나라가 진(晋)나라에 망했을 때 초(楚)나라 사람에게 포로가 되었는데 진(秦)나라 목공(穆公)이 그의 현명함을 알고 오고양피(五羖羊皮)를 몸값으로 주고 신하를 삼아 국정을 맡겼다. 목공을 오패(五覇)의 하나가 되게 한 사람이다. ㅇ伊尹(이윤)－은(殷)나라 탕왕(湯王)의 현상(賢相). 원래 유신씨(有辛氏)가 시집올 때 따라온 노예로서 요리사였다. 〈이소〉(144) 참조. ㅇ庖廚(포주)－요리를 하는 부엌. ㅇ呂望(여망)－강태공(姜太公). 원래 조가(朝歌)란 곳에서 칼을 울리며 도살업(屠殺業)을 하던 천민이었으나 주(周)나라 문왕(文王)에게 발견되어 현상이 된 태공망(太公望)이다. 〈이소〉(147) 참조. ㅇ甯戚(영척)－춘추시대 사람으로 노래하면서 소를 먹이고 있다가 제(齊)나라 환공(桓公)에게 발견되어 명재상이 되었다. 〈이소〉(148) 참조. ㅇ湯武(탕무)－은나라 탕왕과 주나라 무왕(武王). 모두 성왕(聖王)으로 불렸다. ㅇ桓繆(환목)－제나라 환공과 진나라 목공. 모두 명군(名君)으로 불렸다. 목(繆)은 목(穆)과 같은 글자이다. ㅇ云而(운이)－모두 조사(助詞)로서, 운(云)은 강의(强意)를 나타내는 조사이고, 이(而)는 절주(節奏)를 나타내는 접속조사이다. ㅇ吳(오)－춘추시대의 나라 이름. 여기서는 왕 부차(夫差)를 가리킨다. ㅇ味(미)－살피다. ㅇ子胥(자서)－오나라 왕 부차의 신하인 오자서(伍子胥). 충간(忠諫)하다가 죽음을 당한 충신이다. 〈섭강〉(22) 참조. ㅇ介子(개자)－춘추시대 진(晋)나라 현자(賢者) 개지추(介之推). 개자추(介子推)라고도 한다. 《좌전(左傳)》 희공(僖公) 24년 및 《사기(史記)》 〈진세가(晋世家)〉에 의하면 진나라 문공(文公)이 공자(公子) 시절에 여희(驪姬)의 참언으로 해서 19년 동안 망명했다가 돌아와 왕이 된 후 그를 따랐던 사람들에게 상을 주었는데, 개자추는 문공을 따라 천하를 돌 때 먹을 것이 없어 자기 넓적다리의 살을 베어 문공에게 먹이기도 하였으나 그에게 봉록(封祿)이 돌아가지 않으므로 미련없이 면산(緜山)

에 숨어 버렸다. 후에 문공이 개자추의 공을 생각하고 그를 찾아갔으나 산에서 내려오지 않아 산을 불태웠다. 그래도 개자추는 내려오지 않고 나무를 안고 서서 불타 죽었다고 한다. 한식(寒食)의 유래가 바로 이 개자추를 애도하는 뜻에서 나왔다고 전한다. ㅇ立枯(입고)—개자추가 나무를 안고 서서 불타 죽었다 하여 입사(立死)라 하는데 같은 뜻이다. 고(枯)는 곧 불타 죽는다는 뜻으로 쓰였다. ㅇ寤(오)—깨닫다. ㅇ封(봉)—지역을 정하여 그곳을 영지(領地)로 하다. ㅇ介山(개산)—개자추가 죽은 후 그를 면산(緜山)에 봉하여 제사하고, 면산을 개산(介山)이라고 했다. ㅇ禁(금)—백성들이 출입하여 나무하는 것을 금했다는 말이다. ㅇ優游(우유)—덕이 크고 여유가 있는 모양. ㅇ久故(구고)—오랫동안 망명에 수행했던 신하라는 말이다. 즉 고구(故舊). ㅇ親身(친신)—몸 가까이 있는 신하. 문공이 천하를 유랑하며 굶주렸을 때 개자추가 자기 넓적다리 살을 베어먹게 한 것을 가리킨다. 그래서 이를 할신(割身)이라 해야 한다는 설도 있다. 동방삭(東方朔)의 〈칠간(七諫)〉에 '자추자할이식군(子推自割而食君)'이란 말도 나온다. ㅇ縞素(호소)—흰 비단, 곧 상복(喪服)을 말한다. ㅇ死節(사절)—절의(節義)를 지켜 죽다. ㅇ訑謾(타만)—속이다. ㅇ按實(안실)—사실을 조사하여 생각하다. ㅇ芳與澤(방여택)—향기와 악취. 〈이소〉(59)와 〈사미인〉(24) 참조. ㅇ申旦(신단)—아침이 되다. 날을 거듭하다. ㅇ殀(요)—빨리 시들다. 즉 요(夭). ㅇ下戒(하계)—하늘이 경계를 내리다. ㅇ諒(양)—진실로. ㅇ聽不明(총불명)—귀가 밝지 못하다. 총명하지 못하다. 즉 불총명(不聰明). ㅇ日得(일득)—나날이 생각대로 되다. ㅇ蕙若(혜약)—혜초와 두약(杜若). 모두 향초로서, 현인을 비유한다. ㅇ佳冶(가야)—아름답고 고움. 부인의 아름다움을 나타내는 말이다. ㅇ芬芳(분방)—향기. ㅇ嫫母(모모)—황제(黃帝)의 넷째 아내로, 용모가 아주 추했다고 전해진다. 곧 추녀(醜女)의 대명사로 쓰이는 말이다. ㅇ姣(교)—얼굴이 아름답다. 요염하다. ㅇ自好(자호)—스스로 얼굴을 다듬다. 모양을 내다. ㅇ西施(서시)—춘추시대 월(越)나라 미녀로, 월나라 왕 구천(勾踐)이 오나라 왕 부차에게 바쳐 그의 총애를 받았다. ㅇ白行(백행)－행동을 명백히 표명하다. ㅇ不意(불의)－뜻밖이다. ㅇ情冤(정원)－실정과 원통한 죄. 즉 곡직(曲直)과 같은 말이다. ㅇ列宿(열수)－하늘에 줄지은 성좌. ㅇ錯置(조치)－배치되어 있다. 조(錯)는 조(措)와 같다. ㅇ騏驥(기기)－천리마. ㅇ轡銜(비함)－고삐와 재갈. ㅇ氾泭(범부)－뗏목. ㅇ舟楫(주즙)－노. ㅇ自備(자비)－스스로 대비하다. 혼자서 일을 처리한다는 뜻이다. ㅇ心治(심치)－자기 뜻대로 하다. ㅇ辟(비)－가령. 예를 들면. 즉 비(譬). ㅇ溘(합)－돌연·갑자기. ㅇ流亡(유망)－시체가 물결에 쓸려가 없어지다. ㅇ有再(유재)－다시 재앙이 일어나다. 회왕(懷王)이 굴원의 말을 듣지 않고 진(秦)나라에 갔다가 이국에서 욕된 죽음을 당했는데, 지금 경양왕(頃襄王)이 또 소인배들의 참언만을 듣고 있으니 다시 재앙이 발생하여 나라가 기울게 될까 걱정해서 한 말이다. ㅇ赴淵(부연)－깊은 물에 뛰어들다. ㅇ識(식)－알다.

(大意) 지난날 일찍이 회왕(懷王)에게 신임받던 일 생각하면 가슴아파라. 그때 나는 조칙(詔勅)을 받아 세상을 다스렸다. 선왕의 공적을 받들어 백성들에게 보여주고 알려줬으며, 법령 제도 등 헌령(憲令)의 모호한 곳을 내 손으로 밝혔다.(1~2)

그래서 나라가 부강해지고 법령이 확립되어 백성들은 법을 지키고, 마음이 바른 신하에게 부탁하여 정사를 맡기므로 임금은 날마다 즐거웠다. 나는 비밀스런 국가 대사를 마음 속에 간직한 채 처리하고, 설사 과실을 좀 범했다 해도 임금은 죄로 다스리지 않고 너그럽게 보아주었다.(3~4)

내 마음 깨끗한 대로 더럽히지 않고 성실하여 비밀을 누설치 않아, 거짓으로 비방하고 모함하는 사람들로부터 시새움을 받았다. 임금은 그들의 말을 듣고 노여움을 품고서 나를 대하고, 그 말의 사실 여부조차 분명히 밝히지 않았었다.(5~6)

소인배들이 임금의 총명을 가리고 어둡게 하여, 거짓말로 미혹시켜 일을 그르치고 게다가 그것을 진실이라 생각하여 속인다. 그러나 임금은 참고로 그것을 조사하여 진상을 생각해 보려고도 하지 않고, 나를 멀리 방축하여 버리곤 마음 한 구석에도 생각해 주지 않았다. 그는 모함과 아첨만을 일삼는 소인배들의 이치에 닿지 않는 말을 믿고, 기세가 등등하여 나더러 잘못했다고 탓했다.(7~9)

어찌해서 마음 바른 신하가 죄도 없는데, 비방을 얻어듣고 견책을 당하는 건가? 일월의 빛이 모순부실(矛循不實)이 없이 진정 유상(有常)함을 보아도 자신이 참언 때문에 방축된 것이 부끄럽게 여겨져, 몸은 비록 깊숙이 숨어 살고 있지만 수양을 쌓고 있다.(10~11)

차라리 원수(沅水)와 상수(湘水)의 깊은 물에 가서, 스스로의 마음을 억제하고 참고 견디어 흐르는 물에 빠져 버리리라. 그리하여 드디어 이 몸도 죽고 이름도 없어지겠지만 그런 것은 아깝지 않고, 다만 소인배들에게 가리워져 어두워진 임금이 언제까지고 깨닫지 못할 것이 애석하다.(12~13)

임금에게 선악을 가릴 수 있는 안목이 없어 사람을 분별하지 못해서, 향초가 무성한 습지를 이루도록 버려지게 했듯, 착한 나는 버림받았다. 어디다가 나의 진정을 말하고 진실을 드러내보여 호소할까? 차라리 죽는 것은 편하고 예사로운 일, 결코 구차하게 살지는 않으리라. 임금은 홀로 소인배들에게 둘러싸여 귀를 막히고 눈이 가리워져 있어, 마음 바른 신하가 나아가 진언(進言)할 길이 없게 되었다.(14~16)

진(秦)나라 목공(穆公)을 패왕(覇王)으로 만든 백리해(百里奚)는 원래 초나라에 포로가 되어 있는 것을 목공이 몸값을 치르고 데려다 국정을 맡겼다 하고, 은(殷)나라 탕왕(湯王)의 현상(賢相) 이윤(伊尹)은 원래 유신씨(有莘氏)가 시집올 때 따라온 노예로 부엌에서 요리를 했다 하며, 주(周)나라 입국을 도운 강태공(姜太公)은 원래 조가(朝歌)에서 도살업(屠殺業)을 하던 칼잡이였으나 문왕(文王)에게 발탁되어 이후 무왕(武王)까지 도왔다고 하고, 춘추오패(春秋五覇)의 하나인 제(齊)나라 환공(桓公)의 명재상 영척(甯戚)은 원래 노래하며 소를 먹이던 사람이라고 들었다. 그러나 만약 그들이 성왕(聖王)인 탕왕·무왕과 명군(名君)인 환공·목공을 만나지 못했더라면, 세상에 누가 이들 인물을 알았을 것인가?(17~19)

오(吳)나라 왕 부차(夫差)는 참언을 믿고 오자서(伍子胥)가 월(越)나라를 쳐야 한다고 한 충언을 살피지 않아, 오자서가 죽은 후에 월나라에게 패망당하는 근심에 빠졌다. 개자추(介子推)는 진(晋)나라 문공(文公)의 망명길을 따라 수행하는 동안 충성을 다했으나 그에게 봉록(封祿)이 돌아가지 않아 면산(緜山)에 들어가 숨어 버리고, 뒤늦게 문공이 잘못을 깨닫고 그를 찾았으나 나오지 않아 그를 나오게 하려고 산에 불을 놓아 개자추는 나무를 안고 서서 불타 죽었다. 그래서 면산을 개산(介山)이라 이름하여 그곳에 개자추를 봉해 제사지내고 나무하러 오르내리는 백성의 출입을 금하여, 더없이 많고 많은 그의 큰 덕에 보답하였다. 문공은 오랫동안 정들었고, 굶주렸을 때 넓적다리 살을 베어먹게 해주었던 개자추를 회상하여, 그를 위해 흰 상복을 입고 소리내어 울었다.(20~23)

어떤 이는 충성스럽고 진실해서 왕왕 절의(節義)를 지키다가 죽고, 어떤 이는 사람을 속이는데도 의심을 받기는커녕 임금의 신임을 받는다. 이것은 사물을 잘 관찰하여 사실을 알아보려고 하지 않고, 모함하는 사람의 거짓말만 듣고 따르기 때문이다. 향초와 악취나는 풀이 한데 뒤섞여 있듯 선악이 뒤얽혀 있는데, 누가 날이 새도록 잠 아니 자고 그것을 구별해 내겠는가?(24~26)

어이해서 향기가 있는 풀이 더 빨리 시들어 죽는가? 원래 여린 서리가 내릴 때 이미 하늘이 이를 경계해 주었던 것을 진실로 임금은 귀가 밝지 못하여 소인배들에게 가리우고 막히고 하여, 거짓말로 모함하고 아첨하는 자들의 생각대로 나날이 되어간다.(27~28)

옛날부터 현인을 질투하여, 혜초와 두약(杜若)은 노리개 삼아 허리에 찰 수 없다고 말하듯 현인을 나쁘다고 한다. 아름답고 고운 부인의 흐뭇한 향기를 시샘하여, 모모(嫫母) 같은 추녀가 요염하게 스스로 얼굴을 다듬는다. 서시(西施)같이 아름다운 미녀라 할지라도,

참언하고 질투하는 사람들이 미녀를 쫓아내고 들어가 자기가 대신 하려 한다.(29~31)

진정을 호소하여 내 행위에 잘못이 없음을 명백히 표명하려다가, 도리어 죄를 얻으리라고는 생각지도 못했다. 그러나 진실과 무고함이 나날이 분명해지는 것은, 하늘에 줄지은 성좌들의 배치와도 같다.(32~33)

천리준마를 타고 내달아, 고삐와 재갈도 물리지 않고 마부도 없이 홀로 수레에 탔다. 뗏목에 올라타 아래로 물흐름을 따라, 노도 없이 사공도 없이 홀로 맨손으로 저어간다. 법도를 어기고 제 마음대로 일을 처리하는 것은, 마치 혼자서 수레 타고 뗏목을 타는 예와 다를 것이 없다.(34~36)

차라리 나는 당장에 죽어 버려 시체가 물결에 쓸려가 없어지게 하자. 회왕 때 당했던 재앙처럼 또다시 국가가 기우는 사고가 생길까 두렵다. 내가 진정을 호소하는 이 말을 다 마치지 않고 깊은 물에 뛰어들어 죽고 나면, 소인배들에게 가리워 어두워진 임금께서 영원히 내 심정을 모르게 될 것이 슬프다.(37~38)

(解說) 첫머리 석자를 따 제명을 삼았다. 많은 학자들이 이 작품을 굴원의 절필(絶筆)로 보고 있는 바와 같이 드디어 자침(自沈)의 결심이 서술되어 있다. 그러나 굴원이 최후까지도 임금을 향한 애틋한 정을 잃지 않고 소인들에게 둘러싸여 깨닫지 못하는 임금을 안타깝게 생각하는 절실한 충정(忠貞)이 나타나 있다.

왕일의 《초사장구》에서는 이 작품은 '굴원이 처음에 신임을 받아 초나라가 거의 다스려지고 있었는데, 회왕이 군자와 소인의 정상(情狀)을 알지 못해 충(忠)을 사(邪)로 여기고 참언을 믿게 되어 끝내 그가 방축되는 몸이 되고 스스로를 밝힐 길이 없게 된 것을 말했다'고 했는데, 이 작품은 회왕 때를 회상하면서 그것을 거울삼고자 경양왕에게 남긴 글이라 하겠다.

죽은 뒤 어두운 임금이라도 알아볼 수 있도록 하려고 그랬는지,

아니면 죽음에 임하여 수식하거나 문장기교를 베풀 만한 마음의 여유가 없었음인지, 이 작품의 문장은 비교적 명백하고 직설적인 점이 특징이다.

8. 橘頌 귤 노래

(귤송)

1. 后皇嘉樹 橘徠服兮 (후황가수 귤래복혜)
2. 受命不遷 生南國兮 (수명불천 생남국혜)
3. 深固難徙 更壹志兮 (심고난사 경일지혜)
4. 綠葉素榮 紛其可喜兮 (녹엽소영 분기가희혜)
5. 曾枝剡棘 圓果摶兮 (증지염극 원과단혜)
6. 青黃雜糅 文章爛兮 (청황잡유 문장난혜)
7. 精色內白 類任道兮 (정색내백 유임도혜)
8. 紛縕宜修 姱而不醜兮 (분온의수 과이불추혜)
9. 嗟爾幼志 有以異兮 (차이유지 유이이혜)
10. 獨立不遷 豈不可喜兮 (독립불천 기불가희혜)

심고난사 확기무구혜
11. 深固難徙 廓其無求兮

소세독립 횡이불류혜
12. 蘇世獨立 横而不流兮

폐심자신 종불과실혜
13. 閉心自愼 終不過失兮

병덕무사 참천지혜
14. 秉德無私 參天地兮

원세병사 여장우혜
15. 願歲幷謝 與長友兮

숙리불음 경기유리혜
16. 淑離不淫 梗其有理兮

연세수소 가사장혜
17. 年歲雖少 可師長兮

행비백이 치이위상혜
18. 行比伯夷 置以爲像兮

천지간에 난 경사스런 나무, 귤이 나서 풍토에 맞아
천명 받아 다른 곳에 가지 않고, 남국에 나서 사노라
뿌리 깊고 단단해 옮기기 어렵고, 더욱이 한결같은 마음
녹색 잎사귀에 하얀 꽃, 무성하여 진정 즐거워라
겹친 가지와 날카로운 가시, 둥근 열매가 주렁주렁 달리고
파랑과 노랑이 뒤섞여, 그 색깔무늬 찬란해라
선명한 색깔에 속 희어, 도를 행하는 이와 비슷하고
무성한 가지 잘 다듬어, 곱기가 비길 데 없어라
아아, 네 어릴 적의 뜻, 유다른 데가 있어

홀로 서서 옮겨가지 않아, 어이 즐겁지 않았겠는가
뿌리 깊고 단단해 옮기기 어렵고, 너그러워 바라는 것 없어라
세상 가운데 홀로 자각하고 서서, 생각대로 하여 세속에 흐르지 않노라
마음을 닫고 스스로 삼가, 끝내 잘못 저지르지 않고
덕을 지니고 사심이 없이, 천지의 화육(化育)에 참여하노라
세월이 다 지나가도, 함께 오래도록 벗하고 싶어라
우아한 아름다움 지나치지 않고, 단단한 나무에 결이 났노라
나이 비록 젊어도, 스승이나 어른 삼을 수 있고
행동은 백이에게 비견되어, 귤나무 심어 본보기 삼으리라

(語釋) ㅇ橘頌(귤송)－귤의 노래. 송(頌)은 용(容)의 뜻으로 성덕(盛德)의 형용을 찬미하는 노래이다. 그러나 〈구장〉에서는 이러한 칭송의 노래가 아니라도 송(頌)이라 했다. 〈석송(惜頌)〉이 그러하고, 〈추사(抽思)〉에 보이는 〈도사작송(道思作頌)〉의 송(頌)이 그러하다. 때문에 여기서도 '귤의 노래'란 정도로 풀이해둔다. ㅇ后皇(후황)－후토황천(后土皇天), 곧 천지(天地)를 말한다. ㅇ徠(래)－오다. 즉 래(來). ㅇ服(복)－습관이 되다. ㅇ受命(수명)－천명을 받다. 귤나무가 갖는 자연적인 본성을 두고 하는 말이다. ㅇ不遷(불천)－다른 땅으로 가지 않는다. 《주례(周禮)》 〈고공기(考工記)〉에 의하면, 귤은 회수(淮水) 이북에 이식해 놓으면 탱자가 되어 버린다고 했다. ㅇ南國(남국)－초나라를 가리킨다. 《사기(史記)》 〈화식전(貨殖傳)〉에 의하면, 강릉(江陵)을 귤의 특산지로 들고 있는데 강릉은 바로 초나라의 서울 영(郢) 지방이었다. ㅇ深固(심고)－뿌리가 깊고 단단함을 말한다. ㅇ更(경)－더욱. ㅇ壹志(일지)－의지를 전일(專一)케 하다. 나무의 뜻이 한결같음을 말한다. ㅇ素榮(소영)－흰 꽃. ㅇ曾(증)－겹치다. 즉 층(層). ㅇ剡(염)－날카롭다. ㅇ摶(단)－둥글다. 귤이 주렁주

렁 달려 있음을 말한다. ○雜糅(잡유)—뒤섞이다. ○文章(문장)—무늬. 열매와 잎의 조화로 이루어진 채색을 가리킨다. ○爛(난)—빛나다. ○精色(정색)—선명한 색깔. 귤의 외피(外皮)를 나타내는 말이다. ○內白(내백)—속이 희다. 귤의 속을 나타내는 말로, 정색내백(精色內白)은 재주 있고 마음 결백한 사람을 비유한 것이다. ○類(유)—비슷하다. ○任道(임도)—도를 맡다. 정도를 걷는 군자나 대사를 맡은 사람을 가리킨다. ○紛緼(분온)—풍성한 모양. ○宜修(의수)—알맞게 수식(修飾)하다. 분온의수(紛緼宜修)는 무성하게 우거진 가지를 잘 전지(剪枝)했음을 뜻한다. ○姱(과)—용모가 아름답다. ○醜(추)—보기 흉하다. 나쁘다. 필(匹)과 같은 뜻으로 보아 이 구절을 아름다움이 비길 데 없다는 말로 풀이하기도 한다. ○爾(이)—너. 귤을 의인화(擬人化)하여 이상적인 인격을 투영해 말하고 있다. ○廓(확)—넓다·크다. 마음이 너그럽고 욕심 없음을 말한다. ○蘇世(소세)—세속 가운데에서 각성하다. 소(蘇)는 깨닫는다는 뜻이다. ○橫(횡)—마음대로 하다. ○不流(불류)—절조를 잃고 유속(流俗)에 따르는 일이 없다. ○閉心(폐심)—마음을 닫고 밖에 나타내지 않다. 귤이 선명한 껍질에 싸여 있어 속이 보이지 않으므로, 깊이 근심함을 연상시킨다. ○參(참)—참여하다. ○天地(천지)—천지 만물을 화육(化育)하는 공평무사한 인애(仁愛)의 덕을 가리킨다. ○幷(병)—모두. ○謝(사)—가버리다. ○淑離(숙리)—우아하고 아름답다. 숙(淑)은 화려하지 않고 조촐한 것을 말하고, 리(離)는 려(麗)와 통한다. 리(離)를 속세에서 떨어져 고독하게 있음을 뜻하는 것으로 풀이하기도 한다. 귤이 늦가을에 남몰래 익음을 두고 한 말인 듯하다. ○淫(음)—지나치다. 외설한 아름다움. ○梗(경)—가시가 나 있는 나무. 굳세다. ○理(리)—나뭇결. 이 구절은 인간이 강직하여 조리를 잘 분별하는 것을 비유한 것이다. ○伯夷(백이)—은(殷)나라 말기 고죽군(孤竹君)의 맏아들로, 아버지가 동생인 숙제(叔齊)에게 계위(繼位)시키려 함을 알고 형제가 서로 사양하다가 둘 다 도망하여 결국 중자(仲子)에게 계위되었다. 또 후에 주(周)나라 무왕(武王)이 은나라 주왕(紂王)을 벌하여 천하를 손에 넣었을 때 그는 폭(暴)을 폭으로 다스려서는 안된다고 간하고 주나라 곡식 먹기를 부끄러이 여겨 숙제와 함께 수양산(首陽山)으로 들어가 고사리를 뜯어 먹고 살다가 굶어 죽었다고 한다. 청렴결백한 성인으로 꼽혀, 굴원은 귤에서 연상되는 절조 굳고 청렴결백한 이상으로서 백이를 내세웠다 하겠다. ㅇ置(치)－세워놓다. 귤나무를 심는다는 의미가 포함되어 있다. ㅇ像(상)－본보기.

(大意) 하늘과 땅의 정기를 받아 생겨난 경사스러운 나무인 귤이 우리나라 땅에 와 나서 이곳 풍토에 적응했다. 타고난 본성이 이 땅에 맞아 다른 곳에 가서 나지 않고, 우리 초나라 땅에서 생산된다.(1~2)

귤나무 뿌리가 깊고 단단해서 옮기기 어렵고, 또한 나무의 마음도 언제나 한결같다. 녹색의 잎사귀에 하얀 꽃이, 무성하게 우거져 정말 사람 마음을 즐겁게 한다.(3~4)

빽빽이 겹친 나뭇가지와 날카롭게 돋은 가시, 둥근 귤 열매가 주렁주렁 매달려 있다. 파랗고 노란 귤이 뒤섞여 있어, 그 열매와 잎사귀가 조화되어 이룬 색깔의 무늬가 고와 찬란하게 빛난다.(5~6)

귤 껍질 색깔이 선명하고 속이 흰 것이 재주 있고 마음 결백한 사람처럼, 정도를 걷는 군자를 닮았다. 무성하게 우거진 가지를 전지(剪枝)하여 잘 다듬어서, 그 아름다움이 비길 데 없다.(7~8)

아아, 너 귤나무의 어렸을 적부터의 뜻이, 다른 나무와는 다른 데가 있었다. 아무데도 의지하지 않고 홀로 꿋꿋이 서서 다른 곳으로 옮겨가지 않아, 어찌 사람의 마음을 즐겁게 하지 않았겠는가?(9~10)

귤나무 뿌리가 깊고 단단해서 옮기기 어렵듯 뜻이 굳고, 마음이 너그럽고 욕심 없어 바라는 것이 없다. 세속의 가운데에서 홀로 자각하고 서서 움직이지 않고, 역류(逆流)를 가로질러 생각대로 하면서도 행동은 유속(流俗)에 따르지 않아 결백을 잃지 않는다.(11~12)

귤이 선명한 껍질에 싸여 속이 보이지 않듯 마음을 닫고 스스로 근신하여, 끝내 잘못을 저지르는 일이 없다. 귤은 천연의 본성인 덕을 지니고 살아 사심이 없고, 하늘과 땅이 만물을 육성하는 공평무사한 인애(仁愛)의 덕에 참여하여 성인(聖人)과 같다.(13~14)

세월이 모두 지나가버려 내가 나이 들 때까지도, 너 귤나무와 나는 언제까지고 벗이 되고 싶다. 우아하고 아름다운 모양 난잡하리만큼 지나치지도 않고, 단단한 나무에 아름다운 나뭇결이 나 있듯 인간이 강직하여 조리를 잘 분별하는 것 같다.(15~16)

귤나무에는 원래 고목이 적고 그처럼 사람이 비록 나이 젊더라도, 귤나무와 같은 인물이면 스승이나 손윗사람으로 모실 수 있다. 행동은 은(殷)나라 말기 청렴결백한 성인이었던 백이(伯夷)에게 견줄 만하여, 나는 귤나무를 심어 나의 본보기로 삼으리라.(17~18)

(解說) 하나의 영물시(詠物詩)로서 귤나무의 유다른 성질을 찬미함으로써 자신의 굳은 절조를 비유한 노래이다. 제작연대에 대해서는 굴원이 득의(得意)했던 초기의 작품이라는 주장과 강남에 방축되어 그곳의 귤나무를 보고 거기에 자신의 충의로운 마음을 기탁한 작품이라는 주장이 맞서고 있다. 내용으로 보아 비분(悲憤)이나 강개(慷慨)하는 기미가 전혀 없다는 점에서 굴원의 초기작품이라는 생각을 짙게 해준다.

왕일의 《초사장구》에서는 이 작품이 '귤의 덕 있음을 찬미한 때문에 송(頌)이라 했다. 《관자(管子)》의 편명에 〈국송(國頌)〉이 있고 송은 용(容)이라고 해설하고 있는데, 이는 나라 위하는 모습을 서술한 것'이라고 하여 이 작품이 귤의 모양을 찬미한 것이라 했다. 송(頌)자에 대해서는 어석(語釋)에서 이미 언급한 바 있는데, 하여튼 귤나무를 의인화(擬人化)하여 이를 이상(理想)의 대상으로 삼아 자기 이상을 여기에 의탁한 작품임에는 틀림없다. 그리고 〈구장〉의 다른 작품과는 달리 4언을 주조로 하고 《시경(詩經)》식으로 혜(兮)자를 사용한 것이 특징이며, 이 점에서 이 작품은 굴원의 초기작품일 것이라는 추측을 낳게 한다.

비 회 풍
9. 悲回風 회오리바람을 슬퍼하며

비 회 풍 지 요 혜 혜 　 심 원 결 이 내 상
1. 悲回風之搖蕙兮 　 心寃結而內傷

물 유 미 이 운 성 혜 　 성 유 은 이 선 창
2. 物有微而隕性兮 　 聲有隱而先倡

부 하 팽 함 지 조 사 혜 　 기 지 개 이 불 망
3. 夫何彭咸之造思兮 　 曁志介而不忘

만 변 기 정 기 가 개 혜 　 숙 허 위 지 가 장
4. 萬變其情豈可蓋兮 　 孰虛僞之可長

조 수 명 이 호 군 혜 　 초 차 비 이 불 방
5. 鳥獸鳴以號羣兮 　 草苴比而不芳

어 집 린 이 자 별 혜 　 교 룡 은 기 문 장
6. 魚葺鱗以自別兮 　 蛟龍隱其文章

고 도 제 부 동 묘 혜 　 난 채 유 이 독 방
7. 故荼薺不同畝兮 　 蘭茝幽而獨芳

유 가 인 지 영 도 혜 　 경 통 세 이 자 황
8. 惟佳人之永都兮 　 更統世而自貺

묘 원 지 지 소 급 혜 　 연 부 운 지 상 양
9. 眇遠志之所及兮 　 憐浮雲之相羊

개 묘 지 지 소 혹 혜 　 절 부 시 지 소 명
10. 介眇志之所惑兮 　 竊賦詩之所明

유 가 인 지 독 회 혜 　 절 약 초 이 자 처
11. 惟佳人之獨懷兮 　 折若椒以自處

증 허 희 지 차 차 혜　　독 은 복 이 사 려
12. 曾歔欷之嗟嗟兮　獨隱伏而思慮

체 읍 교 이 처 처 혜　　사 불 면 이 지 서
13. 涕泣交而凄凄兮　思不眠以至曙

종 장 야 지 만 만 혜　　엄 차 애 이 불 거
14. 終長夜之曼曼兮　掩此哀而不去

오 종 용 이 주 류 혜　　요 소 요 이 자 시
15. 寤從容以周流兮　聊逍遙以自恃

상 태 식 지 민 련 혜　　기 오 읍 이 불 가 지
16. 傷太息之愍憐兮　氣於邑而不可止

규 사 심 이 위 양 혜　　편 수 고 이 위 응
17. 糺思心以爲纕兮　編愁苦以爲膺

절 약 목 이 폐 광 혜　　수 표 풍 지 소 잉
18. 折若木以蔽光兮　隨飄風之所仍

존 방 불 이 불 견 혜　　심 용 약 기 약 탕
19. 存髣髴而不見兮　心踊躍其若湯

무 패 임 이 안 지 혜　　초 망 망 이 수 행
20. 撫珮衽以案志兮　超惘惘而遂行

세 홀 홀 기 약 퇴 혜　　시 역 염 염 이 장 지
21. 歲曶曶其若頹兮　時亦冉冉而將至

번 형 고 이 절 리 혜　　방 이 헐 이 불 비
22. 薠蘅槁而節離兮　芳以歇而不比

연 사 심 지 불 가 징 혜　　증 차 언 지 불 가 료
23. 憐思心之不可懲兮　證此言之不可聊

영 서 사 이 유 망 혜　　불 인 위 차 지 상 수
24. 寧逝死而流亡兮　不忍爲此之常愁

고 자 음 이 문 루 혜 방 자 출 이 불 환
25. 孤子唫而抆淚兮 放子出而不還

숙 능 사 이 불 은 혜 소 팽 함 지 소 문
26. 孰能思而不隱兮 昭彭咸之所聞

등 석 만 이 원 망 혜 노 묘 묘 지 묵 묵
27. 登石巒以遠望兮 路眇眇之默默

입 영 향 지 무 응 혜 문 성 상 이 불 가 득
28. 入景響之無應兮 聞省想而不可得

수 울 울 지 무 쾌 혜 거 척 척 이 불 가 해
29. 愁鬱鬱之無快兮 居戚戚而不可解

심 기 기 이 불 개 혜 기 요 전 이 자 체
30. 心鞿羈而不開兮 氣繚轉而自締

목 묘 묘 지 무 은 혜 망 망 망 지 무 의
31. 穆眇眇之無垠兮 莽芒芒之無儀

성 유 은 이 상 감 혜 물 유 순 이 불 가 위
32. 聲有隱而相感兮 物有純而不可爲

막 만 만 지 불 가 량 혜 표 면 면 지 불 가 우
33. 藐蔓蔓之不可量兮 縹緜緜之不可紆

수 초 초 지 상 비 혜 편 명 명 지 불 가 오
34. 愁悄悄之常悲兮 翩冥冥之不可娛

능 대 파 이 유 풍 혜 탁 팽 함 지 소 거
35. 淩大波而流風兮 託彭咸之所居

상 고 암 지 초 안 혜 처 자 예 지 표 전
36. 上高巖之峭岸兮 處雌蜺之標顚

거 청 명 이 터 홍 혜 수 숙 홀 이 문 천
37. 據靑冥而攄虹兮 遂儵忽而捫天

흡 잠 로 지 부 량 혜　　수 응 상 지 분 분
38. 吸湛露之浮涼兮　　漱凝霜之雰雰

의 풍 혈 이 자 식 혜　　홀 경 오 이 선 원
39. 依風穴以自息兮　　忽傾寤以嬋媛

빙 곤 륜 이 감 무 혜　　은 문 산 이 청 강
40. 馮崑崙以瞰霧兮　　隱岐山而清江

탄 용 단 지 개 개 혜　　청 파 성 지 흉 흉
41. 憚涌湍之磕磕兮　　聽波聲之洶洶

분 용 용 지 무 경 혜　　망 망 망 지 무 기
42. 紛容容之無經兮　　罔芒芒之無紀

알 양 양 지 무 종 혜　　치 위 이 지 언 지
43. 軋洋洋之無從兮　　馳委移之焉止

표 번 번 기 상 하 혜　　익 요 요 기 좌 우
44. 漂翻翻其上下兮　　翼遙遙其左右

범 휼 휼 기 전 후 혜　　반 장 이 지 신 기
45. 氾潏潏其前後兮　　伴張弛之信期

관 염 기 지 상 잉 혜　　규 연 액 지 소 적
46. 觀炎氣之相仍兮　　窺煙液之所積

비 상 설 지 구 하 혜　　청 조 수 지 상 격
47. 悲霜雪之俱下兮　　聽潮水之相擊

차 광 경 이 왕 래 혜　　시 황 극 지 왕 책
48. 借光景以往來兮　　施黃棘之枉策

구 개 자 지 소 존 혜　　견 백 이 지 방 적
49. 求介子之所存兮　　見伯夷之放迹

심 조 도 이 불 거 혜　　각 저 지 지 무 적
50. 心調度而弗去兮　　刻著志之無適

왈 오 원 왕 석 지 소 기 혜　　도 내 자 지 척 척
51. 曰吾怨往昔之所冀兮　悼來者之愁愁

부 강 회 이 입 해 혜　　종 자 서 이 자 적
52. 浮江淮而入海兮　從子胥而自適

망 대 하 지 주 저 혜　　비 신 도 지 항 적
53. 望大河之洲渚兮　悲申徒之抗迹

취 간 군 이 불 청 혜　　임 중 석 지 하 익
54. 驟諫君而不聽兮　任重石之何益

심 괘 결 이 불 해 혜　　사 건 산 이 불 석
55. 心絓結而不解兮　思蹇産而不釋

회오리바람이 혜초 흔들어대는 것 슬프고, 마음 원통함을 풀지 못해 가슴아파라

작은 생물 목숨이 떨어지고, 보이지 않는 소리 앞장서 불어오누나

어이 팽함 생각을 하는가? 그의 지절(志節)과 같고자 잊을 수 없어서여라

만번 변하는 그 마음 어이 덮여질까, 어떻게 거짓이 오래 이어지랴

새와 짐승은 울음으로 무리를 부르며, 풀과 마른 풀 한데 나 향기롭지 않고

물고기는 비늘을 겹쳐 스스로를 구별하나, 교룡은 그 아름다운 무늬를 감추노라

그러기에 씀바귀와 냉이 한 밭에 나지 않고, 난초와 백지(白芷) 외따로 나 홀로 향기로워라

임만이 언제까지나 아름다워, 조대(朝代)가 바뀌어서도 스스로 견주어 보고
원대한 뜻이 향하는 곳 아득해, 뜬구름처럼 방황하는 것 가련해라
높은 뜻 의혹을 받아, 남몰래 시를 읊어 밝히노라
임만을 홀로 그리워하여, 두약(杜若)과 산초(山椒) 꺾어 거기 살고
거듭 흐느끼고 탄식하며, 외로이 숨어서 걱정하노라
눈물 콧물이 번갈아 흐르며, 생각으로 날이 밝도록 잠 못 이루고
기나긴 밤을 보내며, 이 슬픔 억눌러도 떠나지 않아라
잠을 깨어 조용히 돌아다니며, 잠시 거닐어 스스로를 달래도
마음아파 한숨이 나오고 슬퍼서, 기가 막혀 풀 길 없어라
근심스런 마음을 꼬아 띠를 삼고, 수심과 괴로움 엮어 가슴장식 삼으며
약목을 꺾어 햇빛 가리고, 회오리바람 따라가리라
있는 듯하면서도 보이지 않고, 마음은 끓는 듯 뛰노라
패옥과 옷섶 눌러 마음 진정하고, 아득하게 맥풀린 마음으로 가노라
세월이 물건 떨어지듯 총총히 흘러, 시절도 차츰 지나 다하려 하고
백번(白蘋)과 두형(杜蘅) 시들어 마디가 끊어져 나가고, 향기는 이미 끝나 흩어져 버렸어라
생각 그만둘 수 없음이 슬퍼, 이 말이 허튼 것 아님을 증명하리라.
차라리 죽어서 흘러가 없어지려 해도, 이 끊임없는 근심 참을

수 없어라

고아는 탄식하며 눈물을 닦고, 방랑의 길손 나가선 돌아오지 않노라

누가 그리워하면서 마음아프지 않겠는가, 팽함의 소문처럼

작은 바위산에 올라 멀리 바라보면, 길은 아득히 고요하고

그림자도 소리도 없는 곳에 들어가, 듣지도 보지도 생각할 수도 없어라

근심으로 가슴 막혀 즐거움이 없고, 끊임없이 슬퍼 풀릴 길 없어라

마음은 묶여서 열리지 않고, 기분이 엉키고 비뚤어져 조여지누나

아득히 멀어 끝이 없고, 넓고 멀기가 비길 데 없어라

보이지 않는 소리는 느낄 수나 있지만, 사물의 순수함은 어찌할 수 없어라

멀리 아득히 뻗어 있어 헤아릴 수 없고, 가늘게 이어지는 뜻 굽힐 수 없어라

수심에 차 항상 슬퍼하며, 멀리멀리 날아도 마음 달랠 수 없어라

큰 물결 타고 넘어 바람을 따라서, 팽함이 계신 곳에 몸을 의탁하리라

높은 바위 험한 낭떠러지에 올라, 무지개 꼭대기에 있다가

푸른 하늘에 기대어 무지개를 길게 늘어뜨리고, 그대로 곧 올라가 하늘을 어루만지노라

짙은 이슬 흠뻑 마시고, 엉긴 서리 입으로 불어 흐트리며

풍혈 가에서 몸을 쉬다가, 갑자기 잠에서 깨어 애틋한 마음

곤륜산에 기대어 안개를 내려다보며, 문산에 의지하여 장강(長江) 물을 맑게 하고

넘치는 여울물 돌 부딪는 소리에 놀란 마음, 세찬 물결 소리를 듣노라

어지럽게 흐르는 물 대중이 없고, 터무니없이 넓어 갈피 잡을 수 없어라

끝없이 넘치는 물결 어디서 흘러오고, 끊임없이 굽이쳐 달려 어디 가서 멎을까

물이 두둥실 굴러 오르내리고, 달리는 듯 좌우로 출렁대며

넘쳐서 앞뒤에 솟아나노라, 조수(潮水)의 일정한 시간을 따라

열기가 끊이지 않는 것을 보며, 구름과 비가 모이는 곳 엿보고

서리와 눈이 함께 내리는 것 슬퍼하며, 바닷물과 강물 맞부딪는 소리 듣노라

일월의 빛을 빌려 왕래하며, 누른빛 가시의 굽은 채찍을 쳐서

개자추(介子推)가 있는 곳을 찾고, 백이가 은둔한 자취를 찾아보리라

마음 누그러뜨려 떠나지 아니하고, 뜻을 굳게 세워 아무데도 가는 일 없어라

나는 지난날 바랐던 것 원망하고, 앞날의 두려움에 서러워하노라

장강·회수(淮水)에 떠서 바다로 들어가, 오자서(伍子胥)를 따라서 마음 내키는 대로 노닐고

황하 가운데 섬을 바라보며, 신도적(申徒狄)의 고매한 행적 슬퍼하노라

자주 임금에게 간해도 듣지 않고, 무거운 돌을 지고 물에 잠긴들 무슨 소용인가

마음 울적해 트이지 않고, 생각이 엉키어 풀리지 않노라

(語釋) ㅇ悲回風(비회풍)－회오리바람을 슬퍼하다. 가을의 회오리바람이 향초를 말리는 것이 슬프다는 뜻으로, 굴원이 억울하게 고통받고 고민함이 마치 가을의 초목과 같음을 말한 것이다. ㅇ冤結(원결)－원통한 죄로 괴로움이 맺혀 풀리지 않는다. ㅇ隕性(운성)－생명을 떨어뜨리다. 혜초가 쉽게 말라 죽는 것을 가리킨다. ㅇ隱(은)－모습이 보이지 않다. ㅇ倡(창)－앞장서다. 창도(倡導)하다. 남보다 먼저 불러 소리를 잡다. ㅇ彭咸(팽함)－임금에게 간하다가 듣지 않아 물에 빠져 죽은 은(殷)나라 현인. 〈이소〉(38) 참조. ㅇ造思(조사)－생각을 하다. ㅇ曁(기)－……과 같다. 즉 여(與). ㅇ志介(지개)－지절(志節)·절조(節操). ㅇ蓋(개)－덮어 감추다. ㅇ苴(차)－마른 풀. ㅇ比(비)－줄지어 모이다. 밀생(密生)하다. ㅇ葺(집)－겹치다. ㅇ蛟龍(교룡)－뿔없는 용. ㅇ荼薺(도제)－씀바귀와 냉이. 씀바귀는 쓰고 냉이는 달아, 이로써 악인과 선인의 비유로 쓰인다. ㅇ茝(채)－백지(白芷). 난초와 함께 팽함이나 굴원과 같은 고독한 현인에 비유된다. ㅇ惟(유)－다만. 즉 유(唯). ㅇ佳人(가인)－사모하는 좋은 사람. 연인인 여자에 비유하는데 실제로는 팽함을 가리키고 있다. 왕일(王逸)은 회왕(懷王)을 가리킨다 하고, 주희(朱熹)는 굴원 자신을 가리킨다고 풀이하여 여러 설이 맞서고 있다. ㅇ永都(영도)－언제까지나 아름답다. 주희가 도(都)는 미(美)라고 풀이했다. ㅇ更統世(경통세)－세계(世系)를 바꾸다. 통(統)은 계(系), 곧 왕조(王朝)의 1대로서, 조세(朝世)를 바꾼다는 이 구절의 뜻은 몇 대를 지나도 대대로 이어짐을 말한다. ㅇ貺(황)－비교하다. 즉 황(況). ㅇ眇(묘)－아득히 멀다. ㅇ遠志(원지)－원대한 뜻. ㅇ相羊(상양)－의지할 곳 없이 떠도는 모양. 즉 상양(徜徉). ㅇ介(개)－의뢰하다. …… 때문이다. 인(因)과 같다. ㅇ眇志(묘지)－아득한 소망. 즉 원지(遠志). ㅇ竊(절)－남몰래. 겸사(謙辭)로 쓰인 말이다. 즉 사(私). ㅇ獨懷(독회)－홀로 그리워하다. ㅇ若椒(약초)－두약(杜若)과 산초(山椒). ㅇ處(처)－살다. 즉 거(居). ㅇ曾(증)－거듭. 즉 증(增). ㅇ歔欷(허희)－흑흑 느껴 울다. ㅇ嗟嗟(차차)－한숨 쉬며 탄식하는 모양. ㅇ凄凄

(처처)—흐르는 모양. ㅇ至曙(지서)—날이 밝아지다. 새벽이 되다. ㅇ曼曼(만만)—긴 모양. ㅇ掩(엄)—억누르다. 막다. ㅇ寤(오)—잠을 깨다. ㅇ從容(종용)—조용하고 편안한 모양. ㅇ周流(주류)—돌아다니다. ㅇ自恃(자시)—스스로를 마음의 의지로 삼아 달래다. ㅇ愍憐(민련)—불쌍히 여기고 슬퍼하다. ㅇ於邑(오읍)—슬퍼서 기가 막히는 모양. ㅇ糺(규)—꼬다. 즉 규(糾). ㅇ纕(양)—띠. ㅇ膺(응)—가슴. 여기서는 가슴의 장식을 말한다. ㅇ若木(약목)—곤륜산(崑崙山) 서쪽 끝 해가 지는 곳에 있다는 나무. ㅇ仍(잉)—따르다, 나아가다. ㅇ衽(임)—옷섶. ㅇ案志(안지)—뜻을 누르다. ㅇ超(초)—마음이 아득하게 들뜨다. 즉 원(遠). ㅇ惘惘(망망)—뜻대로 되지 않아 맥이 풀리고 멍한 모양. ㅇ曶曶(홀홀)—총총히 가버리는 모양. 즉 홀홀(忽忽). ㅇ頹(퇴)—물건이 위에서 아래로 떨어지다. 속도가 빠른 것을 형용한다. ㅇ冉冉(염염)—점점 나아가는 모양. ㅇ將至(장지)—이미 닿아 곧 끝나려 하다. ㅇ薠(번)—백번(白薠). 가을에 남방의 물가에 많이 나는 풀로 기러기의 먹이가 된다. ㅇ蘅(형)—두형(杜蘅). 산속의 응달에 나는 향초이다. ㅇ槁(고)—마르다. 즉 고(枯). ㅇ節離(절리)—풀이 시들어 마디 부분이 끊어져 나가다. ㅇ以(이)—이미. 이(已)와 통한다. ㅇ不比(불비)—흩어지다. 비(比)는 합(合)의 뜻으로, 불비(不比)는 잎이 떨어지고 향기가 흩어져 없어졌다는 말이다. 비(比)를 밀생(密生)의 뜻으로 보아, 풀이 시들어 듬성듬성해졌다는 말로 풀이하기도 한다. ㅇ懲(징)—그만두다. ㅇ此言(차언)—앞의 16~17구를 가리킨다. ㅇ聊(료)—소홀하다. 임시변통하다. ㅇ常愁(상수)—끊임없는 근심. ㅇ唫(음)—한탄하다. 즉 음(吟). ㅇ抆(문)—닦다. ㅇ放子(방자)—추방된 길손. ㅇ隱(은)—마음아프다. ㅇ昭(소)—밝히다. 비취다. 조(照)로 쓰인 곳도 있는데 같은 뜻이다. ㅇ巒(만)—작고 뾰죽한 산. ㅇ眇眇(묘묘)—멀리 보이는 모양. ㅇ默默(묵묵)—사람의 소리가 들리지 않는 모양. ㅇ景響(영향)—사람의 그림자와 소리. 영(景)은 영(影)과 같은 글자이다. ㅇ鬱鬱(울울)—마음이 맺힌 모양. ㅇ戚戚(척척)—슬픈 모양. ㅇ鞿羈(기기)—고삐와 굴레. 여기서는 속박・제어

를 당한다는 뜻이다. ㅇ繚轉(요전)－엉키고 비뚤어지다. ㅇ締(체)－얽히어 풀리지 않다. ㅇ穆(목)－유원(幽遠)한 모양. ㅇ垠(은)－가장자리. 즉 한(限). ㅇ莽(망)－광대한 모양. ㅇ芒芒(망망)－넓고 아득한 모양. ㅇ儀(의)－짝. 즉 필(匹). ㅇ純(순)－순수함. 본질을 나타내는 말이다. ㅇ藐(막)－멀다. 즉 막(邈). ㅇ蔓蔓(만만)－길고 먼 모양. 즉 만만(漫漫). ㅇ縹(표)－가냘프고 가는 모양. ㅇ紆(우)－굽다・얽히다. ㅇ悄悄(초초)－근심되어 기운이 없는 모양. ㅇ翩(편)－훌쩍 날다. ㅇ淩(능)－타다・넘다. ㅇ流(유)－떠가다. ㅇ峭岸(초안)－험준한 낭떠러지. ㅇ雌蜺(자예)－무지개. 옛날에 무지개를 용의 일종으로 여겨 수컷을 홍(虹)이라 하고 암컷을 예(蜺)라 하여 구별하였다. 또 무지개 색깔이 짙은 데를 홍(虹)이라 하고 옅은 데를 예(蜺)라 하기도 했다. 예(蜺)는 예(霓)와 같은 자이다. ㅇ標顚(표전)－꼭대기. ㅇ靑冥(청명)－파랗게 어두운 하늘. ㅇ攄(터)－기다랗게 늘어뜨리다. ㅇ儵忽(숙홀)－곧. 갑자기. ㅇ捫(문)－어루만지다. ㅇ湛露(잠로)－많이 내린 이슬. ㅇ浮涼(부량)－흠뻑 젖는 모양. 이슬이 많은 모양. ㅇ漱(수)－양치질하다. ㅇ雰雰(분분)－서리가 흩어져 내리는 모양. ㅇ風穴(풍혈)－곤륜산에 있는 바람구멍. 곤륜산의 북문이 열리어 부주산(不周山)의 바람이 들어가는 곳이라는 고대신화 속의 지명이다. ㅇ傾寤(경오)－몸을 옆으로 뒤척여 잠을 깨다. ㅇ嬋媛(선원)－마음에 걸리고 걱정되어 애틋하다. ㅇ馮(빙)－기대다. 즉 빙(憑). ㅇ瞰(감)－내려다보다. ㅇ隱(은)－의지하다. 즉 의(依). ㅇ岐山(문산)－장강(長江) 상류 민강(岷江)이 발원한 산으로, 사천성(四川省) 북쪽에 있다. 즉 민산(岷山)・문산(汶山). ㅇ淸江(청강)－장강을 맑고 깨끗하게 하다. ㅇ憚(탄)－놀라다, 두려워하다, 걱정하다. ㅇ涌湍(용단)－넘쳐흐르는 여울. ㅇ礚礚(개개)－물과 돌이 부딪치는 소리. ㅇ洶洶(흉흉)－세찬 물결의 소리. ㅇ容容(용용)－어지럽게 움직이는 모양. 즉 용용(溶溶). ㅇ無經(무경)－일정함이 없다. ㅇ罔(망)－의지할 곳이 없는 모양. 즉 망(惘). ㅇ芒芒(망망)－광대한 모양. 즉 망망(茫茫). ㅇ無紀(무기)－기강(紀綱)이 없다. 조리가 없다. ㅇ軋(알)—장원(長遠)한 모양. 즉 알홀(軋忽). ㅇ洋洋(양양)—물결이 넘치고 한이 없는 모양. ㅇ無從(무종)—어디서 흘러오는지 모르다. ㅇ馳(치)—물결이 달음질쳐 흐르다. ㅇ委移(위이)—길게 이어져 흐르는 모양. 즉 위타(逶迤). ㅇ焉(언)—어디. ㅇ漂(표)—떠다니다. ㅇ翻翻(번번)—물이 굴러 흐르는 모양. ㅇ翼(익)—빨리 달리다. ㅇ遙遙(요요)—흔들리는 모양. 즉 요요(搖搖). ㅇ氾(범)—물이 넘치다. ㅇ潏潏(휼휼)—물이 솟아나는 모양. ㅇ伴(반)—따르다. ㅇ張㢮(장이)—조수(潮水)의 들고 남. 이(㢮)는 이(弛)와 같은 자이다. ㅇ信期(신기)—틀림없는 때. 즉 상기(常期). ㅇ炎氣(염기)—열기(熱氣). 남방의 염열(炎熱)을 말한다. ㅇ相仍(상잉)—서로 따라서 연이어지다. ㅇ煙液(연액)—구름과 비. 연(煙)은 열기가 올라가 이루어진 구름이고, 액(液)은 그 구름으로 이루어진 비이다. ㅇ所積(소적)—모이는 곳. 홍흥조 〈보주(補注)〉에 의하면 '《신이경(神異經)》에 말하기를 남방에 화산이 있어 주야로 타오른다 했고 《포박자(抱朴子)》에 말하기를 남해의 소구(蕭丘) 안에 자생(自生)의 불이 있어 언제나 봄에 일어났다가 가을에 죽는다 했다'고 하였는데, 바로 이 남방의 무더운 열기를 가리키는 것 같다. ㅇ俱下(구하)—함께 내리다. 이 구절은 북방의 한랭한 가을·겨울의 음기(陰氣)를 가리킨다. ㅇ光景(광경)—일월의 빛. 왕일은 신광전영(神光電影)이라고 풀이했는데, 결국 유한한 세월을 이르는 말이라 하겠다. ㅇ黃棘(황극)—누른빛 가시가 난 나무로, 이것으로 채찍을 만들어 말을 자극하면 빨리 달리게 된다고 한다. 《산해경(山海經)》〈중산경(中山經)〉에 보면 '고산(苦山)에 황극이란 나무가 있는데, 꽃이 노랗고 잎이 둥글며 열매가 난초와 같다'고 했다. ㅇ枉策(왕책)—굽은 채찍. 굽은 가지로 만든 채찍이 더 효과적이라 한다. 광경(光景)을 말로 삼아 이 채찍으로 몬다는 뜻이 되겠다. ㅇ介子(개자)—춘추시대 절의를 지키기 위해 죽은 진(晋)나라 현인 개자추(介子推). 〈석왕일〉(21) 참조. ㅇ伯夷(백이)—의를 위해 죽은 은(殷)나라 말의 현인. 〈귤송〉(18) 참조. ㅇ放迹(방적)—은둔한 자취. ㅇ調度(조도)—

태도를 부드럽게 누그러뜨리다. 즉 마음을 안정시키고 잘 생각한다는 뜻이다. ㅇ刻著(각저)-굳게 세우다. ㅇ無適(무적)-다른 곳으로 갈 데가 없다. 뜻이 옮겨지지 않을 것이라는 결심의 말이다. ㅇ曰(왈)-어조사로, 의미가 없다. ㅇ悼(도)-서러워하다. ㅇ來者(내자)-장래의 일. ㅇ愁愁(척척)-근심하고 두려워하는 모양. 즉 척척(惕惕). ㅇ江淮(강회)-장강(長江)과 회수(淮水). 회수는 하남성(河南省) 동백산(桐柏山)에서 발원하여 오늘의 강소성(江蘇省) 연수현(漣水縣)인 회포(淮浦)에 이르러 바다로 들어간다. 이 장강의 하류 지방에는 오(吳)나라 왕 부차(夫差)에게 죽음을 당해 그 시체가 강물에 던져진 충신 오자서(伍子胥)의 유적이 있다. ㅇ子胥(자서)-오자서(伍子胥). 〈섭강〉(22) 참조. ㅇ自適(자적)-마음이 내키는 대로 유유히 살다. ㅇ大河(대하)-황하(黃河). ㅇ洲渚(주저)-강 가운데 있는 섬. ㅇ申徒(신도)-신도적(申徒狄). 신도(申徒)는 성이고, 적(狄)은 이름이다. 《장자(莊子)》 도척편(盜跖篇)에 의하면, 신도적은 은나라 말기의 현신(賢臣)으로 주왕(紂王)에게 간하다가 듣지 않아 돌을 지고 황하에 몸을 던져 죽었다고 했다. ㅇ抗迹(항적)-고매한 행적. 항(抗)은 고(高)와 같은 뜻이다. ㅇ驟(취)-자주. ㅇ任(임)-지다. 즉 부(負). ㅇ絓結(괘결)-마음이 맺혀 울적하다. ㅇ蹇産(건산)-마음이 엉키어 풀리지 않다.

(大意) 회오리쳐 불어오는 가을바람에 혜초가 흔들려 움직이는 것이 슬프고, 무고하게 원통한 죄를 입어 괴로움이 마음에 맺혀 풀리지 않아 가슴속에 아픔을 느낀다. 사물에는 혜초와 같이 미물(微物)이라서 바람에 시들어 죽는 것이 있고, 소리에는 눈에 보이지는 않지만 맨 먼저 울어 고목(枯木)의 앞장을 서는 가을바람이 있다.(1~2)

나는 도대체 어이해서 은(殷)나라 현인 팽함(彭咸)의 생각을 하는가? 그것은 그의 지절(志節)을 사모하여 나도 그와 같아지고자 잊을 수가 없기 때문이다. 참언하는 사람의 천변만화(千變萬化)하는 그 마음이 어이 덮여지고 감춰지겠는가? 어떻게 해서 그들의 허

위가 오랫동안 지속될 수 있겠는가?(3~4)

새와 짐승들이 울음으로 같은 무리들을 불러모으고, 풀과 마른 풀들이 한 군데 밀생(密生)하면 향기가 나지 않듯, 소인배들은 도당(徒黨)을 지어 나쁜 짓만 꾸민다. 물고기가 자기 비늘을 겹쳐서 다른 고기와의 구별을 나타내듯 소인배들은 자기 재색(才色)을 과시하려고 하나, 뿔 없는 용이 자기의 아름다운 무늬를 보이지 않고 깊은 물속에 숨듯 은군자(隱君子)는 자기를 드러내지 않는다. 그러기에 씀바귀와 냉이가 같은 밭에 살지 않듯, 악인과 선인은 같은 때에 나란히 출사(出仕)하지 않는 것이고, 난초와 백지(白芷)가 남모르는 곳에 나서 홀로 향기롭듯, 현인은 고독하게 마련이다.(5~7)

나의 사모하는 임, 이상(理想)의 인물인 팽함만이 남기신 덕 언제까지나 아름다워, 몇 세대를 지난 오늘에 와서도 나는 스스로를 그 선량한 덕에 비견해본다. 나의 원대한 뜻이 지향하는 곳이 아득히 멀기만 하여, 뜬구름처럼 의지할 곳 없이 떠도는 것이 가련하다. 이 고고(孤高)한 뜻이 남의 회의(懷疑)를 받아, 나 혼자 몰래 시(詩)를 지어 그 뜻을 분명히 밝히련다.(8~10)

나는 팽함의 덕만을 홀로 그리워하여, 향기로운 두약(杜若)과 산초(山椒)를 꺾어 장식하고 그 속에 산다. 거듭거듭 흐느껴 울고 탄식하며, 나는 홀로 외로이 숨어 살면서도 국가 대사를 잊을 수 없어 걱정한다.(11~12)

나는 눈물과 콧물이 끊임없이 흘러내리며, 새벽이 되고 날이 새도록 잠 못 이루고 생각에 잠겨 있다. 지겹도록 기나긴 밤을 밝히며, 이 슬픔을 씻어버리려 해도 떠나지 않는다.(13~14)

아침에 잠에서 일어나 편안한 마음으로 조용히 사방을 돌아다니며, 잠시 거닐어 스스로의 마음을 달래본다. 그러나 여전히 마음이 아파 한숨 쉬어지고 걱정으로 슬퍼져, 나는 기가 막히고 괴로워 이를 억누를 길이 없다.(15~16)

근심에 싸인 마음을 실로 삼아 꼬아서 띠로 두르고, 수심과 괴로움을 엮어서 가슴에 치는 장식을 삼은 듯 슬픔에 둘러싸여 있다. 곤륜산 서쪽 끝 해지는 곳에 있는 약목(若木) 가지를 꺾어 햇빛을 가리고, 나는 회오리바람이 부는 대로 아무데로나 떠나가련다.(17~18)

눈앞이 흐릿하여 내 뇌리에는 그리운 이 계시는 듯한데 분명히 보이지 않고 마음은 끓는 물같이 용솟음친다. 패옥과 옷섶을 눌러 마음 진정하고, 나는 뜻대로 되지 않아 맥이 풀려서 마음이 아득하게 들뜨고 멍청해진 채로 드디어 떠나간다.(19~20)

세월은 마치 물건이 위에서 아래로 떨어지듯 빠른 속도로 총총히 흘러가고, 쇠로(衰老)해진 시절도 차츰 지나가 이윽고 끝날 날이 가까워진다. 물가의 백번(白蘋)도 산속 응달의 두형(杜蘅)도 다 시들어 마디 부분이 끊어져 나가고, 잎이 떨어져 향기도 이젠 그만 다 흩어져 없어졌다.(21~22)

나라 생각을 그만둘 마음이 되지 않음을 슬퍼하여, 내 결심의 말이 임시변통으로 소홀하게 말한 것이 아니란 증거를 보이겠다. 차라리 죽어 없어져 시체가 물에 떠내려가 행방을 모르게 하려 해도, 이렇게 언제나 그칠 줄 모르는 근심을 참을 수가 없다.(23~24)

나는 고아처럼 낮은 소리로 탄식해 울며 눈물을 닦고, 방축되어 유랑하는 길손되어 한번 집을 나가서는 영영 돌아오기 어렵다. 누군들 그리운 마음 지니고서 가슴아프지 않을 수 있겠는가? 예부터 전해오는 팽함의 아름다운 소문을 나는 이제 알겠다.(25~26)

작으면서 뾰족 솟은 바위산에 올라가 멀리 바라보면, 길은 아득히 멀리 이어져 보이고 고요하기만 하다. 사람의 그림자도 메아리쳐 오는 소리도 없는 쓸쓸한 곳에 들어가, 듣고 보고 생각해 보아도 아무것도 얻을 수가 없다.(27~28)

근심으로 가슴이 막혀 유쾌한 날이 없고, 평소에 끊임없는 슬픔 속에 살며 마음 편히 풀릴 때가 없다. 마음이 속박되어 이 괴로움 밖으로 털어낼 수 없고, 기분이 엉키고 비뚤어져 풀리지 않고 저절로 조여지기만 한다.(29~30)

앞길은 아득히 먼 저 하늘 끝처럼 한이 없고, 넓고 멀기가 비길 데 없다. 소리는 눈에 보이지 않아도 서로 느껴 움직이는 것이 있지

만, 사물이 각기 지닌 순수한 본질은 인력으로 어찌할 수가 없다.(31~32)

천지간의 도리가 끝없이 아득히 뻗어 있어 헤아릴 수 없고, 가냘픈 실처럼 끊이지 않고 이어지는 나의 뜻은 굽힐 수 없다. 나의 마음은 수심에 차 언제나 슬픔에 젖어 있고, 저 컴컴한 우주를 향하여 멀리 날아올라 내 넋이 방황해도 이 마음을 달랠 길은 없다. 나는 큰 물결을 타고넘어 바람에 둥실 떠서, 옛 현인 팽함이 계신 곳에 가 이 몸을 의탁하고 싶다.(33~35)

높은 바위산의 험한 낭떠러지로 올라, 나는 무지개 바깥쪽의 색깔이 희미한 꼭대기에 머문다. 파랗고 어두운 하늘에 의지하여 무지개를 길게 늘어뜨리고, 나는 그대로 곧 올라가 하늘을 어루만진다.(36~37)

짙게 내린 이슬을 흠뻑 마시고, 입에 머금어 엉긴 서리를 훅 불어 흩어져 내리게 한다. 나는 곤륜산에 있는 바람구멍인 풍혈(風穴) 근처에서 쉬다가, 언뜻 몸을 옆으로 뒤척여 잠을 깨고는 걱정으로 애틋한 마음에 잠긴다.(38~39)

나는 곤륜산에 내려와 기대앉아 안개를 내려다보고, 장강(長江)의 발원지인 문산에 의지하고서 장강 물을 맑고 깨끗하게 해준다. 넘쳐흐르는 여울물에 돌이 부딪쳐 나는 소리에 이 마음 놀라고, 물결이 세차게 치는 소리를 듣는다.(40~41)

어지럽게 뒤섞여 흐르는 물살 종횡(縱橫)을 가릴 수 없이 흐르고, 터무니없이 광대한 강물 어디가 어딘지 갈피를 잡을 수 없다. 끝없이 멀리까지 넘치는 물결 어디서 흘러오는지 알 수 없고, 달리듯 끊임없이 굽이치는 물결 어디까지 흘러가 멎을까?(42~43)

물이 강에 두둥실 굴러서 흘러 위아래를 오르내리고, 달리는 듯 좌우로 흔들흔들 출렁댄다. 넘쳐흐르는 물결이 갑자기 앞뒤에서 솟아오르는 것은, 밀물과 썰물이 틀림없이 드나드는 일정한 시간에 따라.(44~45)

남방의 열기가 서로 연이어 끊이지 않는 것을 살펴보고, 무더운 열기가 올라가 구름과 비가 되어 몰리는 곳을 엿본다. 한랭한 북방에 서리와 눈이 함께 내리는 것을 슬퍼하고, 밀려오는 바닷물의 조수와 강물이 맞부딪쳐 역류하는 소리를 듣는다.(46~47)

일월의 빛, 곧 유한한 세월을 말로 삼아 왕래하며, 누른빛 가시나무의 굽은 가지로 만든 채찍으로 이 말을 몰고 간다. 절의를 지켜 죽은 개자추(介子推)가 있는 곳을 찾고, 또 백이(伯夷)가 은둔해 있던 곳에 가 그 자취를 보며 나도 그들의 뒤를 밟으리라.(48~49)

나는 마음을 안정시키고 잘 생각하여 절의를 지켰던 옛 현인들의 자취에서 떠나지 아니하고, 뜻을 굳게 세워 다른 곳으로 가는 일이 없으리란 결심이다. 그러기에 옛날에 내가 하고자 했던 일들이 다 실패했던 것을 원망하고, 장래에 또 닥쳐올 일들이 근심스럽고 두려워 서러워한다는 것이다.(50~51)

장강과 회수(淮水)를 떠돌아 넓은 바다로 들어가서는, 충간하다 죽은 오(吳)나라 충신 오자서(伍子胥)를 따라 함께 마음 내키는 대로 유유히 노닌다. 저 큰 황하 가운데 있는 성을 바라보고는, 은나라 주왕(紂王)에게 간하다 죽은 신도적(申徒狄)의 고매한 행적을 생각하고 슬퍼한다.(52~53)

자꾸만 임금에게 충간을 해도 들어주지 않았고, 그래서 무거운 돌을 지고 물에 몸을 던져 죽은들 무슨 이득이 있었는가? 마음이 맺혀 울적한 것 트이지 않고, 생각이 이리저리 엉키어 풀리지 않는다.(54~55)

(解說) 첫머리 석자를 따 제명을 삼았다. 굴원이 무고한 죄로 억울하게 고통받고 고민하는 모습을 가을의 회오리바람에 향초가 시들어가는 데에 기흥(起興)한 것으로 제의(題意)에 꼭 어울리는 작품이다. 이 작품의 제작연대에 대해서도 여러 주장이 있기는 하나, 내용으로 보아 경양왕 때 추방되어 유랑하는 가운데 쓰여진 만년의 작품으로 여겨진다.

왕일의 《초사장구》에서는 이 작품은 '소인들이 들끓는 것은 군자들이 근심하는 바이고, 그래서 천지간에 유랑하게 되어 울분을 터뜨리고 끝내는 멱라수(汨羅水)에 잠겨 오자서(伍子胥)·신도적(申徒狄)의 뒤를 따름으로써 자기 뜻을 다한 것을 말했다'고 했는데, 번민의 정이 절실하고 옛 충신의 유적을 방황 신유(神遊)하여 절의를 지키기 위해 죽은 사람을 사모하고는 있으나, 이 작품을 절필(絶筆)이라 할만큼 자살을 결행하기까지는 아직 이르지 않은 것 같다.

이 작품은 특히 쌍성(雙聲)·첩운(疊韻)과 연면사(聯綿詞)를 많이 썼다. 예를 들어 상양(相羊)·허희(歔欷)·차차(嗟嗟)·처처(凄凄)·만만(曼曼)·종용(從容)·주류(周流)·소요(逍遙)·오읍(於邑)·방불(髣髴)·용약(踴躍)·추창(惆悵)·홀홀(曶曶)·염염(冉冉)·목묘묘(穆眇眇)·망망망(莽芒芒)·막만만(藐蔓蔓)·표면면(縹緜緜)·편명명(翩冥冥)·망망망(罔芒芒)·표번번(漂翻翻) 등이 그것이다. 그래서 〈구장〉 중 다른 작품에 비해 그 음절이 더욱 비감(悲感)을 자아내게 하고, 그 유원(幽怨)한 맛은 고도한 예술적 기교를 실감케 한다.

[〈구장(九章)〉에 대하여]

〈구장(九章)〉의 구(九)는 편수, 곧 작품수이고 장(章)은 편장(篇章)을 가리키는 말이다. 그래서 〈석송(惜誦)〉 이하 〈비회풍(悲回風)〉에 이르는 9편 작품의 총칭이라 하겠다. 그러나 지금까지 이 〈구장〉의 명칭과 편차(篇次) 및 제작 시기에 대하여 가지가지 논의가 있어 왔다.

왕일(王逸)은 《초사장구(楚辭章句)》에서 '장(章)은 드러나다[著]·분명하다[明]라는 뜻으로, 굴원이 진술하는 충신(忠信)의 길이 매우 저명(著明)함을 말한 것이다'라고 했다. 이는 굴원이 처음부터 '구장'이란 총칭을 설정해 놓고 작품들을 하나로 정리했다는 전제 아래 이루어져야 할 풀이이므로, 아무래도 장(章)자에 집착한 훈고가(訓詁家)의 억설이라 아니할 수 없다.

주희(朱熹)의 《초사집주(楚辭集註)》에서는 '굴원이 이미 추방되어 임금을 생각하고 나라를 걱정하며 각 사항에 따라 느낀 것을 즉각 소리로 나타내었다. 후세 사람이 이를 모아 아홉 편이 되었고 합쳐서 한 권으로 만들었으므로, 반드시 같은 시기에 나온 것이라고는 할 수 없다'고 하였는데 매우 온당한 말인 듯하다. 사실 〈구장〉이란 이름은 《사기(史記)》 〈굴원열전(屈原列傳)〉에 이르기까지는 보이지 않고, 유향(劉向)의 〈구탄(九歎)〉에 처음 보인다. 즉 '탄리소이양의혜(歎離騷以揚意兮), 유미탄어구장(猶未殫於九章)'이란 구절에서 〈이소〉에 대하여 〈구장〉이라 칭했는데, 여기에 근거를 두고 강양부(姜亮夫)의 《굴원부교주(屈原賦校注)》에서는 〈구장〉이란 이름을 처음 붙인 사람은 유향·유흠(劉歆) 부자였다고 주장했다. 그러나 그들 자신도 왕포(王褒)가 〈구회(九懷)〉를 지어 굴원을 추도하고 동방삭(東方朔)이 〈칠간(七諫)〉을 읊어 충신(忠信)을 분명히 하며 굴원의 유풍(遺風)을 이어받아 그 제목에 7·9 등의 숫자를 쓴 것은 굴원의 작품 제명을 모방한 것이라고 본 점을 미루어볼 때, 유향 이전에 이미 굴원에게 〈구장〉이란 이름의 작품들이 있었던 것이 아닌가 여겨져, 강양부의 주장을 그대로 받아들이기도 어렵다.

그런데 주희는 이들 작품이 반드시 같은 시기에 나온 것은 아니라고 하면서도 모두가 다 굴원이 추방된 후에 쓰여진 것이라고 보고 있는데, 이 점에 대해서는 의문이 없을 수 없다. 우선 〈귤송(橘頌)〉 한 편만 해도 이를 추방된 후의 작품이라고는 생각되질 않는다. 또 다른 여덟 편의 작품 역시 동시(同時)·동지(同地)의 작품이 아닌 오랜 기간에 걸쳐 만들어진 것이라 생각된다. 그리고 이 제작 시기의 확정에 따라 작품의 해석방법도 달라져야 하기 때문에, 이는 역대로 많은 학자들의 연구대상이 되어왔으나 아직껏 정설로 내세울 만큼 집약된 학설이 없다.

더욱이 역대 주석본(註釋本)의 편차(篇次)도 각기 달라 〈구장〉에 관한 연구가 그토록 많으면서도 해석상의 혼란을 면치 못하고 있다. 때문에 이 책에서도 각 작품의 제작 시기를 정확하게 순서를 매길 수도 없고 하여 어쩔 수 없이 최고(最古) 텍스트라 할 왕일의 《초사장구》 편차에 따라 배열하였다. 다만 그 제작 시기를 대략 판단하여 말미(末尾)의 '굴원연표(屈原年表)'에 밝혀놓았다.

〈구장〉 작품의 문학적 가치는 〈이소〉를 능가하지는 못하나, 〈이소〉를 읽는 데에 있어 없어서는 안될 작품들이다. 또 굴원의 생애와 방축시의 역정(歷程)이나 심리변화를 이해하는 데에 있어 불가결의 것들이기도 하다. 이 가운데 〈귤송〉은 굴원의 유일한 영물시(詠物詩)로서 방축 이전 득의기(得意期)의 작품이다. 또 〈석송〉은 피참거직시(被讒去職時)의 작품이고 〈추사(抽思)〉는 한북(漢北)에 방축되었을 적에 재직시를 회상하며 쓴 것으로, 이 두 작품은 〈이소〉와 정조(情調)가 비슷하고 또 〈이소〉와 중복되는 부분이 있는데, 어쩌면 이러한 단편적(斷片的)인 작품들이 바로 〈이소〉의 저본(底本)이 되었던 것이 아닌가 여겨지기도 한다.

그리고 〈사미인(思美人)〉은 회왕(懷王)의 불총(不聰)을 안타까워하며 죽어 버릴 심사(心思)를 쓴 것인데, 작품 가운데 '이소' '초혼(招魂)'과 같은 구절이 나온다 하여 굴원의 작품이 아니라는 설도 있다. 다음 〈애영(哀郢)〉에는 혼탁한 초나라 서울 영도(郢都)를 등지고 방축의 길을 떠나 능양(陵陽)에 이르는 경로가 보이고, 이에 이어 〈섭강(涉江)〉에서는 하포(夏浦)에서 서쪽으로 돌아 원수(沅水)·상수(湘水)를 지나서 서포(漵浦)로 들어가는 유랑의 경로가 그려져 있다. 만년의 작품인 〈비회풍〉은 제목이 말하는 바와 같이 비분에 뒤얽힌 복잡한 정서를 그렸고, 끝으로 〈회사(懷沙)〉와 〈석왕일(惜往日)〉은 〈구장〉 중에서도 침통한 심서(心緖)가 가장 많이 나타난 작품으로 자살의 결심이 그려진 굴원의 절필(絶筆)이다.

앞에서 잠깐 언급된 바 있지만, 증국번(曾國藩)·오여륜(吳汝綸)·풍원군(馮元君)·하기방(何其芳) 등은 '구장' 작품 가운데에 굴원의 작품이 아닌 것이 포함되어 있지 않나 의심하고 있다. 그러나 이러한 설은 확실한 논거(論據)가 있어 그런 것이 아니므로 더 이상 거론치 않겠다. 이것이 굴원의 사실적인 생활기록이라고 할 수는 없지만, 분명히 굴원의 생활과 사상의 반영이며 그의 신상을 파악하는 데에 있어 더없이 좋은 실마리임에 틀림없다. 아홉 작품이 다 굴원의 뜻을 그린 시로서, 대체로 〈이소〉와 같은 계열에 속하는 작품이라 하겠다.

제4장

증보편增補篇

1. 어부(漁父)
2. 복거(卜居)
3. 원유(遠遊)
4. 천문(天問)

굴원하면 〈어부(漁父)〉를 떠올리는 사람이 많다. 그리고 〈어부〉는 곧 멱라(汨羅)에 몸을 던진 고고(孤高)한 시인을 연상시켜 주는 작품이기도 하다.

〈복거(卜居)〉 또한 〈어부〉와 맥을 같이하는데 혼탁한 세상과 현실을 초연하게 해탈할 수도 있음을 암시하고 있다.

〈원유(遠遊)〉는 '현실 세계에서 떠난다'란 의미이다. 아무리 고통이 가득차 있더라도 이 현실세계를 떠난 인간세계는 있을 수 없다고 하는 유교적(儒敎的) 입장에서 본다면 〈원유〉는 도교적(道敎的) 사상을 노래한 것이리라.

〈천문(天問)〉은 '하늘에게 묻는다'로 풀이할 수 있다. 저 하늘은 어떻게 해서 생겨난 것일까? 저 땅은 어디까지 이어져 있는 것일까? 인간은 어디서 왔다가 어디로 가는 것일까? 멀고먼 시공(時空) 저편에서 이에 대한 해답이 들려올 듯도 한데…….

1. 漁 父 어부

〈어부(漁父)〉는 〈어부사(漁父辭)〉라고도 한다. 굴원의 면모를 여실하게 보여주는 명문이다. 《고문진보(古文眞寶)》에는 사부(辭部)에 수록되었다. 사마천(司馬遷)은 이 글을 실록(實錄)이라 하고 굴원전(屈原傳)에 넣었다. 왕일(王逸)과 주자(朱子)도 굴원의 작품이라 했다. 그러나 홍흥조(洪興祖)를 비롯하여 후세의 많은 학자들이 '다른 사람이 가탁(假託)해서 지은 글'이라고 이론(異論)을 제기했다. 《초사(楚辭)》를 집대성한 한(漢)대의 왕일(王逸)은 다음같이 말했다.

"〈어부사〉는 굴원이 지은 것이다. 굴원이 추방되어 장강과 상강 일대를 방랑하면서 우수에 젖어 비탄의 시를 읊었다. 그러는 사이에 그의 옷차림이나 용모가 변하고 초췌하게 되었다. 한편 (여기 나오는) 어부는 속세를 피하여 몸을 숨기고 강가에서 낚시나 고기잡이를 하면서 스스로의 삶을 즐겁게 살고 있었다. 이들이 우연한 기회에 강가에서 만났으며, 어부가 (몰락한) 굴원을 보고 괴상하게 여기고 물어봄으로써 묻고 답하게 되었던 것이다. 초나라 사람들이 굴원을 안쓰럽게 생각했으므로 그들의 문답을 글로 적어 후세에 전한 것이다."

(漁父者 屈原之所作也 屈原放逐 在江湘之間 憂愁歎吟 儀容變異 而漁父避世隱身 釣魚江濱 欣然自樂 時遇屈原 川澤之域 怪而問之 遂相應答 楚人思念屈原 因書其辭以相傳焉)

왕일도 뒤에서는 글을 쓴 사람은 초나라 사람이라고 말했으니, 작자가 분명하지 않다. 이론을 제기한 대표적인 학자는 최술(崔述), 육간여(陸侃如), 호적(胡適), 유국은(游國恩) 등이다. 그러나 일반 사람들은 작품의 내용과 사상 및 표현을 중심으로 읽고 감상하면 된다.

제1단(1~2)

굴원기방　유어강담　행음택반
1. 屈原旣放　游於江潭　行吟澤畔
안색초췌　형용고고
顔色憔悴　形容枯槁
어부견이문지왈　자비삼려대부여
2. 漁父見而問之曰　子非三閭大夫與
하고지우사
何故至于斯

굴원이 지난번에 추방되고 강이나 호수 가를 방황하며 시를 읊조리며 방황하니, 그의 안색이 초췌하고 몰골이 구차하고 시들었노라

어부가 그를 보고 말했다. "그대는 초나라의 왕족을 관장하는 삼려대부가 아니시오? 어쩌다가 이렇게 몰락하고 이곳에 와서 방랑하고 계시오?"

(語釋) ㅇ屈原旣放(굴원기방)−굴원이 지난번에 (억울하게) 추방되었다. 즉 임금이 간신의 참언을 듣고 그를 소외했다. '기(旣)'는 먼저, 이미. ㅇ游於江潭(유어강담)−강이나 호수 가를 방황하다, 이리저리 떠돌다. 담(潭)은 물가. ㅇ行吟澤畔(행음택반)−시를 읊으며 소택지(沼澤地)를 방황하다. 초(楚)나라에는 호수, 강 및 소택(沼澤)이 많다. '강담(江潭)'은 상강(湘江)이나 동정호(洞庭湖) 일대, '택반(澤畔)'은 호남(湖南)·호북(湖北) 지방의 소택지 일대. ㅇ顔色憔悴(안색초췌)−얼굴이 야위고 살색이 검다. ㅇ形容枯槁(형용고고)−모양새나

몰골이 바싹 마르고 시들었다. 생기가 없고 시들하다. ㅇ漁父見而問之曰(어부견이문지왈)-한 어부(漁父)가 그를 보고 물었다. '어부'는 '숨어사는 늙은 어부 혹은 신선(神仙)'이라고 풀이하기도 한다. ㅇ子非(자비)……與(여)-그대는 ……이 아니냐? '자(子)'는 존칭이다. ㅇ三閭大夫(삼려대부)-초나라의 '삼대 왕족(三大王族)' '굴(屈)·경(景)·소(昭)' 세 왕족(王族)을 다스리는 장관(長官)이다. 왕족의 측근이고 요직이다. ㅇ何故至于斯(하고지우사)-무슨 이유로 이곳에 와서 방랑하고 있는가? 어쩌다가 궁중에서 추방되고 이 꼴이 되었는가?

제2단(3~4)

굴원왈 거세개탁 아독청
3. 屈原曰 擧世皆濁 我獨清
중인개취 아독성 시이견방
衆人皆醉 我獨醒 是以見放
어부왈 성인불응체어물 이능여세추이
4. 漁父曰 聖人不凝滯於物 而能與世推移
세인개탁 하불굴기니이양기파
世人皆濁 何不淈其泥而揚其波
중인개취 하불포기조이철기시
衆人皆醉 何不餔其糟而歠其釃
하고심사고거 자령방위
何故深思高擧 自令放爲

굴원이 말했다. "온 세상이 탁하고 흐린 속에서 나만이 홀로 맑고 또 모든 사람들이 다 취하고 몽롱하거늘 나만이 홀로 깨어나 밝게 살려고 했노라. 그래서 결국 추방되었노라."

어부가 다시 말했다. "성인은 세상 만사에 엉키거나 매이지 않고 능히 세속과 더불어 옮아갈 수 있다 했소. 그러니 세상 사람들이 타락하고 혼탁하면 왜 당신도 함께 어울려 흙탕물을 휘젓고 탁한 파도를 높이 일게 하지 않으시오? 또 모든 사람들이 술에 취해 몽롱하면 왜 당신도 함께 어울려 지게미를 먹고 막걸리를 마시지 않으시오? 무엇 때문에 당신 혼자 지나치게 깊이 생각하고 고결하게 충성을 지키다가 스스로 추방되었소?"

(語釋) ㅇ擧世皆濁(거세개탁)－온 세상이 탁하고 타락했으며. ㅇ我獨淸(아독청)－나만이 홀로 맑고 바르다. ㅇ衆人皆醉(중인개취)－모든 사람들이 다 취하고 흐릿하다. 즉 도리를 분간하지 못한다. ㅇ我獨醒(아독성)－나만이 홀로 깨어났다. 도리를 밝게 가리고 지킨다. ㅇ是以見放(시이견방)－그래서 추방되었다. '견방(見放)'은 피동(被動)으로 '추방되다.' ㅇ聖人(성인)－총명하고 학문이나 덕이 높은 사람. ㅇ不凝滯(불응체)－고집스럽게 엉키거나 매이지 않는다. ㅇ於物(어물)－(대상이 되는) 사물에, 세상 만사에. 불응체어물(不凝滯於物)은 '세상 모든 일에 대해서 자기 주장이나 고집만을 내세우지 않는다'는 뜻. ㅇ而能與世推移(이능여세추이)－그리고 능히 세속과 더불어 적당히 옮아 갈 수 있다. 즉 '속세나 세인들과 함께 어울려 살다', '좋으면 좋은 대로, 나쁘면 나쁜 대로 융통성있게 적응한다'는 뜻. ㅇ世人皆濁(세인개탁)－세상 사람들이 혼탁하고 타락하다. ㅇ何不(하불)－왜 ……하지 않나? ㅇ淈其泥(굴기니)－흙탕물 같은 혼탁한 세상에서 함께 어울려 물을 흐리게 하다. 굴(淈)은 흐리다. ㅇ而揚其波(이양기파)－그리고 파도를 높이 일게 한다. 즉 속세와 함께 부침(浮沈)한다. '하불굴기니이양기파(何不淈其泥而揚其波)'는 '함께 어울려 흙탕물을 흐리게 하고 또 파도를 타고 적당히 살면 될 것을,

왜 당신은 그렇게 하지 않느냐?'의 뜻. ㅇ餔其糟(포기조)-(당신도 곁에서) 지게미를 얻어먹으면 (될 것을). 포(餔)는 먹다, 조(糟)는 지게미. ㅇ而歠其釃(이철기시)-또 막걸리를 함께 마시다. 철(歠)은 마실, 시(釃)는 거를. 하불포기조이철기시(何不餔其糟而歠其釃)는 '왜 당신은 지게미를 먹고 또 막걸리를 마시지 않느냐?'란 뜻. ㅇ何故深思高擧(하고심사고거)-무엇 때문에, 당신 혼자 지나치게 깊이 생각하고 고결하게 충직(忠直)하게 행동하다가. ㅇ自令放爲(자령방위)-스스로 추방되었는가?

제3단(5~6)

굴 원 왈 오 문 지
5. 屈原曰 吾聞之

신 목 자 필 탄 관 신 욕 자 필 진 의
新沐者必彈冠 新浴者必振衣

안 능 이 신 지 찰 찰 수 물 지 문 문 자 호
安能以身之察察 受物之汶汶者乎

영 부 상 류 장 어 강 어 지 복 중
寧赴湘流 葬於江魚之腹中

안 능 이 호 호 지 백 이 몽 세 속 지 진 애 호
安能以皓皓之白 而蒙世俗之塵埃乎

어 부 완 이 이 소 고 예 이 거 가 왈
6. 漁父莞爾而笑 鼓枻而去 歌曰

창 랑 지 수 청 혜 가 이 탁 오 영
滄浪之水淸兮 可以濯吾纓

창 랑 지 수 탁 혜 가 이 탁 오 족
滄浪之水濁兮 可以濯吾足

수 거 불 복 여 언
遂去不復與言

굴원이 말했다. "내가 들은 바, '머리를 감은 사람은 관의 먼지를 털어 쓰고, 몸을 씻은 사람은 옷의 먼지를 털고 입는다'고 했소. 그러니 어찌 청결한 나의 몸에, 더럽고 구질구질한 것을 받을 수 있겠소. 차라리 상강의 물에 몸을 던지고 물고기 배 속에 묻히는 것이 더 좋을 것이오. 어찌 희맑고 결백한 내가 세속의 더러운 먼지를 뒤집어쓸 수 있겠소?"

어부는 빙그레 웃음을 띄우고 노를 지으며 배를 몰고 가면서 다음과 같은 노래를 했다. '창랑의 물이 맑으면 나의 갓끈을 빨면 될 것이고 창랑의 물이 탁하고 흐리면 나의 발을 씻으면 될 것이로다.' 그는 드디어 어디론가 가버렸으며 다시는 만나지도 말을 나누지도 못했다.

(語釋) ㅇ新沐者必彈冠(신목자필탄관)－새로 머리를 감은 사람은 반드시 관을 털고 (머리에 얹는다). ㅇ新浴者必振衣(신욕자필진의)－새로 몸을 씻은 사람은 반드시 옷을 털고 (몸에 걸친다). '목(沐)'은 머리를 감다, '욕(浴)'은 몸을 씻다. ㅇ安能(안능)……受乎(수호)－어찌……을 받을 수 있는가? ㅇ以身之察察(이신지찰찰)－정결한 몸에, 몸을 정결하게 하고. ㅇ受物之汶汶者(수물지문문자)－더럽고 구질구질한 것을 받는다. '문문(汶汶)'은 '우중충하고 더럽다'는 뜻. ㅇ寧赴湘流(영부상류)－차라리 상강(湘江) 흐르는 물에 몸을 던지고. ㅇ葬於江魚之腹中(장어강어지복중)－물고기 배 속에 묻히는 것이 더 좋지. ㅇ安能以皓皓之白(안능이호호지백)－희맑고 결백한 내가 어찌. ㅇ而蒙世俗之塵埃乎(이몽세속지진애호)－세속의 더러운 먼지를 뒤집어쓸 수 있겠느냐? ㅇ漁父莞爾而笑(어부완이이소)－어부가

빙그레 웃으며. ㅇ鼓枻而去(고예이거)－노를 지으며 배를 몰고 가다. '고예(鼓枻)'를 '뱃전을 두드리다'로 풀기도 한다. ㅇ歌曰(가왈)－다음 같은 노래를 했다. ㅇ滄浪之水淸兮(창랑지수청혜)－창랑(滄浪)의 물이 맑으면. '창랑'은 한수(漢水)의 하류. ㅇ可以濯吾纓(가이탁오영)－나의 갓끈을 빨면 될 것이고, 즉 나가서 벼슬을 한다는 뜻. ㅇ滄浪之水濁兮(창랑지수탁혜)－창랑의 물이 탁하고 흐리면. ㅇ可以濯吾足(가이탁오족)－나의 발을 씻으면 될 것이다. 즉 물러나 숨어산다는 뜻. ㅇ遂去(수거)－드디어 어디론가 가버렸으며. ㅇ不復與言(불복여언)－다시는 만나지도 말을 나누지도 못했다.

(解說) 앞에서도 말했듯이 어부(漁父)는 굴원(屈原)의 면모를 극명하게 보여주는 글이다. 타락하고 혼탁한 사람들과는 절대로 어울리지 않고, 철저하게 정도(正道)·정의(正義)를 지키고 나라와 임금에게 충성하겠다는 결의가 잘 나타난 글이다. 학자들 중에는 이 글은 굴원이 아닌 다른 사람이 《장자(莊子)》의 〈어부편(漁父篇)〉을 본따서 지은 것이라고도 한다. 시인 굴원은 비록 추방되고 궁핍하고 고생스럽게 방랑을 해도 끝까지 청렴결백하고 충절을 지키고 맑은 자신을 간직하겠다고 굳게 다짐을 했다.

이에 대해서 어부는 '자기의 주장이나 고집을 세우지 말고, 적당히 타협할 때는 타협하라. 맑은 세상에서는 맑게 살고, 혼탁한 세상에서는 함께 흙물을 일으키며 살라'고 권했다. 다음에 참고로 〈어부사(漁父辭)〉 전체를 적겠다.

屈原旣放 游於江潭 行吟澤畔 顔色憔悴 形容枯槁 漁父見 而問之曰 子非三閭大夫與 何故至于斯 屈原曰 擧世皆濁 我獨淸 衆人皆醉 我獨醒 是以見放 漁父曰 聖人不凝滯於物 而能與世推移 世人皆濁 何不淈其泥而揚其波 衆人皆醉 何不餔其糟 而歠其釃 何故深思高擧 自令放爲 屈

原曰 吾聞之 新沐者必彈冠 新浴者必振衣 安能以身之察察 受物之汶汶者乎 寧赴湘流 葬於江魚之腹中 安能以皓皓之白 而蒙世俗之塵埃乎 漁父莞爾而笑 鼓枻而去 歌曰 滄浪之水清兮 可以濯吾纓 滄浪之水濁兮 可以濯吾足 遂去 不復與言

2. 卜 居 복거

왕일(王逸)은 '복거(卜居)는 굴원이 지은 시다. 자신은 충직하고 임금에게 충성했으나, 도리어 임금은 간신(奸臣)들의 참언을 듣고, 자기를 소외하고 방면했다. 이에 마음으로 번민하고 생각이 혼란하게 되었으며, 어찌해야 할 바를 알지 못했다. 이에 태복(太卜)을 보고 점을 쳐달라고 했다'고 풀이했다.

주자(朱子)는 '타락하고 사악한 사람들이 득세하고 잘살고, 반대로 정직하고 충성을 바치는 충신이 추방된 모순을 이 작품을 통해서 고발한 작품이다'라고 말했다.

그러나 이와 같은 인간사회의 타락은 점을 치고 신명에 물을 일이 아니다. 그래서 점쟁이 선생 태복은 '당신의 소신대로 처신하고 행동하시오'라고 말한 것이다.

옛날이나 지금이나 정의로운 사람이 궁핍하게 살고, 음흉하고 간악한 사람들이 권력을 잡고 부귀를 누리는 경우가 많다. 그래서 굴원의 우울(憂鬱)과 분만(憤懣)은 오늘의 우리들의 공감을 얻게 마련이다.

청(淸)대의 학자 최술(崔述)이 〈복거〉는 굴원이 지은 것이 아니고 후세의 다른 사람이 지은 것이라고 말했다. 그후 육간여(陸侃如), 호적(胡適), 곽말약(郭沫若) 등도 동조하고 있다.

한편 〈어부(漁父)〉나 〈복거〉에 나타난 사상은 〈이소(離騷)〉와 바탕이 같지 않다. 〈이소〉는 '자신의 억울한 처지를 호소하고 분만하면서도, 끝까지 국가나 임금에게 충성하겠다'는 생각이 넘친다. 그러나 〈어부〉나 〈복거〉는 혼탁한 세상과 현실을 초연하게 해탈할 수도 있음을 암시하고 있다.

제1단(1~2)

굴 원 기 방 삼 년　부 득 부 견
1. 屈原旣放三年　不得復見

갈 지 진 충　이 폐 장 어 참
竭知盡忠　而蔽障於讒

심 번 려 난　부 지 소 종
心煩慮亂　不知所從

내 왕 견 태 복　정 첨 윤 왈
乃往見太卜　鄭詹尹曰

여 유 소 의　원 인 선 생 결 지
余有所疑　願因先生決之

첨 윤 단 책 불 귀 왈　군 장 하 이 교 지
2. 詹尹端策拂龜曰　君將何以敎之

굴원이 궁중에서 추방된 지 이미 3년이 넘었으며 다시는 임금을 만날 수 없게 되었다.

그는 지식을 다 기울이고 충성을 다 바쳤으나, 간신들의 참언이 임금을 덮고 가려, (도리어 소외되고 추방되었다) 마음속으로 번민하고 생각이 산란하게 되었으며, 장차 어찌해야 할지 알 수가 없었다.

그래서 (국가의 일을 점치는) 태복 정첨윤을 찾아가서 말했다.

"나에게는 의문이 있습니다. 선생께서 점을 쳐 결단을 내려주시기를 원합니다."

태복 정첨윤은 서죽을 정돈하고 거북껍데기의 먼지를 닦고

(점을 칠 준비를 하고) 말했다.

"그대는 무엇을 점치고 알고자 하시오?"

(語釋) ㅇ卜居(복거)-집터를 점친다. 혹은 처신(處身)을 어떻게 해야 할지를 점친다. 여기서는 후자의 뜻. ㅇ屈原旣放三年(굴원기방삼년)-굴원이 소외되고 궁중에서 쫓겨난 지 이미 3년이 되었으며. ㅇ不得復見(부득부견)-임금을 다시 만나지 못했다. ㅇ竭知盡忠(갈지진충)-지혜를 다하고 충성을 다 바쳤으나. ㅇ而蔽障於讒(이폐장어참)-참언에 덮이고 가로막혀서. (임금으로부터 소외되고 궁중에서 쫓겨났다) ㅇ心煩慮亂(심번려난)-마음이 번거롭고 생각이 어지러워. ㅇ不知所從(부지소종)-어떻게 할 바를 알지 못했다. ㅇ乃往見太卜(내왕견태복)-태복(太卜)에게 찾아가서 보고. '태복'은 국가의 일을 점치는 장관(長官). ㅇ鄭詹尹曰(정첨윤왈)-정첨윤에게 말했다. '정(鄭)'은 성, '첨윤(詹尹)'이 이름. ㅇ余有所疑(여유소의)-나에게 의문이 있어. ㅇ願因先生決之(원인선생결지)-(그 의문을) 선생에게 물어서 해결하려고 바랍니다. ㅇ端策(단책)-서죽(筮竹)을 정돈하고. '책(策)'은 점치는 대쪽. ㅇ拂龜(불귀)-거북껍데기를 깨끗하게 닦고. '단책불귀(端策拂龜)'는 '점을 칠 준비를 하다'의 뜻. ㅇ君將何以敎之(군장하이교지)-그대는 무엇에 대한 점을 치려고 하십니까?

제2단(3~5)

굴 원 왈

3. **屈原曰**

오 녕 곤 곤 관 관　박 이 충 호

吾寧悃悃款款　朴以忠乎

장송왕노래　사무궁호
將送往勞來　斯無窮乎

영주서초모　이력경호
4. 寧誅鋤草茅　以力耕乎

장유대인　이성명호
將游大人　以成名乎

영정언불휘　이위신호
5. 寧正言不諱　以危身乎

장종속부귀　이투생호
將從俗富貴　以偸生乎

굴원이 말했다. "나는 차라리 끝까지 성실하고 정성을 드려 소박하고 강직한 태도로 충성을 바쳐야 할까요? 아니면 권력을 누가 잡든 적당히 비위를 맞추고 오래도록 막히지 않게 잘살아야 할까요?"

"나는 차라리 호미로 김을 매고 풀이나 띠를 뽑으며, 힘들여 농사를 짓고 살아야 할까요? 아니면 권력을 잡은 세도가들과 잘 사귀고 나도 이름을 높이 내야 할까요?"

"나는 차라리 거리낌없이 바른 말로 충간을 하고 나 자신의 몸을 위태롭게 할까요? 아니면 속세를 따라 부귀영화를 누리고 삶을 훔치듯이 보람없이 살까요?"

(語釋) ㅇ寧(영)A～將(장)B乎(호)－차라리 A할까? 아니면 B할까? ㅇ悃悃(곤곤)－성실하고 정성을 드리다. 곤(悃)은 정성. ㅇ款款(관관)－정성껏 사랑하다. 관(款)은 정성. '곤곤관관(悃悃款款)'은 '끝까지 성실하고 정성을 다한다'는 뜻. ㅇ朴以忠乎(박이충호)－순박하게 충성을 바치다. ㅇ送往勞來(송왕노래)－물러나는 사람을 잘 보내고, 새

로 앉는 사람을 잘 모시고 받든다. 즉 '자기의 주장을 고집하지 않고, 누가 자리에 앉든지 그 권력자 밑에서 충성한다'는 뜻. ㅇ斯無窮乎(사무궁호)-그렇게 해서 언제까지나 막히거나 궁핍하지 않고, 잘 산다. ㅇ誅鋤草茅(주서초모)-잡초나 띠를 뽑아 제거하고, 호미로 김을 매고. 주(誅)는 베다. ㅇ以力耕乎(이력경호)-힘들여 농사를 짓다. ㅇ將游大人(장유대인)-차라리 권력자에게 붙어서, '유(游)'는 '왕래하고 사귄다', '대인(大人)'은 '임금이나 실권을 가진 사람'. ㅇ以成名乎(이성명호)-자신의 이름을 내고 잘산다. ㅇ寧正言不諱(영정언불휘)-차라리 바른 소리를 기피하지 않고 충간을 해서. ㅇ以危身乎(이위신호)-자신의 몸을 위태롭게 할까? ㅇ將從俗富貴(장종속부귀)-아니면 속세에 부귀영화를 좇아서. ㅇ以偷生乎(이투생호)-삶을 훔치듯이 보람없는 삶을 살까? 투(偸)는 훔칠. '투생(偸生)'을 '유생(媮生 : 삶을 즐긴다)'으로 쓰기도 한다.

제3단(6~11)

영 초 연 고 거　이 보 진 호
6. 寧超然高擧　以保眞乎

장 족 자 율 사　악 이 유 아 이 사 부 인 호
將哫訾栗斯　喔咿儒兒以事婦人乎

영 렴 결 정 직　이 자 청 호
7. 寧廉潔正直　以自淸乎

장 돌 제 활 계　여 지 여 위　이 결 영 호
將突梯滑稽　如脂如韋　以潔楹乎

영 앙 앙 약 천 리 지 구 호
8. 寧昂昂若千里之駒乎

장범범약수중지부
將泛泛若水中之鳧

여파상하　투이전오구호
與波上下　偷以全吾軀乎

영여기기　항액호　장수노마지적호
9. 寧與騏驥　亢軛乎　將隨駑馬之迹乎

영여황곡비익호　장여계목쟁식호
10. 寧與黃鵠比翼乎　將與鷄鶩爭食乎

차숙길숙흉　하거하종
11. 此孰吉孰凶　何去何從

차라리 초연하고 높이 올라가 참된 삶을 지킬까? 아니면 아첨하고 엄숙한 척 꾸미고 억지웃음을 짓고 어린아이를 어르듯이, 여자를 받들고 섬겨야 하나?

차라리 청렴결백하고 몸가짐을 바르고 곧게 하고 자기 자신을 맑게 간직해야 하는가? 아니면 매끈하게 말을 잘해서 남의 판단을 흐리게 하고 또 기름이나 부드러운 가죽같이 남의 비위를 맞추고 아첨을 해야 하나?

차라리 높은 의기로 천리마같이 뛰고 달릴까? 아니면 물위에 뜬 새같이 흔들흔들 파도를 따라 오르락내리락하면서 구차하게 내 몸을 보전할까?

차라리 날쌘 준마처럼 수레의 멍에를 받쳐들고 뛰어 달릴까? 아니면 느린 노마 뒤를 따라 (탈없이) 갈까?

차라리 큰 새와 함께 날개를 나란히하고 높이 날까? 아니면 닭이나 오리들 틈에 끼어 먹이나 다툴까?

(이상이 내가 망설이고 의아하게 여기는 것이오) 어느 쪽을

따르면 길하고 혹은 나쁩니까? 어느 쪽 길을 따라가야 할까요?

(語釋) ㅇ寧超然高擧(영초연고거)－차라리 세상일에 초연하고 자신을 높이 올려세우고. ㅇ以保眞乎(이보진호)－참된 생명과 삶을 잘 보전할까? ㅇ將哫訾栗斯(장족자율사)－아니면 말로 아첨하고, 엄숙한 척, 거짓으로 복종하는 척한다. '족자(哫訾)'는 아첨하는 말을 한다. '율(栗)＝율(慄)', '율사(栗斯)'는 엄숙한 척, '속사(粟斯)'라고도 쓴다. 즉 거짓으로 복종한다는 뜻으로 푼다. ㅇ喔咿儒兒(악이유아)－억지웃음을 짓고 어린아이를 어르듯이, '악이(喔咿)'는 억지웃음을 짓는다. ㅇ以事婦人乎(이사부인호)－여자를 받들고 섬겨야 하나? 실제로는 '회왕(懷王)의 총비(寵妃) 정수(鄭袖)에게 아첨을 해야 하는가?'의 뜻이다. ㅇ寧廉潔正直(영렴결정직)－차라리 어디까지나 청렴결백하고 몸가짐을 바르고 곧게 하고. ㅇ以自淸乎(이자청호)－자기 자신을 맑게 간직해야 하는가? ㅇ將突梯滑稽(장돌제활계)－아니면 매끈하게 말을 잘하고 남의 판단을 흐리게 할까? '돌제(突梯)'는 둥글고 매끈하게, '활계(滑稽)'는 익살부리다. 즉 말을 이리 돌리고 저리 돌려서 상대방의 판단을 흐리게 함. '골계'로 발음하기도 한다. ㅇ如脂如韋(여지여위)－기름이나 부드러운 가죽같이 (남에 비위를 맞추고 아첨한다). ㅇ以潔楹乎(이결영호)－매끈하고 둥글게 살까? '영(楹)'은 둥글고 굵은 기둥. ㅇ寧昂昂若千里之駒乎(영앙앙약천리지구호)－차라리 높은 의기로 천리마같이 뛰고 달릴까? '앙앙(昂昂)'은 의기양양하게, 세찬 의기로. ㅇ將氾氾若水中之鳧(장범범약수중지부)－아니면 흔들흔들 물위에 뜬 새같이 부침(浮沈)할까? '범범(氾氾)'은 '힘없이 흔들흔들 출렁댄다'는 뜻. ㅇ與波上下(여파상하)－파도를 따라 오르락내리락한다. ㅇ偸以全吾軀乎(투이전오구호)－구차하게 내 몸을 보전할까? ㅇ寧與騏驥亢軛乎(영여기기항액호)－차라리 날쌘 준마처럼 수레의 멍에를 받쳐들고 뛰어 달릴까? '기기(騏驥)'는 천리를 달리는 준마(駿馬), '항액(亢軛)'은 수레의 멍에를 받쳐들고, 즉 수레를 끌고 달린다는 뜻. ㅇ將隨駑馬之迹乎(장

수노마지적호)－아니면 느린 노마 뒤를 따라 (탈없이) 갈까? '노마지적(駑馬之迹)'은 '둔하고 걸음이 느린 말의 뒤'. 노(駑)는 둔하다. ㅇ寧與黃鵠比翼乎(영여황곡비익호)－차라리 큰 새와 함께 날개를 나란히하고 높이 날까? '황곡(黃鵠)'은 '빛이 노란 큰 새' 혹은 '홍곡(鴻鵠)', 즉 한번 날면 천리를 나는 큰 새. ㅇ將與鷄鶩爭食乎(장여계목쟁식호)－아니면 닭이나 오리들 틈에 끼어 먹이를 다툴까? 목(鶩)은 집오리. ㅇ此孰吉孰凶(차숙길숙흉)－이상에서 말한 것들 중에, 어느 것이 길하고 혹은 나쁜가요? ㅇ何去何從(하거하종)－어느 쪽 길을 따라가야 하나요?

제4단(12~13)

세혼탁이불청 선익위중천균위경
12. 世溷濁而不淸 蟬翼爲重千鈞爲輕
황종훼기 와부뇌명 참인고장 현사무명
黃鐘毁棄 瓦釜雷鳴 讒人高張 賢士無名
우차묵묵혜 수지오지렴정
吁嗟默默兮 誰知吾之廉貞

첨윤내석책이사왈
13. 詹尹乃釋策而謝曰
부척유소단 촌유소장
夫尺有所短 寸有所長
물유소부족 지유소불명
物有所不足 智有所不明
수유소불체 신유소불통
數有所不逮 神有所不通

용군지심 행군지의 귀책성불능지사
用君之心 行君之意 龜策誠不能知事

"세상이 혼탁하고 맑지 않으며, 매미 날개같이 얄팍한 소인들을 중하게 여기고, 천 균의 무게가 있는 군자를 경멸하노라

음률의 바탕이 되는 황종 같은 군자들을 헐뜯고 쫓아내고, 반대로 오지 가마같이 둔탁한 소리를 내는 소인잡배들이 큰소리를 치며, 임금에게 아첨하고 참언을 올리는 음흉한 신하들이 높이 올라 세도를 부리고, 현명한 선비들은 쫓겨나 말 못하고 숨어사노라!

아아! 그런데도, 악덕과 모순을 아무도 말하는 사람이 없으니, 누가 나의 청렴한 충절을 알아주리오?"

점쟁이 선생 태복 정첨윤이 점치는 서죽(筮竹)을 내려놓고 사양하며 말했다. "무릇 한 자의 길이도 짧게 여길 때가 있고, (반대로) 한 치의 길이도 길게 여길 때가 있게 마련입니다. 재물을 가져도 부족할 때가 있고, 지혜가 있어도 밝게 알지 못할 때도 있습니다. 술수(術數)로 미치지 못하는 것이 있고, 신명으로도 통하지 않는 것이 있습니다. 그러니깐 당신의 처세는 당신의 마음을 따르고, 행동은 당신의 뜻대로 하십시오. 거북점이나 서죽으로 모든 일을 알고 다스리지 못합니다."

(語釋) ㅇ世溷濁而不淸(세혼탁이불청)－세상이 혼탁하고 맑지 않으며. ㅇ蟬翼爲重(선익위중)－매미 날개같이 얄팍한 소인들을 중하게 여기고. ㅇ千鈞爲輕(천균위경)－천 균의 무게가 있는 군자를 경멸하고, '균(鈞)'은 '30근(斤)'. ㅇ黃鐘毁棄(황종훼기)－황종(黃鐘)을 부수고 버리고, '황종'은 음률(音律)의 바탕이 되는 소리를 내는 악기

(樂器), 즉 도덕의 기준이 되는 '대인군자(大人君子)'. ㅇ瓦釜雷鳴(와부뇌명)－오지 가마같이 둔탁한 소리를 내는 '소인잡배(小人雜輩)'들이 큰소리를 친다. ㅇ讒人高張(참인고장)－아첨하고 참언을 하는 음흉한 신하들이 높이 올라 세도를 부리고. ㅇ賢士無名(현사무명)－현명한 선비들은 쫓겨나 말 못하고 숨어지내다. ㅇ吁嗟默默兮(우차묵묵혜)－아아! 그런데도, (그 모순을) 아무도 말하는 사람이 없으니. ㅇ誰知吾之廉貞(수지오지렴정)－누가 나의 청렴한 충절을 알아주리오? ㅇ詹尹乃釋策(첨윤내석책)－점쟁이 선생 첨윤이 점을 치는 서죽(筮竹)을 버리고. ㅇ而謝曰(이사왈)－점을 못치겠다고 사양하며 말했다. ㅇ夫尺有所短(부척유소단)－무릇 한 자의 길이도 짧게 여길 때가 있고. ㅇ寸有所長(촌유소장)－(반대로) 한 치의 길이도 길게 여길 때가 있게 마련이다. ㅇ物有所不足(물유소부족)－재물을 가져도 부족할 때가 있고. ㅇ智有所不明(지유소불명)－지혜가 있어도 밝게 알지 못할 때도 있다. ㅇ數有所不逮(수유소불체)－술수(術數)로 미치지 못하는 것이 있고. ㅇ神有所不通(신유소불통)－신명으로 통하지 않는 것이 있다. ㅇ用君之心(용군지심)－(그러니깐 당신의 처세는) 당신의 마음을 따르시오. ㅇ行君之意(행군지의)－행동은 당신의 뜻대로 하시오. ㅇ龜策誠不能知事(귀책성불능지사)－거북점이나 서죽점(筮竹占)으로는 모든 일을 알고 다스리지 못하다.

(解說) 굴원의 우울과 불행은 인간들에 의해서 사회적으로 만들어진 것이다. 그러면서 굴원은 자신의 주체적인 신념이 있다. 그래서 점쟁이도 점칠 일이 아니라고 했다. 〈복거〉 전문을 싣겠다.

屈原旣放三年 不得復見 竭知盡忠 而蔽障於讒 心煩慮亂不知所從 乃往見太卜鄭詹尹曰 余有所疑 願因先生決之 詹尹端策拂龜曰 君將何以敎之 屈原曰 吾寧悃悃款款 朴以忠乎 將送往勞來 斯無窮乎 寧誅鋤草茅 以力耕乎 將游大人 以成名乎 寧正言不諱 以危身乎 將從俗富貴 以偸生乎 寧超然高擧 以保

眞乎 將哫訾栗斯 喔咿儒兒以事婦人乎 寧廉潔正直 以自清乎 將突梯滑稽 如脂如韋 以潔楹乎 寧昂昂若千里之駒乎 將泛泛若水中之鳧 與波上下 偸以全吾軀乎 寧與騏驥 亢軛乎 將隨駑馬之迹乎 寧與黃鵠比翼乎 將與鷄鶩爭食乎 此孰吉孰凶 何去何從 世溷濁而不清 蟬翼爲重千鈞爲輕 黃鐘毁棄 瓦釜雷鳴 讒人高張 賢士無名 吁嗟默默兮 誰知吾之廉貞 詹尹乃釋策而謝曰 夫尺有所短 寸有所長 物有所不足 智有所不明 數有所不逮 神有所不通 用君之心 行君之意 龜策誠不能知事

3. 遠 遊 원유

왕일(王逸)은 다음과 같이 말했다.

"〈원유〉는 굴원이 지은 글이다. 굴원은 방정하고 정직하게 행동했으나, 세상에서 받아주지 않고 위로는 헐뜯고 아첨하는 자에게 참소당하고, 아래로는 속인들에게 막히고 핍박을 받았다. 그는 산이나 물가를 방황하고 호소할 곳도 없었다. 이에 우주 천지의 '근본이 되는 하나'를 깊이 생각하고 수양으로 마음을 고요하게 비우고 (신선이 되어서) 세상을 구제하고자 했다. 그와 같은 분연히 솟아나는 의욕을 아름답게 빛나는 문장에 실어 자신의 기발한 생각을 서술했던 것이다. 즉 자신이 신선이 되고 (선경에 들어가) 다른 신령들과 함께 어울려 놀고, 하늘과 땅 사이를 두루 여행하며 안간 곳이 없이 가서 (상제와 신령들과 여러 신선들과 어울리고 놀았다) 그러면서도 자기의 고국 초나라를 걱정하고 또 옛날의 정든 친구나 이웃들을 그리워했던 것이다. 참으로 그의 충성과 신의가 돈독하고 인의의 정이 두텁다 하겠다. 그래서 군자들이 그의 지조를 중하게 높이고 그의 글, 즉 〈원유〉를 보배스럽게 여기는 것이다."

(遠遊者 屈原之所作也 屈原履方直之行 不容於世 上爲讒佞所譖毁 下爲俗人所困極 章皇山澤 無所告訴 乃深惟元一 修執恬漠 思欲濟世 則意中憤然 文采鋪發 遂敍妙思 託配仙人 與俱遊戲 周歷天地 無所不到 然猶念懷楚國 思慕舊故 忠信之篤 仁義之厚也 是以君子珍重其志 而瑋其辭焉)

오늘의 말로 하면 곧 〈원유〉는 '세상에서 핍박받고 실망한 굴원이 하늘나라 영계(靈界)에 가서 하나님이나 신령들을 만나고 지상세계를 바로잡고 인류를 구제하려고 신선이 되어 승천(昇天)한 기록'이다.

제1단(1~8)

비 시 속 지 박 액 혜　원 경 거 이 원 유
1. 悲時俗之迫阨兮　願輕擧而遠遊

질 비 박 이 무 인 혜　언 탁 승 이 상 부
2. 質菲薄而無因兮　焉託乘而上浮

조 침 탁 이 오 예 혜　독 울 결 기 수 어
3. 遭沈濁而汚穢兮　獨鬱結其誰語

야 경 경 이 불 매 혜　혼 경 경 이 지 서
4. 夜耿耿而不寐兮　魂煢煢而至曙

유 천 지 지 무 궁 혜　애 인 생 지 장 근
5. 惟天地之無窮兮　哀人生之長勤

왕 자 여 불 급 혜　내 자 오 불 문
6. 往者余弗及兮　來者吾不聞

보 사 의 이 요 사 혜　초 창 황 이 영 회
7. 步徙倚而遙思兮　怊惝怳而永懷

의 황 홀 이 류 탕 혜　심 수 처 이 증 비
8. 意荒忽而流蕩兮　心愁悽而增悲

저속한 무리들이 나의 길을 막고 핍박하는 것이 비통하여 훌쩍 하늘로 날아올라 멀리 가고 싶어라

그러나 소질이나 재주가 천박하여 의지할 방도가 없으니 어떻게 몸을 맡기고 (무엇을 타고) 하늘로 떠오를까

심하게 타락하여 혼탁하고 더럽게 때 묻은 세상을 만나서 나 홀로 우울하거늘, 그 사무친 분만을 누구에게 하소연하나

밤에도 불안하고 걱정이 되어 잠을 자지 못하고 혼미한 정신, 산란한 마음으로 새벽을 맞이하노라

끝없이 넓고 영원한 천지간에서 홀로 고생하는 나의 인생이 애달프기만 하노라

지나간 과거와 옛날의 성현들을 붙잡고 하소연할 수도 없고, 미래의 세계와 후세의 사람들과 말할 수도 없으니

발걸음을 옮기고 방황하면서 멀리 생각하며 슬프고 허망한 마음으로 언제까지나 안타깝게 여긴다

의식이 황홀해지고 흔들거리며, 더욱 마음속이 아프고 비애가 증폭되노라

(語釋) ㅇ悲時俗之迫阨兮(비시속지박액혜)－저속한 무리들이 나의 길을 막고 핍박하는 것이 비통하다. 시속(時俗)은 오늘의 저속한 무리들, 우매한 임금에게 참언을 하는 간악한 무리들. 박액(迫阨)은 (자기를) 핍박하고 길을 막고 조이다. 애(阨)는 험할, 막힐 역, 고난 액. ㅇ願輕擧而遠遊(원경거이원유)－가볍게 하늘로 날아올라 멀리 선경(仙境)이나 하늘나라로 가고 싶다. ㅇ質菲薄而無因兮(질비박이무인혜)－소질이나 재주가 천박하여 의지할 방도가 없다. 비(菲)는 엷을. ㅇ焉託乘而上浮(언탁승이상부)－어떻게 무엇에 몸을 맡기고 하늘로 떠오를까? ㅇ遭沈濁而汚穢兮(조침탁이오예혜)－타락하고 혼탁하고 더럽고 때묻은 세상을 만나. ㅇ獨鬱結其誰語(독울결기수어)－나 홀로 우울하고 사무친 분만을 누구에게 하소연하고 말하랴? ㅇ夜耿耿而不寐兮(야경경이불매혜)－밤에도 불안하고 걱정이 되어 잠을 자지 못하고, 경(耿)은 빛날, 근심할. ㅇ魂煢煢而至曙(혼경경이지서)－정신이 산란하고 심령이 혼미한 채 새벽을 맞이하다. 경(煢)은 외로울, 근심할. ㅇ惟天地之無窮兮(유천지지무궁혜)－이렇듯 하늘땅이 끝없이 넓고 영원한데. 유(惟)는 생각할. ㅇ哀人生之長勤(애인생

지장근)—항상 고생스럽게 살아야 하는 나의 인생을 슬퍼한다. 근(勤)은 근심할. ㅇ往者余弗及兮(왕자여불급혜)—지나간 과거와 옛날의 성현들을 내가 만나볼 수 없다. '삼황오제(三皇五帝)의 시대로 되돌아가거나, 다시 만날 수 없다.'〈왕일(王逸)〉 ㅇ來者吾不聞(내자오불문)—미래의 세계를 내가 알 수 없다. '후세의 성현이 나타나도 나는 그들과 만날 수 없다(後雖有聖 我身不見也).'〈왕일(王逸)〉 ㅇ步徙倚而遙思兮(보사의이요사혜)—발걸음을 옮기고 방황하면서 멀리 생각하며. ㅇ怊惝怳而永懷(초창황이영회)—슬프고 허망한 마음으로 언제까지나 안타깝게 여긴다. 초(怊)는 슬플, 창(惝)은 멍할, 황(怳)은 멍할. ㅇ意荒忽而流蕩兮(의황홀이류탕혜)—의식이 황홀해지고 흔들거리고. 황홀(荒忽)=황홀(恍惚). 유탕(流蕩)은 흔들흔들 출렁거리며 흘러가다. ㅇ心愁悽而增悲(심수처이증비)—마음이 서글프고 아프고 비애가 증폭된다. 처(悽)는 아프다, 통(痛)과 같다.

(解說) 우둔한 임금과 음흉한 간신배에게 쫓겨나고 곤궁에 빠지고 갈 길을 잃은 굴원은 타락하고 때묻은 지상세계를 뒤로하고 높이 하늘나라 혹은 선경(仙境)으로 올라가려고 한다. 천지간에 홀로 외롭고 과거의 성현들이나 미래와도 단절된 고독한 자신을 '유천지지무궁혜(惟天地之無窮兮) 애인생지장근(哀人生之長勤) 왕자여불급혜(往者余弗及兮) 내자오불문(來者吾不聞)'이라고 읊었다.

제2단(9~20)

신 숙 홀 이 불 반 혜　형 고 고 이 독 류
9. 神儵忽而不反兮　形枯槁而獨留

내 유 성 이 단 조 혜　구 정 기 지 소 유
10. 內惟省以端操兮　求正氣之所由

막 허 정 이 념 유 혜　담 무 위 이 자 득
11. 漠虛靜以恬愉兮　澹無爲而自得

문 적 송 지 청 진 혜　원 승 풍 호 유 칙
12. 聞赤松之清塵兮　願承風乎遺則

귀 진 인 지 휴 덕 혜　미 왕 세 지 등 선
13. 貴眞人之休德兮　美往世之登仙

여 화 거 이 불 견 혜　명 성 저 이 일 연
14. 與化去而不見兮　名聲著而日延

기 부 열 지 탁 신 성 혜　선 한 중 지 득 일
15. 奇傅說之託辰星兮　羨韓衆之得一

형 목 목 이 침 원 혜　이 인 군 이 둔 일
16. 形穆穆而浸遠兮　離人群而遁逸

인 기 변 이 수 증 거 혜　홀 신 분 이 귀 괴
17. 因氣變而遂曾擧兮　忽神奔而鬼怪

시 방 불 이 요 견 혜　정 교 교 이 왕 래
18. 時髣髴以遙見兮　精皎皎以往來

절 분 애 이 숙 우 혜　종 불 반 기 고 도
19. 絶氛埃而淑郵兮　終不反其故都

면중환이불구혜 세막지기소여
20. 免衆患而不懼兮 世莫知其所如

심령과 영혼이 갑자기 (육신을) 떠나고 돌아오지 않으며 (영혼이 없는) 육체는 시들고 형해(形骸)만 남았노라

내면적 정신이나 영혼으로 깊이 생각하고 (외형적 육신을 바탕으로 한 욕구나 관능적 정욕을 버리고) 신선처럼 단정하게 행동하고 (자연 만물을 살게 하는 우주의 생명력이 되는) 바른 정기(精氣)의 근원과 그 줄기를 찾노라

(속세를 해탈하니) 아득한 우주와 하나가 되고 허무하고 고요한 경지에 들어가니 편하고 즐겁노라

적송자의 맑은 행적을 듣고 그의 유풍(遺風)과 법칙을 받들고 따르려 한다

참 진리를 터득한 진인(眞人)들의 빛나고 큰 덕을 존경하고, 과거에 하늘에 올라간 신선들을 칭송하고자 하노라

만물은 변한다는 하늘의 도리를 따라 그들도 죽어 스러졌으나 그들의 명성은 더욱 나타나고 날로 오래 전해지노라

은나라의 현상(賢相) 부열이 죽어 별이 된 것을 기특하게 여기고, 우주의 실체인 '하나의 도리'를 터득한 신선 한중을 부러워하노라

(하늘나라로 신선을 찾아가는) 나의 육신과 형체는 소리없이 조용히 점차로 멀어지고, 나의 영혼은 인간세상의 무리들과 갈라져 멀리 숨어 들어가노라

나의 영혼은 우주의 변화하는 기를 타고 마침내 층층이 높이 올라가니, 홀연히 신령같이 달리기도 하고 혹은 귀신같이 괴상한

조화를 부리기도 하노라

때로는 어렴풋 희미하게 멀리 나타나 보이기도 하고 또 때로는 희맑은 빛을 내며 오락가락하기도 하노라

혼탁한 티끌 세상을 해탈하고 선경의 좋은 객사에 묵으니, 끝내 지상에 있는 고향으로 되돌아가지 아니하노라

이에 비로소 저속한 무리에게 해를 당할 걱정도 두려워할 일도 없게 되었노라. 그러나 세상 사람들은 나의 심령이 어디로 갔는지 알지 못하노라

(語釋) ㅇ神倏忽而不反兮(신숙홀이불반혜)－심령(心靈)이 갑자기 (육신을) 떠나고 돌아오지 않으며, '신(神)'은 신령, 심령, 영혼(靈魂) 등, 눈에 보이지 않는 생명의 근원이다. ㅇ形枯槁而獨留(형고고이독류)－(영혼이 빠져나간) 육체는 시들어 말라죽고 형해(形骸)만 남기고 있다. '형(形)'은 형해(形骸), 고(槁)는 마를. '독류(獨留)'는 '생명의 근원인 영혼은 없고 껍데기나 뼈만 남아 있다'는 뜻. ㅇ內惟省以端操兮(내유생이단조혜)－안으로 깊이 생각하고 행동거지(行動擧止)를 단정히 하고, '내(內)'는 '내면적 정신이나 영혼', '외형적 육신을 바탕으로 한 욕구나 관능적 정욕을 완전히 버리고 신선처럼 단정하게 행동한다'는 뜻. ㅇ求正氣之所由(구정기지소유)－(자연 만물을 살게 하는 우주의 생명력인) 바른 정기(精氣)의 근원과 그 줄기를 찾는다. ㅇ漠虛靜以恬愉兮(막허정이념유혜)－(육신이나 속세를 초월하고 해탈하니) 아득한 우주와 하나가 되고 허무하고 고요한 경지에 들어가서 편안하고 즐겁기만 하다. '막(漠)'은 적막, 조용하다, 혹은 끝없이 넓고 아득하다. '허정(虛靜)'은 허무(虛無), 청정(淸靜). 염(恬)은 편안할. ㅇ澹無爲而自得(담무위이자득)－(욕정에 얽히고 더럽혀지지 않고) 맑은 심정으로 무위자연(無爲自然)의 경지에서 유연자약(悠然自若)할 수 있다. 담(澹)은 담박할. '허정(虛靜) 염담(恬淡) 적막(寂寞) 무위(無爲)는 하늘땅의 원칙이고 만물의 근본이다.'(《莊子》

天道) '바다같이 담박하다.(澹兮若海)'(《老子》 20장) '(성인은) 무위로 일을 다스리고, 말없는 거르침을 행한다.(處無爲之事 行不言之教)'(《老子》 2장) ㅇ聞赤松之淸塵兮(문적송지청진혜)-적송자(赤松子)의 맑은 행적을 듣고. ㅇ願承風乎遺則(원승풍호유칙)-그의 유풍(遺風)과 법칙을 받들고 따르려 한다. '적송자(赤松子)'는 고대의 신선(神仙), 신농(神農) 때의 우사(雨師)로, '물구슬[水玉]'을 복용하고 불 속을 자유자재로 드나들었다고 한다. '청진(淸塵)'은 맑은 행적. ㅇ貴眞人之休德兮(귀진인지휴덕혜)-진인(眞人)의 아름답고 착한 덕을 귀하게 높이고, '휴덕(休德)'은 '빛나고 아름답고 착한 덕행'. ㅇ美往世之登仙(미왕세지등선)-과거에 하늘로 올라간 신선들을 칭송하다. '미(美)'는 칭찬, 칭송한다. '진인(眞人)'은 '참 진리를 터득한 사람', 도가(道家)에서 높이는 인격자. ㅇ與化去而不見兮(여화거이불견혜)-변화하는 도리를 따라 (그들도) 죽어 세상을 떠나고 보이지 않으나. ㅇ名聲著而日延(명성저이일연)-그들의 명성은 더욱 나타나고 영원히 전해진다. ㅇ奇傅說之託辰星兮(기부열지탁신성혜)-부열(傅說)이 죽자, 그의 정령(精靈)이 하늘의 별이 되었다는 말을 기특하게 여기다. '부열'은 은(殷)의 16대 왕 무정(武丁)을 보좌하여 나라를 강성하게 만들었다. 도(道)를 터득한 부열은 사후(死後)에 하늘의 '부열성(傅說星)'이 되어 빛을 내고 있다. 《장자(莊子)》 대종사(大宗師)에 보인다. ㅇ羨韓衆之得一(선한중지득일)-한중(韓衆)이 (천지만물의 근원인) '하나인 도[一]'를 터득하고 신선이 된 것을 선망한다. '일(一)'은 우주(宇宙)의 본체(本體), 실재(實在), 혹은 도(道)'. 《노자(老子)》에 있다. '옛날에 하나를 얻었노라. 하늘은 하나를 얻어 맑고 땅은 하나를 얻어 안정되고 신은 하나를 얻어 영특하고 골짜기는 하나를 얻어 (모든 것을) 채울 수 있고 만물은 하나를 얻어 삶을 살고 임금은 하나를 얻어 천하를 바르게 다스린다. 모두가 하나를 얻어 되는 것이다.(昔之得一者 天得一以淸 地得一以寧 神得一以靈 谷得一以盈 萬物得一以生 侯王得一以爲天下貞 其致之一也)' '한중'을 《열선전(列仙傳)》에 나오는 '한종(韓

終)'이라는 이설(異說)이 있다.(해설 참고) ㅇ形穆穆而浸遠兮(형목목이침원혜)-모든 형상이 조용히 말없이 점차로 멀어지고. ㅇ離人群而遁逸(이인군이둔일)-인간 세상의 모든 사람들을 뒤로하고 하늘에 올라가 선경(仙境)으로 숨어 들어간다. ㅇ因氣變而遂曾擧兮(인기변이수증거혜)-기의 변화를 따라 층층이 높이 올라가고. 증(曾)=층계 층(層). 《장자(莊子)》 소요유(逍遙遊)에 있다. '하늘과 땅의 정기를 타고 여섯 가지 기의 변화를 부리고 무궁한 우주를 오가노라.(乘天地之正 而御六氣之辯[變] 以遊無窮者)' ㅇ忽神奔而鬼怪(홀신분이귀괴)-갑자기 신같이 달리고 귀신같이 괴상한 조화를 부린다. ㅇ時髣髴以遙見兮(시방불이요견혜)-때로는 어렴풋 희미하게 멀리 나타나 보이기도 하고. ㅇ精皎皎以往來(정교교이왕래)-정령이 희맑게 빛을 내며 오락가락한다. ㅇ絶氛埃而淑郵兮(절분애이숙우혜)-혼탁한 티끌 세상을 해탈하고 좋은 역사(驛舍)에 묵으며. ㅇ終不反其故都(종불반기고도)-끝내 지상에 있는 고향으로 되돌아가지 않는다. ㅇ免衆患而不懼兮(면중환이불구혜)-저속한 무리들에게 해를 당할 걱정이 없으므로 두려워할 일도 없다. ㅇ世莫知其所如(세막지기소여)-세상 사람들은 영혼이 어디로 갔는지 알지도 못한다.

(解說) 신선(神仙)이 되려고 신선술을 배운다. 우선 육신을 버려야 한다. (9)에서 육신과 영혼의 분리를 다음같이 적었다. '정신이나 영혼이 후딱 빠져나가고 다시 돌아오지 않으니 (영혼이 없는) 육신은 마르고 시들더라(神儵忽而不反兮 形枯槁而獨留).' 신선이 되기 위해서는 정신이나 영혼을 바르고 착하게 지녀야 한다. (10)에서 '내유성이단조혜(內惟省以端操兮) 구정기지소유(求正氣之所由)'라고 했다. 본래 우주 천지의 근원은 무(無)다. 그러므로 신선이 되기 위해서는 '막허정이념유(漠虛靜以恬愉)'(11)해야 한다.

이와 같은 신선의 도(道)와 술(術)을 듣고 익히기 위해 육신을 버리고 영혼만 남은 굴원은 하늘나라 영계에 가서 여러 신선들을 찾아보고 가르침을 듣고자 한다. 그래서 굴원은 적송자(赤松子), 부열(傅說) 같은 신선을 찾아 선경으로 올라간다. (19), (20)에서 굴원은 '혼탁한 지상세계에는 돌아오지 않을 것이라' 다짐을 한다.

제3단(21~25)

공 천 시 지 대 서 혜　요 령 엽 이 서 정
21. 恐天時之代序兮　耀靈曄而西征

미 상 강 이 하 륜 혜　도 방 초 지 선 령
22. 微霜降而下淪兮　悼芳草之先零

요 방 양 이 소 요 혜　영 력 년 이 무 성
23. 聊仿佯而逍遙兮　永曆年而無成

수 가 여 완 사 유 방 혜　신 향 풍 이 서 정
24. 誰可與玩斯遺芳兮　晨向風而舒情

고 양 막 이 원 혜　여 장 언 소 정
25. 高陽邈以遠兮　余將焉所程

(신선술을 배울 스승을 못 만난 채) 하염없이 세월이 가고 계절이 바뀌며 해는 빛을 뿌리고 서쪽으로 기울어지는 것이 두렵구나

미미하게 서리가 내리고 흙속으로 스미어도 향기로운 풀들이 먼저 시드니 슬프고 애달프구나

잠시나마 서성대며 이리저리 오갈 뿐, 오래 해를 거듭하고 세월이 지나도 (신선술을) 터득하지 못했으니

누가 이 시들은 꽃을 사랑하고 반겨줄까? 아침부터 바람에 대고 서러운 정을 토로할 뿐이로다

나의 조국 초나라의 시조 고양씨는 옛날에 돌아가 아득하고 멀기만 하니, 나는 장차 어디로 가서 누구에게 도움을 청하랴?

(語釋) 제3단은 선술(仙術)을 배우려고 하나 자기를 지도해 줄 스승을 만나지 못하고 세월이 지나는 것을 초조하게 여기고 한탄한다. ㅇ恐天時之代序兮(공천시지대서혜)-(신선술을 배우려고 하늘에 왔으나 스승을 찾지 못하고 하염없이) 하늘에서도 시간이 흐르고 계절 바뀌는 것이 두렵구나. ㅇ耀靈曄而西征(요령엽이서정)-해도 빛을 뿌리고 서쪽으로 기울어지는 것이 두렵구나. 요령(耀靈)은 해, 태양, 엽(曄)은 빛날, 정(征)은 갈. ㅇ微霜降而下淪兮(미상강이하륜혜)-하늘에서 가볍게 작은 서리가 내리고 찬 기운이 땅속으로 스미어도. ㅇ悼芳草之先零(도방초지선령)-향기로운 풀들이 먼저 시드니, 그것이 슬프고 애달프다. ㅇ聊彷徉而逍遙兮(요방양이소요혜)-잠시나마 서성대며 이리저리 오갈 뿐. 요(聊)는 애오라지, 방양(彷徉)은 배회(徘徊)하다, 소요(逍遙)는 거닐고 돌아다니다. ㅇ永曆年而無成(영력년이무성)-오래 해를 거듭하고 세월이 지나도 (신선술을) 터득하지 못했다. ㅇ誰可與玩斯遺芳兮(수가여완사유방혜)-누가 이 시들은 꽃을 애완(愛玩)해 줄까? ㅇ晨向風而舒情(신향풍이서정)-아침부터 바람에 대고 나의 서러운 정을 토로할 뿐이로다. ㅇ高陽邈以遠兮(고양막이원혜)-나의 조국 초(楚)나라의 시조(始祖) 고양씨는 옛날에 돌아갔으니, 멀기만 하다. '고양씨'는 오제의 한 사람 전욱(顓頊). ㅇ余將焉所程(여장언소정)-나는 장차 어디로 가서 누구에게 도움을 청하랴?

제4단(26~37)

중왈 춘추홀기불엄혜 해구류차고거
26. 重曰 春秋忽其不淹兮 奚久留此故居

헌원불가반원혜 오장종왕교이오희
27. 軒轅不可攀援兮 吾將從王喬而娛戲

찬륙기이음항해혜 수정양이함조하
28. 餐六氣而飮沆瀣兮 漱正陽而含朝霞

보신명지청징혜 정기입이조예제
29. 保神明之清澄兮 精氣入而粗穢除

순개풍이종유혜 지남소이일식
30. 順凱風以從游兮 至南巢而壹息

견왕자이숙지혜 심일기지화덕
31. 見王子而宿之兮 審壹氣之和德

왈 도가수혜불가전
32. 曰 道可受兮不可傳

기소무내혜 기대무은
33. 其小無内兮 其大無垠

무골이혼혜 피장자연
34. 無滑而魂兮 彼將自然

일기공신혜 어중야존
35. 壹氣孔神兮 於中夜存

허이대지혜 무위지선
36. 虛以待之兮 無爲之先

서 류 이 성 혜　차 덕 지 문
37. 庶類以成兮　此德之門

거듭 말하겠노라. 춘하추동 세월이 빨리 가고, 그대로 머물러 있지 않거늘, 내가 어찌 옛날 살던 곳에 그대로 오래 머물러 있겠느냐?

용을 타고 하늘에 올라간 황제를 따라갈 수 없으니, 나는 장차 왕자교를 찾아가서 함께 즐겁게 놀고자 하노라

낮에는 하늘과 땅 및 춘하추동 사계절의 여섯 가지 기운을 먹고, 밤에는 북쪽의 밤 기운을 마신다. 새벽에는 남쪽에서 밀려오는 태양의 기로 양치질을 하고, 이어 아침의 놀을 흠뻑 들이마신다

정신의 맑고 깨끗함을 잘 보존하면, 우주의 정기가 몸에 들어와 충만하고 추악하고 더러운 잡기가 몰려 나갈 것이다

초여름에 부는 남풍을 타고 곧바로 달려가 왕자교가 승천했다는 남소에 이르러 자리를 잡고 쉬자

그곳에서 왕자교를 만나보고 그곳에 머물러 살면서 우주에 충만하고 있는 '하나의 원기'에 조화하고 그 원기를 터득하는 비결을 자세히 묻고 알아보자

왕자교가 말했다. "우주의 생명력과 하나가 되는 비결이나 도리는 마음으로 터득하고 몸으로 체휼하는 것이지, 입이나 말로 전할 수 있는 것이 아니다.

(우주의 원기는) 극소인 경우에는 질량(質量)이 없는 속에도 있고, 극대인 경우에는 공간적으로나 시간적으로나 무한하게 넘치고 있다.

그대의 영혼을 흐트러지게 하지 않으면 육신과 심령이 본연의 상태로 돌아갈 것이다.

'하나의 원기'는 심히 신비롭고 신령하므로 깊은 밤에만 있고 오간다.

그러므로 마음을 비우고 기다려야 하며, 특히 인간적인 간교한 조작을 하지 않는 것을 앞세워야 한다.

모든 도리나 법칙도 그렇게 함으로써 이루어지는 것이니, 마음을 비우고 본연으로 돌아가는 것이 모든 덕을 터득하는 관문이다."

(語釋) ㅇ重曰(중왈)－거듭 말하겠노라. ㅇ春秋忽其不淹兮(춘추홀기불엄혜)－세월이 빨리 가고, 그대로 머물러 있지 않는다. 엄(淹)은 머물. ㅇ奚久留此故居(해구류차고거)－어떻게 이곳에 그대로 오래 머물러 있겠느냐? ㅇ軒轅(헌원)－황제(黃帝)의 이름, 《사기(史記)》 봉선서(封禪書)에 '황제가 용을 타고 하늘에 올라갔다'고 있다. ㅇ不可攀援兮(불가반원혜)－나는 황제를 따라서 하늘에 기어오를 수 없다. 반원(攀援)은 기어올라감, 황제에 의지해서 하늘에 올라가다. ㅇ吾將(오장)－나는 장차 ……하리라. ㅇ從王喬(종왕교)－왕교(王喬)를 의지해서, 따라서. 왕교는 《열선전(列仙傳)》에 나오는 왕자교(王子喬), 주(周) 영왕(靈王)의 태자로, 생황(笙簧)으로 봉황새 소리를 잘 냈으며, 도사(道士) 부구공(浮邱公)과 같이 숭산(嵩山)에서 30년간 선술(仙術)을 연마하고 승천했으며, 백학(白鶴)을 타고 자기 집에 나타나기도 했다. ㅇ而娛戲(이오희)－그리고 즐겁게 놀겠노라. ㅇ餐六氣(찬륙기)－여섯 가지 기를 먹고. 찬(餐)은 먹을, 삼킬. ㅇ六氣(육기)－하늘과 땅 및 춘하추동 사계절의 기(氣)다. 즉 하늘의 천현(天玄), 땅의 지황(地黃), 봄의 조하(朝霞 : 새벽의 놀), 가을의 윤음(淪陰 : 해진 후의 기), 겨울의 항해(沆瀣 : 북쪽의 차가운 기), 여

름의 정양(正陽 : 남쪽의 뜨거운 기) 여섯이다. ○而飮沆瀣兮(이음항해혜)-밤에는 북쪽의 차가운 야기(夜氣)를 마신다. ○漱正陽(수정양)-아침에는 남쪽에서 밀려오는 열기(熱氣)로 양치질을 한다. 즉 입 속을 말끔히 한다. ○而含朝霞(이함조하)-그리고 아침의 놀을 마냥 들이마신다. ○保神明之淸澄兮(보신명지청징혜)-이렇게 해서 정신을 맑고 깨끗하게 간직하면. ○精氣入(정기입)-정기가 몸 안에 들어와 차고. ○而麤穢除(이추예제)-추잡하고 더러운 것들이 제거된다. 추(麤)는 거칠, 예(穢)는 더럽힐. ○順凱風(순개풍)-남풍(南風)을 타고, 초여름에 부는 남풍은 만물을 자라게 한다. ○以從游兮(이종유혜)-따라가다, 여행하다, 혹은 거침없이 내달리다. '종(從)'을 '방종할 종(縱)'으로 푼다. ○至南巢(지남소)-남소(南巢)에 가서. 남소는 안휘성(安徽省) 소현(巢縣), 그곳에 있는 금정산(金庭山) 왕교동(王喬洞)이 바로 왕자교가 승천한 곳이라고 전한다. ○而壹息(이일식)-한번 쉬겠다. 일(壹)은 한번, 한바탕의 뜻과 아울러 '바로 그곳에서 쉬자'는 뜻이 내포되어 있다. ○見王子(견왕자)-왕자교를 만나보고. ○而宿之兮(이숙지혜)-그곳에 머물러 살면서. ○審(심)-자세히 묻고 또 알아보자. ○壹氣(일기)-하나의 원기(元氣), 천지의 운행과 자연만물의 생명을 통괄하는 '하나의 근본적인 기운'을 '일기(一氣 : 壹氣)'라고 한다. ○和德(화덕)-우주에 충만(充滿)하고 있는 '하나의 원기, 즉 생명력'에 나를 조화시키고 그 생명력은 터득하는 비결을 (왕자교에게 자세히 묻고 알아보자). ○曰(왈)-왕자교가 말한다. ○道可受兮(도가수혜)-(우주와 하나가 되는) 도리나 비결은 마음으로 터득하고 몸으로 체휼(體恤)하는 것이지. ○不可傳(불가전)-입이나 말로 남에게 전할 수 있는 것이 아니다. ○其小無內兮(기소무내혜)-(우주에 충만하고 있는 하나의 생명력, 원기는) 극소(極小)한 경우에는 '더 들어갈 안'이 없다. 즉 질량(質量)이 없는 속에도 있다. 곧 존재하는 물체(物體)가 아닌 속에도 생명이 깃들어 있다는 뜻. ○其大無垠(기대무은)-극대(極大)인 경우에는 무한하다. 은(垠)은 한계. 즉 우주의 생명력의 근원은 보이지 않는 극소(極小)에도 깃들어 있고, 극대(極大)에도 넘쳐 있다. '극대'는 공간적으로는 무한대하게 크고, 시간적으로는 영원히 이어진다는 뜻. ㅇ無滑而魂兮(무골이혼혜)—그대의 영혼을 흐트러지게 하지 않으면. 골(滑)은 흐트러질, 이(而)=너 이(爾). ㅇ彼將自然(피장자연)—육신과 심령이 본연의 상태로 돌아갈 것이다. '피(彼)'를 주자(朱子)는 '심신(心身)'으로 풀었다. '자연(自然)'은 '천연(天然)', '본연(本然)의 상태'. ㅇ壹氣孔神兮(일기공신혜)—우주의 생명의 근원인 '하나의 원기(元氣)'는 심히 신령(神靈)하므로. ㅇ於中夜存(어중야존)—깊은 밤에 나타난다. 시끄럽고 혼탁한 낮에는 신령한 원기가 왕래할 수 없다. ㅇ虛以待之兮(허이대지혜)—마음을 허정(虛靜)하게 비우고 '하나의 원기'를 기다려야 한다. ㅇ無爲之先(무위지선)—가장 '무위(無爲)'를 앞세워야 한다. '무위'는 인간적인 차원의 조작(造作)을 하지 않음. 이기적 탐욕이나 관능적 쾌락을 채우기 위해 남을 속이거나 무력으로 남의 재물을 탈취하는 악덕을 하지 않음을 '무위'라 한다. ㅇ庶類以成兮(서류이성혜)—기타의 모든 것도 그렇게 함으로써 이루어진다. '서류(庶類)'를 모든 법칙(法則)이나 도리(道理)의 뜻으로 풀기도 한다. ㅇ此德之門(차덕지문)—그와 같이 마음을 비우고 우주의 생명의 근원인 '하나의 원기'를 몸에 받아들이는 것이 도를 터득하는 바탕이고 관문(關門)이다.

(解說) 제3단에서는 신선이 되려는 뜻을 달성하지 못하고 세월을 허송하는 것을 초조하게 여긴다. '공천시지대서혜(恐天時之代序兮) 요령엽이서정(耀靈曄而西征)'(21) '미상강이하륜혜(微霜降而下淪兮) 도방초지선령(悼芳草之先零)'(22)

제4단에서는 맑은 육기(六氣)를 먹고 정신을 맑게 간직하고 순풍을 타고 남쪽으로 가서 왕자교(王子喬)를 만난다. 그러나 왕자교는 말한다. "도는 마음으로 받는 것이지, 말로 전할 수 있는 것이 아니다.(道可受兮不可傳)"(32)

'우주의 근원인 하나의 원기(元氣)는 신령하므로 깊은 밤에

받을 수 있다.(壹氣孔神兮 於中夜存)'(35)

'마음을 허정하게 비우고 하나의 원기를 기다리고 무위를 앞세워야 한다.(虛以待之兮 無爲之先)'(36)

제5단(38~43)

문 지 귀 이 수 조 혜　홀 호 오 장 행
38. 聞至貴而遂徂兮　忽乎吾將行

잉 우 인 어 단 구 혜　유 불 사 지 구 향
39. 仍羽人於丹丘兮　留不死之舊鄕

조 탁 발 어 탕 곡 혜　석 희 여 신 혜 구 양
40. 朝濯髮於湯谷兮　夕晞余身兮九陽

흡 비 천 지 미 액 혜　회 완 염 지 화 영
41. 吸飛泉之微液兮　懷琬琰之華英

옥 색 병 이 만 안 혜　정 순 수 이 시 장
42. 玉色頩以脕顔兮　精醇粹而始壯

질 소 삭 이 작 약 혜　신 요 묘 이 음 방
43. 質銷鑠以汋約兮　神要眇以淫放

지극히 귀중한 말을 들은 나는 드디어 그곳을 하직하고 아득히 멀리 선경으로 가려고 했다

나는 우선 빛나는 단구에서 날개 달린 신선의 도움을 받고 마침내 언제까지나 죽지 않고 사는 신선들의 고향으로 가서 머물렀다

아침에는 해가 뜨는 탕곡에서 머리를 씻고, 저녁에는 부상에

있는 아홉 개의 태양에 몸을 말리고

해질 무렵의 작은 이슬을 마시고 몸에는 서옥 비취옥 등 빛나고 아름다운 옥돌을 지니노라 (수양을 한다는 뜻)

얼굴이 옥빛으로 아름답게 광택이 나고 정기가 순수하게 맑아져 비로소 원기가 세차게 되었으며

육체가 쇠붙이 녹듯이 유약하게 되었으며, 정신이 미묘하고 오묘하게 되었으며, 자유자재로 뻗어나게 되었노라

語釋 ㅇ聞至貴(문지귀)-(왕자교로부터) 지극히 귀중한 말을 듣고, 즉 신선이 되는 비결을 듣고. ㅇ而遂徂兮(이수조혜)-마침내 그곳을 하직하고. ㅇ忽乎吾將行(홀호오장행)-홀연히 아득히 먼 (선경으로) 가려고 했다. ㅇ仍羽人於丹丘兮(잉우인어단구혜)-단구에서 만난 하늘을 나는 신선의 도움을 받고. ㅇ羽人(우인)-날개를 달고 새처럼 날아다니는 신선. ㅇ丹丘(단구)-낮이나 밤이나 항상 밝게 빛나는 언덕. ㅇ留不死之舊鄕(유불사지구향)-영원히 늙지도 않고 죽지도 않는 신선들의 고장, 즉 선경(仙境)에 가서 머무르게 되었다. ㅇ朝濯髮於湯谷兮(조탁발어탕곡혜)-아침에는 해가 돋는 탕곡(湯谷)에서 머리를 감고. 탁(濯)은 빨. 탕곡은 해가 돋는 곳, 양곡(暘谷)이라고도 한다. 신화의 지명. ㅇ夕晞余身兮九陽(석희여신혜구양)-저녁에는 내 몸을 아홉 개의 태양에 쪼여 마르게 한다. 희(晞)는 마름. 구양(九陽)은 신화에서 말하기를 하늘나라에는 10개의 태양이 있으며, 그 중 하나만이 매일 땅 위에 떠오르고 나머지 아홉 개는 부상(扶桑)이라는 나뭇가지에 매달려 나타날 차례를 기다린다고 한다. ㅇ吸飛泉之微液兮(흡비천지미액혜)-비천의 작은 액체를 마신다. ㅇ飛泉(비천)-저녁 무렵의 서쪽의 기(氣)를 비천이라 한다. ㅇ微液(미액)-작은 액체, 즉 저녁 이슬. ㅇ懷琬琰之華英(회완염지화영)-서옥이나 비취옥 같은 빛나고 아름다운 옥돌을 몸에 지닌다. 회(懷)는 품을, 완(琬)은 서옥, 염(琰)은 비취옥. ㅇ華英(화영)-빛

나고 아름다운, 앞의 '완염(琬琰)'의 수식어. ㅇ玉色頩以脕顔兮(옥색병이만안혜)-(신선이 되기 위해 수양을 한 결과) 얼굴이 옥색같이 아름답고 광택이 난다. 신선술은 마음을 허정(虛靜)하게 간직하는 내면적 수양과 육신을 청정(淸淨)하게 가꾸는 외면적 수양이 겸비해야 한다. 병(頩)은 옥색, 아름다울. 만(脕)은 예쁠. ㅇ精醇粹(정순수)-정기(精氣)가 순수하고 잡티가 없다. 순(醇)은 순수할, 수(粹)는 정할. ㅇ而始壯(이시장)-비로소 원기(元氣)가 넘치고 세차게 되었다. ㅇ質銷鑠(질소삭)-육신이 (어린아이처럼) 부드럽게 되다. ㅇ質(질)-형질(形質), 즉 육신, 육체. ㅇ銷鑠(소삭)-굳은 쇠붙이가 녹는다. 굳은 몸이 쇠붙이 녹듯이 풀린다. ㅇ以汋約兮(이작약혜)-(생명이 넘치는 어린아이처럼) 부드럽고 유약(柔弱)하게 되다. 《장자(莊子)》 소요유(逍遙遊)에 있다. '신인이 있다. 그 피부가 눈 얼음 같고 부드럽기가 처녀 같다(有神人居焉 肌膚若氷雪 淖約若處子).' ㅇ神要眇(신요묘)-정신이나 신기(神氣)는 미묘하고 오묘하게 되었으며. ㅇ以淫放(이음방)-그러므로 우주(宇宙)를 자유자재로 넘나들고 뻗어날 수 있게 되었다. 음(淫)은 넘칠.

(解說) 하늘나라 영계에서 영혼을 맑게 하고 아름답게 가다듬는다는 뜻이다. 영혼의 세계는 사람의 눈에는 보이지 않지만 영안(靈眼)으로는 모든 것을 볼 수 있다. 영혼이 형상화된 것이 물체다.

제6단(44~58)

가남주지염덕혜　여계수지동영
44. 嘉南州之炎德兮　麗桂樹之冬榮

산소조이무수혜　야적막기무인
45. 山蕭條而無獸兮　野寂寞其無人

재 영 백 이 등 하 혜　엄 부 운 이 상 정
46. 載營魄而登霞兮　掩浮雲而上征

명 천 혼 기 개 관 혜　배 창 합 이 망 여
47. 命天閽其開關兮　排閶闔而望予

소 풍 륭 사 선 도 혜　문 태 미 지 소 거
48. 召豊隆使先導兮　問太微之所居

집 중 양 입 제 궁 혜　조 순 시 이 관 청 도
49. 集重陽入帝宮兮　造旬始而觀清都

조 발 인 어 태 의 혜　석 시 림 호 어 미 려
50. 朝發軔於太儀兮　夕始臨乎於微閭

둔 여 거 지 만 승 혜　분 용 여 이 병 치
51. 屯余車之萬乘兮　紛溶與而幷馳

가 팔 룡 지 완 완 혜　재 운 기 지 위 타
52. 駕八龍之蜿蜿兮　載雲旗之逶蛇

건 웅 홍 지 채 모 혜　오 색 잡 이 현 요
53. 建雄虹之采旄兮　五色雜而炫燿

복 언 건 이 저 앙 혜　참 련 권 이 교 오
54. 服偃蹇以低昂兮　驂連蜷以驕驁

기 교 갈 이 잡 난 혜　반 만 연 이 방 행
55. 騎膠葛以雜亂兮　斑漫衍而方行

찬 여 비 이 정 책 혜　오 장 과 호 구 망
56. 撰余轡以正策兮　吾將過乎句芒

역 태 호 이 우 전 혜　전 비 렴 이 계 노
57. 曆太皓以右轉兮　前飛廉以啓路

양 고 고 기 미 광 혜　능 천 지 이 경 도
58. 陽杲杲其未光兮　凌天地以徑度

남쪽 열대지방에서 만물을 무럭무럭 자라게 하는 화덕(火德)을 가상히 여기고, 겨울에도 꽃을 피는 계수나무를 아름답게 보노라

산은 조용하고 사나운 짐승도 없으며, 들에는 오가는 사람도 없노라

정신과 육체를 함께 싣고 놀을 타고 하늘로 올라갈 때에, 나는 하늘에 떠도는 구름에 휩싸여 높이 올라가노라

하늘의 궁전을 지키는 문지기에게 명령하여 빗장을 열게 하니, 그가 나와 하늘 문을 열고 나를 바라본다

구름의 신령 풍륭을 불러 선도케 하고 상제의 거처 태미궁을 찾아간다

아홉 겹으로 된 하늘나라 상제의 궁성에 들어가고, 먼저 상제가 있는 순시에 도달하고 다시 상제의 도성 청도에 들어갔노라

이튿날 아침에 상제의 궁전 뜰에서 수레를 타고 출발하여 저녁에는 동북방에 있는 산 어미려를 내려다보았다

나의 수레를 둘러싸고 만 대의 수레들이 모여들어, 혼잡하게 엉기면서, 일제히 함께 느릿느릿 나아간다

나의 수레를 끄는 여덟 마리의 용들이 몸을 꿈틀거리며 전진하고, 나의 수레에 세운 구름 깃발이 길게 나부낀다

높이 내세운 무지개빛으로 물든 쇠꼬리 깃발은, 오색이 찬란하게 아롱지고 눈부시게 빛을 내고 있노라

수레를 직접 끄는 복마(服馬)는 오르락내리락 뛰어 달리고, 곁에서 힘을 보태는 참마(驂馬)는 사뿐사뿐 뛰고 있노라

말을 탄 종자(從者)들이 혼잡하게 엉키고 이리저리 무리지어 흩어지는 북새통 속에서 나는 힘들게 나가야 하니

나는 말고삐를 단단히 잡고 또 말채찍을 바르게 치고 장차 구망이 있는 동방으로 가리라

먼저 태호 있는 곳을 지나서, 오른쪽으로 돌고, 풍신 비렴을 앞세워 길을 터 나가리라

새벽이 틀 무렵 태양이 미처 빛을 발하기 전에 나는 하늘땅을 뚫고 곧바로 그곳으로 건너가리라

(語釋) ㅇ嘉南州之炎德兮(가남주지염덕혜)－남쪽의 화덕(火德)을 좋게 여기며. 염덕(炎德)은 화덕이다. 남쪽의 뜨거운 열기는 만물을 무럭무럭 자라게 하고 또 꽃을 피게 한다. 가(嘉)는 가상(嘉賞)하다. ㅇ麗桂樹之冬榮(여계수지동영)－계수나무가 겨울에도 무성하게 자라는 것을 아름답게 여기다. 계수는 열대지방의 상록수로 껍질을 육계(肉桂)라 하고 한약재로 쓴다. ㅇ山蕭條而無獸兮(산소조이무수혜)－산은 조용하고 사나운 들짐승들도 없다. ㅇ野寂寞其無人(야적막기무인)－들판도 적막하고 사람도 보이지 않는다. ㅇ載營魄而登霞兮(재영백이등하혜)－정신과 육체를 함께 싣고 놀을 타고 등선(登仙)한다. ㅇ載營魄(재영백)－《노자(老子)》 10장에 있는 말. 하상공(河上公)은 '영백(營魄)'을 혼백(魂魄)으로 풀었다. 혼(魂)은 육신을 활동케 하는 생명력에 깃들고 있는 신령 혹은 정기, 백(魄)은 육체에 깃들고 있는 신령 혹은 정기. '영(營)'을 밝을 형(熒)으로 풀이하고 '영백'을 '밝게 나타나고 활동하는 생명의 양신(陽神)과 육체에 붙어 조용히 있는 음신(陰神)'으로 풀기도 한다. ㅇ掩浮雲而上征(엄부운이상정)－하늘의 구름에 몸을 숨기고 혹은 구름을 휘감고 위로 높이 올라간다. ㅇ命天閽其開關兮(명천혼기개관혜)－하늘의 궁전을 지키는 문지기에게 명령하여 빗장을 열게 하니. 천혼(天閽)은 천궁(天宮)의 문지기, 관(關)은 빗장, 관문(關門). ㅇ排閶闔(배창합)－하늘의 문을 열어제치고, 배(排)는 열다, 창합(閶闔)은 하늘의 문. ㅇ而望予(이망여)－문지기가 나를 맞이하고 바라본다. ㅇ召豐隆使先導兮(소

풍륭사선도혜)－구름의 신령 풍륭을 불러 선도케 하고. 풍륭(豐隆)은 풍신(風神) 혹은 뇌신(雷神). ㅇ問太微之所居(문태미지소거)－상제(上帝)의 거처 태미궁(太微宮)을 찾아간다. 태미(太微)는 성좌(星座)이기도 하다. ㅇ集重陽入帝宮兮(집중양입제궁혜)－드디어 아홉 겹 하늘에 도달하고 상제의 궁전으로 들어가. 중양(重陽)의 '양(陽)'은 '구(九)'를 나타낸다. 즉 '구중천(九重天 : 아홉 겹으로 된 하늘 궁전)'의 뜻이다. ㅇ造旬始而觀淸都(조순시이관청도)－상제가 있는 순시(旬始)에 가서 청도(淸都)를 보노라. 왕일(王逸)은 순시를 '황천(皇天)의 이름'이라고 했다. 즉 상제가 있는 하늘을 특히 '순시'라고 했다. 동시에 성좌명(星座名)이기도 하다. 청도는 상제의 도성(都城). 열자(列子)는 '청도(淸都), 자미(紫微), 균천(鈞天), 광락(廣樂)은 상제의 도성이라'고 말했다. ㅇ朝發軔(조발인)－이튿날 아침에 수레를 타고 출발하다. 인(軔)은 바퀴 굄목. ㅇ於太儀(어태의)－상제의 궁중의 뜰. ㅇ夕始臨乎於微閭(석시림호어미려)－저녁에는 어미려(於微閭)를 내려다보았다. 어미려는 동북방 요동(遼東)에 있는 산 이름. '의무려(醫巫閭)'라고도 한다. ㅇ屯余車之萬乘兮(둔여거지만승혜)－내가 탄 수레 주변에는 만 대의 수레들이 모여들어. ㅇ紛溶與而幷馳(분용여이병치)－서로 혼잡하게 엉키어 느리게 가고 있다. ㅇ駕八龍之蜿蜿兮(가팔룡지완완혜)－나의 수레를 끄는 여덟 마리의 용이 꿈틀꿈틀 전진하고 있으며. ㅇ載雲旗之逶蛇(재운기지위타)－펄럭펄럭 길게 꼬리를 물고 나부끼는 구름 깃발을 세우고. 위타(逶蛇)는 꾸불꾸불 길게 꿈틀대면서. ㅇ建雄虹之采旄兮(건웅홍지채모혜)－찬란하게 빛나는 무지개 '쇠꼬리 깃발'을 세우고. 웅홍(雄虹)은 '선명하게 빛나는 무지개 빛을 내는', 채(采)는 오색(五色) 찬연한, 모(旄)는 '쇠꼬리 털을 단 기'. ㅇ五色雜而炫燿(오색잡이현요)－오색이 아롱지고 눈부시게 빛나다. ㅇ服偃蹇以低昂兮(복언건이저앙혜)－복마(服馬)는 펄떡펄떡 뛰어 달리면서 몸을 위로 아래로 움직인다. 복마는 수레를 끄는 데 중심이 되는 힘이 가장 센 말, 언건(偃蹇)은 펄럭펄럭 춤을 춘다. 혹은 뛰어 달린다. ㅇ驂連蜷以驕驁

(참련권이교오)－참마(驂馬)도 사뿐사뿐 세차게 뛰어 달린다. 참마는 곁이나 앞에서 힘을 도와주는 말. 연권(連蜷)은 사뿐사뿐 경쾌하게 뛴다. 교오(驕驁)는 말이 세차게 내달린다. ㅇ騎膠葛以雜亂兮(기교갈이잡난혜)－기마(騎馬)들이 혼잡하게 엉기고 난잡하게 흐트러지고. 기(騎)는 말을 탄 종자(從者), 혹은 그들이 타고 있는 말. 교갈(膠葛)은 혼잡하게 엉키다, 잡란(雜亂)은 난잡하게 흐트러진다, 혹은 북적대다. ㅇ斑漫衍而方行(반만연이방행)－이리저리 흩어지고 사방으로 가는 혼잡 속에서도 (전체가) 간신히 한 방향으로 나갈 수 있었다. 반(斑)는 얼룩얼룩, 여기저기 흩어지다, 만연(漫衍)은 퍼져 나간다, 덩굴이 뻗어나간다. 방행(方行)은 (혼잡한 속에서도) 간신히 앞으로 나간다. ㅇ撰余轡以正策兮(찬여비이정책혜)－나는 고삐를 꽉 잡고 (방향을 틀고) 또 채찍질을 올바르게 하고. ㅇ吾將過乎句芒(오장과호구망)－동방으로 가서 구망(句芒)을 만나리라. 과(過)는 '들러가다, 가는 길에 들르다'의 뜻. 구망은 동방에 봄을 다스리는 조신인면(鳥身人面)의 신, 오행(五行)으로는 목신(木神)이다. ㅇ曆太皓以右轉兮(역태호이우전혜)－태호(太皓) 있는 곳을 지나서 오른쪽으로 돌아서, 태호는 동방을 다스리는 천신(天神), 곧 하늘에 올라가 천신이 된 복희씨(伏羲氏)라고 한다. ㅇ前飛廉以啓路(전비렴이계노)－풍신(風神) 비렴을 앞세우고 길을 트게 한다. ㅇ陽杲杲其未光兮(양고고기미광혜)－새벽 해가 뜨기 시작할 무렵, 아직도 밝은 광선을 발하기 전, 동이 틀 무렵. 고고(杲杲)는 해가 뜨려고 할 무렵의 뜻. ㅇ淩天地以徑度(능천지이경도)－나는 하늘과 땅을 뚫고 또 가로지르고 곧바로 가려고 한다.

(解說) 이상 제6단은 신선술을 터득한 다음에 혼백(魂魄)이 함께 남쪽에서 등선(登仙)하고 이어 동쪽 하늘 나라에 가서 상제(上帝)의 도성과 궁전을 찾고 다시 팔룡(八龍)이 끄는 수레를 타고 많은 종자(從者)를 대동한 눈부신 행차를 환상적으로 그렸다.

제7단(59~68)

풍 백 위 여 선 구 혜　분 애 벽 이 청 량
59. 風伯爲余先驅兮　氛埃辟而清涼

봉 황 익 기 승 기 혜　우 욕 수 호 서 황
60. 鳳凰翼其承旂兮　遇蓐收乎西皇

남 혜 성 이 위 정 혜　거 두 병 이 위 휘
61. 擥慧星以爲旌兮　擧斗柄以爲麾

반 륙 리 기 상 하 혜　유 경 무 지 류 파
62. 叛陸離其上下兮　遊驚霧之流波

시 애 태 기 당 망 혜　소 현 무 이 분 속
63. 旹曖曃其曭莽兮　召玄武而奔屬

후 문 창 사 장 행 혜　선 서 중 신 이 병 곡
64. 後文昌使掌行兮　選署衆神以竝轂

노 만 만 기 수 원 혜　서 미 절 이 고 려
65. 路曼曼其脩遠兮　徐弭節而高厲

좌 우 사 사 경 시 혜　우 뇌 공 이 위 위
66. 左雨師使徑侍兮　右雷公以爲衛

욕 도 세 이 망 귀 혜　의 자 휴 이 담 교
67. 欲度世以忘歸兮　意恣睢以擔撟

내 흔 흔 이 자 미 혜　요 투 오 이 음 락
68. 內欣欣而自美兮　聊偷娛以淫樂

바람의 신령 풍백이 나를 위해 앞을 달리며 혼탁한 먼지를 치

웠으므로 길이 맑고 산뜻하게 되었노라

봉황새는 경건히 정기를 받쳐들고 수행하노라, 나는 드디어 서쪽 하늘을 다스리는 서황(西皇)의 궁전에서 가을의 신령 욕수(蓐收)를 만나볼 수 있었노라

나는 밤하늘의 혜성들을 손으로 거머잡아 정기로 삼고 또 북두칠성의 두병 자루를 높이 들어 장군의 지휘기로 삼고 (우리 일행은 정연히 나갔노라)

(그러나 하늘나라의 기류가 홀연히 변동하는 바람에) 우리 일행의 행렬은 분산되고 흩어져 오르락내리락하며 놀란 듯 떠 흐르는 안개를 타고 부유(浮遊)했노라

마침 그때가 어둑어둑 어두워지는 저녁 무렵이라, 북쪽을 다스리는 신령 현무로 하여금 달려와서 합치게 했으며

뒤에는 북방의 성신(星神) 문창으로 하여금 행렬의 뒷수습을 관장케 하고 또 많은 신령들을 선발하여 저마다 부서와 직책을 주고 우리와 함께 수레를 달리게 했노라

(이렇게 재정비하고 하늘나라 여행을 계속할 새) 갈 길이 아직도 멀고 아득하게 길기만 하므로, 나는 수레의 속도를 줄이고, 한 단계 높은 하늘로 솟아오르게 했으며

왼쪽으로는 비를 관장하는 신령으로 하여금 샛길에서 기다리게 하고, 오른쪽으로는 번개를 관장하는 뇌공(雷公)으로 하여금 우리 일행을 호위케 했다

마침내 나는 티끌세상을 초월하고 하늘나라 영계에 와서 다시 돌아갈 생각조차 잊게 되자, 나의 의기가 방자하게 치솟고 남들을 얕잡아보고 자신을 높이 치켜세우게 되었노라

이에 나는 속으로 기쁨에 넘치고 스스로 좋아하고 만족했으며

이대로 계속하여 유쾌하게 놀면서 마냥 즐기고자 했노라

(語釋) ㅇ風伯爲余先驅兮(풍백위여선구혜)－바람의 신 풍백(風伯)이 나를 위해 먼저 앞장서서 길을 가면서. ㅇ氛埃辟而淸涼(분애벽이청량)－혼탁하고 요사스런 먼지들은 치우고 나의 길을 맑고 시원하게 닦아 주었다. 분(氛)은 요기. ㅇ鳳凰翼其承旂兮(봉황익기승기혜)－봉황새가 경건하게 용기(龍旗)를 받들고 수행(隨行)하고, 익(翼)은 경건하게, 기(旂)는 두 마리의 용을 그린 기. ㅇ遇蓐收乎西皇(우욕수호서황)－서방을 다스리는 상제 앞에서 가을의 신 욕수를 만났다. ㅇ擥彗星以爲旌兮(남혜성이위정혜)－밤하늘의 혜성을 손에 거두어 잡고 정기(旌旗)로 삼으며. 남(擥)은 잡을, '정(旌)=정(旍)', 정(旌)은 쇠꼬리와 새털로 장식한 기. ㅇ擧斗柄以爲麾(거두병이위휘)－북두칠성의 두병을 높이 들고 대장의 지휘기로 삼는다. 기(麾)는 대장. ㅇ叛陸離其上下兮(반륙리기상하혜)－우리의 행렬이 흩어지고 갈리어 아래위로 오르락내리락하자. 반(叛)=나눌 반(班), 육리(陸離)는 흩어지고 분산되다. ㅇ遊驚霧之流波(유경무지류파)－놀란 듯 떠 흐르는 안개와 함께 이리저리 오간다. (하늘에 있는 신령의 나라에서도 기류의 변화가 있을 것이다) ㅇ旹曖曃其曭莽兮(시애태기당망혜)－때는 어둠침침한 저녁 무렵이고. 태(曃)는 어둘, 시(旹)는 때, '시(時)'의 옛글자. 애태(曖曃)는 어둠침침하다. 당망(曭莽)은 흐리고 어둡다. ㅇ召玄武而奔屬(소현무이분속)－북방의 성신(星神) 현무(玄武)에게 뛰면서 뒤쫓아오게 하다. 현무는 북방의 일곱 개의 성수(星宿)를 합쳐 부르는 명칭. ㅇ後文昌使掌行兮(후문창사장행혜)－뒤에서는 북쪽을 다스리는 신령 문창으로 하여금 행렬을 관장케 한다. ㅇ選署衆神以竝轂(선서중신이병곡)－기타 많은 신들을 선발하고 부서와 직책을 주고 각자 맡아 다스리면서 동시에 그들도 수레를 우리 행렬과 나란히 달리게 했다. 선서(選署)는 선발해서 각자 부서를 맡아보게 하다. 병곡(竝轂)은 수레를 나란히하고 달려가다. 곡(轂)은 바퀴통, 수레. ㅇ路曼曼其脩遠兮(노만만기수원혜)－길이 끝없이 길고 아

득히 멀기만 하다, 수(脩)는 멀고 길다. ㅇ徐弭節而高厲(서미절이고려)-서서히 수레의 속도를 줄이고 한단계 높이 오른다. 미(弭)는 그칠, 고려(高厲)는 높이 뛰어오르다. ㅇ左雨師使徑侍兮(左雨師使徑侍兮)-왼쪽으로는 우신(雨神)으로 하여금 좁은 길에서 잠시 머물러 있게 하고. ㅇ右雷公以爲衛(우뇌공이위위)-오른쪽으로는 뇌신(雷神)으로 하여금 호위하게 하다. ㅇ欲度世以忘歸兮(욕도세이망귀혜)-진세(塵世)를 초탈하고 다시는 되돌아가려고 생각하지 않는다. ㅇ意恣睢以担撟(의자휴이걸교)-의기(意氣)가 방자하게 치솟고 남들을 흘겨보고 자신을 높이 치켜세운다. 자(恣)는 방자할, 휴(睢)는 부릅떠 볼, 자휴(恣睢)는 방자하고 고집을 세운다. 걸교(担撟)는 높이 들어올린다. 들 걸(担)=깍지낄 결, 교(撟)는 들. ㅇ內欣欣而自美兮(내흔흔이자미혜)-속으로 기쁘고 즐거우며, 스스로 좋아하고 만족함. ㅇ聊媮娛以淫樂(요유오이음락)-일시나마 유쾌하게 놀면서 마냥 즐기고 있다. 유(媮)는 즐거울.

제8단(69~80)

섭 청 운 이 범 람 유 혜　홀 림 예 부 구 향
69. 涉靑雲以泛濫游兮　忽臨睨夫舊鄕

복 부 회 여 심 비 혜　변 마 고 이 불 행
70. 僕夫懷余心悲兮　邊馬顧而不行

사 구 고 이 상 상 혜　장 태 식 이 엄 체
71. 思舊故以想像兮　長太息而掩涕

범 용 여 이 하 거 혜　요 억 지 이 자 미
72. 泛容與而遐擧兮　聊抑志而自弭

지 염 신 이 직 치 혜　오 장 왕 호 남 의
73. 指炎神而直馳兮　吾將往乎南疑

남 방 외 지 황 홀 혜　패 망 상 이 자 부
74. 覽方外之荒忽兮　沛罔象而自浮

축 융 계 이 환 형 혜　등 고 난 조 영 복 비
75. 祝融戒而還衡兮　騰告鸞鳥迎宓妃

장 함 지 주 승 운 혜　이 녀 어 구 소 가
76. 張咸池奏承云兮　二女御九韶歌

사 상 령 고 슬 혜　영 해 약 무 풍 이
77. 使湘靈鼓瑟兮　令海若舞馮夷

현 리 충 상 병 출 진 혜　형 료 규 이 위 이
78. 玄螭虫象竝出進兮　形蟉虯而逶蛇

자 예 변 연 이 증 요 혜　난 조 헌 저 이 상 비
79. 雌蜺便娟以增撓兮　鸞鳥軒翥而翔飛

음 악 박 연 무 종 극 혜　언 내 서 이 배 회
80. 音樂博衍無終極兮　焉乃逝以徘徊

신선이 되어 푸른 하늘을 거침없이 떠돌고 홍수 넘치듯이 사방으로 나가다가 홀연히 지상의 고향 초나라를 곁눈으로 내려다보았노라

따르던 하인도 고향을 보고 그리워하고 나도 마음속으로 슬프게 생각했으며 곁에서 따라오던 말들도 머뭇거리며 가지를 않네

내가 옛날 알던 정든 사람들을 생각하고 또 (초나라가 망한) 지금 그들이 어떻게 지낼까 상상을 하면서 길게 탄식하며 떨어지는 눈물을 훔쳤노라

나도 모르게 스르르 공중으로 떠서 멀리 고향으로 날아갈 듯 하였으나 짐짓 나는 마음을 눌러 잡고 내 자신을 억제했노라

그리고 남쪽을 다스리는 염제가 있는 곳을 향해 곧바로 달려서 남쪽 구의산(九疑山)으로 가려고 했노라

나는 하늘 끝에 버려진 거칠고 황량한 지상세계를 보면서 패연히 쏟아지는 비에 모든 것을 지워버리듯이 (미련을 떨쳐버리고) (다시 행렬을 정비하고) 스스로 하늘로 떠 올라갔노라

남쪽의 불의 신령 축융은 나를 위해 경계를 하고 다른 수레의 통행을 막고 다시 높이 올라가 난새에게 고하고 복비(宓妃)를 불러오게 하노라

복비가 악기를 늘어놓고 요임금의 음악 함지와 황제의 음악 승운을 연주하자, 순임금의 두 황비가 곁에 와서 거들며 구소의 노래를 부르노라

다시 상수(湘水)의 신령으로 하여금 거문고를 연주케 하고 또 바다의 신 해약이나 수신 풍이로 하여금 춤을 추게 하노라

이에 검은 용과 벌레 및 코끼리 등이 다 나타나 어울려 춤을 추니, 그 형상이 함께 엉기어 감기고 또 길게 늘어지고 이어지노라

암무지개는 부드럽고 아름답게 겹쳐져 있으며 난새가 높이 올라 사방으로 날면서 높이 날아 올라가노라

여러 가지로 연주하는 음악 소리가 사방으로 넓게 울려퍼지고 끝이 없으며 이에 나도 떠나려 하다가도 훌쩍 떠나지 못하고 미적대며 주변을 배회하노라

(語釋) ㅇ涉靑雲以泛濫游兮(섭청운이범람유혜)—신선이 되어 푸른 하늘을 가로질러 거침없이 떠돌아다니다가. ㅇ泛濫(범람)—홍수가 넘쳐흐르듯이 (하늘나라를 이리저리) 떠돌아다닌다. ㅇ忽臨睨夫舊鄕(홀림예

부구향)—어쩌다가 지상세계의 고향 초나라를 흘끔 곁눈으로 내려다 보았다. 예(睨)는 흘겨볼. ㅇ僕夫懷(복부회)—나를 따르는 하인도 (고향을) 그리워하고. ㅇ余心悲兮(여심비혜)—나도 마음속으로 슬프게 생각했다. ㅇ邊馬顧而不行(변마고이불행)—(나의 수레를 곁에서 따라오던) 주변의 말들도 돌아보고 머뭇거리며 걸음을 멈추었다. ㅇ思舊故以想像兮(사구고이상상혜)—나는 옛날에 함께 지내던 모든 사람들을 생각하고 또 (초나라가 망한) 지금 그들이 어떻게 지낼까 상상을 하면서. ㅇ長太息而掩涕(장태식이엄체)—길게 탄식하며 떨어지는 눈물을 훔쳤다. ㅇ泛容與而遐擧兮(범용여이하거혜)—나도 모르게 몸과 마음이 스르르 공중으로 떠서 멀리 (고향을 향해) 날아갈 듯하였으나. ㅇ聊抑志而自弭(요억지이자미)—그 자리에서 나는 마음을 억제하고 내닫는 몸을 자제했다. ㅇ指炎神而直馳兮(지염신이직치혜)—그리고 남쪽을 다스리는 염제(炎帝)가 있는 곳을 향해 곧바로 달려서. ㅇ吾將往乎南疑(오장왕호남의)—남쪽 구의산(九疑山)으로 가려고 했다. 구의산에는 순(舜)과 기타 여러 신령들이 있는 곳이다. ㅇ覽方外之荒忽兮(남방외지황홀혜)—하늘 밖에 버려진 거칠고 황량한 (지상세계를) 바라보면서. ㅇ沛罔象而自浮(패망상이자부)—패연히 쏟아져 내리는 비에 모든 것이 지워져 없어지듯이, (지상세계의 형상이나 미련을 다 지워버리고) 스스로 다시 하늘로 떠 올라갔노라. 패(沛)=비 쏟아질 패(霈). ㅇ罔象(망상)—형상을 다 지워 버리고. ㅇ祝融戒而還衡兮(축융계이환형혜)—남쪽의 화신(火神)은 나를 위해 경계를 하고 다른 수레의 통행을 막고. 화신 축융은 인면수신(人面獸身)으로 두 마리의 용을 타고 다닌다. ㅇ還衡(환형)—다른 수레의 통행을 금지하고 되돌리다. 형(衡)은 차멍에. ㅇ騰告鸞鳥迎宓妃(등고난조영복비)—높이 올라가 난조(鸞鳥)에게 고하고 복비(宓妃)를 불러오게 했다. 복비는 낙수(洛水)의 여신, 복희(伏羲)의 딸. ㅇ張咸池奏承雲兮(장함지주승운혜)—악기를 늘어놓고 요(堯)임금의 음악 함지(咸池)와 황제의 음악 승운(承雲)을 연주케 한다. 장(張)은 악기를 진열하다. 함지는 요임금의 음악, 승운은 황제의 음악. ㅇ二女御九韶歌(이녀어구소가)－순임금의 두 후비(后妃)가 시중을 들고 구소(九韶)를 노래한다. 이녀(二女)는 순임금의 두 아내, 아황(娥皇)과 여영(女英). 요임금은 자기의 두 딸을 함께 순에게 시집보냈다. ㅇ使湘靈鼓瑟兮(사상령고슬혜)－상수(湘水)의 신령으로 하여금 거문고를 연주케 하니. 상령(湘靈)은 곧 상군(湘君)과 상부인(湘夫人), 슬(瑟)은 25현의 큰 거문고. ㅇ令海若舞馮夷(영해약무풍이)－바다의 신 해약(海若)이나 수신(水神) 풍이(馮夷)로 하여금 춤을 추게 한다. 해약은 바다의 신령, 풍이는 수신. ㅇ玄螭虫象竝出進兮(현리충상병출진혜)－(그러자) 검은 용과 벌레 및 코끼리 등이 다 나타나 (그 자리에 어울려 춤을 추었다), 현리(玄螭)는 검은 용, 흑룡(黑龍). ㅇ形蟉虯而逶蛇(형료규이위이)－그 형상이 함께 엉기어 감기고 또 길게 꿈틀꿈틀 늘어지기도 했다. 요규(蟉虯)는 둥글게 똬리를 틀다. 위이(逶蛇)는 길게 늘어지고 뻗어나다. '사(蛇)'는 '이'로 읽음. ㅇ雌蜺便娟以增撓兮(자예변연이증요혜)－암무지개는 부드럽고 아름답게 겹쳐져 있으며. 무지개가 두 개 떴을 때, 밖에 있는 엷은 무지개를 자예(雌蜺), 즉 암무지개라 한다. 변연(便娟)은 부드럽고 아름답다, 증요(增撓)는 층요(層繞)와 같다. 층층이 둘러쌓다. ㅇ鸞鳥軒翥而翔飛(난조헌저이상비)－난새가 높이 올라 사방으로 날고. 헌저(軒翥)는 높이 올라가다, 상비(翔飛)는 비상(飛翔). ㅇ音樂博衍無終極兮(음악박연무종극혜)－여러 가지로 연주하는 음악 소리가 사방으로 넓게 울려퍼지고 끝이 없다. ㅇ焉乃逝以徘徊(언내서이배회)－그러므로 떠나려고 하다가도 (훌쩍 떠나지 못하고) 주변을 배회한다.

제9단(81~89)

서병절이치무혜 탁절은호한문
81. 舒幷節以馳騖兮 逴絶垠乎寒門

질신풍어청원혜 종전욱호증빙
82. 軼迅風於清源兮 從顓頊乎增冰

역현명이사경혜 승간유이반고
83. 歷玄冥以邪徑兮 乘間維以反顧

소검영이견지혜 위여선호평로
84. 召黔贏而見之兮 爲余先乎平路

경영사황혜 주류륙막
85. 經營四荒兮 周流六漠

상지열결혜 강망대학
86. 上至列缺兮 降望大壑

하쟁영이무지혜 상요곽이무천
87. 下崢嶸而無地兮 上寥廓而無天

시숙홀이무견혜 청창황이무문
88. 視儵忽而無見兮 聽惝怳而無聞

초무위이지청혜 여태초이위린
89. 超無爲以至清兮 與泰初而爲鄰

나는 말고삐를 느슨하게 풀고 말의 속도를 두 배로 높이고 세차게 달려나가, 멀리 북극의 끝에서 하늘과 땅의 한계선을 넘노라

더없이 빠른 질풍도 청원이란 곳에서 앞질러 달리고, 겹겹이 쌓인 빙산에서 전욱을 만나고 따르리라

북방의 신 현명이 있는 곳을 지나 샛길을 타고 다시 하늘의 큰 줄기를 타고 높이 올라가 뒤돌아보노라

조화의 신 검영을 불러 만나보고 나를 위해 앞장서서 길을 평탄하게 만들라 부탁하고

(하늘나라의) 사방의 황무지를 잘 정돈하고 또 상하 사방을 두루 돌아다니고

위로는 하늘의 틈에까지 가고 아래로는 큰 골짜기 밑까지 내려와서 보노라

하늘의 밑은 멀고 깊을 뿐 땅도 없고 하늘의 위는 아득히 멀기만 하고 (지상에서 바라보는 것 같은) 하늘도 없다 (즉 하늘나라 영계는 무한공간이다)

눈이 갑자기 흐려지고 아무것도 보이지 않고, 귀가 멍멍하고 아무것도 들리지 않는다. (무한공간 영계에서는 보지도 듣지도 못한다)

무위(無爲)도 초월하고 지극한 청정(淸靜)에 경지에 도달하고, (우주 천지가 개벽하기 전의) 태초 속에 있게 되었다 (즉 태초로 돌아가게 되었다. 신선이 된다고 하는 것은 감각이나 현상을 완전히 초월하고 무(無)로 돌아감이다)

(語釋) ㅇ舒幷節以馳騖兮(서병절이치무혜)—말고삐를 느슨하게 하고 말의 속도를 두 배로 빠르게 하고 세차게 달려나간다. '서(舒)는 펼'로 곧 '서절(舒節)'이다. '팽팽하게 당겼던 말고삐를 느슨하게 푼다'는 뜻. 그러면 말이 빨리 뛴다. '병절(幷節)'은 말의 속도를 두 배로 높인다는 뜻. 무(騖)는 달릴, 빠를. ㅇ逴絶垠乎寒門(탁절은호한문)—멀리

북극(北極)의 끝에서 하늘과 땅의 한계선을 넘는다. 탁(逴)은 멀. ㅇ絶垠(절은)－하늘과 땅의 한계선을 넘는다. 절(絶)은 뛰어넘다, 은(垠)은 하늘 끝, 즉 하늘과 땅의 한계선. ㅇ寒門(한문)－북극(北極)의 끝. ㅇ軼迅風於淸源兮(질신풍어청원혜)－더없이 빠른 바람도 청원(淸源)이란 곳에서 추월하다. 질(軼)은 지나칠, 신풍(迅風)은 빠른 바람, 질풍(疾風), 세찬 태풍. 청원은 신화적인 지명, 바람의 근원지라고 하는 북해(北海). ㅇ從顓頊乎增冰(종전욱호증빙)－겹겹이 쌓인 빙산지대에서 전욱(顓頊)을 만나고 따르리라. 전욱은 오제(五帝)의 한 사람, 죽어서는 북방의 하늘을 다스리는 상제(上帝)가 되었다. ㅇ歷玄冥以邪徑兮(역현명이사경혜)－북방의 신 현명(玄冥)이 있는 곳을 지나서 샛길을 타고 가서. 현명은 북쪽의 신, 사경(邪徑)은 좁은 샛길. ㅇ乘間維以反顧(승간유이반고)－하늘의 큰 줄기를 타고 하늘 높이 올라가 뒤돌아본다. 간유(間維)는 하늘을 받들고 있는 큰 줄기, '천(天)의 대강(大綱)'. ㅇ召黔嬴而見之兮(소검영이견지혜)－검영(黔嬴)을 불러서 만나보고, 검영은 '조화(造化)의 신'. ㅇ爲余先乎平路(위여선호평노)－나를 위해 앞장서서 길을 평탄하게 만들라 했다. 즉 선도(先導)로 삼았다. ㅇ經營四荒兮(경영사황혜)－사방의 황무지를 개간하고 잘 다스리고. ㅇ周流六漠(주류륙막)－천지사방 육합(六合)을 두루 돌아다니다. 육합은 상하(上下) 및 사방(四方). ㅇ上至列缺兮(상지열결혜)－위로는 하늘의 틈에까지 가고. 열결(列缺)은 '하늘의 틈이 난 곳'. ㅇ降望大壑(강망대학)－아래로는 큰 골짜기 밑까지 내려와서 본다. ㅇ下峥嶸而無地兮(하쟁영이무지혜)－하늘의 밑은 멀고 깊을 뿐 땅도 없고. ㅇ上寥廓而無天(상요곽이무천)－하늘의 위는 아득히 멀기만 하고 (지상에서 바라보는 것 같은) 하늘도 없다. 즉 하늘나라 영계(靈界)는 무한공간(無限空間)이다. ㅇ視倏忽而無見兮(시숙홀이무견혜)－시각(視覺)이 갑자기 흐려지고 아무것도 보이는 것이 없고. ㅇ聽惝恍而無聞(청창황이무문)－청각(聽覺)이 멍멍하고 어리둥절하여 아무것도 들리는 것이 없다. '무한공간 영계'에서는 보지도 듣지도 못한다. ㅇ超無爲以至淸

兮(초무위이지청혜)—무위(無爲)도 초월하고 지극한 청정(淸靜)의 경지에 도달하고. ㅇ與泰初而爲鄰(여태초이위린)—(우주 천지가 개벽하기 전의) 태초의 세계의 곁에 있게 되었다. 즉 태초로 돌아가게 되었다. (신선이 된다고 하는 것은 감각(感覺)이나 현상(現象)을 완전히 초월하고 완전한 무(無)의 경지에 도달함이다)

(解說) 제5단 이후 제9단까지는 신선의 도를 터득한 굴원이 영적(靈的)으로 하늘나라 영계(靈界)를 상하(上下) 사방(四方) 자유자재로 여행하며 상제(上帝)나 천신(天神) 및 많은 신령(神靈)들의 도움을 받는다. 특히 그의 행차는 이 지상세계의 천자(天子)나 제왕(帝王)들의 행차보다 더 장엄하고 화려하다.

하늘나라를 돌다가 흘끗 지상세계, 특히 자기의 고국(故國) 초나라를 내려다보고 그리워하고 또 걱정스럽게 여기기도 한다(제8단 69, 70, 71). 그러나 그는 다시 지상세계에 대한 미련을 버리고 하늘의 영계에 대한 여행을 한다. 그러나 결론은 제9단에 있다.

'하늘의 밑은 멀고 깊을 뿐 땅도 없고 하늘의 위는 아득히 멀기만 하고 (지상에서 바라보는 것 같은) 하늘도 없다.(下崢嶸而無地兮 上寥廓而無天)'(87) 즉 하늘나라 영계(靈界)는 무한공간(無限空間)이다.

그러므로 '눈이 갑자기 흐려지고 아무것도 보이는 것이 없고, 귀가 멍멍하고 어리둥절하여 아무것도 들리는 것이 없다.(視儵忽而無見兮 聽惝怳而無聞)'(88)

결국 신선이 되어 하늘나라에 올라간 것은 태초의 무(無)로 돌아가 하나가 된 것이다. 〈원유〉 마지막 구절에 결론이 있다.

'무위(無爲)도 초월하고 지극한 청정(淸靜)의 경지에 도달하니 결국은 (우주 천지가 개벽하기 전의) 태초의 무의 세계 속에 함께 살게 되었다.(超無爲以至淸兮 與泰初而爲鄰)'(89)

이상과 같이 〈원유〉를 영혼이 무한세계(無限世界)인 영계(靈界)를 여행하는 상상이나 환상의 시구로 보아야 한다.

이 〈원유〉 속에는 〈이소(離騷)〉의 구절이나 유사한 구절이 많이 있고 또 사마상여(司馬相如)의 〈대인부(大人賦)〉에 있는 구절과 같은 구절이 더러 보인다. 또 〈원유〉의 사상은 〈이소〉의 사상과 같지 않다는 등등의 여러 가지 이유를 들어 많은 학자들이 〈원유〉를 굴원 자신의 작품이 아니고 한(漢)대 이후의 문인이 굴원의 이름을 빌어 지은 위작품(僞作品)이라 주장하기도 한다. 원작자에 대한 고증은 너무나 학술적인 문제라, 전문 학자의 연구에 맡겨야 할 것이다.

오늘의 일반 독자는 〈원유〉가 2천 년 전의 작품으로 그것은 곧 '인간의 정신이나 영혼이 하늘나라 영계를 여행한 기록'이라는 것을 알고 또 고대 중국인의 신선관(神仙觀)의 일단을 알 수 있는 작품이라고 이해하면 될 것이다.

4. 天 問 천문

가장 먼저 《초사(楚辭)》를 집대성하고 주(注)를 달은 왕일(王逸)은 〈천문〉을 다음같이 설명했다.

'굴원이 추방되고 근심과 걱정으로 몸과 마음이 초췌하게 되었으며, 산이나 물가를 방황하고 언덕이나 평지를 방랑하면서 하늘에 부르짖고 우러러 탄식했다. 초나라에는 선왕을 모신 종묘와 공경(公卿)의 사당들이 있고, 그 속에는 천지 산천 신령들을 그린 벽화 및 이상야릇하고 기괴한 옛날의 성현과 괴물들의 행적이나 이야기를 그린 그림들이 있었다. 굴원은 두루 돌아다니다가 그곳에서 쉬면서 벽화를 보고 그 곁에 글을 써가면서 꾸짖고 반문하면서 가슴속의 분만을 토로하고 근심을 해소하였다. 그후 초나라 사람이 굴원을 애석하게 여기고 (벽에 쓴) 글을 추려 모았다. 그래서 전체적 체계나 순서가 바르게 서지 않게 된 것이다(한문 원문 생략).'

왕일은 굴원이 각지의 종묘나 사당에 있는 벽화 곁에 쓴 글을 초나라 사람이 모으고 추려서 〈천문〉 10편이 전해졌다고 풀이했다.

제목 〈천문〉의 뜻을 '하늘에게 묻는다'로 풀이할 수 있다. 그러나 많은 학자들은 '하늘의 불가사의한 조화에 대해서 의문을 제시한다'는 뜻으로 풀고 있다. 즉 굴원이 조정에서 추방되고 실의에 빠진 것 자체가 학문이나 이성으로 해명할 수 없는 괴변이었다. 그래서 그는 강호(江湖) 일대를 방랑하면서 학문이나 이성으로 해명할 수 없는 삼라만상에 대한 의문을 제시했던 것이다. 즉 '우주 천지의 개벽, 괴상한 자연 만물 및 국가정치와 역사변천에 엉킨 불합리한 현상' 등에 대한 의문을 제시했던 것이다.

굴원은 학식 있는 지식인이었다. 그러므로 '자연 현상이나 국가 정치'도 이성을 바탕으로 합리적으로 해명되고 처리되어야 한다고 생각했다. 그러나 현실세계에는 온통 불합리하고 부조리한 일, 참으로 알 수 없는 괴상한 일들만이 발생하고 또 통하고 있었다. 이에 굴원은 더욱 분만하고 하늘에 대해서 질문을 던지고 묻고자 한 것이다.

그 물음 속에는 힐난(詰難)의 뜻이 숨어 있었다. 그는 당시의 민간에서 유포되고 있는 신화나 전설을 하나하나 들고 하늘에 대해서 '어째서 그와 같은 불가사의한 일들이 일어나고 있는가'를 힐난조로 물으면서 '하늘에게 고발하고자 했던 것'이다. 필자는 방편상 〈천문〉을 다음과 같이 10단으로 나누었다.

제1단 : 우주 천지 개벽 및 해, 달 별 등 천문에 관한 것.
제2단 : 곤(鯀)과 우(禹)의 치수와 중국의 지리, 지형에 관한 것.
제3단 : 지상세계에 있다고 하는 여러 가지 괴상한 일들.
제4단 : 하(夏)왕조에 엉킨 여러 가지 고사(故事).
제5단 : 기이한 선인(仙人)이나 신귀(神鬼)에 대한 의문과 물음.
제6단 : 하(夏)와 은(殷)나라 때의 설화에 대한 의문과 물음.
제7단 : 은(殷)의 탕왕(湯王) 및 다른 왕에 대한 의문과 물음.
제8단 : 주(周) 무왕(武王)의 주(紂) 토벌과 기타의 설화에 대한 물음.
제9단 : 주(周)의 선조와 문왕(文王)과 무왕(武王)에 관한 물음.
제10단 : 끝으로 자기의 조국 초(楚)나라에 대한 여러 가지 물음.

유국은(游國恩)은 '자연현상에 관한 것, 신화 전설에 관한 것, 역사 기록에 관한 것' 등으로 분류했으며, 소설림(蘇雪林)은 '천문, 지리, 신화, 역사, 난사(亂辭)' 등으로 구분했다.

그러나 〈천문〉에 있는 물음은 모두가 불합리한 내용을 묻고 힐난한 것이기 때문에 '불가사의하고 사리나 도리에 어긋나는 것'이 많게 마련이다. 또한 후세에 추리고 편집하는 과정에서 빠지거나 순서가 착잡하게 엉킨 것이 있을 것이다. 그러므로 〈천문〉은 전체적으로 '알 수 없는 것, 전후의 논리나 순서가 바르게 서지 않은 것'이 많고, 따라서 '가장 난해한 글'로 알려지고 있다. 고로 이들을 해석하고 설명하는데도 애매모호한 점이 많게 마련이다.

〈천문〉은 〈이소(離騷)〉 다음으로 긴 작품이며, 총 354구로 되었으며, 그 물음이 172개나 된다. 그러나 굴원이 문제로 삼고 물은 내용은 대부분이 신화나 전설을 바탕으로 한 불합리한 내용들이다. 당시에는 물론 그러한 내용을 추리고 기술한 책이 없었다. 그러므로 굴원의 물음은 더욱 알 수 없는 것들이 많다. 그러므로 〈천문〉의 내용을 이해하기가 옛날에도 어려웠으며, 이에 대한 풀이나 설명이 다양하고 논리적으로 혼란하게 마련이다.

그러므로 증보편의 역자(譯者)는 〈천문〉 10단에서 제1단, 제2단, 제3단만을 해석하고 어구설명을 가했다.

나머지는 지나치게 난삽하거나 혼잡하여 논리적으로 설명하기 어렵고 또 일반 독자들이 이해하기 어려우므로 생략하고 후일의 다른 학자의 연구와 발표를 기대하겠다.

제1단(1~6)

왈 수고지초 수전도지
1. 曰 遂古之初 誰傳道之

상하미형 하유고지
2. 上下未形 何由考之

명소몽암 수능극지
3. 冥昭瞢暗 誰能極之

풍 익 유 상　하 이 식 지
4. 馮翼惟像　何以識之

명 명 암 암　유 시 하 위
5. 明明暗暗　惟時何爲

음 양 삼 합　하 본 하 화
6. 陰陽三合　何本何化

자, 묻겠노라. 아득한 태초에는 '우주 천지가 혼돈했다'고 말하는데 누가 어떻게 알고 그런 말을 전하고 말했는가?

하늘과 땅이 미처 형성되지 않았는데 어떻게 알고 무엇을 근거로 하고 그렇게 생각했는가?

(태초에는) 밤도 없고 낮도 없이 오직 어둠침침하고 흐리멍덩한 상태였는데, 누가 어떻게 (우주가 혼돈하다)고 (태초의 시작을) 정했는가?

(태초에는 틀도 형상도 없이) 흐리멍덩한 현상이 있을 뿐이었는데, 어떻게 태초임을 알았는가?

해가 뜨면 밝게 나타나 보이고 해가 지면 어둡고 안 보이는데 그 모두가 무엇에 의해서 그렇게 되는가?

음과 양과 하늘 셋이 서로 어울리고 화합을 해야 만물이 변화하고 새로 태어난다고 했는데, 무엇이 근본이고 무엇이 변화해서 태어난 존재인가?

語釋 ㅇ曰(왈)―원래는 동사로 '말한다'는 뜻, 〈천문(天問)〉에 있는 354구가 다 '왈(曰)'의 목적어가 된다. 단 여기서는 형식적인 발어사(發語辭)로 '자, 말하리라, 묻겠노라' 등으로 가볍게 풀이한다. ㅇ遂古之初(수고지초)―아득한 옛날의 태초, '수(遂)'는 '깊을 수(邃)'와 같다.

ㅇ誰傳道之(수전도지)—누가 '(태초는) 그렇다는 것'을 전하고 말했는가? '지(之)'는 '그렇다는 것'. 즉 '천지가 개벽하기 전의 우주는 혼돈하다는 사실'. ㅇ上下未形(상하미형)—하늘과 땅이 아직도 형성되지 않고 혼돈한 상태였을 것인데 (따라서 자연 만물도 사람도 없었을 것인데). ㅇ何由考之(하유고지)—어떻게 혹은 무엇을 가지고 '혼돈하다'고 생각을 하게 되었는가? ㅇ冥昭瞢暗(명소몽암)—(태초에는 아침도 밤도 구분할 수 없이) 어둠침침하고 흐리멍덩했을 것인데. 명(冥)은 어두울, 소(昭)는 밝을, 몽(瞢)은 어두울. ㅇ誰能極之(수능극지)—누가 감히 '태초는 혼돈하다'고 구명(究明)할 수 있었는가? '극(極)'은 '태초, 우주의 시초', '혼돈하다고 단정하다'는 두 뜻을 포함하고 있다. ㅇ馮翼惟像(풍익유상)—(태초에는 아무것도 없고 다만) 안개가 무럭무럭 피어오르는 것 같은 현상만이 있었을 것인데. '풍(馮)'은 가득하다, '익(翼)'은 성하다. '유상(惟像)'은 다만 현상(現象)만이 있다. 태초에는 하늘땅도 자연 만물도 없고 오직 안개가 피어오르는 것 같은 현상만이 있었을 것인데. ㅇ何以識之(하이식지)—어떻게 무엇을 가지고 '태초에는 혼돈하다'고 알 수 있는가? ㅇ明明暗暗(명명암암)—밝으면 밝고, 어두우면 어두운 것. 해가 뜨고 아침이 되면 밝게 보이고, 해가 지고 날이 저물면 어둡고 안 보이는 것. ㅇ惟時何爲(유시하위)—그것들 모두가 어째서 무엇에 의해서 그렇게 되었나? '유(惟)'는 '그것' 혹은 '생각하다'의 뜻, '시(時)'는 '시(是)'와 같고 '그것'의 뜻. ㅇ陰陽三合(음양삼합)—음과 양이 서로 엉기고 화합을 해야 (만물이 변화하고 태어나 자란다고 하지만). '삼(三)'을 '삼(參)'으로 보고, '서로 엉기고 어울리다'로 풀기도 한다. 혹은 '삼(三)'을 '음(陰), 양(陽), 천(天)' 셋으로 풀 수도 있다. 《곡량전(穀梁傳)》에 있다. '음만으로는 낳지 못한다. 양만으로도 낳지 못한다. 하늘만으로도 낳지 못한다. 셋이 화합해야 비로소 낳을 수 있다.(獨陰不生 獨陽不生 獨天不生 三合然後生)' ㅇ何本何化(하본하화)—(만물이 음양의 조화로 태어나 살지만) 무엇이 근본적인 실재이고 무엇이 변화한 존재인가?

(解說) 중국의 고대인들은 천지가 개벽하기 전의 우주는 '혼돈했을 것'이라고 생각했다. 신화에도 그와 같은 말이 전하고, 특히 《회남자(淮南子)》에는 '태초는 혼돈했다'고 서술했으며, 《노자》나 《장자》 같은 철학사상도 '우주의 근원적 실재를 혼돈'으로 보고 있다. 굴원은 의문을 제시하면서 사람들로 하여금 '천지개벽'을 생각하게 유도했다.

제1단(7~14)

환칙구중 숙영도지
7. 圜則九重 孰營度之

유자하공 숙초작지
8. 惟茲何功 孰初作之

알유언계 천극언가
9. 斡維焉繫 天極焉加

팔주하당 동남하휴
10. 八柱何當 東南何虧

구천지제 안방안속
11. 九天之際 安放安屬

우외다유 수지기수
12. 隅隈多有 誰知其數

천하소답 십이언분
13. 天何所沓 十二焉分

일월안속 열성안진
14. 日月安屬 列星安陳

둥근 하늘의 구조는 아홉 겹이라고 하는데 누가 그렇게 설계하였을까?

그와 같은 하늘은 어떻게 꾸며지고 또 애당초 누가 만든 것일까?

하늘을 떠받들고 있는 축을 매단 줄은 어디에 걸려있으며, 하늘의 중심 기둥은 어디에 세워졌나?

하늘을 받치고 있는 여덟 개의 기둥은 어디에 서 있으며, 동남쪽은 어째서 기둥 높이가 모자라 땅이 낮게 기울었나?

아홉 개의 하늘은 (저마다) 그 넓이가 얼마나 되고 또 (그들 하늘의) 경계가 어떻게 이어졌나?

(아홉 개의) 하늘에는 모퉁이와 구석이 많겠거늘 그 수를 누가 다 아나?

하늘은 어디에서 무엇과 합쳤기에 12진(辰)으로 등분했을까?

해나 달은 어떻게 저렇게 매달려 있고 또 모든 별들은 어떻게 저렇게 진열되었나?

(語釋) ㅇ圜則九重(환칙구중)－둥근 하늘의 꾸밈은 아홉 겹으로 되었다. '환(圜)'은 '원(圓)'과 같다. '칙(則)'은 구조, 체제, 만들어진 방식. '구(九)'는 극수(極數), 많다는 뜻. ㅇ孰營度之(숙영도지)－누가 그렇게 설계하고 만들었나? ㅇ惟茲何功(유자하공)－그것은 누구의 공적인가? 어떠한 힘으로 그렇게 된 것인가? ㅇ孰初作之(숙초작지)－애당초 누가 처음 만들었나? 누가 창조했으며 또 어떠한 힘이나 과정으로 하늘을 만들었나? ㅇ斡維焉繫(알유언계)－하늘을 돌게 하는 축을 매달은 줄은 어디에 걸려 있는가? '알유(斡維)'를 하늘을 돌게 하는 북두칠성의 자루[柄]로 풀이해도 통한다. 알(斡)은 돌릴, 하늘을 돌게 하는 축, 유(維)는 밧줄, 즉 축을 매단 줄, 언(焉)은 어느,

계(繫)는 매달. ㅇ天極焉加(천극언가)－회전하는 둥근 하늘을 바치고 있는 중심 기둥은 어디에 서 있나? '천극(天極)'을 남극과 북극을 꿰뚫고 있는 축으로 풀 수도 있다. ㅇ八柱何當(팔주하당)－하늘을 받치고 있는 여덟 개의 기둥은 어디에 세워져 있는가? '팔주(八柱)'를 '팔산(八山)' 혹은 '팔극(八極)'이라고도 한다. '팔산'은 하늘을 받치고 있는 여덟 개의 산, '팔극'은 여덟 개의 기둥, 축(軸). ㅇ東南何虧(동남하휴)－동남쪽의 기둥은 어찌해서 그 높이가 모자라게 되었는가? 중국의 지형은 서북쪽은 산이 많고 지세가 높다. 그러나 동남쪽은 하늘을 떠받칠 산이나 기둥이 없어 그 지세가 낮다. 그래서 '왜 동남쪽은 산이나 기둥이 허물어지고 그 높이가 모자라게 되었는가?' 라고 물은 것이다. ㅇ九天之際(구천지제)－넓은 하늘의 가장자리, 끝나는 곳. 하늘을 아홉 개로 나누어 구천(九天), 혹은 구야(九野)라고 했다. ㅇ安放安屬(안방안속)－어디까지 뻗어 있고 또 어디에 가서 접해 있나? '안(安)'은 '어디', '방(放)'은 '뻗어나다', '속(屬)'은 '붙다, 서로 접하다'의 뜻. ㅇ隅隈多有(우외다유)－넓은 하늘에는 모퉁이나 구석이 많다고 하는데. 우(隅)는 모퉁이, 외(隈)는 굽이. ㅇ誰知其數(수지기수)－그 수가 얼마나 되는지 누가 알고 있나? 《회남자(淮南子)》에는 '하늘에 구야(九野)가 있고, 9,999개의 모퉁이가 있다'고 했다. ㅇ天何所沓(천하소답)－하늘은 어디에서 무엇과 합치고 있는가? 답(沓)은 합칠. ㅇ十二焉分(십이언분)－하늘은 12등분했는데, 그 기준이 무엇이냐? 왕일(王逸)은 '12'를 '12진(辰)'이라고 주했다. '진(辰)'은 해와 달이 합치는 '지점=시점'으로, 1년에 열두 번 합친다. ㅇ日月安屬(일월안속)－해와 달이 무엇에 붙어 있는가? (무엇에 붙어 있기에 땅으로 떨어지지 않는가?) ㅇ列星安陳(열성안진)－많은 별들이 어떻게 저렇게 공중에 늘어져 있는가?

(解說) 〈천문〉 1장(7~14)은 하늘의 구조가 아홉 겹으로 되었고 또 아홉 개의 하늘이 있다는 전설에 대해서 굴원이 의문을 제시한 것이다. 그러나 그 물음 속에는 동시에 그러하다는 뜻을 암시하

는 형식의 물음이기도 하다.

제1단(15~22)

　　출 자 탕 곡　차 우 몽 사
15. 出自湯谷　次于蒙汜

　　자 명 급 회　소 행 기 리
16. 自明及晦　所行幾里

　　야 광 하 덕　사 즉 우 육
17. 夜光何德　死則又育

　　궐 리 유 하　이 고 토 재 복
18. 厥利維何　而顧菟在腹

　　여 기 무 합 부　언 취 구 자
19. 女岐無合夫　焉取九子

　　백 강 하 처　혜 기 안 재
20. 伯强何處　惠氣安在

　　하 합 이 회　하 개 이 명
21. 何闔而晦　何開而明

　　각 숙 미 단　요 령 안 장
22. 角宿未旦　曜靈安藏

태양은 아침에는 탕곡에서 솟아나고 밤에는 몽사에 머물고 잔다고 하는데

아침부터 밤까지 이동하는 거리가 얼마나 되는가?

달은 무슨 공덕이 있어서 죽었다가 다시 살아나 커지는가?

또 달에 무슨 이득이 있기에 토끼가 달의 배 속에 들어가 있는가?

여기라고 하는 여신의 별은 남편과 합하지도 않고 어떻게 아홉 개의 새끼별을 낳았으며

백강이라고 하는 북풍의 신과 봄의 온화한 기를 풍기는 봄바람은 다 어디에 있다가 불어오는가?

어디를 닫으면 날이 어둡게 되고 어디를 열면 날이 밝는가?

동쪽의 별자리 각숙이 미처 아침을 맞이하지 않았을 때에 태양은 어디에 숨어 있는가?

(語釋) ㅇ出自湯谷(출자탕곡)－태양은 아침에 동쪽 탕곡(湯谷)에서 나온다. 《회남자(淮南子)》 천문훈(天文訓)에 있다. '해가 양곡(暘谷)을 나와 함지(咸池)에서 목욕하고 부상(扶桑) 위로 뜰 때가 신명(晨明)이다.' '양곡'을 '탕곡'이라고도 한다. ㅇ次于蒙汜(차우몽사)－저녁에는 몽사(蒙汜)에 묵고 잠잔다. '차(次)'는 숙박(宿泊)한다, 사(舍)와 같은 뜻. '몽사'는 몽곡(蒙谷)의 물가. 사(汜)는 물가. 《회남자》에 있다. '해가 우연(虞淵)에 도달할 때를 황혼(黃昏), 몽곡(蒙谷)에 가라앉을 때를 정혼(定昏)이라 한다. 해는 우연과 몽곡의 물가에서 밤을 자고 새벽을 맞이한다.' ㅇ自明及晦(자명급회)－날이 밝을 때부터 해가 지고 어두워질 때까지. ㅇ所行幾里(소행기리)－태양은 얼마나 먼 거리를 가는가? 운행하는 거리가 얼마나 되나? 하루의 행보는 약 '5억 7천4백 리'라고 한다. ㅇ夜光何德(야광하덕)－달은 무슨 공덕으로. ㅇ死則又育(사즉우육)－죽었다가 다시 살아나고 커지는가? ㅇ厥利維何(궐리유하)－저 달에 무슨 이득이 있기에. ㅇ而顧菟在腹(이고토재복)－토끼와 두꺼비가 달의 배 속에 들어 있나? '고토(顧菟)'는 여러 가지로 풀이한다. 왕일(王逸)은 '뒤돌아보는, 즉 땅을 내

려보는 토끼'로 풀었다. 문일다(聞一多)는 '섬서(蟾蜍 : 두꺼비)'라고 풀었다. 다른 설도 있다. ㅇ女岐無合夫(여기무합부)－여기(女岐)라는 이름의 여신(女神)은 남편과 합하지 않았는데. ㅇ焉取九子(언취구자)－어떻게 아들을 아홉 명이나 생산했는가? 유국은(游國恩)은 '여기'를 '미성(尾星)'으로 보았다. 미성은 많은 새끼별을 데리고 있다. 옛날에는 미성의 여신(女神) 여기가 아홉 명의 아들을 데리고 있는 전설을 바탕으로 한 화상(畵像)이 각지의 사당(祠堂)에 있었다. 굴원은 이를 본 것이다. ㅇ伯强何處(백강하처)－모진 찬바람을 불게 하는 '북풍(北風)의 신'은 어디에 있는가? 왕일(王逸)은 '역병(疫病)을 일으키는 신'이라고 풀었다. 여기서는 앞을 취한다. ㅇ惠氣安在(혜기안재)－봄의 포근하고 부드러운 기운을 번지게 하는 '봄바람의 신'은 어디에 있는가? '백강' '혜기'도 별과 관계가 있다. 그래서 '해, 달, 별'에 대한 물음을 제시한 〈천문〉 1장에 넣은 것이다. ㅇ何闔而晦(하합이회)－하늘의 어디를 닫으면 날이 어두워지고. ㅇ何開而明(하개이명)－하늘의 어디를 열면 날이 밝는 것인가? 하늘의 문을 닫으면 밤이 되고, 열면 낮이 된다고 전했다. ㅇ角宿未旦(각숙미단)－'각숙(角宿)'은 동쪽의 성좌(星座), 하늘의 동문(東門)에 해당한다. 동쪽의 성좌 각숙이 아직 아침을 맞이하지 않았을 때. ㅇ曜靈安藏(요령안장)－해는 어디에 숨어 있는가? '요령(曜靈)'은 태양, 빛나는 신령, 즉 태양.

(解說) 〈천문〉 제1단(15~22)은 '해와 달 및 별'과 '사나운 북풍과 부드러운 봄바람'에 대한 물음이다. 이상이 〈천문〉 제1장이며 주로 천문에 관한 의문을 읊은 시다. 특히 1~6은 천지와 명암(明暗)의 실체와 음양(陰陽)의 조화(造化)에 대한 물음이다. 7~14는 하늘에 대한 물음이다. 즉 하늘을 받치고 있는 기둥, 서북이 높고 동남이 낮은 중국의 지형, 넓은 공간의 구분과 한계, 공중에 '일월성(日月星)'이 어떻게 걸려 있는가를 물었다.

15~22는 태양과 달과 별, 낮과 밤 및 겨울바람과 봄바람에 대한 소박한 물음이다. 굴원의 물음은 '원시적이면서도 근원적이고 동시에 영원한 물음'이다. 과학이 발달한 오늘에도 이와 같은 물음에 대한 명확한 해답이 없다. 저마다 자기의 생각을 바탕으로 논리적으로 설명하려고 애를 쓰고 있을 따름이다.

옛날 중국 사람들은 다음같이 말했다.

'천지가 개벽되기 전, 태초 때에는 하늘 땅도 형성되지 않고 자연 만물도 없었다. 물론 해나 달이나 별들도 없었을 것이며 따라서 우주 전체가 어둠침침한 안개에 휩싸인 듯 혼돈했을 것이다.'

한대(漢代)에 편찬된 《회남자(淮南子)》도 태초를 혼돈으로 보았다. 《회남자》에 다음 같은 구절이 있다.

'하늘과 땅이 미처 형성되기 전에는 흡사 안개가 무럭무럭 피어나 사방에 번지는 듯했다(天地未形 馮馮翼翼).'

'만물의 형체는 없고 오직 현상만이 있었다(惟像無形).'

굴원은 이에 대해서 무엇을 근거로 그렇게 말했느냐고 반문한 것이다.

제2단(1~8)

불임골홍 사하이상지
1. 不任汩鴻 師何以尚之

첨왈하우 하불과이행지
2. 僉曰何憂 何不課而行之

치구예함 곤하청언
3. 鴟龜曳銜 鯀何聽焉

순 욕 성 공　제 하 형 언
4. 順欲成功　帝何刑焉

영 알 재 우 산　부 하 삼 년 불 시
5. 永遏在羽山　夫何三年不施

백 우 복 곤　부 하 이 변 화
6. 伯禹腹鯀　夫何以變化

찬 취 전 서　수 성 고 공
7. 纂就前緖　遂成考功

하 속 초 계 업　이 궐 모 부 동
8. 何續初繼業　而厥謀不同

곤(鯀)이 애당초 홍수를 다스릴 힘이 없었다면, 어째서 사방의 지도자들이 곤을 높이고 천거했을까?

모든 사람들이 '걱정없다'고 말했다 해도, 임금은 왜 미리 그를 시험해보지 않고 일을 하게 했는가?

올빼미가 입에 흙을 물고 거북이가 흙에 꼬리를 끌면서 인도했거늘 곤은 왜 그들의 말을 듣고 따랐는가?

곤이 자기의 방식을 따라서 치수를 하려고 한 것을, 왜 임금은 그를 처형했는가?

곤을 우산(羽山)에 감금했다가 죽였거늘, 어찌해서 그의 시체가 3년간이나 부패하지 않았는가?

우가 곤의 배 속에서 태어났다고 하는데, 어떻게 변화해서 (죽은 사람 배 속에서 산 사람이) 태어났는가?

아들 우가 아버지 곤의 일을 계승해서, 마침내 자기 아버지가 하려던 공을 이룩했다고 하는데 왜 아버지가 시작한 같은 일을 계승했으면서, 어찌해서 그 방법은 같지를 않았는가?

(語釋) ㅇ不任汨鴻(불임골홍)－홍수를 다스릴 수 없는데. '불임(不任)'은 감당할 수 없다, '골(汨)'은 다스리다, '홍(鴻)'은 '홍(洪 : 큰물)과 같으며, 홍수의 뜻. ㅇ師何以尙之(사하이상지)－모든 지도자들이 왜 그를 추천했는가? '사(師)'는 '각 지방의 지도자, 즉 사악(四嶽)', '상지(尙之)'는 '그를 추천하다', 각 지방의 지도자들이 요임금에게 곤(鯀)을 추천해 올렸다.《서경(書經)》 요전편(堯典篇)에 보인다. '요임금이 홍수를 다스릴 사람을 묻자, 사악(四嶽 : 지방의 지도자)이 곤(鯀)을 추천했다.' 만약에 '곤이 치수(治水)를 감당할 수 없었다면, 왜 사악들이 그를 추천했을까?'하고 반문한 것이다. ㅇ僉曰何憂(첨왈하우)－많은 사람들이 '(곤을 시키면) 아무런 근심 걱정도 없다'고 말을 했어도. 첨(僉)은 다. ㅇ何不課而行之(하불과이행지)－(요임금은) 왜 미리 시험을 해보지 않고 그에게 치수를 맡기었나? '과(課)'는 '시험해 보다'의 뜻. ㅇ鴟龜曳銜(치구예함)－(신화 전설에) 곤이 치수를 할 때에 올빼미가 입에 흙을 물고 거북이가 꼬리를 끌면서 길을 안내하고 도왔다고 전한다. 치(鴟)는 올빼미. ㅇ鯀何聽焉(곤하청언)－곤은 어찌하여 그들의 말을 들었는가? 다음과 같은 신화가 있다. 거북이가 곤에게 '하늘 창고에 있는 식양(息壤)이면 홍수를 막을 수 있다'고 말했으며, 이에 곤이 식양을 몰래 쓰다가 천제(天帝)의 노여움을 받고 처형되었다. ㅇ順欲成功(순욕성공)－곤은 자기의 독단적인 생각을 따라서 치수의 공을 이루려고 했거늘. '욕(欲)'은 '꽉 막힌 욕심, 자기의 독단적인 생각'의 뜻. 곤(鯀)은 흙으로 물을 틀어막는 인장(陻障)의 방법을 썼다. ㅇ帝何刑焉(제하형언)－요임금은 왜 그를 처형했는가? 사화(史話)나 신화에 보면 섭정(攝政)으로 있는 순(舜)이 그를 처형했다고 한다. ㅇ永遏在羽山(영알재우산)－영원히 우산(羽山)에 가두어 죽게 했는가? '우산'은 동쪽 바다에 있다고 한다. 신화에는 '천제가 축융(祝融)을 시켜 잡아다 우산에 가두

었다가 다시 처형했다'고 전한다. ㅇ夫何三年不施(부하삼년불시)-(그런데) 어째서 3년 동안이나 곤의 시체가 썩지 않았는가? '불시(不施)'를 '처형하지 않고 놔두다'로 풀기도 하지만 적절하지 않다. ㅇ伯禹腹鯀(백우복곤)-우가 곤의 배 속에서 태어났다고 하는데. '백(伯)'은 존칭. ㅇ夫何以變化(부하이변화)-(죽어 3년이나 썩지 않았다고 하는 곤의 배 속에서) 어떻게 변화를 하고 출생했는가? 신화에는 '죽은 곤의 배를 오도(吳刀)로 절개하니, 우가 나왔다'고 전한다. ㅇ纂就前緖(찬취전서)-'찬(纂)'은 계승, '취(就)'는 성취하다, '서(緖)'는 사업, 치수(治水). 우(禹)가 자기 아버지가 하던 치수를 계속했다. ㅇ遂成考功(수성고공)-드디어 부친의 일을 완수했다. '고(考)'는 죽은 아버지, 망부(亡父), 죽은 어머니는 '비(妣)'라고 함. ㅇ何續初繼業(하속초계업)-어찌해서 아버지 곤(鯀)이 시작한 일을 계승하고 했으면서. ㅇ而厥謀不同(이궐모부동)-그 치수의 방법이 동일하지 않았나? 곤은 인장(堙障)의 법을 채택하다가 실패했고, 우(禹)는 물줄기를 터주는 소도(疏導)의 방법으로 성공했다.

제2단(9~17)

홍 천 극 심　하 이 전 지
9. 洪泉極深　何以窴之

지 방 구 칙　하 이 분 지
10. 地方九則　何以墳之

응 룡 하 획　하 해 하 력
11. 應龍何畫　河海何歷

곤 하 소 영　우 하 소 성
12. 鯀何所營　禹何所成

강 회 풍 노　지 하 고 이 동 남 경
13. 康回馮怒　地何故以東南傾

구 주 안 조　천 곡 하 오
14. 九州安錯　川谷何洿

동 류 불 일　숙 지 기 고
15. 東流不溢　孰知其故

동 서 남 북　기 수 숙 다
16. 東西南北　其修孰多

남 북 순 타　기 연 기 하
17. 南北順橢　其衍幾何

홍수의 근원이 되는 못이나 샘이 지극히 깊고 많거늘 어떻게 다 메우고 묻어서 (홍수를 막았는가?)

육지는 네모지고 지층이 아홉 겹으로 쌓였다고 하는데 어떻게 땅이 돋아올려졌는가?

강이나 바다에서 응룡이 나와서 우의 치수를 도왔다고 하는데, 그 응룡이 어떻게 (꼬리로 줄을 그었으며) 황하나 동해 어느 곳을 지나갔을까?

곤은 치수를 어떻게 계획했기에 (실패를 했고), 우는 치수를 어떻게 해서 성공했는가?

강회가 심하게 성을 냈다고 하는데, 어떻게 대지가 동남쪽으로 기울었는가?

우가 전국의 땅을 아홉 개 주로 나누었다고 하는데, 그 배치는 어떻게 한 것이며 어째서 강이나 계곡은 그리도 깊은가?

모든 강물이 동으로 흘러도 바다는 넘치지 않는데, 누가 그 이

유를 아는가?

동서의 길이와 남북의 길이는 어느 쪽이 더 긴가?

땅이 남북으로 차츰 좁아졌다고 하는데, 그 수치는 얼마나 되는가?

語釋 ㅇ洪泉極深(홍천극심)－홍수가 솟아나오는 연천(淵泉)이 몹시 깊다. 《회남자(淮南子)》에 있다. '홍수의 근원이 되는 연천의 깊이는 3백 길이고 전국에 아홉 개가 있다.' ㅇ何以窴之(하이전지)－우(禹)가 무엇으로 그 깊은 연천들을 다 묻고 메웠는가? '전(窴 : 메울)'은 '전(塡 : 메울)'과 같다. 《회남자》에 있다. '우가 식토(息土)를 가지고 연천을 메웠다.' 식토는 파서 옮겨도 끝없이 돋아나는 흙이란 뜻이다. 홍흥조(洪興祖)의 보주(補注)도 이 설을 취했다. ㅇ地方九則(지방구칙)－육지(陸地)는 사방으로 넓게 뻗어 구주(九州)로 나뉘었고 또 상하 지층(地層)이 아홉 겹으로 쌓여있다. ㅇ何以墳之(하이분지)－그렇게 넓고 또 높은 육지를 우(禹)는 어떻게 돋아올렸는가? 우는 치수(治水)만 한 것이 아니고 전국의 국토를 개발하고 정비했던 것이다. ㅇ應龍何畫(응룡하획)－응룡(應龍)이 어떻게 땅 위에 줄을 긋고 땅을 구획해서 물줄기를 텄는가? '응룡'은 날개가 달린 용. 《산해경(山海經)》에 있다. '우가 치수를 할 때 응룡이 나타나서 꼬리로 땅에 줄을 긋고 물줄기를 텄다.' ㅇ河海何歷(하해하력)－그것은 강이나 바다, 어느 곳을 지나간 것인가? 왕일본(王逸本)에는 '하해응룡(河海應龍) 하진하력(何盡何歷)'이라고 되었다. 즉 '응룡이 황하(黃河)와 동해(東海)에 나타나 우를 도왔다고 하는데 어디까지 가고 또 어디를 지났는가?'의 뜻이다. ㅇ鯀何所營(곤하소영)－치수에 실패한 곤은 무엇을 어떻게 했기에 실패했으며. ㅇ禹何所成(우하소성)－우는 무엇을 어떻게 했기에 치수에 성공을 했나? ㅇ康回馮怒(강회풍노)－강회(康回)가 사납게 성을 내다. '풍(馮)'은 '크게 성을 낸다'는 뜻. '강회'는 곧 '공공(共工)'이다. 신화에 있다. '공공이

전욱(顓頊)과 싸워 패하자 마구 성을 내고 머리로 부주산(不周山)을 받았다. 이에 하늘을 받치는 기둥이 꺾어지고 땅을 매고 있는 줄이 절단되어 중국의 지세가 동남쪽으로 기울어졌다.' ㅇ地何故以東南傾(지하고이동남경)－땅이 어떤 이유로 동남쪽으로 기울었는가? ㅇ九州安錯(구주안조)－우가 국토를 어떻게 아홉 개로 나누고 배치했나? 《서경(書經)》 우공(禹貢)에 '우가 전국을 구주(九州)로 구획했다'는 기록이 있다. '조(錯)'는 배치하다. ㅇ川谷何洿(천곡하오)－강이나 계곡을 어떻게 그리도 깊게 팠는가? '오(洿)는 웅덩이'. 여기서는 '깊이 파다'의 뜻으로 풀이한다. ㅇ東流不溢(동류불일)－중국의 모든 강물이 동으로 흘러가도 동해(東海)가 넘치지 않는다. ㅇ孰知其故(숙지기고)－누가 그 이유를 아는가? ㅇ東西南北(동서남북)－중국의 동서(東西)의 거리와 남북(南北)의 길이는. ㅇ其修孰多(기수숙다)－어느 쪽의 길이가 더 긴가? '수(修)'는 '길이'의 뜻. ㅇ南北順橢(남북순타)－남북이 점차로 가늘고 좁아지다. '타(橢)'는 '양쪽이 길고 좁다'는 뜻, 앞에서 '하늘은 둥글고 땅은 네모지다'라고 했으므로, '타'를 '타원(橢圓)'으로 풀지 않는다. ㅇ其衍幾何(기연기하)－동서와 남북간의 길이의 차이는 얼마나 되는가? '연(衍)'을 '차이'의 뜻으로 풀었다.

(解說) 이상 제2단은 주로 치수에 관한 물음이다. 1~8은 곤(鯀)이 치수에 실패하고 처형되고 죽었으나, 그의 시체가 3년간이나 부패하지 않았으며, 그의 배 속에서 아들 우(禹)가 나왔으며, 그 아들 우가 치수를 계속했다는 신화 전설에 대한 질문이다.

9~17은 우가 어떻게 해서 홍수를 막고 또 국토를 정비했는가에 대한 물음이다. 묻는 형식을 통해 '신화 전설'의 내용을 알게 하고 있다.

제3단(1~8)

곤 륜 현 포 기 거 안 재
1. 崑崙縣圃 其居安在

증 성 구 중 기 고 기 리
2. 增城九重 其高幾里

사 방 지 문 기 수 종 언
3. 四方之門 其誰從焉

서 북 벽 계 하 기 통 언
4. 西北辟啓 何氣通焉

일 안 부 도 촉 룡 하 조
5. 日安不到 燭龍何照

희 화 지 미 양 약 화 하 광
6. 羲和之未揚 若華何光

하 소 동 난 하 소 하 한
7. 何所冬暖 何所夏寒

언 유 석 림 하 수 능 언
8. 焉有石林 何獸能言

곤륜산 정상에는 하늘의 임금이 사는 현포가 있다고 하는데, 그 궁전은 어디에 있는가?

그곳에는 아홉 겹으로 된 증성궁이 있다고 하는데, 그 높이가 얼마나 되는가?

곤륜산에는 사방으로 문이 나있다고 하는데, 어떠한 신령들이 드나드는가?

특히 서북쪽으로 크게 열려 있다고 하는데, 어떠한 기가 통하고 있는가?

해가 도달하지 않는 곳이 어디이며, 그곳에서 촉룡이 어떻게 불을 밝히고 있는가?

해를 모는 희화가 미처 하늘에 올라오지 않았는데, 어떻게 약목의 꽃송이들이 붉은 빛을 발하는가?

어느 곳이 겨울에 따뜻하며, 어느 곳이 여름에 추운가?

어디에 돌로 된 숲이 있고, 어떤 짐승이 말을 할 줄 아는가?

(語釋) ㅇ崑崙縣圃(곤륜현포)－중국 서북쪽에 '곤륜산(崑崙山)'이 있으며, 그 정상을 '현포(縣圃)'라고 한다. '곤륜산'은 하늘과 통하는 높은 산이며, 지상세계의 모든 원기(元氣)가 이 산을 통해서 내려와 퍼진다. 산꼭대기에 천신(天神)이 사는 '현포'가 있다. ㅇ其居安在(기거안재)－천신이 사는 궁전은 어디에 있는가? 사람도 '현포'에 가면 신령이 되고 죽지도 않는다고 전한다. ㅇ增城九重(증성구중)－'증성(增城)'은 '현포'에 있는 궁성(宮城)의 이름이다. 본래는 아홉 겹으로 된 선산(仙山)의 이름이다. 그 산을 신령이 사는 궁성이라고 신화적으로 전한 것이다. ㅇ其高幾里(기고기리)－그 높이가 얼마나 될까? 《회남자(淮南子)》에 그 높이가 1만 2천 리라고 했다. ㅇ四方之門(사방지문)－사방에 문이 있다. 《회남자》에는 문이 440개 있다고 적었다. ㅇ其誰從焉(기수종언)－누가 그 문으로 출입을 하는가? 곤륜산(崑崙山)은 신산(神山)이다. 어떠한 신령들이 곤륜산의 문을 통해서 들락날락하며 지상세계의 생명의 원기를 보내주는가? ㅇ西北辟啓(서북벽계)－서북쪽으로 문이 열려 있는데. ㅇ何氣通焉(하기통언)－(그 문으로) 무슨 기가 통하고 나오는가? (지상세계의 만물을 살리는 원기가 곤륜산에서 나온다. 사실은 모든 바람이 서북쪽에서

곤륜산을 통해서 불어오는 것이다). ㅇ日安不到(일안부도)－해가 비치지 않는 곳이 어디인가? (북극지방을 옛날에는 해가 도달하지 않는 땅이라고 전했다) ㅇ燭龍何照(촉룡하조)－촉룡이 어떻게 밝히는가? 《산해경(山海經)》에는 '종산(鍾山)에 있는 촉음(燭陰)이라는 신이 눈을 뜨면 빛이 나고 눈을 감으면 어둡다'고 했다. ㅇ羲和之未揚(희화지미양)－희화(羲和)가 아직도 하늘에 높이 올라가지 않았는데. '희화'는 태양의 신이 탄 수레를 모는 신이다. 즉 태양이 미처 뜨지 않았는데. ㅇ若華何光(약화하광)－약목(若木)의 꽃송이들이 어떻게 빛을 내는가? 신화에 '해가 뜨면, 먼저 약목의 꽃송이들이 적색의 빛을 반사한다'고 전한다. ㅇ何所冬暖(하소동난)－어느 곳이 겨울에도 따뜻하고. ㅇ何所夏寒(하소하한)－어느 곳이 여름에도 찬가? 옛날에도 북극(北極)이나 남극(南極)에 대한 신화 전설이 있었다. ㅇ焉有石林(언유석림)－어디에 돌로 된 숲이 있는가? ㅇ何獸能言(하수능언)－어떤 짐승이 말을 할 수 있는가?

제3단(9~17)

언 유 규 룡 부 웅 이 유
9. 焉有虯龍 負熊以游

웅 훼 구 수 숙 홀 언 재
10. 雄虺九首 倏忽焉在

하 소 불 사 장 인 하 수
11. 何所不死 長人何守

미 평 구 구 시 화 안 거
12 靡萍九衢 枲華安居

일 사 탄 상 궐 대 하 여
13. 一蛇呑象 厥大何如

흑수현지 삼위안재
14. 黑水玄趾 三危安在

연년불사 수하소지
15. 延年不死 壽何所止

능어하소 기퇴언처
16. 鯪魚何所 鬿堆焉處

예언탄일 오언해우
17. 羿焉彈日 烏焉解羽

어떻게 뿔 달린 용이 등에 곰을 업고 놀았을까?

머리가 아홉 개 달린 수컷 뱀이 번개같이 훌쩍 어디로 갔을까?

어느 곳에 사람들이 죽지 않고 영생하며 또 키가 엄청나게 큰 사람들은 무엇을 지키고 있는가?

가지가 아홉 가닥이라고 하는 풀 마평이나, 씨를 맺는 모시풀의 꽃은 어디에 있는가?

코끼리를 삼키는 뱀은 그 크기가 얼마나 될까?

흑수, 현지 및 삼위 근처에 나는 나무나 풀을 먹으면 죽지 않는다고 하는데, 그들은 어디에 있는가?

수명이 늘고 죽지 않고 오래 산다고 하는데, 그 수명이 얼마나 가면 끝날까?

사람의 얼굴과 손을 가지고 풍랑을 일으키는 능어나, 쥐의 발과 호랑이 발톱을 가진 닭 같은 새는 어디에 있는가?

활을 잘 쏘는 후예가 태양을 쏘아 떨구었으며, 활에 맞은 태양이 어떻게 해서 날개 꺾인 까마귀가 되어 죽었는가?

語釋 ㅇ焉有虯龍(언유규룡)－어떻게 규룡(虯龍)이 있어. '규룡'은 뿔이 없는 어린 용이다. ㅇ負熊以游(부웅이유)－곰을 등에 업고 놀았는가? 옛날에 '황제(黃帝)가 용을 타고 하늘에 올라갔다'는 전설이 있으며, 황제를 유웅씨(有熊氏)라 했다. 이 같은 전설을 굴원이 물은 것이다. 또 이와 같은 전설이 후세의 《사기(史記)》나 《열선전(列仙傳)》 등에 보인다. ㅇ雄虺九首(웅훼구수)－머리가 아홉 개 달린 수컷 뱀의 신(神). 훼(虺)는 살무사. ㅇ儵忽焉在(숙홀언재)－번개처럼 빨리 움직인다고 하는데, 어떻게, 어디에 그런 '뱀의 신[蛇神]'이 있는가? 그 '사신'은 번개처럼 빠르게 날면서 사람을 잡아먹는다고 한다. 한편 '웅훼(雄虺)'를 《산해경(山海經)》에 나오는 '공공(共工)의 신하 상류(相柳)'라고 풀이하는 설도 있다. 상류도 인면사신(人面蛇身)으로 머리가 아홉 개 달렸다. ㅇ何所不死(하소불사)－사람들이 죽지 않고 장수한다는 땅이 어디인가? 《산해경》이나 《회남자》에도 죽지 않고 영생하는 사람들의 전설이 있다. ㅇ長人何守(장인하수)－키가 큰 사람은 무엇을 지키고 있나? 전설에 '산천(山川)의 영으로 바람을 막는 방풍씨(防風氏)가 키가 크다'고 한다. 이 시에서 물은 '장인'인지는 알 수 없다. ㅇ靡萍九衢(미평구구)－가지가 사방으로 뻗은 '미평(靡萍)'이라는 나무. 미평은 줄기가 사방으로 뻗은 물풀[水草], '구구(九衢)'는 아홉 갈래로 가지가 뻗었다는 뜻. ㅇ枲華安居(시화안거)－씨를 맺는 수삼의 꽃은 어디에 있는가? 시(枲)는 모시풀. ㅇ一蛇吞象(일사탄상)－코끼리를 삼키는 뱀이 있다고 하는데. ㅇ厥大何如(궐대하여)－그 뱀의 크기는 얼마나 되나? 《산해경》에 코끼리를 삼키는 큰 뱀이 있다는 전설이 있다. ㅇ黑水玄趾(흑수현지)－'흑수(黑水)'는 강의 이름, 그 부근에 자라는 나무나 풀을 먹으면 죽지 않는다고 한다. '현지(玄趾)'도 지명, 현지를 '교지(交趾)'라고도 한다. ㅇ三危安在(삼위안재)－'삼위(三危)'는 산명(山名). 이들 '흑수, 현지 및 삼위'는 다 신화나 전설에 나오는 이름으로, 그 근처에 자라는 나무열매를 먹으면 장수한다고 전한다. 굴원은 '그러한 강이나 산이 어디에 있는가?'라고 물었다. 《서경(書經)》, 《산해경(山海

經)》, 《회남자(淮南子)》 등에 여러 가지 기록이 있으나, 모두 후세에 적은 것들이다. ㅇ延年不死(연년불사)－수명을 늘이고 죽지 않는다고 하는데. ㅇ壽何所止(수하소지)－얼마나 오래 살 수 있나? 수명이 언제 끝나는가? ㅇ鯪魚何所(능어하소)－《산해경》에 보면 '열고사(列姑射)'라고 하는 산 근처에 '능어'가 있다. '능어'는 인면인수어신(人面人手魚身)이며 풍랑(風浪)을 일으킨다. ㅇ鬿堆焉處(기퇴언처)－몸은 닭 같고, 발은 쥐의 발이고 호랑이 발톱을 가진 괴조(怪鳥)이다. 그러한 괴조가 어디에 있는가? ㅇ羿焉彃日(예언탄일)－후예(后羿)라는 활의 명수가 요제(堯帝) 때에 아홉 개의 해를 활로 쏘아 떨어뜨렸다는 전설이 있다. ㅇ烏焉解羽(오언해우)－까마귀가 왜 날개를 떨어뜨렸나? 후예가 활로 쏘아 떨군 태양은 바로 죽은 까마귀였다는 신화가 있다.

(解說) 〈천문〉 제3단은 신화로 전해온 각지의 이상하고 괴상한 사물에 대한 반문이다. 그 내용을 대략 다음같이 열거할 수 있다.

1~4 : 천제가 내려와 사는 곤륜산 현포에는 궁전이 있고, 사방으로 난 문을 통해서 생명의 근원이 되는 기가 지상에 전달된다.

5~6 : 해가 뜨지 않는 곳에 촉룡이나 약화가 대신 빛을 내고 밝힌다.

7~8 : 겨울에 따뜻하고 여름에 시원한 곳과 또 말을 하는 동물이 있다.

9~10 : 용이 곰을 등에 업고 놀았으며, 머리가 아홉 개 달린 뱀이 있다고 한다.

11~13 : 사람들이 죽지 않고 영생하는 나라에는 이상한 풀들이 있으며, 코끼리를 삼키는 큰 뱀이 있다고 한다.

14~15 : 흑수, 현지 및 삼위라는 강이나 산 근처에서는 사람들이 영생한다고 하는데, 몇 살까지 죽지 않고 살 수

있나?

16~17 : 괴상한 물고기나 새 및 태양의 혼 까마귀에 대한 의문이다.

굴원 연보

연 대		연령	약 력	주변의 역사 배경
기원전 343	선왕 27 (宣王)	1	정월 21일 초도(楚都) 영(郢)에서 왕족과 동성인 귀족의 아들로 출생. 이름은 평(平), 자를 원(原)이라 했고, 전욱(顓頊) 고양씨(高陽氏)의 후예로 아버지는 백용(伯庸)이라 부르고, 여수(女嬃)라는 누님이 있었다.	주현왕(周顯王) 26년으로, 진효공(秦孝公)이 주나라 백(伯)에 오름. 이때까지 진(秦)나라는 아직 전국(戰國)의 중요 강국인 이른바 6국(六國 : 趙·魏·韓·齊·燕·楚)의 열(列)에 들지 못했으나, 점차 세력을 펼치고 있었다.
339	위왕 1 (威王)	5		초위왕(楚威王) 즉위.
333	7	11		소진(蘇秦)의 주장에 따라 6국이 합종(合從)하여 진(秦)에 대항했다.
332	8	12		소진이 조(趙)를 떠남으로써 종약(從約)이 깨졌다.
328	회왕 1 (懷王)	16		초회왕(楚懷王) 즉위. 장의(張儀)가 진상(秦相)이 되어 연횡책(連橫策)을 폈다.
323	6	21		장의가 잠시 진을 떠나 위상(魏相)이 되었다.
318	11	26	좌도(左徒)가 되어 왕의 신임을 독차지했고, 안으	초(楚)·조(趙)·한(韓)·위(魏)·연(燕) 5국이 진

연 대		연령	약 력	주변의 역사 배경
			로는 왕과 더불어 국사(國事)를 의논하고 밖으로는 빈객을 접대하고 제후들과 응대하였다. 〈귤송(橘頌)〉	을 쳤으나 이기지 못했다.
317	회왕 12	27	제(齊)에 사신으로 가 국교(國交)를 두터이하므로 진이 이를 꺼렸다. 이때 초(楚)·진(秦)·제(齊) 3국의 세력은 팽팽히 맞서 균형을 이루고 있었다.	제는 위군(魏軍)을, 진은 한군(韓軍)을 대파하여 서로 쟁장(爭長). 소진이 제에서 살해되고, 장의가 다시 진상(秦相)이 되었다.
316	13	28	회왕(懷王)이 헌령(憲令)을 작성토록 하고, 상관대부(上官大夫)가 그 초고를 빼앗으려 하나 주지 않아서 참소(讒訴)를 입고 거직(去職)되었다. 〈석송(惜誦)〉	
313	16	31		초가 진에서 파견한 장의의 꾐에 넘어가 제(齊)와 국교를 끊었다.
312	17	32	진(秦)과의 전쟁으로 초가 곤경에 빠졌으나 제가 배신한 초를 전혀 돕지 않으므로, 굴원이 다시 기용되어 제에 사신으로 가 구원을 청했다.	나중에야 속았음을 안 초 회왕(楚懷王)이 대노하여 진을 치게 하였으나 대패, 8만 군사가 죽고 장군 굴개(屈匃)가 잡혀갔으며 한중지(漢中地) 땅을 빼앗겼다. 이 틈에 위가 초의

연 대		연령	약 력	주변의 역사 배경
				등(鄧)까지 습격해 왔다.
311	회왕 18	33	제에서 돌아와 장의를 놓아보낸 일을 간(諫)했으나 장의는 이미 멀리 떠난 뒤였다. 이러한 일들로 해서 다시 신임을 얻게 된 굴원은 삼려대부(三閭大夫)에 임명되었다.	진이 한중지(漢中地)를 돌려주겠다는 조건으로 초에 강화(講和)를 청했으나, 초가 땅보다 장의를 내놓으라 하여 이에 응했다. 그러나 초에 온 장의는 회왕의 총희(寵姬) 정수(鄭袖)를 꾀어 그를 다시 놓아보내게 했다.
306	23	38		초회왕이 소수(昭睢)의 말에 따라 진과 국교를 끊고 제와 연합했다.
305	24	39	초와 진·제와의 교절(交絶)이 거듭 뒤바뀜에 따라 초국 내에서 친진파(親秦派)와 친제파(親齊派)의 득세 판도가 그때마다 바뀌며, 굴원의 운명 역시 이러한 정치적 파동에 따라 늘 흔들리곤 했다.	초회왕이 종래 진을 제외한 당시의 6국이 연합했던 약속을 어기고 진의 부인을 맞아들이는 등 진과 어울렸다.
303	26	41		초의 위약(違約)을 이유로 제·한·위 등이 초를 공격, 초는 태자를 진에 인질로 보내 구원을 청했다. 이후 초의 국력은 날로 쇠약해졌다.

연	대	연령	약력	주변의 역사 배경
302	27	42		초 태자가 진 대부(大夫)를 죽이고 도망쳐 왔다.
301	회왕 28	43		진이 제·한·위와 함께 초를 공격, 초의 장군 당매(唐眛)를 죽이고 중구(重丘) 땅을 빼앗았다.
300	29	44		진이 다시 초를 공격하여 대파하고 장군 경결(景缺)을 죽이므로, 초는 태자를 제에 인질로 보내 평정해 줄 것을 청했다.
299	30	45	회왕(懷王)의 입진(入秦)을 반대하다가, 정수(鄭袖)·자란(子蘭)·근상(靳尙) 등 친진파들의 참소로 한북(漢北)에 방축(放逐)되었다. 〈추사(抽思)〉〈이소(離騷)〉	진소왕(秦昭王)이 초의 왕녀(王女)와 혼약을 맺고자 초왕을 만나자 하므로 초회왕이 입진(入秦), 진은 회왕을 잡아놓고 초에 할지(割地)를 요구하여 8성을 차지했다.
298	경양왕 1 (頃襄王)	46		초 태자 횡(橫)이 즉위. 진이 또 초의 16성을 차지했다.
297	2	47		초회왕이 초(楚)에서 조(趙)로 도망하였으나 조에서 받아들이지 않으므로 다시 진으로 돌아갔다. 초회왕이 진에서 객사(客死)하자 진은 그 시체를 초에 돌려보내고, 초·진의 국교가 끊겼다.

연대		연령	약력	주변의 역사 배경
296	3	48	회왕(懷王)의 객사로 친진파들이 비난을 면치 못해 진과 국교를 끊고 굴원은 소환되어 귀조(歸朝)했으나, 조정에서는 역시 그의 직언(直言)을 꺼려 소원히 했다. 〈사미인(思美人)〉	
292	경양왕 7	52	진과의 국교 재개로 다시 세력을 잃고 강남(江南)으로 방축(放逐)되었다. 〈애영(哀郢)〉〈섭강(涉江)〉〈비회풍(悲回風)〉〈천문(天問)〉	초에서 진의 부인을 맞이하고, 초·진의 국교가 재개되었다.
285	14	59	재방(再放) 이후 강남(江南)을 방랑하며 임금이 다시 불러주기를 기다렸으나, 불러주지 않으므로 59세를 일기로 5월 5일 멱라수(汨羅水)에 몸을 던져 자살했다. 〈회사(懷沙)〉〈석왕일(惜往日)〉	

색 인(索引)

[ㄱ]

[ㄴ]

[ㄷ]

[ㅁ]

[ㅂ]

[ㅅ]

[ㅇ]

[ㅊ]

[ㅌ]

[ㅍ]

[ㅎ]

中國古典漢詩人選5

新譯 屈 原

改訂 增補版 印刷●2003年 7月 31日
改訂 增補版 發行●2003年 8月 5日

譯著者●張 基 槿
　　　　河 正 玉

發行者●金 東 求

發行處●明 文 堂
서울특별시 종로구 안국동 17~8
대체 010041-31-001194
전화 (영) 733-3039, 734-4798
　　 (편) 733-4748
FAX 734-9209
Homepage www.myungmundang.net
E-mail mmdbook1@myungmundang.net
등록 1977. 11. 19. 제1~148호

값 12,000원
ISBN 89-7270-736-8 04820
ISBN 89-7270-052-5(세트)

공자와 맹자의 철학사상
중국 고대의 가무희
원잡극선
樂府詩選
漢代의 文人과 詩
漢代의 文學과 賦
陶淵明
論語
李太白

묵자,
그 생애·사상과
묵가(墨家)
중국의 희곡과
민간연예
陶淵明

漢文讀解
基礎漢文讀解法

東洋古典原本叢書

原本備旨 **大學集註**(全) 金赫濟 校閱

原本備旨 **中庸**(全) 金赫濟 校閱

原本備旨 **大學·中庸**(全) 金赫濟 校閱

原本 **孟子集註**(全) 金赫濟 校閱

原本備旨 **孟子集註**(上·下) 金赫濟 校閱

正本 **論語集註** 金星元 校閱

懸吐釋字具解 **論語集註**(全) 金赫濟 校閱

原本備旨 **論語集註**(上·下) 申泰三 校閱

備旨吐解 **正本周易** 全 金赫濟 校閱

備旨具解 **原本周易**(乾·坤) 明文堂編輯部

原本集註 **書傳** 金赫濟 校閱

原本集註 **詩傳** 金赫濟 校閱

原本懸吐備旨 **古文眞寶前集** 黃堅 編 金赫濟 校閱

原本懸吐備旨 **古文眞寶後集** 黃堅 編 金赫濟 校閱

懸吐 **通鑑註解**(1, 2, 3) 司馬光 撰

詳密註釋 **通鑑諺解**(전15권) 明文堂編輯部 校閱

詳密註釋 **通鑑諺解**(上中下) 明文堂編輯部 校閱

詳密註解 **史略諺解**(1, 2, 3) 明文堂編輯部 校閱

詳密註解 **史略諺解**(全) 明文堂編輯部 校閱

原本 **史記五選** 金赫濟 校閱

原本集註 **小學**(上·下) 金赫濟 校閱

原本 **小學集註**(全) 金星元 校閱

東洋古典은
계속
출간됩니다.